BBULMEDIA

http://www.bbulmedia.com

천방지축
신혼이야기

1판 1쇄 찍음 2011년 5월 3일
1판 1쇄 펴냄 2011년 5월 6일

지은이 | 이예인
펴낸이 | 정 필
펴낸곳 | 도서출판 **뿔미디어**

기획 | 이주현, 문정흠, 손수화
편집책임 | 조주영
편집 | 장상수, 이재권, 심재영, 주종숙, 이진선
관리, 영업 | 김기환, 김미영

출판등록 | 2002년 9월 11일 (제1081-1-132호)
주소 | 부천시 원미구 상3동 533-3 아트프라자 503호 (우)420-861
전화 | 032)651-6513 / 팩스 032)651-6094
E-mail | BBULMEDIA@paran.com
홈페이지 | www.bbulmedia.com

값 9,000원

ISBN 978-89-6639-047-2 03810

SCARLET ROMANCE NOVEL

이예인 장편 소설

천방지축
신혼이야기

Scarlet
스칼렛

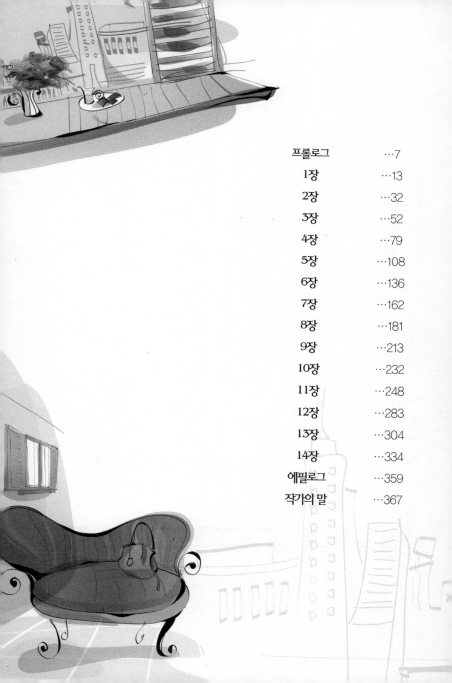

개나리, 진달래, 벚꽃이 피어나기 시작하는 4월.

생일을 맞은 혜나는 잔뜩 들뜬 모습이었다. 그녀가 바라고 기다리는 건 생일 파티도 아니었고 선물도 아니었다.

점심시간에 친구들이 우르르 몰려와 생일 축하 노래를 부르며 파티를 열었다. 케이크를 자르고 생일 선물을 받으면서 그녀는 계속해서 활짝 미소를 지었다. 방으로 몰려가 사진이며 책들을 보고 놀다가 정원 파라솔 밑에서 한가롭게 차와 음료수를 마실 때까지만 해도 그녀는 흡족한 기분이었다.

재미있게 놀던 친구들이 모두 집으로 돌아가고 저녁 시간이 되자 그녀는 조금은 지친 기색으로 핸드폰을 봤다. 문자 한 통, 전화 한 통 오지 않는 핸드폰은 완전 시계나 마찬가지였다.

저녁을 먹을 때쯤, 그녀는 서서히 초조함을 느꼈다.

"생일 축하한다. 예쁜 우리 딸."

커다란 생일 선물을 내밀며 아버지인 유 회장이 축하 인사를 건넸다.

"고맙습니다, 아빠."

어머니인 김 여사도 예쁘게 포장된 생일 선물을 건네주며 축하 인사를 했고, 오빠인 혜성도 선물을 줬다. 감사 인사를 하고 선물을 받아 든 그녀는 선물은 풀어 보지도 않고 식사에 열중하는 척했다.

"오늘 생일인데 우리 공주님 기분이 별로네. 아빠가 주는 선물 풀어 보지도 않고. 궁금하지 않니?"

"방에서 혼자 풀어 보고 싶어요."

"무슨 고민이라도 있는 거니?"

유 회장이 다정한 목소리로 묻자 심통이 났다는 표시를 잔뜩 내며 혜성이 비아냥거렸다.

"고민은, 쟤가 무슨 고민이 있겠어요. 성하 형이 안 와서 열 받았겠지. 언제 온다는 연락도 없었지?"

"오빠!"

"혜성아!"

그녀의 뾰족한 외침 소리와 유 회장의 꾸짖는 소리가 동시에 식당 안을 울렸다.

"저 먼저 올라갈게요."

수저를 놓고 자리에서 일어난 그녀가 유 회장을 향해 고개를 꾸벅 숙였다. 고개를 푹 숙이고 어깨를 축 늘어뜨린 채 그녀가 식당을 나가고 나자 김 여사는 혜성을 노려보았다.

"넌 왜 그런 말을 하는 거니."

"제가 뭘요?"

김 여사의 핀잔에 혜성은 억울하다는 표정이었다.

유 회장이나 김 여사는 그녀가 성하를 기다리고 있다는 걸 잘 알고 있었다. 하지만 그녀가 실망할까 봐 궁금했는데도 묻지 않았다.

그런데 눈치 없는 혜성이 말을 해 버린 것이다.

자신의 방으로 들어온 그녀는 침대 위에 엎어져 터져 나오려는 울음을 참았다. 그에게서는 아직 아무런 연락도 없었다. 먼저 전화를 해 볼까 하는 생각도 했다. 그렇지만 너무 그에게 매달린다는 인상을 줄 것 같아 그녀는 참고 또 참았다.

오빠, 정말 안 올 거야? 나 오빠 볼 수 있을 것 같아서 좋아했는데.

성하는 그녀의 약혼자였다. 부모님끼리 한 약속으로 인해 그녀는 7살 어린 나이에 그와 약혼을 했다.

그녀보다도 7살이나 더 많은 그는 아직 초등학생인 혜성보다 한참 더 어른스러웠다. 키도 160cm가 넘고 체격도 컸다. 그녀는 그를 처음 본 순간부터 잘생긴 모습에, 어른스러운 그 모습에 끌렸다.

예쁜 드레스를 입고 약혼식을 하고 난 뒤, 그녀는 김 여사에게 물었다.

"엄마, 약혼이 뭐야?"

"응, 그건 나중에 커서 결혼하자고 약속하는 거야."

"결혼? 그럼…… 나중에 크면 혜나, 저 오빠하고 결혼하는 거야?"

"그래, 그럴 거란다."

얼굴이 발갛게 달아오른 그녀는 그날 밤 잠도 제대로 못 잤다. 아직 어린 나이였지만 결혼이 뭔지는 아는 나이였다.

그 뒤로 성하는 명절 때나 그녀의 생일, 그녀 부모님의 생일 등 기념일마다 꼬박 챙겨가면서 예비 사위 역할을 했다. 그녀의 부모님도 그를 좋아했고 혜성은 친형처럼 따랐으며 그녀 또한 그를 너무 좋아했다.

그런데 꽃 같은 15세 생일, 그가 늦은 밤까지 연락이 없는 거였다.

혹시, 오빠가 내 생일을 잊은 건 아닐까.

불안하고 속상한 마음에 그녀는 시계만 노려보았다. 10시를 지나서 11시가 되고 째깍째깍 소리를 내며 시계 바늘이 움직일 때마다 그녀의 심장은 조금씩 타들어 갔다.

바쁘면 생일을 잊을 수도 있지 뭐.

편하게 그렇게 생각하려 해도 서운한 마음은 어쩔 수 없었다.

11시 30분, 그녀가 거의 포기하려고 할 때였다.

"야! 유혜나, 너 안 자냐?"

벌컥 문이 열리고 큰 목소리가 들려오자 그녀는 화들짝 놀랐다.

"오빠, 노크 좀 해!"

침대에서 몸을 일으켜 앉은 그녀는 소리를 버럭 질렀다.

그녀의 방을 노크도 없이 제 방 드나들듯이 하는 혜성이 정말 얄미웠다.

"어허! 너 계속 짱알거리면 좋은 소식 안 알려 준다."

"좋은 소식이 뭔데?"

혜성이 하는 말은 뻔하다는 생각에 그녀는 심드렁한 표정으로 대꾸했다.

"그걸 맨입으로 말해 줄 것 같냐?"

"뭐 주라고?"

그녀가 틱틱거리면서 짜증을 냈지만 혜성은 꿋꿋하니 자신이 할 말만 했다.

"내가 눈독 들이던 CD 주라."

"에이, 씨."

그녀는 그럴 줄 알았다는 투로 중얼거렸다.

"알았어, 말해 봐. 좋은 소식이 뭐야?"

"지금 대문 밖에 누가 와 있을까요?"

혜성은 재미있다는 투로 빙글거리고 웃으며 말했다.

뭔 소리야? 지금 나 놀려?

버럭 소리를 지르려던 그녀는 갑자기 벌떡 일어섰다. 그리고 의자에 걸려 있던 외투를 들고 부리나케 방 밖으로 뛰어나갔다.

"야! 유혜나, 조용히 나가. 부모님 다 깨시겠다."

혜성의 외침에 그녀는 입술을 삐죽였다.

댁이나 조용히 하셔. 부모님이 깬다면 다 오빠 큰 목소리 때문이니까.

현관문을 열고 정원을 달려간 그녀는 소리 나지 않게 조심하며 대문을 열었다. 그리고 담 옆에 서 있는 사람을 보고 활짝 미소 지으며 달려갔다.

"성하 오빠."

그녀는 두 팔을 벌리고 달려가 그의 허리를 끌어안았다.

"생일 축하한다, 유혜나. 아직 12시 전이지?"

그는 그녀의 생일을 잊지 않고 있었다.

"응, 오빠. 카운트다운 바로 전이야."

"늦어서 미안해. 자, 여기 선물."

그가 내민 상자를 받아 든 그녀의 눈가에 눈물이 고였다. 안심한 마음에 너무 기뻐서 눈물이 다 났다. 선물보다도 그를 만났다는 게 그녀에게는 더 기쁜 일이었다.

"고마워, 오빠. 나 오빠 못 오는 줄 알고 서운했어."

"친구들하고 캠핑 갔다가 늦게 왔어."

"그랬구나."

그녀는 지금이라도 그가 왔다는 사실이 기뻤다.

"얼굴 봤으니까 이제 갈게."

그녀는 매정하게 돌아서는 그의 팔을 잡았다.

"오빠, 우리 언제 또 만나?"

"늦었다. 들어가."

그는 그녀의 말에 대답을 하지 않았다.

그는 항상 그랬다. 무뚝뚝하고 예의바른 태도로 그녀에게 항상 거리를 뒀다.

그래도 그녀는 그가 좋았다. 다정하게 대하지 않지만 그녀는 자신을 생각해 주는 그의 마음을 느낄 수 있었다. 그랬기에 그녀는 참고 기다릴 수 있었다.

"알았어, 오빠. 조심해서 가."

그와 헤어지고 싶지 않았지만 어쩔 수 없었다.

그녀는 빨리 어른이 되고 싶었다. 어른이 되어서 그와 결혼하고 싶었다.

1장.

계절의 여왕이라는 5월.

창밖으로 잠시 시선을 돌리던 혜나의 입에서 가벼운 한숨이 새어 나왔다. 시를 낭송하는 김명선 선생의 음성은 자장가로 들렸고 내리 감기는 눈꺼풀은 천근만근이었다. 게다가 열어 놓은 창문으로 들어온 바람이 앞 머리카락을 부드럽게 쓰다듬고 햇살마저도 따사롭다.

오랜만에 입에 딱 맞는 맛난 반찬이 나온 급식으로 배까지 빵빵하게 만들어 놓고 나니 생각나는 건 오직 포근한 잠자리뿐이었다. 그러나 그녀는 한창 입시전쟁을 치르고 있는 고3이었다.

김 선생한테 들키지 않게 적당히 잠을 자는 것까지야 그녀의 자유였지만 그 뒤에 찾아올 모의고사의 점수를 생각한다면 수업도 안 듣고 잠을 잔다는 것은 자살행위나 마찬가지였다.

에휴, 내 인생아.

또다시 깊은 한숨이 그녀의 입을 뚫고 나왔다.

"거기, 유혜나."

자신의 이름이 호명되자 그녀는 깜짝 놀라 눈을 동그랗게 떴다.

"넌 아직 젊은 것이 뭔 한숨을 그렇게 크게 쉬냐? 교실 천장 무너지겠다."

반쯤 농담 섞인 질책에 그녀는 머쓱한 표정을 지었고 반 아이들은 모두 쿡쿡거리며 웃어 댔다.

"죄송합니다."

고개를 푹 숙이며 중얼거리는 혜나의 머리 위로 폭탄이 떨어졌다.

"뭐 그다지 죄송할 것까진 없고, 내일 이맘때까지 지금 내가 낭송한 시, 달달 외워 와라. 눈 감고 읊을 수 있도록."

"네?"

오 마이 갓, 오 마이 갓, 오 마이 갓. 내가 암기 못하는 거 뻔히 알면서 어찌 그런 벌을.

"말도 안 됩니다. 쌤, 차라리 매를 맞겠어요."

두 주먹을 움켜쥐고 벌떡 일어서며 소리치는 그녀를 향해 김 선생은 사악한 미소를 내보였다.

"나 또한 따끔한 매 한 대로 끝냈으면 좋겠지만…… 어쩌겠니, 학교 내에서는 체벌 금지인 것을."

"저기, 그럼…… 학교 밖에 나가서 맞고 다시 들어오면 안 될까요?"

"하하하."

"까르르 깔깔."

그녀의 말이 끝나자마자 교실 안은 온통 웃음소리로 가득 찼다. 김 선생까지도 배를 움켜잡고 웃어 댔지만 정작 당사자인 혜나만큼은 웃음이 나오질 않았다.

말이 좋아 체벌 금지지. 학교 내에서의 체벌 금지는 오히려 더 큰 부작용을 가져왔다. 정말 손바닥 한두 대만 맞고 끝날 일도 체벌 금지라는 명목 아래 과한 벌을 받아야 했으므로.

그녀는 두 눈에 쌍심지를 켠 채, 마구 웃어 대는 친구들을 노려보았다.

고만들 웃어라, 이것들아. 너희들은 즐겁겠지만 현재 나는 심각한 상황이란 말이다.

"좋아, 유혜나. 큰 웃음을 안겨 주었으므로 조금 전의 과제는 외워 오는 것 대신 노트에 3번 써 오는 걸로 하자."

"감사합니다. 쌤."

큰 소리로 인사말을 한 그녀는 자리에 앉으며 안도의 숨을 내뱉었다.

다행스럽게도 수업은 곧 끝이 났고, 혜나는 기운이 쭉 빠져 책상 위에 그대로 엎어져 버렸다.

"혜나야, 유혜나."

"왜 부르니? 가장 큰 소리로 웃어 댄 못된 것아."

"헤헤헤."

머쓱한 표정으로 웃음만 흘리던 영란이 혜나의 긴 머리카락을 손가락에 감고 슬쩍 잡아당겼다.

"나 좀 봐라, 친구야. 너한테 꼭 할 말이 있어."

"말해."

만사 귀찮다는 태도로 엎어진 채 그녀가 꼼짝도 하지 않자 영란은 머리카락을 잡은 손에 힘을 줬다.

"일어나 보라니까."

"아야! 내 머리카락!"

"중요한 일이라고."

"알았어, 알았으니까 이것 좀 놔. 머리카락 다 뽑히겠다. 으아아, 이영란. 이거 못 놔?"

머리카락을 잡힌 채 복도로 끌려나온 혜나는 씩씩거리면서 영란을 노려봤다.

"너 이 못된 계집애야. 내 머리카락……."

"혜나야, 너에게 긴히 부탁할 게 있어."

진지 모드로 돌변한 영란이 두 손을 꼭 움켜잡은 채 말하자 혜나는 눈을 동그랗게 떴다.

"뭐야? 너 또 뭔 짓을 저지른 거야?"

"이번 토요일이 놀토잖냐. 그날 정말 중요한 일이 있어. 너도 꼭 참석해 줬으면 해."

"중요한 일? 그게 뭔데?"

"뭐긴 뭐겠냐?"

슬그머니 곁으로 다가온 경희가 피식 웃으며 말을 이었다.

"이영란한테 정말 중요한 일이란, 바로 미팅이지!"

혜나는 기가 막힌다는 표정으로 영란을 노려보았다.

"너 나보고 지금 미팅에 나가라는 소리야? 너 미쳤니? 그런 짓하다가 걸리면 난 바로 이거야."

그녀가 손으로 목을 긋는 시늉을 해 보였지만 영란은 흥 소리를 내며 코웃음을 쳤다.

"안 걸리면 되는 거지."

"그게 말이 쉽지. 미안하지만 난 안 돼."

더 들을 필요도 없다는 표정으로 그녀는 몸을 돌렸다. 하지만 곧바로 영란의 팔에 목덜미가 휘감겨 꼼짝도 못하는 처지가 되어 버렸다.

"으…… 숨 막혀. 이거 안 놔?"

"넌 우리 인생이 불쌍하다고 생각되지도 않니? 우리 꼴을 봐라, 이게 어디 인간이냐? 공부하는 기계지. 부모님들도 그렇고 쌤도 그렇고 잠시도 쉴 틈 없이 몰아붙이잖아. 그러니까 잠깐의 일탈을 꿈꿔 보자 이거야."

"잠깐의 일탈은 너 혼자 해, 나까지 끌어들이지 말고. 그리고 다음 주부터 봄 축제 기간이잖아. 그때 맘껏 놀고 숨 쉬면 될 거 아냐."

"축제는 축제고, 미팅은 미팅이지. 그게 똑같냐. 넌 이 황금 같은 고등학교 시절에 남들 다하는 미팅 한 번 못해 보고 그냥 보낼래? 지금 안 하면 2학기 때는 하고 싶어도 못한다고. 그러니까 유혜나, 한 번만 눈 딱 감고 하자."

유혹적인 음색을 띠고 속닥거리는 영란의 말에 혜나는 한순간 흔들렸다. 그녀 또한 미팅을 하고 싶다는 생각을 안 한 건 아니었다. 어떤 것인지 궁금하기도 했고 나름 재미도 있을 듯했다. 하지만······.

"진짜로 미안하지만 이영란, 난 정절을 지켜야 할 의무와 책임이 있는 사람이야. 그러니까 자꾸 나 꼬시지 마."

"어머, 그러셔? 그런데 어쩌니? 그 정절을 지켜야 할 상대방께서는 지금 군대에 가고 없으신데?"

생글생글 웃는 낯을 하고서 영란은 잘도 그녀의 약점을 푹푹 찔러 댔다.

"그래서! 배신을 때려도 상관없다고?"

"배신은 무슨, 내가 언제 너보고 바람피우라고 했냐? 이건 그냥 미팅이야, 미팅. 아주 단순한 미팅. 마주앉아서 밥 먹고 차 마시고 이야기꽃만 피우고 말면 되는 거지. 너 설마 미팅에서 만난 남자하고 뜨거운 밤을 보낼 생각이었니?"

"뭐야? 큰 소리로 그런 말을 하다니, 누가 들으면 어쩌려고. 이게 아주 간이 부었어."

그녀는 인상을 팍 쓰면서 영란의 등을 힘껏 후려쳤다.

"그러니까 좋게 말로 할 때 간다고 하란 말이야."

이제 아주 협박조다.

"경희야. 애 좀 어떻게 해 봐. 날 아주 잡아먹으려고 들잖아."

간절한 눈빛으로 쳐다봤지만 경희는 아무 대꾸도 없이 먼 산만 쳐다볼 뿐이다.

"너 계속 그렇게 버티면 나도 어쩔 수 없다. 히든카드를 꺼낼 수밖에."

"히든카드라니?"

"내일 아침 마이크에 대고 공개방송을 해 버릴 거야. 3학년 2반 유혜나 학생은 23회 졸업생인 민성하 선배의 약혼……우읍!"

눈을 크게 부릅뜬 그녀는 득달같이 달려들어 영란의 입을 손으로 막았다. 혹시나 누가 들었을까 싶어 두리번거리던 그녀는 자신을 흘끔거리며 지나가는 옆 반 학생과 눈이 마주치자 심장이 오그라드는 느낌이었다.

"이, 이것이 드디어 미쳤구나. 고3이 되어서 스트레스를 왕창 받더니 드디어 돌아 버렸어."

"으음음…… 네가 내 입을 막는다고 모든 일이 끝날 줄 아냐. 내 대자보를 붙여서라도 네 비밀을 다 밝혀 버릴 거다."

"우씨, 이 못된 것이……."

그녀는 두 손으로 머리를 움켜잡고 입술을 꼭 깨물었다.

그녀가 다니는 고등학교는 대학 진학률이 높기로 이름난 사립학교였고 23회 졸업생인 민성하는 학창 시절에도 잘난 얼굴과 잘난 성적으로 여학생들에게 인기가 많았다. 그리고 졸업한 뒤에도 행사가 있을 때마다 학교로 불려오는 바람에 그 인기는 여전했다. 여학생들의 대부분이 민성하를 연예인처럼 생각하면서 한 번이라도 더 만나기를 고대하고 있다는 사실을 혜나는 잘 알고 있었다. 그렇기에 봄 축제 때라든가 체육대회, 전람회나 연극 공연 등, 학교 행사가 있을 때마다 그녀는 성하와 부딪히지 않으려 애를 썼고 그에 대해서 아는 척도

전방지축 신혼일기

하지 않으려 했다.

그런데 만약 영란의 떠벌림으로 인해 그녀가 민성하의 약혼녀라는 사실이 교내에 공개된다면…… 남은 학창 시절 조용히 보낸다는 건 거의 불가능한 일이었다.

"어떻게 할래? 유혜나, 마이크에 대고 방송을 해 줄까? 아님 대자보를 붙여 줄까? 아님, 조용히 미팅에 나갈래?"

"나간다, 나가. 그 미팅인지 뭔지 나가면 될 거 아냐!"

사악하게 미소 짓는 영란에게 혜나는 결국 백기를 들고 말았다.

"그럼 토요일 날 기대해 보마. 유혜나, 나 먼저 들어간다."

손을 흔들어 보이고 엉덩이를 살랑거리면서 교실로 들어가는 영란을 힘껏 노려보던 혜나는 한숨을 푹 내쉬면서 고개를 저었다.

"저건 인간이 아니야, 분명 꼬리 아홉 개 달린 여우가 변신한 게 틀림없다니까."

"이영란 술수에 말려들지 않는 사람은 내 여태까지 본 적이 없지."

심히 걱정된다는 투로 중얼거린 경희는 고개를 들어 또다시 창밖으로 시선을 주었다.

"그래도 날씨는 정말 좋다. 놀러 가고 싶을 정도로."

"난 저 좋은 날씨가 눈에 들어오지도 않아. 이영란 저 못된 것은 왜 하필 이럴 때 일을 벌이는 거야? 성하 오빠 휴가 나올지도 모르는데 만약 잘못돼서 걸리면 난 최소한 사망이라고."

그녀의 투덜거림에 섞여 수업 시작종이 울렸다.

걱정이 이만저만이 아닌 탓에 그녀는 이후의 수업은 듣는 둥 마는 둥 건성으로 보냈고 자율 학습 시간에도 애꿎은 샤프 뒤꽁무니만 깨물어 대면서 시간을 보냈다.

지금이라도 영란에게 미팅에 나갈 수 없다고 못을 박아 말을 해야 하는 것인지, 아니면 그냥 눈 딱 감고 나가야 할 것인지 그녀는 갈피를 잡을 수 없어 머리가 어지럽기까지 했다.

"유혜나, 너 절대 딴생각하지 마."

수업이 끝나고 야간 자율 학습까지 마친 후, 교문을 나서는 그녀를 뒤쫓아 온 영란이 의미심장한 어조로 말을 꺼냈다.

"무슨 딴생각?"

"미팅을 못하겠다느니, 혹은 그날 다른 핑계를 대고 도망간다든지 했다가는 알지?"

이것이 사람 속을 훤히 들여다보는 것이 돗자리를 깔고 앉아도 굶는 일은 없을 듯했다.

"그날 아침에 내가 직접 모시러 갈 테니까 예쁘게 꽃단장하고 기다리도록 하여라. 알겠느냐?"

"알았어, 알았으니까 그만 좀 들볶아라."

짜증이 잔뜩 배인 음성으로 툭하니 말을 내던진 그녀는 옆으로 다가와 서는 정훈을 보고 입을 꾹 다물었다.

"둘이 무슨 음모라도 꾸며?"

장난기 가득한 정훈의 말에 영란이 손을 휘저었다.

"아니야. 혜나야, 잘 가. 내일 보자."

손을 흔들며 영란은 반대편으로 걸어갔다.

"응, 안녕. 내일 봐."

넌 가다가 그냥 엎어져 버려라.

입속으로만 심술궂은 말을 중얼거리고 그녀는 정훈과 나란히 집쪽으로 걸어갔다.

"무슨 안 좋은 일이라도 있어? 아까부터 안색이 안 좋던데."

정훈의 질문에 그녀는 고개를 가로저었다.

"아니."

"성적 때문에 걱정인 거야?"

"성적도 그렇고, 다른 일들도 있고."

차마 미팅 때문에 마음이 뒤숭숭하다고 솔직하게 고백할 수는 없는 일이었기에 혜나는 딴청을 부렸다.

"성적 때문이라면 스터디 그룹을 만드는 건 어때?"

"스터디 그룹?"

"그래, 5명이나 6명 정도만 모아서 공부하는 거야. 토요일하고 일요일 날, 부족한 과목은 도와주고 서로 경쟁도 하고."

"괜찮을 것 같긴 해. 그런데 한다는 애들이 있을까? 다른 애들은 과외를 하거나 학원 다니는 것 같던데."

"너 한다고 하면 내가 애들한테 물어볼게."

정훈이 너무 진지한 어조로 말하는 바람에 그녀는 차마 거절하지 못하고 고개를 끄덕였다.

"쉽게 결정할 순 없는 문제니까, 생각해 볼게."

큰길에서 집으로 가는 골목길로 들어서며 그녀는 정훈에게 작별 인사를 했다.

"잘 가, 내일 학교에서 보자."

"집 앞까지 바래다줄게."

"괜찮아, 여긴 가로등 있어서 어둡지도 않고 집도 가까운데 뭐."

"그래도 늦은 밤이잖아, 집 앞까지 가자. 너 들어가는 거 보고 가야 마음이 놓일 것 같아."

정훈은 평소와 달리 고집을 부렸다. 아주 잠깐 동안 뭔가 좀 이상하다는 생각이 들었다. 하지만 그녀는 정훈이 친절을 베푸는 것뿐이라고 가볍게 받아들였다.

정훈과 나란히 골목길로 들어서 긴 담을 따라 걷던 그녀는 대문이 빤히 바라다보이는 곳에서 걸음을 멈췄다. 가로등 불빛이 환하게 두 사람의 머리 위를 비추고 있었다.

"이제 다 왔으니까 걱정 말고 집에 가."

"알았어, 그런데 혜나야."

"응? 왜?"

긴장한 표정으로 정훈은 한참이나 말이 없었다.

"무슨 말인데 그래?"

"갑자기 이런 말 물어보기가 좀 그렇긴 한데…… 넌 좋아하는 사람 생기면 어떻게 할 거야? 좋아한다고 고백할 거니?"

갑작스러운 질문에 혜나는 바로 대답을 하지 못했다. 좋아하는 사람이 생긴다면…….

잠시 생각에 잠겼던 그녀는 정훈을 빤히 바라다보면서 입을 열었다.

"만약 나라면 좋아한다고 말할 것 같아, 그렇지 않으면 상대방이 내가 좋아한다는 것도 모를 테니까. 아무 말도 못하고 그저 혼자서 끙끙 앓는 건 너무 바보 같다는 생각이 들어."

그녀는 진심으로 그렇게 생각했다. 그랬기에 그녀는 틈날 때마다 성하에게 좋아한다는 표시를 했다. 문제는 성하가 눈치가 없는 건지, 아니면 빤히 알면서도 모른 척하는 건지 별 반응이 없다는 거였다. 성하는 약혼한 이후부터 계속 그녀를 여동생처럼 여기며 아주 어린 꼬마 대하듯이 했다. 19살이 된 지금까지도…….

"그렇다면 네 말에 용기를 얻어 나도 고백해야겠다."

잔뜩 굳은 표정의 정훈은 그녀의 눈을 뚫어져라 바라보며 말을 이었다.

"혜나야, 사실은 나 너 많이 좋아해."

뜻밖의 말에 그녀는 눈을 휘둥그렇게 떴다. 정훈과 친하게 지내긴 했지만 그가 자신을 좋아하고 있었을 거라고는 꿈에도 생각지 않았기에 그녀는 무척 당황스러웠다. 그녀는 지금 상황을 어떻게 헤쳐 나가야 할지 참으로 난감했다.

그녀가 머뭇거리면서 아무 말도 하지 않자 정훈은 기대감 가득 담긴 눈빛을 했다.

"너도 날 싫어하지는 않지? 내 예감뿐이기는 하지만 조금은 좋아하는 감정이 있을 거야. 그러니까 우리 정식으로 사귀어 보자, 혜나야."

미처 반대의 말을 꺼내기도 전에 정훈은 열정이 가득한 몸짓으로 그녀의 어깨를 잡았다.

"정훈아. 난 이미…… 앗!"

정훈의 입술이 그녀의 작은 입술에 닿았다. 가볍게 입술만 닿았을 뿐이지만 너무 놀란 혜나는 펄쩍 뛰어오르며 정훈을 떼밀어 버렸다.

"이게 무슨 짓이야?"

혜나는 이마를 찌푸리며 화를 냈다.

"너, 내 말은 들어 보지도 않고 왜 네 멋대로 하는 거니?"

"미안해, 하지만 너도 날 좋아한다고 생각해서……."

"널 좋아하기는 해. 하지만 그건 같은 반 친구로서 좋아하는 거지 절대 이성적인 건 아냐."

정훈은 잔뜩 풀 죽은 표정으로 어깨를 축 늘어뜨렸다. 그런 정훈의 모습이 안되어 보이기는 했지만 그녀는 미련을 남기고 싶지 않았다. 그랬기에 다소 쌀쌀맞은 음성으로 말했다.

"그리고 난 벌써 좋아하는 사람이 있어. 그래서 네 마음을 받아 줄 수는 없어."

"그랬구나, 미안해."

정훈은 우울한 표정으로 중얼거렸다.

"아냐, 나도 미안해. 그럼…… 조심해서 가."

고개를 푹 떨구고 돌아서서 걸어가는 정훈의 모습이 무척이나 쓸쓸해 보였다. 그녀는 지금 정훈의 심정이 어떨지 충분히 이해할 수 있었다. 매번 성하에게 거절 아닌 거절을 당할 때의 그녀의 마음과 똑같을 게 분명했다. 무척이나 서운하고 아쉽고 씁쓸한 마음.

무슨 이유에서인지는 모르겠지만 그녀는 쉽사리 발길을 돌릴 수가 없어 한참 동안이나 그 자리에 서 있었다.

가볍게 한숨을 내쉬고 대문 앞으로 걸어간 그녀는 초인종을 누르려고 손을 들어 올리다 이내 멈칫했다. 이상한 기색이 느껴졌다. 누군가가 자신을 빤히 바라보고 있는 듯한 느낌. 불안감에 쿵쿵 울리는 가슴을 진정시키며 그녀는 한 걸음 물러섰다.

주변을 두리번거리자 커다란 대문 옆 어두운 공간에 거무스름한 사람의 형체가 있는 것이 눈에 띄었다.

"거기 누구세요?"

겁이 나 잔뜩 움츠러든 그녀의 입에서 달달 떨리는 음성이 새어 나왔다.

검은 형체가 움직였다. 밝은 불빛 앞으로 나서는 사람의 모습을 확인한 혜나의 표정이 안도감으로 환하게 밝아졌다.

"오빠."

반가운 마음에 그를 향해 달려들려던 혜나는 이내 그의 표정이 차갑게 굳어 있는 걸 보고 움찔 몸을 멈췄다.

"오빠, 휴가 나온 거야? 그런데 왜 여기서 이러고 있어?"

다른 때와 달리 어색한 느낌에 감싸여 그녀는 조심스럽게 질문을 던졌다.

"방해하고 싶지 않아서."

그의 말이 뭘 뜻하는지 눈치챈 혜나의 표정이 새치름하게 바뀌었다.

"방해는 무슨 방해? 별일도 없었는데."

"별일도 없었다고? 유혜나, 평소 행동을 어떻게 하고 다니기에 그런 일이 별일이 아닌 게 되는 거지?"

여전히 냉기가 풀풀 풍기는 그의 말투에 그녀는 서운함을 느꼈다. 그랬기에 그가 하는 말이 무슨 말인지 알면서도 모르는 척 시치미를 뗐다.

"그런 일이라니, 무슨 일?"

"그 녀석하고 키스했잖아."

"키스? 생사람 잡지 마, 오빠. 그게 무슨 키스야? 단순한 입맞춤이지."

"키스였거든."

"아니거든요. 내가 아무리 어리고 경험이 없다지만 키스하고 입맞춤도 구분 못하는 줄 알아? 그건 분명 입맞춤이었어."

"그래서 입맞춤은 해도 된다고?"

이마를 확 찌푸리고 나지막하게 으르렁대는 그의 행동에 혜나는 입술을 꼭 깨물었다.

"한 게 아니고…… 나도 당한 거지. 그래서 지금 나도 기분이 별로 안 좋단 말이야."

그녀는 어이없는 상황에 빠졌다는 사실에 화가 났다. 더군다나 그런 장면을 성하가 봐 버렸다는 사실이 말할 수 없이 속상했다. 그가 오해를 하고 추궁하는 것 또한 마음에 들지 않았다. 그녀는 잔뜩 짜증이 치솟아 그의 앞으로 한 발 다가섰다.

"오빠, 내가 좋아서 태연자약하게 그런 일을 했다고 생각해? 그래서 지금 화를 내는 거야?"

속상하고 억울한 기분에 그녀는 고개를 바짝 쳐들고 그를 노려보았다.

"그렇게 마음이 안 놓이면 매일같이 내 옆에 붙어서 감시하고 있으면 됐잖아. 누가 군대 같은 데 가래?"

말도 안 되는 투정이라는 걸 그녀도 뻔히 알았다. 하지만 너무나도 화가 나고 속상했기에 그녀는 떼를 쓰는 것처럼 그를 향해 투덜거렸다.

"군대는 내가 가고 싶어서 갔어? 군대라는 데가 가고 싶지 않다고 안 갈 수 있는 곳이야?"

"아버님한테 말해서 빼 달라고 했으면 되잖아. 별이 네 개나 되는 장군이면서 그런 것도 못해?"

"네가 우리 아버지 성격을 알면서 잘도 그런 말을 하는구나."

"어쨌든 오빠가 옆에 없으니까 이런 일이 벌어진 거 아냐."

혜나의 주장은 순 억지였다. 이를 악물고 호된 질책이라도 퍼부어야겠다고 생각하던 그는 돌연 마음을 바꿨다.

"그 녀석을 좋아하는 거냐?"

"그게 또 무슨 뚱딴지같은 소리야?"

"그 녀석 마음을 받아 주지 못해서 화가 난 게 아니냐고 묻고 있는 거야."

그녀는 기가 막혔다. 하도 어이가 없어 제대로 말을 할 수도 없을 정도였다.

뭐가 어째! 이 남자야, 내가 정말 좋아하는 사람이 누군데. 매번 볼 때마다 좋아한다는 표시를 팍팍 내도 모른 척을 하더니. 이젠 억울한 누명까지 씌워?

"난 걔 안 좋아해. 걔한테도 좋아하는 사람 따로 있다고 분명히 말했어."

"그런데도 키스 같은 걸 했다고? 그 녀석은 변태냐?"

"내가 말하기도 전에 걔가 달려들어서 그런 거라니까. 그리고 키스 아니라니까 왜 자꾸 키스했다고 그러는 거야? 오빠, 지금 나 염장

지르는 거지."

분하고 억울한 감정에 혜나의 눈꼬리에 찔끔 눈물이 매달렸다.

"그리고 그렇게 말하는 오빠는 키스 한 번도 안 해 봤어? 학교에서 오빠 좋다고 따라다니는 여자들 많다면서. 그 여자들이랑 태연하게 술도 마시고 데이트도 했다면서?"

"누가 그런 말도 안 되는 소릴 하는 거야!"

"유혜성 씨가 벌써 다 불었거든. 그러니까 늑대 꼬리 감출 생각하지도 마. 여자들하고 놀러 다니면서, 끌어안고 키스하고 더한 짓도 하고 그랬지! 솔직하게 고백하라고."

"뭐?"

"오빠도 여자 경험 전혀 없는 건 아닐 거 아냐. 군대까지 갔는데."

완전히 기선 제압을 하겠다는 생각으로 그녀는 성하를 몰아붙였다.

"군대 가기 전에 다들 총각 딱지 떼고 그런다더라."

"너…… 그런 소린 또 어디서 들은 거야?"

성하가 기가 막힌다는 표정으로 반문하자 그녀는 별것 아니라는 투로 대꾸했다.

"나도 귀가 뚫려서, 이것저것 듣는 게 많거든. 우리 반에 실전 경험 다분한 애들도 많아. 걔네들이 하는 말 들어 보면 남자라는 인종들 정말 웃긴 짓들을 많이 하더라고."

"실전 경험 다분한 애들? 어휴."

"왜? 앞으로 그런 애들하고 놀지 말라고 충고하시려고? 오빤 날 아직도 7살 꼬맹이로 보는 것 같은데 나도 벌써 19살이야. 성인이 다 됐다고."

샐쭉하니 토라진 표정을 연출하며 그녀는 성하의 표정을 슬쩍 살폈다. 자세히는 알 수 없지만 그는 이제 사뭇 재미있다는 표정을 하고 있었다.

"그래서? 성인이 됐으니 뭘 어쩌려고?"

"그러니까 내 사생활에 대해서 일일이 참견하지 말라는 거지. 나도 내 인생을 책임질 수 있을 만큼 충분히 컸으니까."

"그래. 충분히 컸으니까 다른 사내 녀석하고 뭔 짓을 해도 신경 쓰지 말라, 이 말이야?"

성하의 눈빛이 위험스러울 정도로 어둡게 가라앉았다. 그는 두 팔을 뻗어 혜나의 어깨를 잡았다. 지그시 손아귀에 힘을 주어 움직이지 못하게 만들고 그는 낮은 음성으로 말을 이었다.

"내 여자가 다른 놈하고 시시덕거리면서 웃고 떠드는 꼴을 가볍게 봐 넘기라고? 끌어안고 키스를 하든 말든 신경 끄라고! 지금 네가 원하는 게 그런 거야?"

"시시덕거리면서 웃고 떠들지도 않았고, 끌어안고 키스한 것도 아니었거든."

매몰차게 쏘아붙인 혜나는 그의 팔을 손으로 움켜잡고 발뒷꿈치를 올렸다. 성하의 검은 눈동자를 바라본 그녀는 그의 입술에 자신의 입술을 가볍게 댔다. 닿자마자 떼었는데도 그녀의 입술엔 느낌이 남아있었다. 그의 입술의 부드러운 감촉이, 정훈과의 입맞춤에서는 전혀 느낄 수 없던 어떤 느낌이.

"봐봐, 이건 그냥 입맞춤일 뿐이잖아. 정말 아무것도 아닌 거잖아."

아무것도 아니라는 말과 달리 그녀의 얼굴은 노을보다도 더 붉게 타올랐다.

"아무것도 아닌 건 아니지."

"응? 무슨 말이야? 오빠."

이번에는 그의 입술이 그녀의 입술에 와 닿았다. 성하는 입을 벌려 혜나의 작은 입술을 빨아들였다. 폭풍과도 같은 짜릿함이 그의 뇌를 후려쳤다.

"음⋯⋯."

가벼운 신음 소리를 낸 그는 그녀의 허리를 한 팔로 휘어 감았다. 한 치의 틈도 없이 자신의 몸에 붙여 꼭 끌어안고 그는 또다시 소리가 나도록 그녀의 입술을 빨아들였다.

"오빠⋯⋯."

혜나의 목소리가 떨리고 있었다.

"아직도 아무것도 아닌 거라고 주장하고 싶니?"

"그건 틀려, 아까 걔하고는 이런 식으로 하지 않았어. 그리고 또⋯⋯ 오빠는 틀리잖아."

"뭐가 틀린데?"

오빠는 내가 아주 많이 좋아하는 사람이니까.

하지만 끝내 그녀는 그 말을 하지 못했다. 말을 했다가 전처럼 성하가 못 들은 척을 해 버린다면 너무나도 서운할 것만 같았다.

"아무래도 안 되겠다. 혜나야, 네 말대로 하던가 해야지."

"내 말대로? 어떤 말?"

그를 향해 하도 여러 소리를 떠들어 대서 혜나는 자신이 무슨 말을 했는지 일일이 기억하기도 힘들었다.

"그런 거 있어. 너무 늦었다, 그만 들어가."

"무슨 말인지 말해 주면 안 돼? 나 궁금해, 성하 오빠."

그가 안고 있던 팔을 풀자 찬바람이 온몸을 때리며 허전함을 느꼈다. 그녀는 다급히 그의 팔을 움켜잡았다.

"오랜만에 만난 건데 그냥 갈 거야?"

"내일 연락할게."

"정말이지?"

"그래."

그는 손을 들어 그녀의 뺨을 어루만졌다.

"들어가, 너무 늦어서 부모님 걱정하시겠다."

"응, 오빠도 조심해서 가."

싱긋 미소를 내보이고 그는 몸을 돌렸다. 더 이상 머뭇거리다가는 그녀를 실전 경험 다분하다는 친구들처럼 만들어 버릴지도 모르는 일이었다. 주머니에 손을 찔러 넣고 천천히 걷던 그는 고개를 들어 하늘을 올려다봤다. 구름이 끼어서인지 하늘엔 달도 별도 보이지 않았다. 지금 그의 마음처럼 온통 어둠뿐이었다.

그는 혜나와 같은 반 친구라는 남자 녀석을 질투하고 있었다. 너무도 친해 보이는 모습에 화가 났다. 그는 그녀가 항상 자신만을 생각하고 있을 거라 믿었다. 그런데 지금 그 믿음이 조금씩 흔들리고 있었다. 그녀의 예상치 못한 행동으로.

의외로 소유욕이 강한 성하는 자신의 여자라 믿었던 혜나의 돌발 행동에 자존심에 상처를 입었다. 제대하고 나면 혜나와 예전과 같은 관계로 돌아갈 수는 없을 듯했다. 그녀에게 그저 이름뿐인 약혼자로 남고 싶지는 않았다.

거울 앞에 선 혜나는 손가락으로 자신의 입술을 살짝 쓰다듬어 보았다. 그녀의 입술은 평소 때보다도 더 도톰해져 있었다. 살짝 붉은 기가 감도는 입술을 뚫어져라 보면서 그녀는 성하와의 입맞춤을 떠올리고 있었다.

전과 다른 그의 행동이 불안스럽기도 했지만 은근히 기분이 좋기도 했다.

내 여자. 그는 분명 그렇게 말했었다. 하지만……

"성하 오빠…… 이제 날 여자로 봐 주는 걸까? 아님 그냥 다르다는 걸 알려 주려고 그런 걸까."

천방지축
신혼이야기

그의 마음을 알 수 없어 그녀는 답답하기만 했다.

성하는 근사한 남자였다. 처음 볼 때부터 그는 혜성과는 다른 어른 스러움으로 그녀를 매혹시켰다. 또한 그는 그녀의 일을 항상 꼼꼼하게 챙겨 주고는 했다. 생일도 빠짐없이 기억하고 축하해 주었고, 그녀의 부모님께도 깍듯이 대했다. 보통 기준으로 따지고 본다면 그는 나무랄 데 없는 100점짜리였다. 그녀를 너무 어린애 취급을 하면서 여동생 보듯이 한다는 것만 빼고는…….

하지만 그런 아쉽고 서운했던 감정도 오늘 일로 어느 정도 사라졌다. 만약 성하가 그녀를 정말 어린애라고 생각하고 있다면 그런 식의 입맞춤을 하지는 않았을 테니까.

혹시, 다음번에는 진짜 키스를 할지도 몰라.

떠오르는 생각에 그녀의 얼굴이 붉게 달아올랐다. 그러면서 은근히 기대감도 생겨났다. 입맞춤만으로도 황홀하고 날아갈 것처럼 기분이 좋았는데 키스를 한다면 정말 기절이라도 하지 않을까 걱정스럽기도 했다.

그와 키스를 하는 장면을 상상하면서 키득거리고 웃던 혜나는 책상 위에 놓인 미니 달력이 눈에 띄자 얼굴을 팍 찡그렸다.

"아차, 미팅!"

영란과 약속한 토요일은 2일 뒤였다.

"어쩌지? 오빠한테 말 못했는데."

솔직하게 미팅하겠다고 말할 용기도 없었다. 그가 순순히 승낙할 리도 없고 화를 낼지도 모르는 일이었으므로.

"아이고, 미치겠다. 어쩌면 좋지?"

그녀는 침대에 엎어져 베개를 끌어안고 입술을 잘근잘근 깨물었다.

2장.

넓은 정원 가득히 자리 잡은 나무들은 이미 여름을 맞을 준비를 마친 상태였다. 가지마다 돋아나기 시작한 초록빛의 싱그러움과 산들거리며 불어오는 시원한 바람을 느끼면서 그는 담배를 빨아들여 하얀 연기를 허공으로 내뱉었다.

이상하게도 입맛이 썼다. 또한 왠지 알 수 없는 감정으로 인해 마음이 뒤숭숭하고 머리가 어수선했다.

혜나 때문인가.

그는 또다시 한 모금의 담배를 피우고 연기를 내뱉으며 깊은 생각에 잠겼다.

오늘 아침부터, 아니 정확히 말하자면 어제 저녁 무렵부터 혜나와 연락이 되지 않았다. 전화를 할 때마다 그녀의 핸드폰은 전원이 꺼져 있다는 기계적인 음성만 들려 줬다. 집으로 전화를 하거나 찾아가 볼 수도 있지만 너무 유난을 떠는 것 같아 그만둬 버렸다. 성하는 자신의 마음이 편하지 않은 것을 단지 피곤해서일 뿐이라고 여기고 말았다.

담배를 비벼 끄고 시계를 바라본 그는 이마를 찌푸렸다. 어느새 친구들과의 약속 시간이 다 되어 가고 있었다. 어수선한 심정으로 친구들을 만나고 싶지는 않았지만 휴가 나와서 얼굴도 안 보고 들어갈 수는 없는 일이었다. 내키지 않는 마음으로 그는 집을 나와 친구들이 모여 있다는 클럽으로 향했다.

"야! 민성하, 오랜만이다."

친구들은 이구동성으로 반가워했고 그 또한 심란했던 마음을 추스르고 대꾸했다.

"그래, 오랜만이다. 안 본 지 한 2달 됐나?"

"2달이 뭐야, 벌써 3달이 다 되어 간다."

"성하, 너 제대는 언제 하는 거냐?"

"7월 초쯤에."

관심 섞인 친구들의 질문에도 성하는 건성으로 답하며 맥주잔을 들어 올렸다. 시원한 맥주를 한 모금 목으로 넘기자 가슴속까지 싸함으로 물드는 것만 같았다.

"7월 달에 제대면 2학기에는 복학하겠구나."

"글쎄……"

별 관심 없다는 듯 대답하던 그는 자신을 향해 옷자락을 팔락거리며 달려오는 은주를 보고 가볍게 이마를 찌푸렸다.

"민성하, 휴가 나왔구나. 와, 반가워."

까르르 웃음소리를 흘리며 은주는 그의 어깨에 턱 하니 손을 얹었다.

"휴가 나왔으면 나한테 제일 먼저 연락을 했어야지. 갑자기 서운한 마음이 드네."

은주는 손가락 끝으로 애무하듯이 그의 어깨를 쓰다듬으며 귀 가까이 입을 대고 속닥거렸다. 뜨거운 입김이 느껴져 성하는 이마를 더욱 찌푸렸다.

"오랜만이다. 옆으로 제대로 앉지."

빈 의자를 가리키며 성하가 차갑게 말하자 은주는 샐쭉한 표정을 지었다.

"군대 가서 좀 변할 줄 알았더니 냉정함은 그대로네."

그는 은주의 투덜거림은 들은 체도 하지 않고 친구들의 대화에 귀를 기울였다.

사실 성하는 다른 남자들과 달리 여자에 대해 크게 관심을 두지 않았다. 너무 어린 나이에 약혼을 하고 이미 결혼할 사람이 정해져 있어서 그런 것도 있지만 그의 성품 자체가 다정다감과 거리가 멀었기에 여자와 가깝게 지내지 않았다.

어떤 면에서는 여자들에게 너무 인기가 많아서 더욱 그런지도 몰랐다. 자신을 보고 까아— 까아— 환호성을 질러 대는 여자들이 한심하게 생각되기도 했고 은주처럼 드러내 놓고 유혹을 하는 여자들이 부담스럽기도 했다.

"성하야, 우리 춤추자."

한참을 부러운 눈길로 스테이지를 바라보고 있던 은주가 그의 팔을 붙잡으며 눈웃음을 쳤다.

"별로 춤추고 싶지 않은데."

그의 거절에도 포기하지 않고 은주는 윗몸을 앞으로 내밀며 부탁 조로 말했다.

"딱 한 곡만 추자. 응?"

깊이 파인 앞섶 사이로 풍만한 가슴의 골이 다 들여다보였다. 잔뜩 요염한 태도로 속눈썹을 깜박여 가면서 은주가 속닥거렸지만 성하는 고개를 저었다.

가부장적인 집안에서 자란 성하는 드러내 놓고 유혹을 하는 은주가 못마땅했다. 그렇게 SEX가 좋으면 다른 좋다는 놈들하고나 할 것이지 어째서 싫다는 자신에게 엉겨 붙는 것인지 그는 이해할 수가 없었다.

그렇다고 해서 은주가 여자로서의 매력이 없는 것은 아니었다. 미모도 수준급이었고 몸매도 잘빠졌다. 단지 성하의 눈에 은주는 여자가 아닌 학교 동창으로 보일 뿐이었다.

"너 복귀하고 나면 몇 달이나 지나야 다시 만날 텐데. 춤 한 곡 정도는 같이 출 수 있는 거잖아. 응? 부탁해."

미련을 버리지 못하고 은주가 재차 애원했지만 그는 차가운 표정을 한 채 딱 잘라 거절했다.

"그만해, 너하고 춤추고 있을 시간도 없어."

"정말 너무한다. 민성하."

가련한 표정을 지어 보이며 은주가 붙잡았지만 그는 모른 척해 버렸다.

친구들과 일일이 악수를 하고 인사를 나눈 뒤 그는 뾰로통한 표정으로 노려보는 은주를 무시하고 클럽을 나섰다.

그대로 차를 몰고 혜나의 집 근처까지 온 성하는 핸드폰을 열었다. 계속해서 전원이 꺼졌다는 안내 멘트만 날리던 핸드폰이 오랜만에 통화음을 들려 주었다.

―여보세요?

들려오는 혜나의 목소리는 잔뜩 숨죽인 듯 조심스러웠다.

―여보세요? 성하 오빠?

그가 아무 말이 없자 그녀가 이름을 불렀다.

"지금 어디니?"

―어, 저기. 나…… 집으로 향하는 큰길인데…….

큰 사고를 치고 몸을 사리는 듯한 혜나의 반응에 성하는 기분이 좋지 않았다.

"집 앞에서 보자."

―집 앞에서? 지금?

앞뒤 다 자르고 본론만 간단히 말한 그는 혜나의 말에 대답도 하지 않고 전화를 끊어 버렸다. 신경을 건드려 대는 불쾌한 기분에 그는 가속페달을 힘주어 밟았다. 스피드하게 차가 앞으로 튀어나갔다.

혜나의 집 근처 큰길가를 달리던 그는 혹시나 하는 생각으로 속도를 줄이며 도로를 훑어보았다. 그리고 곧 종종걸음으로 걷는 그녀를 발견했다. 경적을 울려 자신의 출현을 알리려던 그는 키가 멀대같이 큰 남자가 혜나 옆으로 다가서는 모습에 움찔 손을 멈췄다.

그녀는 깜짝 놀란 듯 멈춰 서며 남자를 응시했다. 대화를 나누고 있는 건지 혜나의 입술이 달싹거리며 움직이고 있었다.

휙 하니 그들을 지나친 성하는 지그시 이를 악물고 속도를 높였다. 골목길로 들어서 집 앞까지 차를 몰고 간 그는 창문을 열어 놓고 담배를 하나 꺼내 입에 물었다.

이번엔 또 어떤 남자야. 그냥 단순히 길을 묻거나 하는 거였을까? 아니야.

성하는 고개를 저었다. 찰나간에 스쳐 지나가며 본 것뿐이었지만 혜나와 그 남자는 아는 사이임이 분명했다.

꽤 시간이 흘렀는데도 혜나는 아직 모습을 보이지 않았다. 답답함에 크게 숨을 내쉰 그는 차 문을 열고 밖으로 나왔다. 차에 기대어선 채 한참을 기다리자 그제야 혜나가 골목길을 걸어 올라왔다.

"성하 오빠!"

그를 보자마자 혜나는 환하게 웃으며 달려왔다.

"성하 오빠!"

연달아 그의 이름을 부르며 달려온 그녀는 두 팔을 벌려 그를 덥석 끌어안았다.

"오빠야."

무슨 이산가족 상봉이라도 하는 식으로 그의 가슴팍에 얼굴을 비벼 대며 감동적으로 반가워하는 혜나를 그는 물끄러미 내려다봤다. 그녀가 이런 식으로 나오면 화를 낼 수도 없는 일이었다.

"왜 그래?"

무뚝뚝하게 그가 묻자 혜나가 헤헤 웃음소리를 내보였다.

"왜 그러긴, 너무 반가우니까 그렇지."

"엊그제 밤에 봤잖아."

"피— 그땐 어두워서 자세히 보지도 못했어. 그리고 오빠 금방 가버렸잖아. 화만 벅벅 내고."

"내가 언제 화를 냈다고 그래."

조금은 미안한 마음에 성하가 말하자 혜나의 작은 입술이 뾰로통하니 튀어나왔다.

"인상도 팍팍 쓰고 소리도 벅벅 질러 놓고서는 화내지 않았다고?"

그가 아무 대답도 없이 웃자 그녀는 또다시 팔을 벌려 그의 허리를 안았다.

"오빠야, 난 무뚝뚝해도 오빠가 제일 좋아."

아기 같은 그녀의 말투에 그는 쓴웃음을 지었다. 그리고 이내 큰길에서 그녀와 만난 남자는 누굴까 하는 궁금증에 휩싸였다. 단도직입적으로 누구인지 물어보려는 순간, 그녀가 먼저 입을 열었다.

"난 오늘 우리나라 남자들이 얼마나 한심한지 깨달았어."

"무슨 일 있었어?"

"영란이가 있잖아, 오빠. 오늘 나 미팅에 끌고 갔어."

"미팅?"

"응, 우리 약혼한 거 학교에 소문낸다고 협박하면서. 그런데 너무너무 이상한 애들만 나와서 소름끼쳐 죽을 뻔했어. 말도 막 알아들을 수 없는 말만 하고, 끝나고 집에 오는데 쫓아와서 영화 보러 가자고 난리치고 그러는 거 있지."

"그래서?"

그의 눈에 분노의 불길이 피어올랐다. 말인즉슨 큰길에서 헤나에게 말을 건 남자가 오늘 미팅을 한 상대였던 거였다. 성하는 그 자리에서 차를 멈추고 그 남자를 패대기쳐 주지 않은 것을 후회했다.

"경희가 따라와서 그 남자애한테 막 뭐라고 하고 돌려보냈어. 아무래도 느낌도 안 좋고 수상해서 와 봤다고 하더라고. 히잉, 오빠. 나 오늘 너무 무서웠어."

여우같은 유혜나. 혼날 거라 생각하고 미리 방어막을 펼치는 건가. 잠시 그런 생각이 들기도 했지만 가늘게 떨리고 있는 혜나의 어깨를 느끼고 그는 생각을 고쳐먹었다.

"큰일 안 일어났으면 됐어."

그는 한 팔을 들어 떨고 있는 그녀의 어깨를 감싸 안았다.

"나중에 영란이 혼내 줘, 오빠. 걘 내가 뭔 말을 해도 꿈쩍도 안해."

자못 약이 오른다는 표정으로 혜나는 씩씩거렸다.

"맞다! 다음 주에 우리 학교 축제하는데, 오빠 올 거지?"

"월요일 하루뿐이야. 화요일엔 부대 복귀해야 돼."

"화요일 날? 그렇게 빨리?"

그녀는 정말 서운하다는 표정으로 눈물까지 글썽거렸다.

"오빠 만나서 아무것도 못했는데. 차 한 잔도 못 마셨는데, 벌써 간다고? 그럼 내일은 뭐할 거야? 나 만날 수 있어?"

"선약이 있어."

"그럼 뭐야? 나하고는 아무것도 안 하고 그냥 돌아가겠다고? 그런 게 어딨어?"

"7월 달에 제대하니까 그때 하고 싶은 거 다하면 되지."

"지금 5월 달인데 7월 달까지 어떻게 기다려? 두 달도 더 남았잖아."

혜나는 어린애처럼 입을 내밀며 칭얼거렸다.

"우리 꼬맹이 또 떼쓴다. 여태 기다려 놓고 겨우 두 달을 못 기다려?"

"나 떼쓰는 거 아냐. 그리고 꼬맹이라고 하지 말라니까."

그는 그녀의 뺨을 두 손으로 감싸고 이마에 입술을 댔다. 쪽 소리를 내며 입맞춤을 한 그가 그녀의 어깨를 팔로 감싸 가슴에 품어 안았다.

"오빠 걱정이 많다."

"무슨 걱정?"

"혜나가 너무 예뻐서, 어떤 못된 놈이 업어 가 버릴까 봐."

심장이 콩닥콩닥 소리를 내며 뛰었다. 마치 사랑 고백이라도 받은 듯 그녀의 가슴이 희망으로 가득 부풀어 올랐다.

"그러니까 내가 그랬잖아. 오빠가 옆에서 지켜 줘야 한다고. 사실 나 보고 침 흘리는 남자애들이 얼마나 많은 줄 알아? 하긴, 이 우아한 미모 때문이니 그 정도야 감수를 해야겠지만 말이야. 아, 정말 어떨 때는 피곤할 정도라니까. 오호호호호."

축 가라앉는 분위기를 띄우려고 그녀는 일부러 오버를 해 가며 떠들어 댔지만 그의 표정은 여전히 진지 모드였다.

"정말 그렇게 할까?"

"응? 뭘?"

"24시간 내내 혜나 옆에 붙어서 지켜볼까."

"오빠, 혹시 그거 나한테 프러포즈하는 거야?"

혜나가 눈을 동그랗게 뜨고 묻자 그는 가만히 고개를 끄덕였다.

"오빠……."

그녀가 두 팔을 뻗어 그의 목을 안았다. 발꿈치를 들어 그녀는 그의 뺨에 입술을 댔다. 언젠가 성하에게 결혼하자는 말을 들을 거라 생각했지만 막상 듣고 나니 생각했던 것보다 더 환상적이었다. 흥분하지 말고 감정을 가라앉혀야 한다고 생각했지만 그녀의 심장은 머리의 지시를 무시하고 마구 쿵쿵거리며 뛰었다. 맥박도 펄떡펄떡 뛰어올라 제대로 숨을 쉴 수조차 없을 지경이었다.

한참 동안이나 자신의 뺨에 입술을 대고 있는 혜나의 머리카락 속으로 그는 손을 밀어 넣었다. 살며시 붙잡고 고개를 돌려 그녀의 입술에 자신의 입술을 댔다. 따뜻하고 부드러운 입술.

가볍게 떨리는 입술을 빨아들인 후 성하는 한 걸음 더 나아가 그녀의 입안으로 혀를 밀어 넣었다. 촉촉하면서 달콤한 느낌. 이성이 마비될 것만 같았다.

여기서 멈춰야 돼. 더 이상 나아가면 안 돼.

그런 생각이 들기는 했다. 하지만 한 번 그녀의 입술을 맛본 그의 몸은 이성적으로 움직이질 않았다. 그는 힘껏 혜나의 몸을 끌어당겼다. 가느다란 목을 잡고 고개를 들어 올리자 그녀의 맑은 눈동자가 크게 떠진 채 그의 얼굴을 응시하고 있었다. 붉고 작은 입술에서 새어 나온 숨결이 달콤하게 얼굴에 닿자 묘한 흥분이 그의 온몸을 감싸고 돌았다.

그녀의 작은 입술에 달콤한 키스를 퍼부었다. 살며시 내리 감긴 혜나의 속눈썹이 파르르 떨리는 걸 보며 그는 가볍게 벌어지는 입술 사이로 혀를 넣어 더욱 깊이 그녀를 맛보았다.

달콤하고 짜릿한 기운이 등줄기를 타고 흘러 배에 꽂히자 잔뜩 부풀어 오른 몸의 일부분이 통증을 호소해 왔다. 뱃속을 휘저어 놓는 것 같은 저릿한 아픔을 느끼면서도 그는 그녀에게 키스하는 걸 멈출 수가 없었다.

호흡이 거칠어지며 머리 꼭대기까지 쾌락이 솟구칠 무렵 자제라는 놈이 슬며시 잠에서 깨어났다. 간신히 헤나의 입술을 놓아주고 안은 팔에 힘을 뺀 그는 거칠어진 호흡을 다스렸다. 그녀의 머리카락 속에 얼굴을 묻자 상큼한 과일 향이 풍겨 나와 그의 코끝을 간질였다.

다음에 만나게 되면 그가 키스를 할지도 모른다고 상상했던 게 바로 2일 전이었다. 그리고 오늘, 그녀의 상상대로 그와 키스를 했다.

그와의 키스는 상상했던 것 이상이었다. 정신을 잃고 기절하지 않은 게 오히려 놀라울 정도였다. 온몸을 저릿하게 만들 정도의 달콤함과 그의 압도적인 힘 앞에 그녀는 두려움을 느끼기까지 했다.

"오빠."

그녀는 그의 팔을 잡고 살짝 흔들었다.

그는 입가에 미소를 지은 채 그녀의 이마에 흐트러진 머리카락을 어루만졌다.

"축제 때 학교에서 보자."

헤나는 아무 말 없이 고개만 끄덕였다. 학교에서는 그를 아는 척할 수는 없겠지만 그의 모습을 볼 수 있다는 사실이 그녀에게는 위안이 되고 있었다.

"갈게."

그녀의 손을 꼭 잡았다가 놓은 후, 그는 몸을 돌렸다.

조금씩 멀어져 가는 그의 모습을 헤나는 아쉬움이 가득한 얼굴로 바라보았다.

✳ ✳ ✳

축제는 수능 스트레스에 시달리고 있는 고3들에게도 흥분을 안겨다 주었다. 하지만 혜나는 축제에는 전혀 관심 없다는 얼굴로 창밖을 보고 있었다. 오고 가는 사람들과 바람에 흔들리는 나뭇가지를 번갈아 쳐다보던 그녀의 눈이 어느 한 지점에서 멈추었다.

갑작스럽게 가슴이 쿵쾅거리고 뛰면서 열이 오르는 것처럼 온몸이 후끈 달아올랐다. 그녀는 조심스럽게 숨을 들이마셨다가 다시 내쉬었다.

창문 밖, 본관으로 향하는 진입로에 6명의 여학생들과 걷고 있는 성하의 모습이 있었다. 여전히 멋있는 모습, 혜나는 그를 뚫어져라 바라보다 자신도 모르게 한숨을 푹 내쉬었다.

"민성하 선배는 언제 봐도 반짝반짝 빛이 나는 거 같지 않나?"

언제 왔는지 창턱에 팔을 짚으며 영란이 물었다.

"2월 졸업식 때 봤을 때보다 더 멋있어진 거 같은데…… 사람이 어떻게 저렇게 생길 수가 있냐? 완전 조각품 같잖아. 이목구비 반듯하고."

"거야 나도 모르지."

"유전적인 요소도 무시할 수 없을 테니, 분명 성하 선배 부모님들도 한 미모 하실 거야. 그렇지?"

별걸 다 궁금해하고 있네.

토요일 날의 미팅 건으로 영란에게 아직까지 감정이 좋지 않았던 혜나는 퉁명스런 어조로 대답했다.

"두 분 다 미모 짱이시다."

"흠, 결론은 '윗물이 맑아야 아랫물도 맑다.' 가 적용된다는 거로구먼……."

미모 운운하다가 웬 물 타령?

"쳇, 나 같은 미모로는 성하 선배 같은 사람하고 결혼해도 잘난 2세 만들기는 어렵겠네. 힘들게 애 낳아 놓고서 견적 쏟아진다고 걱정해야 되는 거 아냐. 이런 된장."

투덜거리는 영란의 말에 그녀는 키득거리고 웃었다.

"그러고 보면 혜나, 넌 참 좋겠다. 2세 걱정은 안 해도 되잖아. 성하 선배를 닮든 널 닮든, 잘난 2세 나올 건 뻔한 사실이니. 정말 좋겠다."

영란은 칭찬인지 비꼼인지 알 수 없는 말을 하며 그녀의 어깨를 툭툭 쳤다.

"모르는 소리 하지 마라, 인물 걱정은 안 한다 치지만 오빠 성격 닮아 나오면 앞으로 인생이 참 고달파질 거야."

"그건 또 뭔 소리야? 선배 성격이 어때서?"

"무지 날카롭거든. 얼굴만 봐도 감이 오잖아, 각이 딱 잡힌 얼굴. 게다가 엄청나게 무뚝뚝해."

"무뚝뚝해서 싫다고? 하이고, 유혜나. 네가 아직 남자를 못 만나봐서 모르지. 유들유들하고 뻔뻔한 남자, 얼마나 재수 없는 줄 알아? 저 재밌다고 장난치면서 사람 염장 지르고 하는 짓 유치하고. 또 여자한테 다정하니 잘해 주는 남자는 좋을 줄 알어? 상대가 하는 만큼 나도 해 줘야 하는 거야. 그게 얼마나 신경 쓰이고 머리 아픈 줄 아냐? 잘 대해 주지 않으면 삐지기나 하고, 그런 남자들 뒤끝 짱이야. 차라리 성하 선배처럼 무뚝뚝한 게 낫지, 그런 사람이 오히려 속정이 더 깊거든."

여러 남자들을 골고루 사귀어 본 영란의 말이니 분명 맞는 말인텐데도 혜나는 쉽게 맞다고 수긍할 수가 없었다.

"히히히, 유혜나. 저기 1학년 아기들 좀 봐라. 성하 선배 보고 뒤로 넘어간다, 넘어가. 훈남 등장에 아주 꺅꺅거리고 난리가 났네. 오늘 쟤네들 완전 복 받은 날이다. 아주 볼만하네."

성하의 앞에 선 1학년 여학생들이 몸을 비비 꼬면서 재롱을 떠는 모습에 혜나의 입가에도 실없는 미소가 생겨났다. 여학생들은 그의 주변을 에워싸다시피 몰려들고 있었다. 선망의 눈빛으로 바라보며 그에게 한 번이라도 더 관심을 받으려고 애쓰고 있었다.

"성하 선배, 이번에는 휴가 나왔어도 축제에 안 올 줄 알았는데."

"안 올 수가 없어, 어머님이 이사회 임원이시라 교장이 부탁하면 거절할 수가 없거든. 완전 단골 게스트로 찍혀서 항상 저 고생이지."

"그럼, 잘하면 요번에 시 낭송할 때도 볼 수 있겠다."

축제 중간에 국어 선생이 주최하는 시 낭송을 하는 시간이 있다. 촛불을 켜 놓고 잔잔한 음악을 배경으로 목소리 좋다는 인물들은 다 불려가 시를 낭송해야만 했다. 성하 또한 매번 그 자리에 불려가 시를 낭송했다고 한다. 물론 그와 마주치지 않기 위해서 이리저리 피해 다니던 혜나는 들어 보지 못했지만 그 자리에 참석했던 영란의 말을 들어 보면 성하의 시낭송은 한마디로 끝내줬다고 한다.

그렇지만 이번만큼은 영란도 그가 시 낭송하는 모습은 볼 수 없게 되었다. 그는 시 낭송하는 시간이 오기도 전에 부대로 복귀하고 말 테니까. 그가 다시 군대로 떠난다는 생각을 하자 자연스럽게 우울감이 깊어져 혜나는 고개를 푹 떨구었다.

"성하 오빠, 내일 부대로 들어간대."

"그래? 쳇, 좋다 말았네. 야! 너 그래서 그렇게 잔뜩 풀이 죽어 있는 거야?"

"그런 건 아니고……."

"아니긴, 척 보면 알겠구먼. 야야, 너무 심란해하지 마라. 선배 제대할 때 다 됐잖아. 제대하고 나면 안 보고 싶어도 줄창 볼 텐데, 뭘 그래."

"그게 있잖아, 영란아."

그녀는 꼬리 아홉 개 달린 영란에게 사실대로 말을 해야 하는 건지 잠시 고민을 해 봤다. 영란이 그녀의 말을 약점이라 여기고 또다시 무기로 써먹을지도 모르는 일이었지만 혜나는 그대로 가슴에 담고 있을 수가 없었다. 왠지 알 수 없는 이상한 감정에 속이 바짝 타는 것만 같았기에…… 이럴 때 입도 무겁고 믿을 수 있는 경희가 옆에 있었으면 했지만 경희는 축제의 진행위원이었기에 바빠 하루 종일 코빼기도 볼 수가 없었다.

"나 프러포즈받았어."

결국 혜나는 비밀을 입 밖으로 내뱉고 말았다.

"뭐? 프러포즈? 누구한테?"

"누구한테라니? 나한테 프러포즈할 사람 성하 오빠밖에 더 있어?"

"에이, 난 또. 다른 놈이 그랬다고……."

영란의 반응은 그녀가 예상했던 것과는 사뭇 달랐다.

"야, 이영란. 넌 내가 프러포즈를 받았다는데 그런 김빠진 소리를 내나?"

"너네 어렸을 때부터 약혼했잖아. 약혼이란 게 뭐냐? 그거 나중에 커서 결혼하겠다는 약속인 거잖아. 그 프러포즈라는 것도 어차피 진행되어 가는 수순에 의해 나온 건데 놀랄 일이 뭐가 있냐."

"그래도 난 아직 19살이야, 이제 고3이라고. 그런 상황에 프러포즈받은 게 놀랄 일이 아닌 거냐?"

"그래서 언제 결혼하는데?"

"그건 몰라. 이제 곧 하겠지, 뭐."

그녀가 심드렁한 표정으로 대구하자 영란은 어이없다는 듯 혀를 찼다.

"참으로 대단한 프러포즈네요. 언제 결혼하자는 말도 안 하는 게, 그게 무슨 프러포즈냐?"

"오빠가 그랬단 말이야. 24시간 내내 옆에서 날 지켜 주고 싶다고. 그게 프러포즈가 아니면 뭐야?"

"지나가던 개가 다 웃겠네. 야, 난 그런 말 10번도 더 들었거든. 항상 너랑 같이 있고 싶다, 널 내가 지켜 주고 싶다, 아침에 눈뜰 때 네 얼굴이 보였으면 좋겠다, 등등. 그런 말마다 일일이 프러포즈라고 생각하고 행동으로 옮겼으면 난 벌써 결혼을 10번도 더했겠다."

"그래, 너 남자 많아서 무지하게 좋겠다. 그런데 미안하게도 난 일편단심 성하 오빠 한 사람밖에 없거든. 그래서 그런 말 들으니까 가슴 뛰고 설레어서 잠도 안 오더라."

미운 말만 골라 하는 영란에게 쌀쌀맞게 쏘아붙인 혜나는 자신의 책상 앞으로 다가가 책을 챙겨 들었다.

"너, 나중에 나 결혼식 할 때 오지 마라. 얄미워서 청첩장 안 보낼 거니까."

샐쭉하니 토라진 표정으로 혜나는 책을 끌어안고 교실 밖으로 향했다.

"야, 유혜나. 어디 가?"

"안 가르쳐 줘."

"너 축제 참석 안 할 거야?"

"안 해!"

빽 하니 소리를 친 그녀는 씩씩하게 걸음을 옮겼다.

성하는 재학 중에 학교 행사에 불려와 진땀을 흘리던 선배들을 보면서 자신은 나중에 저런 꼴이 되지 말아야겠다고 다짐했었다. 하지만 다짐을 하면 뭐하겠는가. 어머니인 정 여사가 이사진의 임원이라는 이유로 꼼짝없이 교장의 마수에 걸려들고 만 것을.

학교에 무슨 일만 있다 하면 교장은 정 여사의 옆구리를 찔러 그를 호출했다. 교장이 직접 말한다면야 배 째라는 식으로 버틸 수 있지만 정 여사의 말은 차마 거역할 수가 없었다. 때문에 현재 불우이웃 돕기 바자회에 참석해 노트며 샤프, 연예인 그림이 프린트된 물품들을 팔고 있는 꼴이 되고 만 거였다.

하필이면 축제 기간에 휴가를 나오다니, 젠장.

그것 또한 의심스럽기는 마찬가지였다. 혹시라도 정 여사가 아버지인 민 장군의 옆구리를 찔러 그의 휴가 스케줄을 이런 식으로 잡아놓은 것은 아닐까 하는 의심이 생겨났다. 민 장군은 청탁은 절대 받지 않았지만 부인인 정 여사의 말이라면 또 다른 거였다.

늦은 오후가 되자 그는 바자회장에서 슬쩍 빠져나와 본관으로 향했다. 3학년 학생들이 쓰는 5층으로 올라가 반마다 들여다봤지만 혜나의 모습은 찾을 수 없었다.

이 도자기 인형이 또 어디 가서 숨어 있을까.

곰곰 생각해 보던 그는 체육관으로 발길을 옮겼다. 체육관 안에서는 농구 경기가 한창이었다. 소리치며 응원하는 학생들 중에도 혜나의 모습은 없었다.

마치 숨바꼭질 놀이를 하는 것 같군.

체육관을 나서는 그의 입에서 저절로 한숨이 새어 나왔다. 그녀를 찾자고 이 넓은 학교를 다 뒤지고 돌아다닐 수는 없는 노릇이었다.

혜나는 1학년 때도, 그리고 2학년 때도 그를 피해 다녔다. 그와 마주쳐 이야기라도 나누고 나면 상당히 껄끄러워질 것을 예상하고 미리 도망간 것이 분명했지만 성하는 가끔 서운하다는 생각이 들곤 했다.

학교 내에서 그들이 약혼했다는 사실을 아는 사람은 극히 적었다. 선생님 몇 분과 친한 친구 몇 명이 다였다. 그러니 그저 다른 여학생들처럼 평범하게 인사를 나누고 얘기 몇 마디를 나눈다 해도 전혀 이상하게 생각하지는 않을 것이다. 그게 뭐가 어렵다고 요리조리 피해 다니는 것인지, 아마도 도둑이 제 발 저린 격이 아닐까.

핸드폰을 꺼내 버튼을 누르자 전원이 꺼졌다는 안내 멘트가 흘러 나왔다.

전원을 꺼 놓았다? 그렇다면 전화를 받기 곤란한 곳에 있는 거군.

나름 머리를 굴리던 성하는 씩 미소를 지었다. 그리고 별관 2층에 있는 도서관 쪽으로 걸음을 옮겼다.

넓은 도서관 한쪽 구석에 혜나의 모습이 보였다. 그녀는 책에 시선을 고정한 채 그가 가까이 오는 것도 모르고 있었다.

톡톡 손가락 끝으로 가볍게 책상을 두드리는 소리에 고개를 든 그녀는 성하를 보고 눈을 동그랗게 떴다.

"뭐해?"

"공부해요."

성하가 맞은편의 의자를 빼서 앉자 그녀는 주변을 둘러보며 귀에 들리지도 않을 정도로 작게 속닥거렸다. 평소에는 빈자리 하나 잡기도 어려웠던 도서관이 지금은 축제 기간이어서인지 한산했다. 말소리가 들릴 만큼 가까운 곳에 학생들이 없다는 사실을 혜나는 다행스럽게 생각했다.

"이 난리통에 공부가 돼?"

"잘 안 되죠."

"그런데 왜 여기서 이러고 있어?"

"저 난리통에 끼고 싶은 마음이 별로 없거든요."

"나하고 마주칠까 봐서 피한 건 아니고?"

정곡을 찔린 혜나는 이마를 살짝 찌푸렸다. 그리고 살래살래 고개를 저었다.

"선배 때문은 아니에요. 정말로요."

누가 듣기라도 할까 겁이 나는지 그녀는 꼬박꼬박 존댓말을 쓰고 호칭마저도 선배라고 했다. 갑자기 답답하다는 느낌이 들어 성하는 크게 숨을 내쉬었다.

"핸드폰도 꺼 놓고."

"도서관이잖아요. 시끄러울까 봐서요."

"지금 갈 건데 밖에서 좀 만나자."

"왜요?"

이상하다는 표정으로 혜나가 빤히 바라보았다.

"아버지가 저녁 같이하자고 하셔서."

"흐끅!"

표현하기도 묘한 소리가 그녀의 입에서 흘러나왔다.

혜나는 민 장군을 무서워했다. 장군이라는 타이틀 때문인지 성하에게 엄하게 대해서인지, 그녀는 되도록 민 장군과 한자리에 있고 싶지 않았다. 하지만 미래의 시아버님이 될 분이니 그 명을 거역할 수도 없는 일이었다.

"오빠 집에 안 가면……."

"절대 안 돼."

그녀의 말을 뚝 자르고 성하는 굳은 표정을 했다.

"힝……."

"후문 쪽 큰길에 차 대 놓을 테니까 천천히 나와. 번호 알지?"

천천히 나가는 것보다 잽싸게 도망가는 게 더 좋은데.

그녀는 입술을 한 자나 내밀고서 어쩔 수 없다는 식으로 고개를 끄덕였다.

도서관을 나온 그는 마주치는 여학생들과 눈으로만 인사를 나누고 붙잡는 손길을 죄다 뿌리쳤다. 너무해요 선배 어쩌고저쩌고 하는 말을 귓등으로 흘리며 그는 후문으로 향했다.

"형! 성하 형!"

주차된 차를 향해 걸어가던 그는 자신의 이름을 부르는 소리에 뒤를 돌아보았다.

"형, 나 좀 살려 줘."

누가 쫓아오기라도 하는 듯 연신 뒤를 흘끔거리고 돌아보며 무서운 속도로 민호가 그를 향해 달려왔다.

"무슨 일이야?"

"아이고, 힘들어 죽겠네."

민호는 그의 앞에 와 멈춰 서며 헉헉거렸다.

"무서운 여학생들…… 마수의 손길에서 간신히…… 도망쳤어."

헐떡거리면서 상황 설명을 한 민호는 성하를 보고 씩 웃었다.

"그런데 넌 오늘 여기 웬일이냐? 재호가 오기로 한 거 아니었어?"

재호는 성하와 중학교 때부터 같은 학교를 다녔다. 대학도 같은 대학으로 진학했고 부모님들끼리도 잘 알기에 친하게 지내는 사이였다. 민호는 재호의 막내 동생이었고, 성하와도 친형제처럼 가깝게 지냈다.

"그랬었는데 시골에 급한 일이 생겼다고 연락이 와서 재호 형이 아버지 모시고 큰아버지 뵈러 갔어. 그래서 내가 대신 오게 되었지, 뭐."

오고 싶어 온 게 아니라는 티를 팍팍 내면서 민호는 하소연을 늘어놓았다.

"재호 형이 행사 갔다 올 때마다 죽겠다, 죽겠다 하는 이유를 이제야 알겠네. 무슨 여자애들이 저렇게 기가 센 거야?"

연신 투덜거리던 민호는 성하를 향해 두 손을 모아 비는 시늉을 했다.

"형, 차 가져왔지! 집 앞 큰길까지만 좀 태워 줘."

"네 차는 어쩌고?"

"그게…… 교통 위반 딱지를 뗐는데 어머니한테 딱 걸려서…… 차 압수당했어. 앞으로 2달 동안 차 쓸 생각하지도 말라시더라고."

뒷머리를 긁적거리며 민호는 실없는 웃음을 흘렸다.

"난 누구 좀 기다려야 되는데."

"누구? 여학생?"

그가 아무 대답도 없이 가만히 있자 민호는 눈을 가늘게 떴다.

"뭐야? 벌써 작업한 거야? 몇 학년이야? 예뻐?"

생각하는 거 하고는……. 성하는 눈에 힘을 주고 민호를 노려보았다.

"전부터 알던 애야."

리모컨으로 차 문을 연 그가 운전석을 향해 가자 민호가 냉큼 조수석 문을 열고 올라탔다.

혜나와 같이 집으로 가는 길에 다른 사람과 함께하고 싶은 생각은 전혀 없었다. 하지만 이미 조수석에 자리를 잡고 앉아 있는 민호를 내리라고 할 수도 없는 일이었다. 정말 내키지 않는 일이었지만 성하는 잠시만 참자고 자신을 타일렀다.

"형이 그렇게 말하니까 누군지 정말 궁금하네. 나도 아는 애야?"

"글쎄…… 알 수도 있겠지. 지금 3학년이니까."

"나하고 1년은 학교를 같이 다녔네. 야, 진짜 궁금하다. 이름이 뭔데?"

그는 민호의 말에 대답도 하지 않고 후문 쪽 길만 뚫어져라 봤다.

호랑이도 제 말하면 온다더니. 민호가 그토록 궁금해하던 혜나가 모습을 드러냈다.

3장.

　지역에 따라 비가 오겠다는 일기예보가 맞으려는지 낮에는 포근했던 날씨가 저녁이 되자 쌀쌀해졌다. 불어오는 바람에 긴 머리카락이 날려 얼굴을 덮자 그녀는 귀찮다는 손짓으로 머리카락을 귀 뒤로 넘겼다. 그리고 가방을 고쳐 멘 뒤, 길가에 서 있는 차들의 번호판을 살펴보느라 두리번거렸다.

　성하가 차 문을 열고 밖으로 나오자 혜나는 얼굴 가득 웃음을 담고 차 앞으로 다가왔다. 그러다 조수석에 앉아 있는 민호를 보고 주춤 걸음을 멈췄다.

　"집에 갈 거 아니었어요?"

　"갈 거야."

　"그런데……."

　그녀는 불안한 눈빛으로 민호를 흘깃 쳐다보았다.

　"집이 같은 방향이라 가다가 내릴 거야. 차에 타."

　"네."

들리지도 않을 정도로 작게 대답한 혜나가 차로 가까이 다가왔다. 호기심으로 가득 찬 민호의 눈길을 정면으로 받은 혜나의 볼이 발갛게 달아올랐다.

"어이, 후배. 나 누군지 알지?"

그녀가 차에 타자마자 민호가 말을 걸었다.

"네."

혜나는 다소곳한 태도로 대답하며 고개를 끄덕였다.

3학년들 중에 민호를 모르는 사람은 없었다. 그만큼 민호는 학교 내에서도 알아주는 말썽꾸러기에 골칫덩어리였다. 그녀의 오빠인 유혜성과 쌍벽을 이룰 정도로.

"너, 혹시 유혜성 동생 아니니?"

흠칫 놀란 혜나는 아무 말도 없이 입을 꾹 다물었고 성하는 피식 웃음소리를 냈다.

"맞다, 너 혜성이 동생이구나. 혜성이하고 교무실에서 같이 벌설 때 너 왔었지. 혜성이하고 얘기하고 그랬었잖아."

참, 이분…… 기억력도 좋으시네. 딱 한 번 본 걸 어째 그리 자세히도 기억을 하시는지.

아니라고 딱 잡아떼려던 그녀는 어쩔 수 없이 눈을 반쯤 내리깐 채, 고개만 끄덕였다.

"야, 진짜 반갑다. 그래, 혜성이는 잘 있고?"

"네."

"그런데 네가 성하 형하고 아는 사이였다니. 이거 진짜 의외인데?"

아는 사이이기만 하다면야 좋은 일도 많겠지만…….

혜나는 가슴이 무거워져 한숨을 폭 내쉬었다.

차가 출발한 뒤에도 민호는 계속해서 그녀에게 말을 걸었다. 혜성과 아는 사이라는 사실에 냉정하게 내치지도 못하고 그녀는 짧은 답변만을 계속했다.

"1학년 때도 예쁘더니 지금은 더 예쁘네."

본격적인 작업용 멘트에 혜나의 얼굴도 성하의 얼굴도 종잇장처럼 구겨졌다. 거의 몸을 뒤로 돌리듯이 하고 앉아 계속 떠들어 대는 민호를 성하는 곱지 않은 눈길로 쳐다보았다. 그의 신경은 운전하는 것보다 민호가 떠드는 말에 온통 쏠려 있었다. 그녀에 대한 민호의 과도한 관심이 그를 짜증나게 하고 있었다.

"이번 축제 끝나고 모의고사 있다면서?"

"네."

"모의고사 끝나고 영화 보러 가지 않을래? 내가 표 예매해 놓을게."

횡단보도에 가까이 다가가면서 그는 백미러를 통해 혜나의 눈빛이 구조를 요청하는 것처럼 보이자 슬며시 발을 옮겨 브레이크를 꽉 밟아 버렸다. 끼익하는 요란한 소리를 내며 차가 앞으로 쏠렸다.

"어이쿠야!"

"엄마야."

미처 대비하지 못하고 있던 민호는 앞으로 쏘셔 박힐 것처럼 고꾸라졌다. 안전벨트가 없었다면 차 밖으로 튕겨 나갔을지도 모르는 일이었다. 혜나 또한 손잡이를 붙잡아 흔들리는 몸을 바로 세우며 놀라 눈을 동그랗게 떴다.

"아이고, 목 아퍼라. 형, 갑자기 뭐야?"

"그러게 앞을 보고 똑바로 앉아야지."

별거 아니라는 투로 그는 가볍게 말했다. 하지만 이미 그의 의도를 파악한 민호는 들리지도 않는 소리를 중얼중얼거리면서 성질을 부려댔다.

혜나는 그의 의외의 행동에 떠오르는 웃음을 참을 수가 없었다.

오빠, 질투하나 봐.

그런 생각에 그녀는 마냥 흐뭇할 뿐이었다.

성하는 도로 정체가 시작되지 않은 것에 감사하며 가속 페달을 힘껏 밟았다. 그는 오로지 일 초라도 빨리 도착해 민호를 차에서 내려놔 버려야겠다는 생각뿐이었다.

속력을 내며 차가 달려 나가자 긴장했는지 민호는 더 이상 혜나 쪽으로 몸을 돌리지 않았다. 또한 무섭게 굳은 그의 표정 탓인지 말도 걸지 않았다.

채 10여 분이 되기도 전에 성하는 큰길가에 차를 세우고 민호를 돌아보았다.

"잘 가라."

짤막한 인사말에 민호는 기가 막힌다는 표정으로 성하의 얼굴을 빤히 쳐다보았다.

"형."

"왜?"

"혹시 둘이 사귀는 사이야?"

민호의 손가락이 성하와 혜나를 번갈아 가리켰다. 그녀의 얼굴이 발갛게 달아올랐고 성하는 진지한 표정으로 민호의 말에 답했다.

"나중에 네가 혜나를 형수라고 부르게 될 거다."

"뭐?"

"성하 오빠!"

부끄러움에 혜나는 빽 소리를 치며 얼굴을 더욱 붉게 물들였다.

"더 궁금한 거 있으면 재호나 혜성이한테 물어봐라. 지금은 내가 바빠서 네 질문에 일일이 대답하고 있을 시간이 없다."

민호는 믿을 수 없다는 표정으로 고개를 절레절레 저었다. 차 문을 열고 내리면서 민호는 '저렇게 어린 여자애를' 어쩌고저쩌고 '완전 도둑놈' 어쩌고저쩌고하면서 계속 중얼거림을 멈추지 않았다.

창을 사이에 두고 민호와 눈이 마주치자 그녀는 고개만 까딱 숙여 인사했다. 민호는 그녀를 아주 안됐다는 눈빛으로 보고 있었다. 민호는 그녀를 마치 못된 괴물한테 산 제물로 바쳐지는 순진한 아가씨로 여기는 듯했다.

민호의 모습이 안 보일 때까지 성하는 차를 출발시키지 않았다.

"오빠, 안 가?"

"앞으로 타."

가까운데 그냥 갈 것이지.

그런 생각을 하면서도 그녀는 아무 말 없이 차에서 내려 조수석으로 자리를 옮겼다. 안전벨트를 하는 그녀의 손을 그의 커다란 손이 잡았다.

"오빠?"

그는 아무런 말도 없이 한참을 그녀의 손을 잡고 있었다. 부드럽고 따뜻한 손. 힘 있게 움켜쥐었다가 손을 놓은 그는 이내 차를 출발시켰다.

"그런데 아버님은 왜 갑자기 부르신 거야? 혹시 나 혼내려고 그러는 거 아닐까?"

잔뜩 겁먹은 표정으로 그녀가 중얼거리자 성하는 빙긋 미소를 지었다.

"아버지한테 혼날 일했어?"

"딱히 그런 건 아니지만…… 고3이 되고 제대로 인사도 안 드리고, 자주 연락도 안 했는데…… 갑자기 보자고 하시니까 그런 것들이 다 마음에 걸려."

"저녁 먹자고 부른 거니까 별일 없을 거야."

성하는 그녀를 안심시키기 위해 편한 표정으로 말을 이었다.

"그래도 낌새가 이상하다 싶으면 애교를 팍팍 떨어, 아버지는 네 애교라면 뒤로 껌뻑 넘어가시니까."

"피, 그래도 정말 화나시면 애교고 뭐고 안 통한단 말이야."

그런 일은 거의 없었지만 앞으로도 아주 없으란 법은 없기에 그녀는 미리 조심하자는 생각으로 몸을 사렸다.

긴 담을 따라 달리던 차가 철문을 통과한 뒤, 잘 닦아 놓은 도로 한켠으로 멈추어 섰다.

"지금이라도 도망갔으면 좋겠어."

"너 지금 도망가면 그 불똥이 누구한테 튈 것 같아?"

물어보나마나였다.

"그럼, 오빠. 아버님이 화내시거나 나 혼내실 거 같으면 오빠가 막아 주라. 응?"

"그래, 알았어."

"정말이지? 약속한 거야."

"그래, 약속했어. 그러니까 그만하고 내려."

성하는 민 장군이 어떤 지뢰를 준비해 놨다 하더라도 밟으면 죽기 밖에 더하겠냐는 식으로 생각했다. 그는 26살이 된 지금까지 민 장군 밑에서 온갖 극기 훈련을 다 받고 자랐다. 그래서인지 웬만한 일에는 눈도 깜짝 안 할 정도의 강심장이 될 수 있었다. 오죽했으면 군대 가서도 군에서 쭉 살던 사람 같다는 소리를 매일같이 들었을 정도였다.

차에서 내려 현관 앞까지 오는 동안 두 사람은 손을 잡고 걸었다. 성하가 현관문을 열자 안쪽으로 들어서며 그녀는 크게 심호흡을 했다.

민 장군은 거실 안쪽의 커다란 가죽 소파에 근엄한 태도로 앉아 있었다.

"저 왔습니다. 아버지."

돌아보는 민 장군에게 성하는 고개를 숙이며 귀가했음을 알렸다. 잔뜩 무게를 잡고 앉아 있는 민 장군이지만 혜나의 콧소리 한 방이면 바로 녹다운 될 거란 걸 성하는 장담할 수 있었다.

"저도 왔어요, 아버님."

목소리부터가 벌써 간드러지기 시작하고……. 민 장군의 앞으로 쪼르르 달려간 혜나는 얼굴 가득 방긋 미소를 띠운 채 순식간에 애교 모드를 펼치기 시작했다.

"그동안 건강하셨어요? 아버님, 제가요. 고3이 된 뒤로 정신이 하나도 없어서 자주 찾아뵙지도 못했어요."

콧소리 왕창 섞어서 한 방 날려 주시고…….

"화나신 건 아니죠? 아버님."

"그럼, 그럼. 우리 강아지, 화를 내긴…… 그래, 그동안 어떻게 지냈누?"

내가 저렇게 될 줄 알았지.

다 큰 처녀의 엉덩이를 툭툭 두들기면서 귀에 입이 걸릴 정도로 큰 미소를 짓는 민 장군은 평소의 모습과는 완전 딴판이었다. 혜나가 올 때마다 마음 넓은 이웃집 아저씨처럼 변하는 민 장군이지만 성하는 여전히 적응이 되지 않았다.

민 장군은 유난히 여자에 약했다. 또한 자식 욕심도 많았다. 이왕 아이를 낳아 키운다면 12명만 낳았으면 좋겠다는 말을 하곤 했다. 그러면서 유독 아들보다는 딸이 좋겠다는 말을 자주 했다. 하지만 불운하게도 정 여사는 아들 하나를 낳고 더 이상 아이를 갖지 못했다.

슬하에 딸 하나 있었으면 소원이 없겠다는 말을 입에 달고 살던 민 장군에게 오랜 친구인 유 회장이 귀가 솔깃해지는 말을 했다.

"배 아파 낳지 않아도 딸을 만들 수는 있네."

"그게 무슨 소리인가? 입양이라도 하라는 말인가?"

"아일 입양해서 친자식처럼 키울 수 있다면야 좋겠지만, 솔직히 누구 자식인지도 모르는 아일 데려다가 친자식처럼 키우는 건 좀 무리가 있다고 보네. 특히 자네처럼 성격 깐깐한 사람은 더 그럴 테지."

"입양을 생각해 보지 않은 건 아니지만…… 난 사실 자신이 없네."

"옛말에 사위는 아들이고 며느리는 딸이라는 말이 있지 않나."

무슨 뜻인지 선뜻 이해가 가지 않아 민 장군은 아무런 말도 하지 못했다.

"자네도 알겠지만 우리 딸이 이제 막 첫돌이 되었네."

"나도 돌잔치 때 봤지, 정말 귀엽더구먼."

민 장군은 생각만으로도 부럽다는 투였다.

"내 딸을 자네 아들과 짝을 맺어 주게. 어렸을 때부터 약혼을 시키고 집안 간에 왕래를 하다 보면 그 집 아들이 이 집 아들되고, 이 집 딸이 그 집 딸이 되는 거 아니겠나?"

"오, 그래! 그런 방법이 있었군그래."

유 회장은 사실 어릴 때부터 수재 소리를 듣는 성하가 탐이 났다. 게다가 포스타(별이 넷인 장군)인 민 장군의 세력이면 자신에게 손해가 되지 않을 거란 계산도 했다. 그리고 기왕이면 좋은 집안에 좋은 사람을 딸의 짝으로 맺어 주고 싶은 욕심에 이제 막 첫 돌이 지난 갓난아기의 미래를 결정지어 버린 것이다.

"그럼, 이제 우리가 사돈이 되는 건가."

"그렇다네. 오랜 친구에서 사돈이 된다니 이보다 더 좋은 일이 어디 있겠는가. 하하하."

호탕한 웃음을 터트리며 술잔을 맞부딪히는 두 어른들에 의해서 성하와 혜나의 운명은 아주 어릴 적부터 짝 지어졌던 거였다.

그때부터 지금까지 민 장군은 혜나를 딸 이상으로 생각하며 아껴

왔다.

"아버님. 아직 저녁 전이시죠? 제가 너무 늦게 와서 많이 시장하시겠어요."

"아니다, 시장하기는. 나보다도' 네가 더 배가 고프겠구나. 그래, 공부하느라 얼마나 힘이 들겠니?"

"사실은요, 아버님. 고3되니까 압박감이 정말 장난이 아니에요. 쌤들도 2학년 때와 달리 마구 몰아붙이고. 저 이러다가 스트레스 팍팍 쌓여서 머리카락 다 빠져 버릴까 봐 걱정인 거 있죠."

"저런, 우리 귀여운 강아지. 스트레스 많이 받으면 안 되지."

정말 두 사람이 주고받는 말은 닭살스런 것들뿐이었다. 아무리 사이가 좋은 부녀간이라 해도 민 장군과 혜나가 하는 만큼은 절대 할 수 없을 거라는 생각이 들 정도였다.

"우리 예쁜 강아지, 배고플 텐데 어여 밥부터 먹자."

벌떡 몸을 일으킨 민 장군의 팔짱을 끼고 식당으로 향하며 혜나는 또다시 예쁜 입술로 종알거렸다.

"아버님, 저 맛난 거 많이 주실 거죠?"

"그럼, 그럼. 허허허."

참으로 좋기도 하시겠다.

성하는 자신에게 하던 것과는 너무나도 다른 민 장군의 행동에 서운함을 넘어서 배신감을 느꼈다. 지금까지 항상 군기만 잡고 잘했을 때도 칭찬 한 번 제대로 해 주지 않았고, 못했을 때는 벼락이 치는 것과 맞먹을 정도의 꾸중과 벌칙을 내리던 민 장군이었다. 어렸을 때 그는 민 장군이 아들인 자신보다 혜나를 더 아끼고 사랑하는 것은 아닐까 하는 생각도 했었다.

민 장군과 나란히 식당 안으로 들어선 그녀는 식탁을 차리고 있던 정 여사에게 꾸벅 고개를 숙여 보였다.

"저 왔어요, 어머니."

"오, 그래. 혜나야, 어서 와라."

정 여사의 옆에서 잔심부름을 하고 있는 안성댁에게도 혜나는 잊지 않고 인사말을 건넸다.

"안녕하셨어요? 아줌마."

"그래, 혜나도 잘 지냈지?"

"네."

생긋 미소를 지은 혜나는 정 여사를 향해 돌아서며 질문을 던졌다.

"오늘 저녁은 뭐로 하셨어요? 어머니?"

"혜나가 매운 것도 잘 먹는다고 해서 쭈꾸미를 사다 볶았어. 지금 쭈꾸미가 제철이라 아주 맛이 좋단다."

"와! 맛있겠다. 전 큰 그릇에 주세요, 어머니. 쭈꾸미 잔뜩 넣고 비벼 먹을래요."

혜나가 환한 미소와 함께 콧소리 팍팍 날려 가면서 떠들자 집안 분위기가 화사하게 바뀌는 것만 같았다. 무뚝뚝한 남편과 그보다 더 무뚝뚝한 아들과 사느라 무미건조한 생활을 하던 정 여사도 혜나가 오면 얼굴 가득 미소가 떠올랐고 말수도 많아졌다.

"그래, 혜나야. 내가 비벼 줄 테니 맛있게 먹으렴."

호호, 하하. 웃음과 함께 서로의 얼굴을 쳐다보면서 이런저런 얘기를 나누며 음식을 먹을 수 있는 시간은 민 장군 집에서는 흔하지 않은 일이었다. 그렇기에 정 여사는 혜나가 와서 같이 식사를 하거나 차를 마시며 지내는 시간을 반가워했다.

저녁을 먹은 뒤, 거실 소파에 앉아 차를 마시며 그녀는 성하를 흘겨봤다. 아무리 위험한 상황이 없었다 해도 지원사격을 해 주기로 약속해 놓고서 그는 말 한마디 제대로 거들어 주지 않았다.

계속해서 던져지는 민 장군의 질문에 대답을 하면서 그녀는 차츰 지쳐 갔다. 민 장군이야 그녀가 귀엽고 염려스러워 이런저런 말을 하는 것일 테지만 당사자인 혜나는 반갑게 받아들일 만한 상황이 아니었다. 아무래도 특단의 조치를 취해야겠다고 생각한 그녀는 차를 한 모금 마시고 차분한 표정으로 민 장군을 응시했다.

"저, 아버님. 제가 한 가지 물어보고 싶은 게 있는데요."

"그래, 뭔지 말해 보거라."

민 장군은 어떤 말이든지 다 들어줄 수 있다는 표정을 해 보였다.

"아버님도 절 아직 어리다고 생각하세요?"

"응? 그게 무슨 소리냐?"

뜬금없는 혜나의 질문에 민 장군은 멍한 표정이었고 정 여사도 잔뜩 궁금한 표정이었다. 다만 성하만이 어느 정도 눈치를 챈 듯 이마를 살짝 찌푸렸다.

"성하 오빠는요. 만날 저보고 어리다고 해요. 꼬맹이라고 부르고 철도 덜 들었다고 하고요. 그래서 전 너무 속상해요."

그녀의 말이 끝나기도 전에 민 장군의 안색이 잔뜩 굳었다. 이마를 잔뜩 찌푸리면서 눈꼬리가 치켜 올라가는 것이 화가 났다는 것을 확실히 보여 주고 있었다. 민 장군은 부리부리한 눈으로 성하를 노려보았다.

"아버님, 저 얼마나 더 커야 성하 오빠 신부가 될 수 있어요?"

당돌한 그녀의 질문에 민 장군은 적이 당황한 듯했다.

"성하의 신부가 되는 건 지금도 충분하단다. 얘야, 더 크고 말고 할 것도 없어."

"그렇죠, 아버님. 아버님도 그렇게 생각하시죠?"

혜나는 너무나 속상하다는 표정으로 눈물까지 글썽거렸다.

"그런데 오빠 전혀 그렇게 생각하지 않나 봐요."

제대로 폭탄 맞았다. 난 이제 죽었다.

혜나의 눈에서 물기가 반짝이는 걸 본 성하는 눈앞이 캄캄해지는 느낌이었다.

그녀가 남은 차를 홀짝 들이마시는 순간, 손목시계를 들여다 본 민 장군이 소파에서 몸을 일으켰다.

"많이 늦었구나. 혜나 집에서 걱정하시기 전에 어여 들어가 보거라."

"네, 아버님. 안녕히 계세요."

"성하, 넌 혜나 집에 바래다주고 나 좀 보자."

푹 가라앉은 민 장군의 음성이 그에게 오늘 밤 남은 시간을 어떻게 보내야 할지 알려 주고 있었다. 표정으로 보아 엉덩이를 100대쯤 맞거나, 아니면 최소한 팔굽혀펴기 100번에 토끼뜀 100번. 피티 체조 등등등. 아무래도 밤을 훤히 새며 벌을 받아야 할 것 같았다.

현관문을 열고 밖으로 나가려던 혜나가 돌연 몸을 돌렸다.

"아버님."

막 안방 문을 열고 들어가려던 민 장군이 뒤를 돌아보았다.

"아버님. 귀 좀……."

민 장군의 앞으로 달려간 혜나가 속닥거렸다. 그리고 고개를 숙인 민 장군의 귀에 대고 종알거렸다.

"성하 오빠, 제 사람이 될 거니까 살살해 주세요. 어디 아프거나 하면 제 마음이 더 아프거든요."

말을 마친 혜나는 발갛게 달아오른 얼굴로 고개를 꾸벅 숙여 보이고 현관문을 향해 재빠르게 달려갔다.

그녀가 한 말을 곰곰 생각해 보던 민 장군은 그만 큰 소리로 웃음을 터트리고 말았다.

현관문을 닫을 때 들려온 민 장군의 웃음소리에 성하는 궁금증을 느꼈다.

"아버지한테 뭐라고 말했어?"

"오빠 많이 혼내지 말라고."

"그 말만 했다고?"

겨우 그 소리에 저렇게나 호탕한 웃음소리를 내다니, 그는 이해할 수가 없었다.

"단어 선택은 다르게 했지만 뜻이 그랬다고."

앞서 걷던 그녀가 갑자기 멈추어 섰다.

"나 오늘 아예 여기서 자고 갈까?"

"예정에 없는 일하지 마."

"왜? 아버님도 좋아하실 텐데."

"뭐가 걱정돼서 그러는 건데?"

밋밋한 어조로 그가 질문하자 혜나는 고개를 푹 숙였다.

"오빠 많이 혼날까 봐서. 아버님 무서운 분이시잖아."

"무서운 분인 걸 알면 그런 말하지 말았어야지."

"누가 그 정도 말에 그렇게 화내실 거라 생각했나? 정말 우리 아버지하고 전혀 딴판이야."

유 회장의 성품은 너그러웠다. 자식들한테 훈훈하게 대하기도 하고. 성하는 민 장군이 유 회장의 반만 닮았어도 매를 맞거나 벌을 서는 일은 전혀 없었을 거라 자신할 수 있었다.

"아버님이 심하게 하시면 오빠, 당장 전화해. 내가 쌩하니 달려올게."

"아버지 무섭다고 벌벌 떨면서, 나 혼나고 있는데 쌩하니 달려오겠다고?"

그녀는 입술을 꼭 다물고 고개를 끄덕였다. 나름 잔뜩 결심했다는 모양새가 성하에게는 우습기도 하고 귀여워 보이기도 했다.

"너무 걱정할 거 없어. 몸으로 때우면 되니까."

"난 오빠가 몸으로 때운다는 그게 더 걱정이 된다고."

차 있는 곳까지 걸어온 그녀는 그의 팔을 잡아끌었다.

"오빠, 다른 생각하지 말고 그냥 아버님이 뭐라 하시면 잘못했습니다, 해. 응?"

그녀는 성하가 고집이 세서 작은 일도 크게 만들어 더 혼난다는 사실을 잘 알고 있었다. 부러질지언정 휘어지지는 않는다는 대나무보다도 그는 더 뻣뻣한 성격이었다.

"오빠가 잘못했다고 하면 아버님도 더 이상 뭐라고 하지 않을 거 아냐."

그가 아무런 대답이 없자 답답해진 혜나는 자신의 가슴을 주먹으로 콩콩 두드렸다.

"아이, 답답해. 오빠가 나한테 꼬맹이니, 철이 덜 들었느니 그런 말하면서 놀린 건 사실이잖아."

그가 조수석 문을 열어 주자 자리에 앉으면서도 혜나는 계속 떠들어 댔다.

"너한테 그런 말을 한 건 사실이지만, 놀리려고 그런 소릴 한 건 아냐."

운전석으로 와서 앉아 안전벨트를 매며 성하가 대꾸했다. 그는 손을 뻗어 혜나에게도 안전벨트를 매 주었다.

"그럼 왜 그런 말을 했는데? 내가 꼬맹이라고 하지 말라고 그래도 계속했잖아."

"내가 너보고 꼬맹이라고 하는 건……."

시동을 걸고 차를 출발시키면서 성하는 크게 한숨을 내쉬었다.

"귀엽다는 뜻이었어, 일종의 애칭이었다고."

"치, 애칭으로 불러 줄 거면 좀 예쁜 걸로 해 주지. 꼬맹이가 뭐야, 꼬맹이가."

그녀가 사뭇 분하다는 투로 중얼거렸다.

"난 오빠가 그 말할 때마다 7살 어린애로 돌아간 것 같아서 무지하게 속상했단 말이야."

여전히 툴툴거리던 그녀는 그가 아무 반응을 하지 않자 입을 꾹 다물고 좌석에 머리를 기댔다.

성하는 집 앞까지 그녀를 바래다주고 돌아갔다. 조금이라도 같이 있는 시간을 늘리려고 부모님께 인사라도 하라고 그녀가 권했지만 성하는 시간이 너무 늦었다는 말과 함께 거절했다.

집 안으로 들어와 부모님께 인사를 한 다음 자신의 방으로 들어온 혜나는 그에 대한 걱정으로 잠을 이룰 수가 없었다. 방 안을 빙빙 돌아다녀 보기도 하고 침대에 누웠다가 일어나기를 반복했다. 그에게 전화를 해 볼까 생각을 하다가 혹시라도 벌받는 중일 수도 있겠다는 생각에 마음을 고쳐먹었다.

따뜻한 우유라도 한 잔 마시고 자야겠다는 생각으로 방문을 나서는데 핸드폰이 요란하게 울어 댔다. 황급히 방 안으로 뛰어 들어온 그녀는 핸드폰의 폴더를 열어젖혔다.

"오빠?"

―아직 안 잤니?

"응, 안 잤어."

―그럼 잠깐 나올래?

"응? 어디로?"

―집 앞이야.

그의 대답에 혜나의 입가로 미소가 번졌다. 대답도 하지 않고 폴더를 닫은 그녀는 발뒷꿈치를 들고 방 밖으로 나와 계단을 내려갔다. 마치 도둑고양이처럼 조심하면서 현관문을 열고 밖으로 나온 그녀는 최대한 빠른 속도로 대문 앞으로 달려갔다.

문을 열고 밖으로 나오자 긴 담 옆에 주차되어 있는 검은색 차가 보였다.

주춤거리며 차로 다가오는 그녀의 모습에 성하는 차 문을 열고 내렸다.

"오빠, 어떻게 왔어? 많이 혼났어? 안 힘들어?"

연달아 질문을 던져 대며 그녀는 그의 팔을 잡았다.

"많이 안 혼났어, 팔굽혀펴기 한 50번쯤?"

"팔굽혀펴기를 50번이나? 그렇게 많이? 오빠, 팔 아프겠다."

"50번 정도는 껌이야. 매일같이 하는 건데 뭘. 그보다 혜나야."

"응?"

그는 그녀의 이마에 흐트러진 머리카락을 손가락 끝으로 쓰다듬으며 낮은 목소리로 말했다.

"너한테 할 얘기가 있다."

"중요한 거야?"

착 가라앉은 것이 분위기가 그다지 좋은 것 같지 않아 혜나는 몸을 사렸다.

"밤도 많이 늦었는데…… 지금 꼭 얘기해야 돼?"

"난 내일 아침 일찍 부대로 갈 거야."

그랬었지. 새삼스럽게 그가 떠난다는 사실이 떠올라 혜나는 이마를 잔뜩 찌푸렸다.

"무슨 얘긴데? 말해 봐."

"여기서 얘기하기는 좀 그렇고, 타라."

자신이 한 말로 인해서 민 장군한테 혼나고 온 성하가 기분이 좋을 리가 없을 거라는 생각이 들어 혜나는 어깨를 잔뜩 움츠렸다. 팔굽혀펴기 50번밖에 안 했다면서 아무렇지도 않은 듯이 말하고 있지만 그런 벌을 받고 기분 좋을 사람이 누가 있겠는가. 혜나는 그가 아무도 볼 수 없는 곳으로 끌고 가서 혼을 내려 하는 건 아닌지 불안해졌다.

나보고도 팔굽혀펴기를 하라고 하면 어쩌지? 힝! 난 50개는커녕 5개도 제대로 못하는데.

그런 생각으로 그녀가 머뭇거리고 있는데 성하가 조수석 문을 열었다.

"어딜 가려고?"

"가까운 공원에라도 가자."

그제야 고개를 끄덕인 그녀는 차에 올라탔다.

집 근처 공원의 울타리 옆에 차를 세운 그는 내리자마자 차 문에 기대어 서면서 담배를 꺼내 입에 물었다. 작지만 붉은 불꽃이 타오르자 하얀 연기가 허공으로 사라져 갔다.

혜나는 그의 눈치를 보면서 조심스럽게 차에서 내려 가까이 다가갔다. 그녀가 다가오는 것을 보면서도 그는 담배만 피울 뿐 아무런 말이 없었다. 그의 침묵이 그녀를 더욱 불안하게 만들었다.

뭐라고 말이라도 하면 좋을 텐데……

어색한 침묵에 숨이 막힐 듯한 기분이 든 혜나가 막 입을 열려고 할 때, 피다 만 담배를 바닥으로 던져 버린 그가 심각한 얼굴로 입을 열었다.

"혜나야, 내가 했던 말 기억해?"

"오빠가 했던 말? 어떤 말?"

그와 나눈 말이 단지 한두 마디였다면 쉽사리 알 수 있었겠지만……. 그녀는 궁금하다는 표정으로 고개를 갸웃거렸다.

"24시간 내내 옆에서 지켜 주겠다는 말."

전방지죽
신혼아하

아! 프러포즈. 그런 생각이 떠오르는 순간 혜나의 뺨이 발갛게 달아올랐다.

"그 말을 곧 실천에 옮기려고 한다."

"그게 무슨 소리야? 실천에 옮기겠다니. 그럼……."

여전히 성하의 표정은 심각함 그 자체였다. 알 수 없는 불안감으로 인해 혜나는 몸이 떨렸다. 프러포즈를 받았고 결혼하자는 말을 들었는데 왜 이렇게 불안한 걸까.

"어디라도 좀 앉자."

성하가 걸음을 옮기자 그녀는 아무 말도 없이 그의 뒤를 따랐다.

공원 안으로 발걸음을 옮긴 그는 나무로 만들어진 벤치에 엉덩이를 걸치고 앉았다. 그의 앞에 멈춰 선 혜나는 앉을 생각도 하지 못했다.

"앉아!"

여전히 불안한 기색이 가득한 혜나는 고개를 저으면서 고집스럽게 그대로 서 있었다.

"오빠가 한 말 무슨 뜻인지 설명해 줘."

"말 그대로야, 결혼하자고."

"언제?"

"나 제대하고 나서 바로 하자."

혜나는 기가 막힌다는 표정으로 그를 바라보았다. 그는 7월 달에 제대한다. 제대하고 나서 바로라면 이제 겨우 두 달 남짓 남았을 뿐인데.

"오빠 지금 그게 말이 된다고 생각해?"

"왜 말이 안 되는데?"

"난 아직 고등학생이야. 결혼을 한다고 해도 고등학교는 졸업하고 해야지."

"고등학교 졸업 안 한 사람은 결혼하면 안 된다는 법이라도 있어?"

당연히 그런 법은 없지.

말문이 꽉 막힌 그녀는 입술을 꼭 깨물고 그를 힘껏 노려보았다.

"그래도 지금 당장 결혼할 수는 없어."

"왜 결혼할 수가 없는데?"

"내가 말했잖아. 난 아직 졸업도 안 했고……."

"핑계 대지 말고."

어느새 그의 말투는 냉정한 투로 변해 있었다.

부드러운 목소리로 사랑을 속삭여 가면서 결혼하자고 꼬셔도 할까 말까인 판국에 싸늘한 눈빛에 냉정한 태도를 유지하면서 말하면 누가 좋다고 팔짝 뛰면서 고개를 끄덕이겠는가. 자신의 상식으로는 이해되지 않는 그의 행동에 그녀는 잔뜩 화가 났다.

"그럼, 오빠는 왜 꼭 그때 결혼을 하겠다고 하는 건데?"

"나도 전에 말했을 텐데, 딴 놈이 너 업어 갈까 봐 불안하다고."

뭐야? 그거 농담 아니었어?

혜나는 그의 대답이 정말 예상 밖이라 피식 웃고 말았다.

"오빠도 참, 날 업어 갈 놈이 누가 있다고 그래?"

"내가 볼 땐 아주 많은 것 같은데. 오밤중에 집 앞까지 와서 키스한 놈도 그렇고."

"키스가 아니라 입맞춤이라고 했잖아. 걔는 같은 반 친구일 뿐이야. 그리고 나 따로 좋아하는 사람 있다고 확실하게 말했거든."

"미팅에서 만나서 집 앞까지 쫓아온 놈도 있었고."

"그놈은 정말 아니다. 난 그런 놈 만나고 싶은 생각 전혀 없어, 그런 놈은 한 트럭으로 몰려와도 절대 사양이라고."

"좋은 내색 팍팍 하면서 집적거리던 민호 녀석도 그렇고."

전방지즉
신혼일기

"그 선배는 혜성 오빠하고 아는 사이라고 해서 잘 대해 준 것뿐이 잖아."

"네가 직접 그런 말도 했잖아, 너한테 침 흘리는 놈 많다면서. 우 아한 미모에 인기도 짱이라며?"

정말, 정말 한심하다는 생각에 그녀는 기운이 쭉 빠져 버렸다.

"그건 오빠 웃으라고 그냥 해 본 소리였거든."

"그냥 웃으라고 해 본 소리였든 아니든, 난 그런 상황도 싫고 네 입에서 그런 소리 나오는 것도 싫다."

딱딱한 표정에 잔뜩 굳은 목소리, 그는 정말로 화가 난 것처럼 보 였다. 혜나는 아직까지도 내키지 않는 마음에 차마 고개를 끄덕이지 못했다.

"다른 놈들 들러붙기 전에 내가 널 먼저 소유할 거다."

숨이 막힐 것만 같았다. 그는 분명 그녀를 너무나도 사랑해서 결혼 하자고 하는 건 아닌 것 같았다. 단지 무시무시할 정도의 소유욕으로 그녀를 붙잡아놓으려 하는 것뿐이었다. 다른 남자들이 손대지 않은 깨끗한 그녀를 원하는 거였다.

혜나는 그가 결혼하자고 말했을 때 느꼈던 불안감이 어째서 생겨 난 것인지 이제야 깨달을 수 있었다. 그와 약혼을 했으므로 그녀는 그와 결혼할 의무가 있었다. 또한 그래야 할 책임감도 느꼈다. 하지 만 이건 너무 갑작스러운 일이었다.

"오빠가 아무리 뭐라고 그래도 그렇게 빨리 결혼하는 건 말도 안 돼. 난 찬성할 수 없어."

"네가 반대해도 내가 하겠다면?"

성하가 끝까지 고집을 부린다면 그녀는 결국 웨딩드레스를 입게 될 것이다. 그의 부모님이나 그녀의 부모님들은 그의 고집을 꺾을 수 없을 것이므로. 그렇다면 마음만이라도 편하게 결혼하겠다고 답하는 게 더 좋을까?

헤나는 머릿속이 복잡해서 어떤 말을 해야 할지 알 수 없었다. 말똥말똥한 눈빛으로 그녀는 그의 얼굴을 빤히 바라보았다.

그는 너무나도 잘생겼다. 남자답고 체격 또한 좋다. 집안도 빵빵하고, 머리도 좋다. 그의 부모님들도 그녀를 예뻐하며 마치 친딸처럼 대한다. 그런 사실이 결혼을 하고 나서 바뀔 리는 전혀 없을 것이다. 그녀의 부모님 또한 그녀가 약혼하는 순간부터 그를 사윗감으로 생각하고 있었다. 그러니 그녀가 그와의 결혼을 거절할 이유는 하나도 없었다. 다른 여자들이었다면 아마도 그가 결혼하자는 말을 끝내기도 전에 좋다면서 펄쩍 뛸 듯이 기뻐했을 것이다.

"오빠가 끝까지 결혼하겠다고 우긴다면 하게 되겠지. 그런데 난 왜 이렇게 마음이 놓이지 않는 걸까요?"

"마음이 놓이지 않는다고?"

"오빠는 날 어떤 못된 놈이 와서 업어 갈까 봐 불안해서 결혼하겠다며? 그럼 나는? 나도 사실 어떤 못된 여자가 오빠한테 꼬리칠까 봐 항상 불안해했었거든. 그런데 내 불안한 마음은 결혼으로도 해결이 되지 않을 것 같거든."

"그거 무슨 뜻으로 하는 소리야?"

그녀는 그가 무척이나 얄미웠다. 잘난 얼굴에 잘난 체격에, 자신이 원하는 건 뭐든지 가질 수 있다고 생각하는 너무나도 잘난 성하. 그 콧대를 팍 꺾어 놓고 싶다는 생각으로 그녀는 팔짱을 끼고 턱을 치켜올리며 말을 내뱉었다.

"결혼하고 나서 날 꼼짝 못하도록 집 안에 붙들어 놓은 다음에 정작 오빠는 나가서 이 여자, 저 여자 만나고 다니는 거 아니냐는 말이지요."

"넌 날 바람둥이라고 생각하는 거야?"

기가 막힌다는 표정으로 반문하는 성하에게 그녀는 쌀쌀맞게 소리쳤다.

"내가 오빠를 바람둥이라고 생각하고 있는지 아닌지는 중요한 게 아니에요. 다른 사람들 평판이 어떠한가 그게 더 중요한 거죠."

"다른 사람 평판이라니? 다른 사람 누구?"

그녀는 그의 말을 못 들은 척, 고개를 옆으로 돌리며 딴청을 피웠다.

"너, 지금 설마 혜성이 말 듣고 그러는 거야?"

"뭐, 사실을 말하자면 전혀 아니라고 할 수는 없죠."

뺀질뺀질거리면서 그녀가 답하자 그는 주먹을 꽉 움켜쥐고 이를 악물었다.

"그러니까 너는 내 말보다 혜성이 말을 더 믿는다 이거지."

그의 표정을 슬쩍 바라본 혜나는 작게 한숨을 내쉬었다.

이 오빠, 또 자존심 잔뜩 상하셨네. 제대로 열 받으신 것 같은데.

여기서 더 밀고 나갔다가는 어떤 식의 폭탄이 터질지 알 수 없는 일이었기에 그녀는 우선 한 발 후퇴하기로 했다.

"혜성 오빠가 톡 까놓고 오빠 바람둥이라고 한 건 아냐. 그냥 오빠가 학교의 여자 후배들하고 친하게 지내고 같이 밥 먹고 커피 마시고 그런다고 말해 준 거뿐이야. 그 말 듣고 오빠가 바람둥이일 수도 있겠구나 생각한 거지."

그녀는 맘먹고 까탈을 부리려는 듯 트집을 잡기 시작했다.

"말해 봐, 오빠. 여자들하고 밥 먹고 커피 마셨지?"

"그래, 그랬다."

"다른 여자하고 키스도 했지?"

"그랬지."

"다른 여자하고 뜨거운 밤도 보냈지?"

그가 선뜻 대답을 하지 않자 혜나의 눈매가 날카로워졌다.

"말해 봐. 그랬어, 안 그랬어?"

"그 일이 지금 우리가 결혼하는 거하고 무슨 상관인 건데?"

그는 버럭 성질을 부리며 그녀의 질문에 답하길 꺼려했다.

"내가 오빠를 믿지 못하면 결혼해서 뭐해? 오빠도 마찬가지야. 날 믿지 못한다면 결혼한다고 해서 달라질 게 뭐 있어? 정말 오빠가 24시간 내내 날 지켜볼 수 있는 건 아니잖아."

뾰로통하게 입술을 내민 그녀가 계속해서 종알거렸다.

"솔직히 난 오빠가 날 좋아하는 건지 어떤 건지도 잘 모르겠어. 오빠는 나한테 그런 말한 적도 없고, 좋아한다고 느낄 수 있게끔 행동한 적도 없으니까. 그런데도 이런 상황에서 결혼을 해야만 하는 거냐고, 난 오빠한테 진심으로 묻고 싶어."

그녀의 말은 다 맞는 말이었다. 하지만 그는 그렇다고 인정하고 싶지 않았다. 그는 혜나를 소중하게 생각했다. 너무 어린 나이에 약혼을 해서 다른 사람들처럼 제대로 된 애정 표현 한 번 못하고 세월만 보냈지만, 그렇다고 해서 그가 그녀를 아무렇지도 않게 생각하는 건 아니었다.

그저 명목상의 약혼녀일 뿐이라고 생각하는 건 아니었다. 다만, 너무 예쁘고 소중해서 함부로 하면 안 될 것 같기에 그는 여태까지 그녀에게 진한 애정 표현을 하지 않은 것뿐이었다.

"솔직히 말하면, 유혜나. 넌 내 상대가 되기엔 너무 어리다고 생각했다. 그리고 지금도 그런 생각은 변함없어."

이것 봐라. 이 남자, 또 내 자존심을 팍팍 긁어 대네.

아직까지도 그의 관점에서 볼 때 자신은 7살 꼬맹이 수준일 뿐이라는 사실에 그녀는 화가 났다.

"그래서요?"

그녀는 짜증이 가득한 음성으로 소리쳤다.

"하지만 앞으로도 계속 그런 생각으로 지내지는 않겠지."

그가 손을 뻗어 그녀의 팔을 움켜잡았다. 갑작스러운 행동에 눈을 동그랗게 뜬 혜나는 한 발 뒤로 물러섰다. 하지만 그가 손에 힘을 주고 잡아당기는 바람에 오히려 그의 앞으로 끌려가고 말았다. 그는 그녀의 허리를 끌어안고 잡아당겨 자신의 허벅지 위로 앉혔다.

"오, 오빠……."

당황한 그녀의 뺨에 그의 손이 닿았다. 그리고 가까이 다가오는 입술. 그녀는 놀라 눈을 동그랗게 떴다. 하지만 그의 입술이 자신의 입술에 닿는 순간, 스르르 눈을 감고 말았다.

그의 입술은 너무나도 달콤했다. 그녀의 머릿속에 떠오르는 모든 생각들을 순식간에 사라지게 만들 만큼.

"내가 싫어서 결혼하지 않겠다고 하는 거니?"

그녀의 이마에 이마를 마주 대고 그가 허스키해진 음성으로 속삭였다. 그녀는 가만히 고개를 저었다.

그의 눈동자가 열정으로 가득 차 까맣고 깊게 가라앉았다. 그녀를 품 안에 꼭 끌어안고서 그는 조용한 음성으로 말했다.

"내가 제대하고 나서, 너 여름방학하면 결혼식 올리자. 그때 신혼여행도 갔다 오고, 호적 정리도 하고. 다시 학교 다니기 전에 골치 아픈 일은 모두 해결하자. 응?"

이쯤 되면 절대 못한다고 버틸 수도 없었다. 더군다나 지금 혜나는 그의 키스 한 번에 KO가 된 상태였다.

✱ ✱ ✱

혜나는 수업 시간 중임에도 불구하고 멍한 표정으로 창밖을 보았다. 다행히 창가 쪽에 자리를 잡고 앉은 덕에 고개만 살짝 옆으로 돌리면 높은 하늘이 손에 잡힐 듯이 보였다.

오빠는 무사히 부대에 복귀했을까, 아니면 아직도 기차를 타고 가고 있을까. 아니면…….

오늘 아침, 학교를 가기 위해 집을 나온 그녀의 앞에 성하가 나타났다. 부대에 복귀하기 전에 얼굴 한 번 더 보려고 찾아왔다는 그의 말에 그녀는 눈물을 흘릴 뻔했다. 그런 자신의 소심함에 화가 나기도 했고, 거의 두 달 가까이 헤어져 있어야 하는데도 하나도 아쉽지 않다는 표정으로 싱긋 웃던 그가 얄밉게 느껴지기까지 했다. 그가 떠난다는 사실 하나만으로도 그녀는 가슴 한켠이 잘려나간 것처럼 아팠는데 말이다.

그는 그녀의 손을 잡고 두어 번 가볍게 흔들고 난 뒤, '간다.' 라는 말만 남기고 미련 없이 몸을 돌려 떠났다. 그 뒷모습을 보면서 그녀는 그저 입술만 꼭 깨문 채, 말 한마디 못했다. 잘 갔다 오라는 소리도, 몸조심하라는 소리도 못했다. 그때 심정으로는 학교를 땡땡이치는 한이 있더라도 부대 앞까지 그를 따라가고 싶었다.

하지만 고3이 된 그녀로서는 그런 행동을 할 수 없었다. 또한 성하가 그렇게 하도록 그냥 놔두지 않을 것도 뻔한 일이었다.

현실이 나를 슬프게 하는구나. 괜히 눈물이 나네.

눈시울이 시큰해져 오자 코를 훌쩍인 그녀는 성하의 얼굴을 머릿속으로 떠올렸다.

〈오빠. 건강하게 잘 지내야 돼. 두 달뿐이더라도 몸조심해야 돼. 두 달이라는 시간은 오빠가 생각하는 것과 달리 무지막지하게 긴 시간이거든. 그사이에 혹시 사고라도 나면 비명횡사할 수도 있으니까 꼭 몸조심해.〉

어느새 혜나는 노트 위에 위문편지를 쓰듯이 글을 쓰고 있었다.

"유혜나."

옆에서 부드럽게 들리는 음성에 그녀는 눈살을 찌푸렸다. 한참 정성을 다해서 쓰고 있던 글에 방해가 된다는 생각으로 그녀는 고개를 휙 돌렸다. 그리고 이내 얼음처럼 꽁꽁 얼어 버렸다. 그녀의 옆에는 몽둥이를 든 과학 선생이 의미심장한 미소를 보내고 있었다.

"노트 내놔 봐라!"

"안 돼요, 쌤."

"안 되긴 뭐가 안 돼? 내놔!"

과학 선생은 우악스러운 동작으로 그녀의 노트를 빼앗았다. 그리고 큰 소리로 적힌 글을 읽었다.

여기저기서 킥킥거리면서 들려오는 반 아이들의 웃음소리에 그녀는 쥐구멍이라도 찾아 들어가고 싶은 심정이었다. 곧이어 날아올 고함 소리를 예상하고 그녀는 어깨를 잔뜩 움츠린 채, 눈을 꼭 감았다.

"유혜나, 네 오빠가 유혜성이지?"

혜성은 그녀가 재학 중인 학교의 27회 졸업생이었다. 학교를 다니는 동안 온갖 말썽은 다 저지른 탓에 새로 부임하지 않은 한, 혜성을 모르는 선생은 없었다. 오죽했으면 혜성이 졸업하던 해에 선생들이 단체로 만세 삼창을 불렀다는 전설이 전해져 내려올 정도일까.

"네."

"그럼, 혜성이가 군대 갔냐?"

선생의 말을 제때 알아듣지 못한 그녀는 눈을 동그랗게 떴다. 혜성 오빠도 군대에 가긴 했지만, 저 편지는 혜성 오빠한테 쓴 게 아닌데…… 그렇다고 사실대로 이실직고할 수는 없는 노릇이라 그녀는 황급히 고개를 끄덕였다. 아마도 글 중에 호칭이 오빠일 뿐, 이름이 없어 과학 선생은 그녀의 오빠인 혜성으로 짐작한 듯했다.

"오빠한테 편지를 다 쓰고 착하구나. 하긴 삭막한 군대 생활에 위문편지 한 장이 큰 위로가 되기는 하지."

남자인 과학 선생은 자신이 겪었던 군 생활을 떠올리기라도 하는지 두 눈을 지그시 감았다. 그리고 곧 들고 있던 몽둥이로 노트를 툭툭 쳤다.

"그렇다고 해서 수업 시간 중에 이런 걸 적어도 된다는 소리는 아니다! 더군다나 편지지도 아닌 노트에 적으면 되겠냐?"

곧이어 날아오는 호통 소리에 그녀는 몸을 움츠리면서 얌전하게 고개를 숙였다.

"죄송합니다, 쌤."

"그리고 너 문장이 좀 요상타? 두 달 안에 비명횡사하는 수도 생긴다고? 꼭 그러라고 바라고 쓴 것 같은 뉘앙스가 아주 팍팍 풍기는데."

"아, 아니에요. 쌤, 그럴 리가요. 그런 건 절대로 아니에요."

그녀가 화들짝 놀라 두 손을 저어 댔지만 과학 선생은 이해한다는 표정으로 고개를 끄덕였다.

"하기야, 혜성이 놈은 옆에서 죽으라고 고사를 지내도 아주 잘 살 거다. 것도 엄청나게 오래 살 거다. 여기저기서 하도 욕을 많이 먹어서 그놈은 벽에 똥칠 할 정도로 오래 살 거다. 내가 장담을 한다. 장담을 해."

3년 내내 혜성에게 당했던 곤혹스러웠던 기억이 새삼 떠올라 과학 선생은 이를 갈면서 중얼거렸다. 교단을 향해 가면서도 여전히 중얼거리는 과학 선생의 모습에 그녀는 물론 아이들까지 큰 소리로 웃음을 터트렸다.

4장.

날은 점점 더워지고 있었다. 가만히 앉아만 있어도 땀이 줄줄 흐를
것만 같이 더운 날씨에 혜나는 오로지 공부에 매달려야만 하는 자신
의 신세를 딱하다 여겼다.

창밖으로 펼쳐져 있는 파란 하늘을 그녀는 멍하니 바라보았다. 열
정적으로 설명을 하는 선생의 말은 그저 귓가를 스치고 지나갈 뿐,
그녀의 머릿속에 제대로 들어오지도 않았다.

그녀는 결혼 문제로 심각한 상태였다. 기분이 들뜨기도 하고 불안
하기도 해서 정상적인 생각과 행동을 할 수 없을 정도였다.

"유혜나!"

수업이 끝나고서도 집에 돌아갈 생각은 하지 않은 채 같은 자세를
유지하고 있는 그녀를 경희가 목청 높여 불렀다.

"왜?"

심드렁하게 대구하자 경희는 그녀의 앞으로 바짝 얼굴을 들이밀었
다.

"너, 왜 그러냐? 왜 기분이 이리도 저조해?"

"네 눈에도 그렇게 보이니?"

"그래, 아주 확실히 보인다. 성하 오빠 제대했다고 그러던데 너 설마, 오빠하고 싸웠냐?"

"싸우긴 우리가 애들이냐? 싸우게."

여전히 성의 없는 대꾸에 경희는 고개를 갸우뚱거렸다.

"그럼 왜 그러는데? 벌써부터 수능 걱정해서 그러는 건 아닐 테고."

"아니긴, 심히 걱정스럽다."

"야, 아직 날짜도 많이 남았는데 뭘. 게다가 너 정도 성적이면 안정권이잖아. 뭘 그렇게 걱정을 하고 그래?"

그녀는 아무리 친한 친구여도 자신의 고민을 속속들이 다 털어놓을 수 없다는 것에 답답함을 느꼈다. 지금 경희에게 결혼하게 될지도 몰라서 고민이라는 말은 할 수가 없었다. 분명 어린애 취급을 받을 게 뻔했기 때문이었다.

"나도 몰라, 그냥 기분이 가라앉아서 그래."

"기운 내라. 앞으로 넘어야 할 산이 많은데 벌써 그러면 어쩌냐."

"그래, 넘어야 할 산 많지. 암, 많고말고."

정말 그랬다. 매달 보는 모의고사에, 선생들의 압박에, 부모님들의 높은 기대에 몇 달 남지 않은 수능까지. 넘어야 할 산은 많았고, 그중에서도 제일 넘기 힘들고 높은 산은 민성하였다.

집으로 돌아와 말끔하게 샤워까지 했지만 그녀의 기분은 전혀 나아지지 않았다.

성하와는 제대하던 날, 오밤중에 집 앞에서 만나 축하해, 고마워, 인사를 한 게 전부였다. 밤이 늦었다면서 그가 돌아가고 난 뒤 혜나는 걱정이 태산이었다.

그가 그다음 날이라도 집으로 쳐들어와 그녀의 부모님께 결혼에 대한 말을 할까 봐 그녀는 조마조마했었다. 그런데 뜻밖에도 그에게서는 연락도 없었다.

많이 바쁜 걸까? 뭘 하고 있을까? 학교 복학하려고 준비하나?

궁금하기도 하고 며칠이 지나도록 전화 한 통 하지 않는 그가 서운하게 생각되기도 했다. 그러면서 그녀는 부모님께 결혼에 대한 말을 자신이 먼저 해야 하는 게 아닐까 하는 생각도 했다. 하지만……

안 돼, 말 못해. 내 입으로 먼저 그런 말을 하다니, 때려죽여도 난 못해.

생각만으로도 얼굴이 벌겋게 달아오르며 뜨거운 김이 펄펄 나는 것만 같다.

* * *

바둑판을 앞에 두고 앉아 성하는 딴생각에 빠져 있었다. 그랬기에 그는 집을 만드는 데 제대로 신경을 쓰지 못해 대마를 잡아먹히고 연속적으로 2번이나 대국에서 졌다.

"무슨 생각을 그리하기에 집중을 못하고 있는 게냐."

3번째로 정말 시시하게 대국이 끝나자 민 장군은 이마를 잔뜩 찌푸렸다. 이기는 것도 좋았지만 재미없는 대국을 하고 있다 생각하니 시간이 아깝다 느껴졌기 때문이었다.

"혜나와 여름방학 중에 결혼식을 올렸으면 합니다."

검은 돌과 흰 돌을 골라 따로 통에 담아 넣으며 성하는 아무렇지도 않은 투로 말했다. 마치 내일 이맘 때 점심 메뉴를 뭐로 하겠다고 말하듯이 평범한 어조였다.

"뭘 하겠다고?"

민 장군은 자신이 잘못 들었나 하는 생각에 질문을 던졌다.

"결혼식이요."

"허, 참!"

어이가 없어도 한참 없는 말에 민 장군은 혀만 차고 말았다.

"너 혜나가 아직 고등학생이라는 걸 알고도 그런 말을 하는 거냐?"

"고등학생이긴 하지만 미성년자는 아닙니다. 그리고 더 어린 나이에 결혼한 사람들도 많고요."

"그렇긴 하다만…… 고등학교 졸업도 하지 않은 아이와 결혼식을 올리겠다고 하면 유 회장이 좋아하겠느냐?"

"저희 어렸을 때 약혼시킨 건 결혼을 일찍 해도 상관없다는 뜻으로 한 거 아닙니까?"

"너희들 약혼을 어렸을 때 시켜 놓은 건 다른 짝 찾지 말라고 그런 거다."

뭔 소리를 하냐는 식으로 민 장군이 손을 내저으며 해명하자 성하는 입가에 싱긋 웃음을 띠웠다.

"유 회장님이야 그런 생각이었을지 몰라도 아버지는 아니셨잖습니까? 사실 아버지는 제가 빨리 결혼해서 예쁜 손주를 낳아 주기 바라고 계시잖아요. 그것도 딸아이로요."

"허험, 네가 별소릴 다하는구나."

속내를 들킨 민 장군은 연신 헛기침을 하며 바둑돌만 들었다 놨다 했다.

"아버지께서 허락하신다면 유 회장님께는 제가 직접 말씀드리고 허락을 받겠습니다."

"나야 굳이 반대할 뜻은 없다만……."

사실 민 장군은 성하가 언제쯤이나 되어야 혜나와 결혼을 할 수 있을까 하는 생각에 조바심을 치고 있었다. 결혼을 하지 않았다 하더라도 혜나를 데려와 한 집에서 살고 싶은 마음도 있었다. 하지만 오랜 친구인 유 회장의 마음을 생각해서 여태까지 기다리고 있던 참이었다. 혜나가 대학을 졸업하기만 하면 바로 결혼을 시켜서 데려와야지 하는 생각을 하면서……. 그런 참에 성하가 직접 나서서 혜나와 결혼하겠다고 하니 민 장군은 오히려 잘한다고 등을 떠밀고 싶은 심정이었다.

"네가 정 그렇게 결심했다면 유 회장한테 잘 말씀드리고 꼭 허락을 받아 오도록 하거라."

"네, 아버지."

아닌 척하시지만 속이 훤히 보이십니다.

성하는 쓴웃음을 지으며 바둑돌과 바둑판을 정리했다.

✻　✻　✻

저녁을 먹고 친구들과 웃고 떠들면서 교실로 돌아오던 그녀는 주머니 안에 넣어 뒀던 핸드폰에서 뽀로롱 소리를 내며 문자가 왔다는 것을 알리자 심장이 멈추는 것만 같은 느낌을 받았다.

"먼저 가, 나 문자 좀 하고."

"알았어, 빨리 들어와."

경희와 영란이 손을 흔들며 교실로 들어가는 걸 확인하고 난 뒤, 그녀는 핸드폰을 꺼내 들었다.

〈지금 집으로 간다.〉

역시나 성하가 보낸 문자다. 드디어 오늘 일이 터진 것이다.

왜 항상 불안한 느낌은 잘 들어맞는 것인지.

고개를 살래살래 저은 그녀는 문자를 보냈다.

〈부모님 뵈려고? 결혼 말씀드릴 거야?〉

〈그래.〉

곧바로 답장이 오자 그녀는 한숨을 푹푹 내쉬며 흔들거리는 몸을 복도 벽에 기댔다.

〈나 야자 있어서 늦게 끝나. 토요일 날 말씀드리면 안 돼?〉

한참 기다려 봤지만 답이 없다.

뭐냐? 이 남자야, 이제 내 의견은 중요하지도 않다 이거냐.

슬그머니 짜증이라는 놈이 고개를 쳐들자 그녀는 핸드폰의 문자판을 파파박 두드렸다.

〈낼모레 토요일 날까지 기다렸다가 그때 얘기하라고.〉

〈너 없어도 얘기하는 데 아무 상관없어.〉

얼씨구.

혜나는 기가 막혔다.

아주 혼자서 북 치고 장구 치고 다하겠다 이거지. 하긴 먼저 결혼하자고 말한 것도 그였으니까 마무리도 그가 짓는 것이 더 좋을 거다. 또한 부모님들이 듣기에 그다지 좋은 말이 아니므로 그녀가 없는 자리에서 얘기가 오고 가는 게 한결 나을 것 같다는 생각도 들었다.

하지만 얘기가 어떤 식으로 진행될 건지 궁금했다. 너무너무 궁금해서 가만히 있을 수가 없어진 그녀는 교실로 들어가는 대신 눈썹을 휘날리며 교무실로 달려갔다.

"쌤, 저 집에 가야 돼요."

"왜, 너네 집 불났대니?"

"오늘 제 인생을 결정짓는 중요한 일이 있거든요."

"네 인생 결정짓는 중요한 일이 수능 잘 보는 거 말고 또 뭐가 있냐?"

입만 열면 수능, 수능. 그녀는 스트레스로 아주 미쳐 버릴 것만 같았다.

"현재 제 상황이 다른 아이들과 좀 다르다는 건 알고 계시잖아요, 쌤."

"그래서 뭘 어쩌겠다고?"

넌지시 돌려서 말을 해 봤지만 김 선생은 전혀 감도 잡히지 않는다는 표정이다. 답답함에 혜나는 직설적인 화법으로 김 선생에게 오늘 일어날 일에 대해 말했다.

"제 남편되실 분이 저번에 여름방학 끝나기 전에 유부녀 만들겠다고 선언하시더니 오늘 집에 와서 부모님과 담판을 짓겠다고 하시네요. 그래서 제가 가 봐야 하거든요."

"하! 유혜나, 너 엄청 웃긴다. 너 지금 결혼 못한 노처녀 선생 염장지르냐?"

"어우, 쌤. 그런 게 아니잖아요. 저 정말 심각해요."

볼이 벌겋게 달아올라 혜나는 고개를 푹 숙였다. 난처한 표정으로 손가락을 맞잡고 비틀어 대는 그녀의 태도에 김 선생은 여전히 고깝다는 표정으로 입을 삐죽거렸다.

"얘! 성하가 어련히 알아서 잘하려고. 너 있다고 뭐 큰 도움이 되겠니?"

그녀의 표정이 거의 울듯이 변하자 김 선생은 고개를 가로젓고 손을 흔들어 보였다.

"알았다, 알았어. 집에 가라. 가서 결혼을 하든지 말든지 해. 대신 수능 뭣같이 보면 죽을 각오나 해라."

끝까지 수능을 물고 늘어지는 김 선생에게 혜나는 깍듯이 고개를 숙였다.

"네, 알겠습니다. 쌤, 감사합니다."

교실로 돌아와 가방을 싼 그녀는 의아한 표정으로 바라보는 친구들에게 눈길도 돌리지 않은 채, 바람처럼 뛰어나갔다.

그녀는 헉헉거리면서 학교 밖으로 나와서도 여전히 뛰었다. 걸었다를 반복하며 짧은 시간 안에 집에 도착했다.

초인종을 누르자 놀란 듯한 김 여사의 목소리가 흘러나왔다.

"어머? 혜나야."

요란한 소리와 함께 문이 열리자 그녀는 안쪽으로 몸을 들이밀었다. 오늘따라 넓은 정원이 더 넓게 느껴졌고, 반갑다고 짖으며 달려드는 강아지도 귀찮았다. 일 초라도 빨리 안으로 들어가 현재 상황을 체크해야 했기에 그녀의 마음은 급하기만 했다.

그녀가 현관문을 열고 들어서자 김 여사가 빠른 걸음으로 다가왔다.

"무슨 일이라도 있니? 왜 벌써 와?"

김 여사의 말에 대답도 없이 그녀는 고개를 죽 빼고 거실을 살펴봤다.

"엄마, 성하 오빠 안 왔어?"

"성하 왔는데. 그보다 너 무슨 일이야? 왜 야간 자율 학습 안 하고 그냥 온 거야?"

여전히 궁금함에 김 여사는 질문을 던졌다.

"너 설마, 성하 온다고 해서 공부도 안 하고 그냥 온 거니?"

김 여사의 얼굴에 못마땅하다는 표정이 슬슬 나타나기 시작했다.

"엄마, 오늘만 봐줘요. 정말 중요한 일이 있어서 그래. 그런데 오빠는 어디 있어?"

"안방에. 네 아빠하고 얘기 중이다."

"벌써?"

눈을 동그랗게 뜬 그녀는 가방을 거실 소파 위에 던져 놓은 채 안방 앞으로 다가갔다.

"얘, 혜나야."

김 여사의 만류에도 불구하고 그녀는 노크를 한 뒤, 안방 문을 살며시 열었다. 고개만 쏙 밀어 넣은 채 살펴보자 유 회장과 성하가 마주 앉아 있는 모습이 보였다.

"아빠."

"들어오거라."

그녀는 유 회장과 성하의 표정을 살피며 방 안으로 들어섰다. 자못 분위기가 심각한 것이 성하가 벌써 결혼에 관한 말을 꺼낸 뒤인 듯했다.

빨리 온다고 뛰어왔는데, 늦었잖아.

그녀가 옆으로 다가앉자 성하가 작은 소리로 말했다.

"학교는?"

"땡땡이."

그녀가 툭 말을 내뱉자 그의 이마가 잔뜩 찌푸려 들었다.

"성질내지 마, 오빠 때문이니까."

"어험!"

톡 쏘아붙이는데 유 회장의 헛기침 소리가 들려와 그녀는 어깨를 움찔했다.

유 회장은 심각한 안색이었다. 정작 말을 꺼낸 성하는 별반 그래 보이지도 않았지만.

아주 초특급 강심장이에요. 좌우지간 배짱 하나는 알아줘야 한다니까.

그녀는 그의 얼굴을 흘낏 보고 입술을 삐죽이 내밀었다.

"그래, 혜나도 왔으니 다시 한 번 얘기를 해 보도록 하자. 혜나 여름방학 때 결혼식을 하겠다고? 꼭 그렇게 해야만 할 이유라도 있나?"

조금은 못마땅하다는 기색을 내보이며 유 회장이 묻자 그녀는 자신의 심장이 오그라드는 것만 같았다. 설마하니 그가 이런 자리에서도 '혜나의 주변에 남자가 너무 많아서입니다.' 라고 답하지는 않겠지만, 또 모르는 일이었다.

"저는 지금이 가장 좋을 때라고 생각합니다. 혜나가 고등학교를 졸업하고 나면 대학 문제로 정신없이 바빠질 테고, 저 또한 복학해서 사법 고시 준비를 해야 되기 때문에 결혼에 신경 쓸 시간적 여유가 없을 것 같습니다."

"사법 고시 준비를 하겠다고?"

성하는 법학과였다. 부친인 민 장군은 자신의 뒤를 이어 군인이 되길 원했지만 그의 생각은 또 달랐다. 판사, 또는 검사가 되는 것이 그의 목표였다.

"졸업하기 전에 1차에 합격하려고 노력하고 있습니다."

다부진 그의 어투에 유 회장은 만족스러운 표정이었다.

"그렇다고는 하지만 고시에 붙을 때까지 몇 년이 걸릴지는 알 수 없는 일입니다. 앞으로 5년이 될지 10년이 될지. 그때까지 혜나를 마냥 기다리게 하고 싶지는 않습니다. 조금 이른 감이 있긴 하지만 지금 결혼을 하는 게 더 적절할 거라고 생각했습니다."

유 회장은 성하의 말이 끝나고도 한동안 아무 말이 없었다. 무슨 생각을 하는지 그저 심각한 표정으로 침묵을 지키고 있었다.

방 안을 짓누르는 무거운 분위기에 답답함을 느낀 그녀가 유 회장의 안색을 살피며 넌지시 말을 건넸다.

"아빠……."

"혜나, 네 생각은 어떠냐?"

"저요?"

그녀는 눈을 동그랗게 뜨고 유 회장과 성하를 번갈아 바라보았다.

"그래, 결혼을 하는 사람은 바로 너 아니냐. 당사자인 너는 어떻게 생각을 하느냐 이 말이다."

일이 어떻게 될까 궁금해 부리나케 달려오기는 했지만 그녀 자신은 아무런 결정도 내리지 못한 상태였다. 어른들과 성하가 얘기를 나눠 어떤 식으로든 결정이 나면 그대로 따르면 되겠지 하는 막연한 생각을 했을 뿐이었다.

"저야, 뭐…… 약혼을 했으니까 오빠하고 결혼을 하긴 해야 하는데……."

유 회장의 서운함이 잔뜩 깔린 표정을 보자 대략난감.

난처한 표정으로 중얼거리던 그녀는 슬며시 그의 눈치를 살폈다.

"그냥, 오빠가 하자는 대로 하려고요."

결정적으로 그런 말이 나오게 된 것은 성하가 그녀의 손을 꼭 잡았기 때문이었다. 부드럽고 따뜻한, 그리고 믿음을 주는 강한 손길에 그녀는 속절없이 끌려 들어가고 만 것이다. 아마도 그가 그녀의 이마나 뺨에 입을 맞추기라도 했다면 그녀는 지금 당장 웨딩드레스를 맞추러 가자고 크게 소리쳤을지도 모르는 일이었다.

"자네 아버님께도 말씀을 드렸나?"

"네, 말씀드렸습니다."

"그래, 뭐라 하시던가?"

"아버지께서는 혜나 부모님께서 허락해 주신다면 고맙게 여기겠다고 하셨습니다."

유 회장은 그럴 줄 알았다는 표정으로 고개를 끄덕였다.

"그래, 그랬겠지. 호시탐탐 혜나를 노리고 있던 그 친구라면 당연히 좋다고 했겠지."

말은 그렇게 하면서도 유 회장은 씁쓸한 기분을 감추지 못했다.

"자네와 혜나의 뜻은 알겠지만 어쨌든 혼사는 인륜대사라 쉽게 결정할 수 없는 일이니, 내 좀 더 생각해 보도록 하겠네. 안사람과 의논도 해야 하고."

"알겠습니다."

그가 자리에서 몸을 일으키자 엉겁결에 혜나도 따라 일어섰다.

"아빠, 저 오빠 배웅하고 다시 올게요."

머뭇거리면서 말을 한 그녀는 유 회장의 대답도 듣지 않고 먼저 방을 나왔다.

"도대체 무슨 일이니?"

궁금함을 참으며 기다리던 김 여사가 거실 소파에서 몸을 일으켰다.

"오빠가 나랑 결혼하겠다고 해서 지금 아빠 저기압이야."

"너희들 결혼하는 거야 당연한 일인데, 왜? 설마……."

"그 설마가 맞아요. 엄마, 오빠가 이번 여름방학 때 결혼하겠다고 그랬거든."

샐쭉한 표정으로 쏘아붙인 그녀는 성하의 팔을 있는 힘껏 꼬집었다.

"들어가 보세요, 엄마. 전 오빠 배웅하고 올게요."

말을 마친 그녀는 그의 등을 떠다밀며 현관으로 향했다.

"가 보겠습니다, 어머님."

"그, 그래."

인사를 하며 마주친 김 여사의 눈빛에는 걱정이 한가득이었다. 김 여사는 성하를, 그리고 혜나를 가만히 바라본 뒤, 깊은 한숨을 내쉬고 몸을 돌려 안방으로 향했다.

"오빠, 미워."

현관문을 열고 나오면서 그녀가 투덜거렸다.

천방지축 신혼이야기

"왜 미워?"

"오빠가 그렇게 마구잡이로 밀고 들어오니까, 아빠도 엄마도 놀라시잖아. 엄마 얼굴 퍼렇게 질리는 거 봤지?"

그는 아무 말도 없이 고개를 끄덕였다.

"그러니까 좀 더 기다렸다가 나 졸업한 다음에 결혼하면 될 걸, 왜 자꾸 빨리하겠다고 그래?"

"왜 그런지는 아버님께 말씀드렸잖아."

"그거 정말이었어?"

혜나가 눈을 동그랗게 뜨면서 묻자 그는 기가 막힌다는 표정이었다.

"그럼 내가 아버님한테 거짓말한 거라고 생각해?"

"그건 아니지만…… 오빠 나한테는 누가 나 업어 갈까 봐 빨리 결혼하는 거라고 했잖아."

"그 말도 사실이지만, 그렇다고 아버님께 그대로 말을 하겠어?"

성하는 또 7살짜리 아이를 보는 듯한 표정이었다.

"차라리 그대로 말을 하지 그랬어? 그랬으면 오빠한테 이득이었을 텐데. 우리 아빠, 보기보다 엄청 고지식하시거든. 내가 남자관계 복잡해서 안심이 안 된다고 말씀드렸으면 당장이라도 보따리 싸서 오빠네로 보내 버렸을 거야."

그의 입가에 싱긋 미소가 생겨나자 혜나의 얼굴이 한결 밝아졌다.

"아버님이 계속 반대하시면 그때 그렇게 말해야겠다."

"농담이었거든, 이 못된 오빠야."

그녀는 성하의 등을 소리 나도록 때렸다.

"그만 들어가고, 부모님께 말씀 잘 드려."

"알았어. 제발 나 시집보내지 말아 달라고 간곡히 말씀드릴게."

"장난치기는……."

그가 살짝 볼을 꼬집으며 말하자 그녀는 배시시 웃었다.

"오빠, 운전 조심하고. 연락해."

차에 탄 그가 창문을 내리자 그녀는 손을 흔들며 작별 인사를 건넸다.

허리를 숙인 채 창틀을 붙잡고 서서 물끄러미 바라보는 그녀의 뺨에 그의 손이 닿았다. 머리카락 안쪽으로 손을 넣어 끌어당긴 그는 그녀의 입술에 가볍게 입을 맞췄다.

"잘 자."

"오빠도."

그녀가 한 발 뒤로 물러서자 그는 차를 출발시켰다.

멀어져 가는 차의 뒤꽁무니를 한참이나 바라보고 있던 그녀의 입에서 큰 한숨이 새어 나왔다. 폭탄을 왕창 떨어뜨려 놓고 갔으니 이제 어쩌지?

그녀는 부모님의 얼굴을 어떻게 봐야 할지 난처하기만 했다.

그녀는 자신의 입술에 가만히 손가락을 대 보았다.

오빠가 좋기는 한데, 같이 살고 싶다는 생각이 들기도 하는데…….

집 안으로 들어와 안방 문 앞까지 갔던 그녀는 마음을 바꿔 이 층으로 향했다. 부모님들이 얘기를 나눈 뒤, 무슨 말이라도 있을 거라 짐작한 그녀는 발소리를 죽여 자신의 방으로 들어갔다.

* * *

"어쩌실 생각이세요?"

넌지시 질문을 던지는 김 여사를 유 회장은 미소 띤 얼굴로 바라보았다.

"보내야지."

망설임 없는 대답에 김 여사는 땅이 꺼져라 한숨을 내쉬었다.

"혜나는 아직 19살이에요. 게다가 고등학교 졸업도 안 했구요."

"누가 그걸 모르나?"

"그런데도 보내시겠다고요?"

"성하가 원하고 있잖소. 민 장군도 그걸 바라고 있고, 말 들어 보니 혜나도 결혼할 생각이 있는 것 같던데."

김 여사는 곱지 않은 시선으로 유 회장을 노려보았다.

"나는 당신 뜻이 어떤가 물어본 거예요. 다른 사람들 의견 말고 당신 생각을 말해 보세요."

"내 생각도 마찬가지요. 나중에 보내든 지금 보내든 어차피 같은 일이니까."

"어떻게 그게 같은 일이에요?"

여전히 마음에 들지 않는다는 투로 김 여사는 인상을 썼다.

"생각해 보면 성하 말대로 지금 보내는 게 더 좋을지도 모르는 일이겠소."

"어째서요?"

"두 녀석 다 머리 더 크면 딴생각들을 할 것 같다는 생각이 들었소. 사실 혜나가 내 딸이라 예쁘다, 예쁘다 하지만 다른 사람들 눈에도 그렇게까지 예뻐 보이지는 않을 거요. 혹시라도 성하가 딴 마음이라도 먹는다면 혜나 곱게 시집보내기는 힘들어질 거요."

"당신은 어쩌면 당신 딸인데 그런 말을 하세요? 그리고 성하가 변심하면 결혼 안 시키면 그만이죠. 어디 혜나가 결혼할 사람 없을까 봐서 그러세요?"

"쯧쯧쯧, 하나만 알고 둘은 모르는 소리! 혜나가 성하와 약혼했다는 걸 아는 사람은 다 아는데 다른 곳으로 시집을 보내겠다고? 그게 그렇게 쉬운 일이요? 상대는 민 장군 댁이란 말이오, 성하는 다른 집에서도 탐을 내는 신랑감이고. 그런 성하와 파혼을 했다는 소문이 나면 다들 누구 잘못이라고 생각하겠소."

유 회장의 핀잔 섞인 타박에 김 여사의 얼굴이 홍당무처럼 벌겋게 달아올랐다.

"아무리 요새 세상이 결혼하고 이혼하길 밥 먹듯 해도 별일 없다지만, 그거야 일반 사람들이나 하는 소리요. 웬만한 집안에서는 그런 흥 있는 아이 자기 집안에 들여놓으려 하지 않는다는 걸 왜 모르는 거요. 더군다나 혜나는 아주 어렸을 때부터 약혼을 했는데 이제 와서 파혼당했다고 하면, 그게 어디 입소문 한 번 나고 끝날 일이겠소?"

유 회장의 말은 구구절절 옳았다. 하지만 서운함과 속상함에 김 여사는 선뜻 맞장구를 치고 싶은 마음이 없었다.

"민 장군, 그 친구도 하루라도 빨리 혜나를 데려가고 싶어 안달을 하고 있는데 우리가 반대를 하면 꽤나 기분이 상할 거고, 내 사업에 민 장군의 힘이 필요한 건 당신도 알고 있을 거요. 드러내 놓고 도와주지는 않지만 그래도 음으로 양으로 많은 영향을 끼치고 있는데 이런 일로 마음 상하면 그 대꼬챙이 같은 성격의 친구가 어찌 나올지 나도 알 수가 없는 일이요. 그래, 이미 두 사람 결혼하기로 약속이 되어 있는데 딸 몇 년 더 끼고 살고 싶다고 사업이며, 평판이며 다 불안하게 만들겠다는 거요?"

이런저런 상황 앞에서 김 여사는 그저 딸 시집보내기 싫어 투정 부리는 한낱 속 좁은 여편네가 되어 버려 제대로 말대꾸 한 번 할 수 없었다.

"너무 크게 걱정할 거 없소. 아예 모르는 집으로 보내는 것도 아니고, 민 장군이나 안사돈이나 혜나를 많이 예뻐하잖소. 성하도 그렇고. 그러니 어린 나이에 결혼을 한다 해도 큰 문제는 없을 거요. 무엇보다 어른들이 무조건 시키는 것도 아니고 애들이 먼저 결혼을 하겠다고 하는 거잖소. 전에도 민 장군 댁과 우리 집을 왔다 갔다 하면서 지냈으니, 이번에도 그런 거라고 그냥 단순하게 생각하면 되는 거요."

말이야 쉽지, 그게 어찌 단번에 이해가 되겠는가. 하지만 유 회장의 말대로 당사자인 성하와 혜나가 좋다는데 달리 뾰족한 수도 없었다.

안방을 나오면서부터 시작된 김 여사의 한숨이 혜나의 방으로 들어갈 때까지 멈출 생각을 하지 않았다. 큰 소리를 내지 않도록 조심스럽게 방문을 닫은 김 여사가 또 한숨을 내쉬자 혜나는 걱정이 가득 담긴 표정으로 바라봤다.

"아빠 뭐라고 하셔?"

"허락하셨다."

"내가 그럴 줄 알았어."

"그래서 넌 좋니?"

"잘 모르겠어. 좋은 것도 같고, 아닌 것도 같고."

침대 끝에 걸터앉은 김 여사는 땅이 꺼져라 한숨을 내쉬었다.

"너 아직 고등학교 졸업도 안 했는데 왜 벌써 시집을 가겠다고 하는 거니? 난 정말 마음이 놓이질 않는다."

"내가 먼저 결혼하자고 그런 거 아냐, 오빠가 그런 거지."

그녀는 책상 앞 의자를 돌려 놓고 김 여사와 마주 앉아 어깨를 축 늘어뜨렸다.

"네가 어떻게든 설득을 시켰어야지."

"엄만, 그게 쉬운 일인지 알아요? 오빠는 뭐든지 한 번 한다 결심하면 무조건 해야 직성이 풀리는 성격이잖아, 고집도 더럽게 세고. 아빠도 고집 세다지만 성하 오빠한테는 잽도 안 돼. 고집 대결을 벌이면 엄마하고 아빠가 손 잡고 덤벼도 오빠 못 당해. 그런데 내가 뭘

수로 그런 오빠를 이겨?"

"싸워서 이기라는 소리가 아니잖아. 잘 말해서 이해를 시키라는
거지."

"그 말이 그 말이구먼, 뭘."

뿌루퉁한 표정으로 혜나는 틱틱거렸다.

"그렇게 말씀하시는 엄마는 아빠한테 반대한다고 했어?"

"결혼이 너무 빠른 것 같다는 말은 했지."

"말만 하셨겠지, 적극적으로 반대하지는 않았을 거 아니에요."

안방에서 있었던 일을 들여다 본 것처럼 혜나가 말을 하자 김 여
사는 계면쩍은 표정을 지었다.

"네 말대로 네 아빠 고집도 장난 아니잖니."

"것 봐요, 엄마도 만날 아빠한테 지면서."

"지는 게 아니라 져 준 거지. 엄마가 양보하는 거잖아, 그래야 집
안이……."

"평안하니까요. 네, 네. 저도 잘 알고 있답니다."

깐죽깐죽거리면서 떠들어 대는 혜나를 김 여사는 한 대 쥐어박고
싶었다.

"그래도 난 엄마처럼 그렇게 살지는 않을 거야. 아닌 건 아니다라
고 해야지. 무조건 네, 네 하면서 살진 않을 거라고요. 그래서 집안이
시끄러워져도 어쩔 수 없는 거지, 뭐."

"애 말하는 것 좀 봐! 결혼하게 되면 잘 살게요, 하는 소리는 못하
고."

김 여사가 혀를 차면서 야단을 치자 그녀는 입술을 삐죽이 내밀었
다.

"잘 살 거예요. 잘 살긴 잘 살 건데, 엄마 사는 방식대로 살 건 아
니라는 소리죠."

"엄마 사는 방식이라니? 얘가 지금 뭔 소리를 하는 거야? 그럼 엄마가 무슨 외계인처럼 살고 있다는 소리니?"

"외계인이라면 차라리 진보적이고 발전적이기나 하죠. 반대로 엄만 아주 고리타분하게 살고 있잖아요. 지금이 무슨 조선 시대인 것처럼 남편 뜻 거스르지 않도록 조신하게……."

"그래, 너 잘났다. 제발 부탁인데 시집가서 성하고 다투고 엄마, 엄마 찾으면서 울고불고 하지 말고. 짐 보따리 싸 들고 친정에 오지 마라. 그렇게만 해도 엄만 맘 놓고 살겠다. 이것아!"

김 여사는 잔뜩 화가 나 퉁명스럽게 쏘아붙였다.

"엄마."

"너도 가서 살아 봐. 살아 보면, 엄마 말 그때 가서 다 이해할 거다."

체념 섞인 말을 내뱉은 김 여사는 깊이 한숨을 내쉬었다.

자신이 너무 건방진 소리를 했다는 걸 깨달은 그녀는 김 여사 앞으로 다가가 손을 잡았다.

"에이, 엄마. 화나셨구나? 그러지 마요, 엄마. 내가 엄마를 얼마나 사랑하는데…… 그냥 엄마한테 투정 부리느라 그러는 거잖아. 엄마 덕분에 우리 집이 화목하고 평온한 거 누구보다 내가 더 잘 알아요. 엄마, 나 좀 봐 봐요. 엄마는 화낼 때도 예쁘시지만 웃으실 때가 더 아름다우시답니다요."

혜나가 생글거리고 웃으면서 애교를 떨어 대자 김 여사는 마냥 인상을 쓰고 있을 수도 없었다.

"이것이 엄마를 놀려? 너 정말 혼나 볼 거야?"

으름장을 놓는 김 여사를 혜나는 덥석 끌어안았다.

"아우, 엄마. 난 우리 엄마가 세상에서 젤 좋아. 엄마 품이 제일 좋아요. 엄마, 꼭 안아 주세요."

"엄만 정말 못 살겠다. 이 철부지야!"

투덜거리면서도 김 여사는 혜나를 꼭 안아 주었다. 애정과 사랑이 가득 느껴지는 손길에 그녀는 뭉클해지는 감정을 느꼈다.

"엄마, 나…… 시집가면 잘 살 거야. 성하 오빠 부모님들도 나 귀여워하시니까 시집살이 안 시키실 거고, 오빠도 나 예뻐하니까 잘해 줄 거야. 시댁이 멀리 떨어져 있는 것도 아니고 엎어지면 코 닿을 만큼 가까운 덴데 뭘. 그리고 생판 모르는 남의 집도 아니고 십 년이 넘도록 들락날락하던 곳이잖아. 그러니까 너무 걱정하지 마요."

"그래, 엄마 아무 걱정 안 해도 되지? 응?"

"네, 엄마. 걱정 마세요. 내가 또 한다면 한 애교하잖아. 아버님하고 성하 오빠하고 애교로 구워삶아서 행복하게 살 테니 두고 보세요. 나 정말 잘할게요."

금방이라도 눈물을 흘릴 것만 같은 김 여사의 표정에 그녀는 일부러 밝은 표정을 해 보였다.

"그래, 우리 딸! 엄만 우리 딸만 믿어."

혜나의 등을 토닥여 주면서 김 여사는 애써 긍정적인 마음을 가지려 했다. 아직 고등학교를 졸업하지 않았지만 혜나도 한 사람의 성인이었다. 언제까지나 품 안에만 감싸고 있을 수 없다는 것을 김 여사도 잘 알고 있었다. 걱정스럽고 불안했지만 혜나도 이제는 그녀만의 생활을 찾아야 한다고 김 여사는 새삼 느끼고 있었다.

"늦었다, 그만 자."

"네, 안녕히 주무세요."

방문을 나서는 엄마의 등이 오늘따라 쓸쓸해 보인다고 그녀는 생각했다.

갑자기 허전한 마음에 그녀는 가만히 선 채, 방 안을 둘러보았다. 늙어 죽을 때까지 이 방에서 생활하지 않을 거란 것 정도는 알고 있었지만, 이렇게 빨리 갑작스럽게 떠날 거라 예상하지는 못했었다.

결혼식을 올릴 여름방학까지는 이제 겨우 한 달도 남지 않았다. 그녀는 침대에 앉아 분홍빛의 침대보를 손끝으로 쓸어 보고 화장대 앞으로 다가가 사용하던 화장품들을 하나하나 만져 보았다. 그리고 책상 앞으로 다가갔다.

책상 위에는 성하와 찍은 사진이 있었다. 환한 미소를 짓고 있는 그녀와 그런 그녀를 바라보며 미소 짓는 그의 모습. 그녀는 충동적으로 핸드폰을 꺼내 버튼을 눌렀다. 신호음이 가고 얼마 안 있어 그의 목소리가 들렸다.

―여보세요.

"오빠, 자?"

―아직 안 잤어.

"못된 오빠, 나쁜 오빠. 오빠 미워."

대뜸 들려오는 소리에 그는 이마를 찌푸리고 침대에서 몸을 일으켰다.

"왜 그래?"

―울 엄마가 얼마나 속상해하시는지 알기나 해?

그는 핸드폰을 든 채 방을 가로질러 베란다로 향했다.

"그래, 짐작할 수 있어."

―짐작은 무슨…… 오빤 콩알 반만큼도 이해 못할 걸.

"그래서 혜나도 속상했어?"

그녀의 투정에도 그는 오히려 입가에 미소를 띠었다.

―두고 봐, 오빠. 내가 딸만 잔뜩 낳아서 조만간 오빠도 똑같은 심정 느끼게 해 줄 테니까.

입술을 앙다물고 승부욕을 불태우고 있을 혜나가 떠올라 그의 미소는 더욱 짙어졌다.

"지금 집 앞으로 갈까?"

—오지 마, 오빠 보고 싶지도 않으니까.

"혜나야."

—어차피 며칠 있으면 아버지가 부르실 거잖아, 그때 와서 봐. 나도 그동안 마음 다스리고 있을 테니까.

"그래, 알았어."

—잘 자.

단단히 화가 났다는 걸 알리기라도 하려는 듯 쌀쌀맞게 한마디만을 하고 그녀는 전화를 끊어 버렸다.

베란다 밖에 펼쳐져 있는 정원의 풍경에 잠시 눈길을 주던 그는 담배 한 대를 꺼내 입에 물었다. 그녀가 자신의 여자가 되는 순간이 멀지 않았다는 사실이 그의 기분을 편안하게 만들어 주고 있었다.

그녀의 말대로 성하는 3일 뒤인 토요일에 유 회장의 호출을 받았다.

유 회장과 자리를 같이한 그는 평소보다 더 행동에 조심을 했다. 저녁을 먹고 마주 앉아 술잔을 기울이게 되자 그의 긴장감은 극도로 커져 갔다.

유 회장은 아직까지 결혼에 관한 말은 한마디도 하지 않았다. 그저 성하에게 한 말이라고는 집안엔 별고 없느냐, 민 장군은 잘 있느냐, 군대에서 어땠느냐, 복학 준비는 잘하고 있느냐는 등의 사소한 것들뿐이었다.

독한 양주를 석 잔 넘게 마셨지만 성하는 술을 마신 것 같지도 않았다.

"아빠, 오늘 술이 좀 과하신 것 같아요."

얌전을 떨고 앉아만 있던 혜나가 거침없이 잔을 비우는 유 회장에게 넌지시 말을 건넸다.

"혜나, 넌 이 아빠보다 성하를 더 걱정하는 것 아니냐."

"네? 어머, 아니에요."

속마음을 들킨 그녀가 얼굴을 벌겋게 물들이자 유 회장은 김 여사와 마주 보고 웃음을 터트렸다.

"이 녀석이 이젠 애비보다 지 신랑을 먼저 챙기네."

"아빤 아니라니까, 왜 그러세요? 벌써 취하신 거예요?"

유 회장의 놀림에 뾰로통해진 그녀가 소리쳤다.

"술을 마시니 취하는 건 당연하지. 자네, 우리 딸 잘 부탁하네."

"네, 아버님. 결혼 허락해 주셔서 감사합니다."

"저 아이가 너무 어려서 내가 쉬이 마음이 놓이질 않아. 자네가 앞으로도 신경을 많이 써 주게."

"네, 알겠습니다."

"오늘 술은 그만 마셔야겠군."

"아빠……."

그만 술자리를 끝내겠다는 유 회장의 말은 성하가 돌아갈 시간이 다 되었다는 말과 같았다. 혜나는 다급한 마음에 소파에서 벌떡 몸을 일으켰다.

"저…… 오빠하고 잠깐 얘기 좀 할게요."

"그러거라."

유 회장의 허락이 떨어지자 그녀는 성하의 옆으로 다가가 팔을 잡았다.

"내 방에 들렀다가 가."

"올라가 보겠습니다."

그녀의 말에 성하는 유 회장에게 고개를 숙여 보였다.

혜나의 뒤를 따라 방 안으로 들어온 그는 긴장이 풀리는지 취기가 도는 걸 느꼈다.

뭔가를 찾으려는 듯 그녀는 책상 앞으로 다가가 서랍을 열고 있었다. 그는 그녀의 뒤로 다가서며 두 팔로 가느다란 허리를 안았다.

"술 냄새 나거든, 이거 놓고 절로 가."

그의 팔을 풀어내려고 끙끙거리며 그녀가 빽 소리를 쳤다.

"술 냄새 나서 싫다고?"

"오빠도 취했지?"

"독한 술을 석 잔이나 마셨으니까 취했겠지."

"그래서 이러는 거야?"

그는 싱긋 미소를 짓고 그녀의 몸을 돌려 두 팔로 끌어안았다.

"내가 사이코야? 술 취했다고 끌어안고 그러게."

그의 미소에 그녀는 가슴이 콩당거리고 뛰는 걸 느꼈다. 따듯하게 온몸을 감싸 안는 그의 강인한 팔 힘에 기분이 점점 이상해져 갔다. 살며시 흥분이 된다고나 할까. 혜나는 자신의 그런 반응이 너무나도 낯설게 느껴져 부끄러웠다.

"그럼 왜 그러는데?"

"좋으니까."

"뭐가 좋은데? 오빠 뜻대로 결혼하게 돼서 좋은 거야? 아님 내가 좋은 거야?"

"둘 다."

"아무리 좋아도 이거 좀 놓고 떨어져 있어 줘. 나 찾을 거 있단 말이야."

그녀가 있는 힘을 다해 가슴을 떠밀었지만 그는 꼼짝도 하지 않았다.

"나중에 하면 되지."

"나중에 언제? 오빠 금방 갈 거잖아. 오빠 주려고 찾는 거란 말이야."

"그럼 다음에 주던지."

느릿하니 말을 한 그는 그녀의 작은 입술에 키스를 했다. 깜짝 놀란 듯 눈을 동그랗게 뜬 그녀가 얼굴을 돌리며 그의 키스를 거부했다.

"혜나야."

그녀의 뺨을 두 손으로 감싼 그는 당황한 빛이 역력한 그녀의 눈을 들여다보며 낮은 어조로 속삭였다.

"왜 피하는 거야?"

"오빠, 솔직하게 말해 봐."

"뭘?"

"오빠, 나한테 이러고 싶어서 결혼 빨리하자고 그런 거지."

"뭐?"

그는 어이없다는 듯 반문하고 가볍게 눈살을 찌푸렸다.

"애가 이젠 못하는 소리가 없네. 너 날 변태로 생각하고 있는 거야?"

"남자는 다 짐승이라잖아."

"누가 그래? 그것도 실전 경험 다분한 애들이 한 소리냐?"

그녀가 대답 없이 어깨만 으쓱거리자 그는 이를 악물고 으르렁거렸다.

"그런 걱정이라면 할 필요도 없다. 유혜나, 난 짐승도 아니고 변태도 아니니까. 그리고 네가 원할 때까지 심한 짓은 하지 않을 테니까……"

"심한 짓? 무슨 심한 짓?"

"그걸 왜 나한테 물어봐. 왜 그런 건 실전 경험 다분한 애들이 안 가르쳐 줬어?"

아이고, 또 삐지셨구먼. 이분이 알고 보면 은근히 뒤끝 짱이란 말이야.

혜나는 입술을 삐죽이다가 문득 그가 한 말이 떠올라 눈만 동그랗게 떴다.

"그런데 오빠, 내가 원할 때까지라니? 그게 무슨 소리야?"

"말 그대로야."

그러니까 결론은 내가 뭐뭐하자 말을 해야 행동으로 옮기겠다는 뜻? 그럼, 그런 말을 나보고 하라고?

혜나는 기가 막힌다는 표정으로 그를 노려보았다.

"난 그 말 마음에 안 들어."

"나도 마찬가지거든."

"그런데 왜 그런 식으로 말을 해?"

"그럼 어쩌겠어? 넌 아직 육체적으로나 정신적으로나 준비가 안 된 것처럼 보이는데. 내 뜻대로 밀고 나갔다가 정말 변태라는 소리밖에 더 듣겠어?"

다행스럽게도 심한 짓은 피하고 기다리겠다고 한 건 100% 그가 원한 일은 아닌 듯했다. 그렇다고 해도 육체적, 정신적으로 준비가 안 됐다는 뜻은 결국엔 또 그녀가 너무 어리다는 말이었다.

"내 맘대로 했으면 넌 벌써 예전에 이거였어."

그가 목에 손을 대고 긋는 시늉을 하자 혜나가 도끼눈을 했다.

"그건 또 뭐야? 날 보내 버리겠다는 뜻인 거 같은데, 뭘 어디로 보낸다는 거냐고."

"실전 경험 다분한 애들하고 한 패로 만들어 줄 수도 있었다는 뜻."

"까아악! 오빠, 징그럽게."

책상에 엉덩이를 걸치고 앉은 그가 팔짱을 꼈다. 마치 그녀에게 절대 손을 대지 않겠다는 듯이.

"네 반응이 그러니까 내가 그런 말을 하는 거 아니냐고."

할 말이 없어진 그녀는 그의 앞으로 다가서며 팔에 손을 얹었다.

"언제까지 기다릴 건데?"

"말했잖아, 네가 원할 때까지라고."

"내가 계속 아무 말도 안 하면?"

그를 약 올리려는 듯 그녀는 생글거리며 웃었다. 성하는 손가락 끝으로 자신의 팔을 살살 쓰다듬고 있는 그녀의 머리 꼭대기를 노려보았다.

이 꼬맹이가 지금 날 놀리고 있는 건가?

그런 생각을 하자 화가 나기도 했다. 하지만 전세를 뒤엎어 오히려 그녀를 놀릴 수도 있다는 생각에 그의 입가로 짓궂은 미소가 피어올랐다.

"글쎄…… 지금까지도 이렇게 지냈는데 앞으로 뭐 달라지는 게 있겠어?"

작은 소리로 중얼거린 그는 혜나의 입술에 살며시 입을 댔다.

부드럽게 닿아 오는 입술의 감촉에 저절로 그녀의 눈이 감겼다. 자연스럽게 그의 품에 폭 끌어 안겨 키스를 받으며 혜나는 짜릿한 쾌감에 휩싸였다. 그의 몸이 주는 압박감과 기이한 열기가 느껴져 저절로 숨이 가빠져 왔다.

"오빠……."

잠시 입술이 떨어지자 그녀는 숨 가쁜 소리로 그를 불렀다. 어느새 그녀의 얼굴은 해질녘 노을보다도 더 붉게 달아올라 있었다.

"음……? 왜?"

알코올의 싸한 향기와 체취가 어우러져 그에게서는 독특하고도 묘한 감촉이 느껴졌다. 그녀는 정신이 몽롱해지는 것만 같아 그의 팔에 매달렸다. 그의 입술이 부드럽게 입술에 닿고 그의 혀가 달콤한 맛을

전해 주었다. 입 안쪽까지 파고 들어온 그의 혀가 자신의 것이라고
주장하는 듯 소유욕을 발휘하며 입안 구석구석을 휘젓자 그녀는 무릎
에 힘이 빠져 그대로 쓰러져 버릴 것만 같았다.

"오빠, 그만해……"

뜨거운 기운이 일시에 몸 밖으로 분출되는 것만 같았다. 그녀는 학
학거리며 숨을 몰아쉬고 그의 어깨를 꽉 붙잡았다. 계속 이대로 그와
키스를 한다면 '지금 당장 내가 원해!' 라고 크게 소리를 칠 것만 같
았다.

그 앞에서 계속 나약한 모습만 보이는 것 같아 그녀는 불만스러웠
다. 체격으로 보나 힘으로 보나 그가 그녀보다 더 강한 것은 사실이
지만 그렇다고 해서 항상 지기만 한다는 건 그다지 유쾌하지만은 않
은 일이었다.

"나 오빠한테 원한다는 말하지 않았잖아, 그런데 왜 키스는 해?"

"키스는 예외거든."

"어째서?"

"그거야 오늘 이전에도 키스는 했었으니까. 내가 안 하겠다고 한
건 키스보다 심한 짓이라고, 좀 전에 말한 것 같은데."

완벽하게 당했다. 그녀는 앞으로도 그가 스킨십을 할 때 거절할 수
없게 되고 말았다. 한 집에서 부부로 살면서 밤마다 한 침대에서 잠
을 자야 할 텐데……. 혜나는 고민거리가 왕창 늘어나 울상을 지어
보였다.

"나 갑자기 오빠하고 결혼하기 싫어졌어."

"겁나서? 겨우 그런 일로 겁을 먹어?"

"힝! 아버님한테 분가시켜 달라고 할 거야."

"아마도 아버지는 네 부탁 절대 안 들어주실 걸? 예쁜 딸 하나 낳
아서 바치기 전에는 어림도 없는 소리지."

그가 냉정한 투로 말하자 혜나의 얼굴은 종잇장처럼 구겨졌다.

"그리고 넌 아버지와 같이 사는 쪽이 훨씬 유리할 거다. 우리한테 문제가 생기면 아버지가 네 편을 들어 주실 테니까."

"아, 짱나!"

버럭 소리를 친 그녀는 책상 서랍을 확 잡아당겼다. 그리고 핸드폰 고리 하나를 꺼내 성하에게 내밀었다.

"이거 가져."

"뭔데?"

"내가 만든 거야. 핸드폰에 달고 다녀."

"벌써 영역 표시하는 거야?"

능글맞은 웃음을 흘리며 그가 말하자 혜나는 작은 주먹을 꼭 움켜쥐고 치켜들었다.

"결혼식장에 걸어 들어가지도 못하게 마구 패 줄까?"

그녀는 입술을 삐죽거렸다.

"아님 아버님한테 일러 준다."

그 말 한마디에 성하는 싹싹 비는 시늉을 했다.

"그것만은 말아 다오, 혜나야. 난 결혼식장에 걸어 들어가고 싶다."

"그렇다면 앞으로 잘 보이란 말이야. 괜히 감수성 예민한 소녀, 신경 팍팍 건드리지 말고."

소녀는 무슨, 성인남녀의 절절한 사랑도 모르는 꼬맹이 주제에.

그는 입 밖으로 튀어나오려는 말을 삼키고 그녀의 머리를 쓱싹 쓰다듬었다.

"네, 알았습니다. 알았으니까 벌써부터 잔소리하지 마시죠."

그런 그를 향해 그녀는 베— 소리를 내며 혀를 날름 내밀었다.

5장.

　여름방학을 앞두고 모의고사를 본 고3들을 기다리고 있는 건 엄격한 자율 학습과 기말고사였다. 내신 성적도 반영이 되는 만큼 시험을 잘못 보면 수능을 아무리 잘 봐도 원하는 대학에 들어갈 수 없기에 혜나는 모든 시간을 공부에 전념하려고만 생각했다. 하지만 여름방학 중으로 날짜가 잡힌 결혼식 때문에 집안은 그 준비로 어수선하기만 했다.

　성하는 혼수 준비는 안 해도 된다고 했지만 김 여사의 생각은 달랐다. 최소한의 혼수는 해야 한다며 김 여사는 결혼식에 관련된 모든 준비를 직접 했다. 덕분에 집 밖으로 소문이 나는 바람에 그녀의 집에는 손님들의 발길이 끊이지 않았다.

　학교를 다닐 때는 그래도 나은 편이었다. 어차피 새벽같이 등교를 하고 나면 밤에나 되어야 하교를 했기에 집 안의 어수선함에 대해서 자세히 알 수 없었다. 하지만 막상 기말고사를 끝내고 방학을 하고 나니 사정이 달라졌다.

오늘도 역시 김 여사의 친구 3명이 놀러왔다. 김 여사의 친구들은 거한 집의 며느리로 들어가게 될 그녀를 앞에 세워 놓은 채 선을 보듯 꼼꼼히 훑어보았다. 3명 모두 어렸을 때부터 그녀를 봐 왔기에 마치 자신들의 딸을 시집보내는 것 같은 기분을 맛보았다.

"혜나가 벌써 이렇게 커서 시집을 가게 되다니."

강남에서도 이름난 부티크를 운영하는 정 사장이 감회가 새롭다는 표정으로 말하자 김 여사는 불안한 안색을 했다.

"몸집만 컸지 아직 어린애 같아서 영 마음이 놓이질 않네."

무슨 소릴 하냐는 식으로 정 사장은 고개를 저었다.

"어유, 그런 걱정하지 마. 혜나도 벌써 19살이잖아. 예전 같으면 시집가서 애 둘은 낳았을 나이인데, 뭘."

"그럼, 혜나는 똑똑하고 야무져서 잘할 거야."

"그래, 맞아. 더군다나 민 장군 댁 사모님이 성품이 좋으셔서 혜나를 친딸처럼 아껴 주실 텐데 뭘 걱정을 하고 그래?"

친구들의 응원에 김 여사는 조금 편해진 안색으로 미소를 지었다.

"그렇긴 하지…… 혜나 그만 올라가거라, 공부해야지."

"네, 그럼 올라갈게요."

김 여사의 말이 끝나자마자 안도의 한숨을 내쉰 그녀는 재빠르게 몸을 돌렸다.

"김 여사, 혜나 웨딩드레스는 내가 만들어 주고 싶은데 어때?"

"그렇게 해 준다면야, 나야 고맙지. 정 사장 덕분에 웨딩드레스 걱정은 하지 않아도 되겠네."

부티크를 운영하는 친구를 둔 덕분에 김 여사는 횡재했다는 표정으로 환히 웃었다.

"혜나야, 들었지? 너 웨딩드레스는 내가 만들어 줄게. 맘에 드는 디자인 있으면 가지고 와서 얘기만 해."

2층으로 향한 계단을 올라가던 그녀는 뒤통수에 와 닿는 말에 몸을 반쯤 돌리고서 고개를 숙였다.

"감사합니다, 아줌마."

거실 소파에 떡하니 자리를 잡고 앉은 김 여사와 친구들은 호호하하 소리도 크게 웃고 떠들며 즐겼다. 방음이 잘된 집이라고는 하나 여자들만 넷이나 모여 떠드니 그 소리가 장난이 아니었다. 옛말에도 여자 셋이 모이면 접시가 다 깨진다 하지 않던가.

한동안 에어컨을 틀고 있었던 탓인지 두통이 느껴지자 그녀는 창문을 열었다. 그러자 몰려오는 하이 소프라노의 웃음소리, 그리고 왁자지껄한 말소리들. 그녀는 책을 펴 들고 한숨을 푹 내쉬었다. 글자가 머릿속으로 들어올 생각은 안 하고 눈앞에서 춤을 췄다. 딴생각만 잔뜩 들고, 공부하기는 애당초 틀린 것만 같았다.

그녀는 답답함에 간식을 들고 온 김 여사에게 짜증을 부렸다.

"엄마, 공부가 안 돼. 나 이러다 대학 떨어지면 어쩌려고 그래?"

"정신을 집중해서 하면 되지."

"엄마는 시끌벅적 난리판에 아무리 정신 집중을 하면 뭐해요? 이건 완전히 소음 공해라고요."

"그럼 어떻게 하니? 놀러 오신 분들 다 내쫓으랴?"

기회다 싶은 생각에 혜나는 눈웃음을 치면서 애교를 부렸다.

"다 나가시라고 할 수는 없으니까, 대신에 내가 나가면 안 될까? 엄마, 도서관에라도 가서……."

"혼사 앞둔 처녀가 쓸데없는 소리! 되도록 바깥 외출 삼가고 몸가짐 조심하도록 해."

김 여사가 대뜸 눈을 부라리며 호통을 치는 바람에 그녀는 찍소리도 하지 못하고 어깨를 움츠렸다.

아이, 씨. 다른 집들은 고3 수험생 있다고 절간처럼 조용하게 해 놓고 발소리도 안 내고 산다더만 우리 집은 이게 뭐냐고!

김 여사가 나가고 나서 투덜투덜거리던 그녀는 공연히 책상 위에 놓인 핸드폰을 힘껏 노려보았다.

그래, 짜증 열나 나는데 나도 해소를 해야겠지?

그녀는 버튼을 뻑뻑 누르고 들려오는 신호음에 귀를 기울였다. 전화를 받은 그가 '여보세요.' 소리를 하기도 전에 그녀는 자신이 처한 상황을 장황하게 설명했다.

"……그래서 나 지금 공부 하나도 못했어, 이러다가 나 아무래도 대학 떨어질 거 같아. 그러니까 오빠가 책임져."

—도서관에라도 가지.

"그렇잖아도 엄마한테 그랬다가 혼났어, 결혼식 올리기 전에 사적인 용무로는 집 밖으로 한 발짝도 나가지 말래. 그러니까 오빠가 책임지라고."

—알았어, 책임질게.

"어떻게?"

책임을 진다는 그의 말에 혜나는 눈을 동그랗게 떠 가며 소리쳤다. 그의 낮은 웃음소리가 전화선을 타고 들려와 그녀의 귓가를 간질였다.

—보면 알지.

"으응, 무슨 말이야? 궁금해. 오빠. 말해 주라."

그녀의 애교에도 성하는 그저 낮은 웃음소리만을 남기고 전화를 끊었다.

"자기가 어떻게 책임을 진다는 거야? 궁금해 죽겠네."

설마 결혼식 끝나고 나서 스파르타식의 교육을 통해 대학에 붙게 만든다는 걸까? 밥 먹고 잠자는 시간 다 줄여서 특별훈련 같은 걸 해서?

그녀가 열심히 머리를 굴리면서 공상에 빠져 있을 때, 초인종 소리가 울렸다.

누가 온 거지?

궁금함에 그녀가 방문을 열고 나서는데 정 사장의 청 높은 목소리가 귀를 뚫고 들려왔다.

"정말 훤칠하니 잘생겼네!"

"아유, 김 여사는 복도 많아. 이런 사위를 다 얻고."

다른 친구의 칭찬에 김 여사의 표정이 환하게 밝아졌다.

"민 장군 댁 아드님이라면서? 어쩐지 태도가 반듯하니 군기가 딱 잡혔네, 호호호."

오빠가 왔구나.

계단참에 이르러 그녀는 잠시 망설였다. 과연 밑으로 내려가서 저 수다에 몸을 던져야 하는 건지, 아니면 모르는 척 가만히 서서 기다려야 하는 건지.

"혜나가 공부가 안 된다고 해서 왔습니다. 어머님."

"그 애가 그런 말하면서 투덜거리긴 하던데. 아유, 그렇다고 성하도 바쁠 텐데 여기까지 왔어?"

말은 그렇게 하면서 김 여사는 성하의 행동이 무지하게 마음에 든 눈치다.

"저희 집으로 갈까 합니다. 제가 공부도 좀 봐 주고요."

"그래, 그렇게 하도록 해. 성하가 데리고 나간다면 나도 마음이 놓이지."

김 여사에게 고개를 숙여 보인 그는 2층으로 향했다. 계단참에 서서 상황을 살피고 있던 그녀는 성하가 계단을 올라오자 잽싸게 방으로 뛰어 들어갔다. 그리고 책을 펴 들고 한참 공부하고 있던 것처럼 쇼를 했다.

"오빠, 왔네?"

"공부할 책 챙겨, 우리 집에 가자."

"책임진다는 소리가 그거였어? 오빠네 집은 조용하나 보네?"

"응, 조용해."

"왜? 우리 집은 이 난리인데, 왜 오빠네는 조용해? 오빠 장가 안 가?"

그녀는 정말 이해할 수 없다는 얼굴이었다. 그는 미소 띤 얼굴로 책상으로 다가가 그녀가 보던 책을 들춰 보았다.

"수학하고 있었니?"

은근슬쩍 자신의 질문에 대한 대답을 회피하는 그를 보며 혜나는 약이 오른 듯 손을 앞으로 뻗어 책을 뺏어 냈다.

"왜 내 말에는 대답을 안 해?"

"그게 그렇게 중요한 문제야?"

"오빠가 나 무시하는 것 같은 기분이 들어서 그래. 말해도 그냥 웃기만 하고 뭘 물어봐도 제대로 대답도 안 해 주고. 오빠 자주 그러잖아."

그는 책상에 엉덩이를 걸치고 앉아 팔짱을 끼고 심각한 얼굴을 내보였다.

"그랬나?"

"그랬어."

"내가 그랬다면 너한테만 그러는 거 아닐 걸? 원래 성격이 그렇잖아."

"딴사람한테는 잘해 주고 나한테만 무뚝뚝하게 구는 걸지도 모르지."

"아니, 너한테는 잘해 주고 다른 사람한테는 더 못되게 굴지."

투덜대는 혜나의 팔을 잡고 그는 자신의 품 안으로 끌어 들였다.

"정말 그래?"

"아마 그럴 걸?"

"피이—"

"그러니까 여기까지 왔잖아. 황금 같은 시간 빼내서 우리 혜나 구하러."

삐죽이며 내밀어지는 그녀의 입술에 그의 입술이 살며시 맞닿았다.

"그건 고마워."

그가 평소와 달리 달래며 어루만지듯 말을 하자 그녀는 방긋 미소를 지었다.

"말로만?"

"응? 그럼 고맙다는 걸 말로 하지 뭐로 해? 오빠 뭘 기대했는데?"

그의 의도를 짐작하면서도 그녀는 짐짓 모르는 척 딴청을 부렸다.

"키스 한 번, 아주 진하게."

"미안하지만 그건 안 되겠어. 어머? 오빠?"

그가 힘껏 끌어안자 그녀는 새된 소리로 비명을 질렀다.

"하지 마……."

미처 말을 끝내기도 전에 그의 입술이 그녀의 입술에 와 닿았다.

"안 돼, 엄마 오실지도 모른단……."

작은 속닥거림은 그의 입안으로 빨려 들어갔다. 폭 안겨 달콤하면서도 열정적인 키스를 받자 혜나의 눈이 스르르 감겼다. 그녀 또한 끝내 그를 밀어내지 못하고 팔을 뻗어 그의 목을 감싸 안았다.

"혜나야, 이거 마시고…… 어머!"

"엄, 엄마!"

갑자기 들려온 김 여사의 목소리에 그녀는 화들짝 놀래 성하의 품에서 빠져나왔다. 마치 불장난하다 들킨 어린아이처럼 얼굴이 벌겋게 변해 어쩔 줄을 몰라 하는 그녀와 달리 그는 그저 쑥스러운 표정을 지을 뿐이었다.

"어머나, 미안해. 난 방문이 열려 있기에…… 미안하다, 혜나야. 미안해, 성하야."

김 여사는 계속 사과의 말을 늘어놓으며 작은 탁자에 음료수 잔이 든 쟁반을 내려놓고 서둘러 밖으로 나갔다.

"난 몰라, 어떻게 해."

방문이 닫히는 걸 보면서 그녀는 얼굴이 빨개진 채로 발을 동동 굴렀다.

"괜찮아."

"그래도…… 엄마가 봤잖아."

그가 어깨를 감싸 안자 그녀는 달아오른 뺨을 그의 가슴에 댔다.

"우린 곧 부부가 될 거야. 유혜나, 심한 짓을 한 것도 아니고 키스를 했을 뿐이야. 절대 나쁜 짓한 거 아니라고. 오히려 어머님은 우리 둘 사이가 좋아서 다행이라고 생각하실 거야."

"정말 그럴까?"

아직까지도 불안한 표정으로 그녀가 묻자 그가 어깨를 으쓱였다.

"정 걱정되면 가서 물어보고 올까?"

그녀는 깜짝 놀라 손바닥으로 그의 어깨를 힘껏 후려쳤다.

"미쳤어, 미쳤어. 뭘 물어본다는 거야?"

"아하하."

"웃지 마. 오빠 나 놀려 먹으니까 재미있지?"

그는 혜나가 귀여워 죽을 지경이었다. 정말 엄지 공주처럼 작게 만들어 주머니에 넣고 다니고 싶을 정도였다.

"책부터 챙겨."

"네."

그의 말에 얌전히 대답하고 생긋 웃은 혜나는 가방을 꺼내 책과 참고서를 집어넣었다.

"그런데 오빠, 집에 가서 공부만 할 거야?"

"공부 안 하면 뭘 하고 싶은데?"

"있잖아, 저번에 나온 영화가 요번에 CD로 나왔는데 엄청 재밌다고 그러더라고."

"그래서 영화 보자고?"

성하가 엄한 표정을 하자 그녀는 눈웃음을 살살 쳤다.

"응. 오빠, 한 편만. 우리 집에서는 엄마 눈치 보여서 못 보거든. 하지만 오빠네 집에서는 봐도 되잖아. 응? 공부하다가 중간에 휴식도 취할 겸해서 한 편만, 딱! 한 편만 보자. 응? 오빠야."

생각에 잠긴 척 턱에 손을 대고 입을 다물고 있는 성하에게 다가간 그녀는 대뜸 목을 끌어안았다.

"오빠야, 오늘 짱 멋있다."

"숨 막혀, 이거 놔!"

눈을 부릅뜨며 위협을 가하듯 낮은 목소리로 말했지만 그녀는 꿈쩍도 하지 않았다.

"영화 본다고 하면 뽀뽀해 줄게. 아니다! 큰 맘 먹고 키스해 줄게. 응? 응?"

어린아이처럼 졸라 대는 혜나 앞에서 그는 마냥 근엄한 척할 수만은 없었다. 눈웃음을 치면서 매달려 오는 혜나의 뺨을 감싸면서 그는 어느새 입가에 미소를 띠고 있었다.

"그럼, 어디…… 우리 혜나 키스 실력 한 번 테스트해 볼까?"

"아이, 참. 오빠는……."

눈을 흘기면서도 싫지 않은 듯 배시시 미소를 지은 그녀는 그의 어깨를 잡은 채 발뒷꿈치를 치켜들었다. 그리고 그의 입술에 자신의 입술을 대고 쪽 소리를 냈다. 그의 팔이 허리를 감싸 안자마자 그녀는 닿았던 입술을 뗐다.

"다했다!"

만족스러운 표정으로 으스대는 그녀를 성하는 어이없다는 얼굴로 봤다.

"아직 시작도 안 했는데?"

"아냐, 다했어."

살짝 허리를 비틀어 그의 손길을 빠져나온 그녀는 재빠른 동작으로 가방을 들어 어깨에 멨다.

"너 분명히 키스한다고 그랬지."

"응."

"그런데 이게 무슨 키스야? 입맞춤이지."

"키스 맞다니까."

"너 전에 내가 이런 건 키스라고 했을 때 입맞춤이라고 벅벅 우겼었다. 기억하지?"

두 달 전 일을 끄집어내는 그의 못된 심보에 혜나는 볼을 빵빵하게 부풀렸다.

아유, 이 뒤끝 짱 대마왕. 또 시작이네.

"그거하고 이건 엄연히 다르죠."

"뭐가 다른데?"

"그때 내가 직접 시범을 보여 줬었잖아. 입맞춤은 그냥 입만 대는 거잖아. 그런데 지금 내가 한 건 쪽 소리가 났으니까 키스인 거지."

"뭐?"

"자꾸 따지고 그러면 오빠, 앞으로 키스고 입맞춤이고 국물도 없을 줄 알아. 확, 아버님한테 일러 버릴까 보다."

어이가 없어도 한참 없었다.

저게 뻑하면 아버지를 들먹거리면서 협박을 해?

그녀의 우격다짐에 그는 인상을 쓰며 으르렁거렸다.

"하려면 제대로 할 것이지."

"어쨌든 했으니까 영화 보는 거다."

"안 봐!"

"에이, 남자가 한 번 약속을 했으면 지켜야지. 남아일언중천금, 몰라?"

"그딴 거 알 게 뭐야. 젠장."

어깨를 늘어뜨리면서 욕설을 뱉어 내는 그를 보면서 혜나는 배꼽을 잡고 웃어 댔다.

"자, 빨리 가자구요. 오빠, 빨리 가서 영화 봐야지."

콧노래를 부르면서 방을 나서는 그녀의 뒤로 다가온 그가 낮은 목소리로 말했다.

"두고 보자, 유혜나. 스파르타식으로 강행군을 시켜 줄 테니까."

혀를 쏙 내밀면서 웃는 그녀의 어깨를 감싸 안은 그가 싱긋 미소를 지으며 자신의 말이 허풍임을 알렸다.

"알았어요, 무서운 오빠. 앞으로 말 잘 들을게요. 호호호."

애교 가득한 그녀의 말과 행동에 그의 미소가 더욱 짙어졌다. 그녀가 즐겁게 웃는 모습을 보면 성하는 없던 기운도 생기는 것 같았다. 그녀의 환한 미소가 너무나도 사랑스러웠다.

일 층으로 내려온 그녀는 김 여사에게 인사를 하고 여전히 그의 팔짱을 낀 채 밖으로 나왔다. 그가 리모컨으로 차의 잠금장치를 풀자마자 달려간 혜나가 폴짝거리면서 조수석에 올라앉았다.

"오빠. 빨리, 빨리."

"뭐가 그렇게 급해, 안전벨트부터 매야지."

안전벨트를 당겨 버클을 채우면서 그녀는 몸이 달아 엉덩이를 들썩거렸다.

"나 그 영화 정말 보고 싶었단 말이야, 그러니까 빨리 가자. 오빠, 다른 사람이 빌려 가 버리면 안 된단 말이야."

그녀의 재촉에 그는 가속페달을 밟은 발에 힘을 주었고 차량 통행이 별로 없는 도로를 쌩하니 달려 나갔다.

"오빠, 스톱!"

집으로 향하는 진입로를 들어서기 전, 갑작스럽게 외치는 소리에 그는 기절할 듯이 놀랐다. 간신히 속도를 줄여 인도 가까이 차를 세운 후에야 그는 혜나를 향해 고개를 돌렸다.

"왜 그래?"

"저기 대여점, 그냥 지나가면 어떻게 해? 위로 더 올라가면 대여점 없어."

"가서 빌려 와."

"나 혼자?"

뭔 소리를 하냐는 표정으로 쏘아보는 그녀를 그는 이해할 수가 없었다.

"그럼 CD 하나 빌리는 데 나까지 가야 한단 말이니?"

"어, 저기…… 그게 말이야. 오빠……."

"왜?"

뭔가 이상하다는 느낌이 들었다. 어색한 표정으로 손가락을 꼬아대면서 그녀는 쉽사리 입을 열지 않고 그의 눈치만 보고 있었다.

"왜 그러는데? 말해 봐."

"있잖아, 오빠야. 그게 '19세 이상 등급' 라네?"

"뭐가 어째?"

눈을 부릅뜨는 그를 향해 그녀는 황급히 손을 내저었다.

"하지만 하나도 이상한 내용 아니래, 영란이도 봤는데 전혀 이상한 거 없었대. 야한 것도 아니고."

"결론은 내가 가야 그 CD를 빌려 온다는 소리니?"

"어쩔 수 없잖아, 난 아직 만 19세가 아니거든."

성하는 그녀를 마구 쥐어박고 싶었다. 아니면 엎어 놓고 엉덩이라도 두드려 주고 싶은 심정이었다.

"이리 와!"

화들짝 놀라서 피하는 그녀의 팔을 움켜쥔 그는 가까이 끌어당겨 두 눈을 똑바로 바라보았다.

"빌려 와서 보고 만일 이상한 내용 나오면 넌 그때 아주 혼난다. 알았지."

"네, 오빠."

다행스럽게도 빌려다 본 영화의 내용에 이상한 것은 없었다. 베드신도 그럭저럭 봐 줄 만했다. 하지만 영화에서 나온 경치가 너무 멋있어서 넋을 놓고 본 그녀에게 후유증을 가져왔다.

"오빠, 정말 멋있다. 저 산 좀 봐봐, 나무들하며…… 저 해변도 끝내준다. 와……."

환호성을 남발하며 본 장면을 보고, 또 보고. 결국 그녀는 측은한 마음이 들게 만드는 표정을 하고 성하를 불렀다.

"오빠야, 성하 오빠."

또 뭔 소리를 하려고!

지레 겁을 먹은 성하는 책을 들어 얼굴을 가리고 그녀를 못 본 척했다.

"오빠야, 오빠!"

"왜?"

"나 좀 봐봐, 오빠. 응?"

"그냥 말해, 다 들려."

전방지축
신혼야화

"오빠, 나 좀 보라고. 응? 성하 오빠? 오빠! 오빠야."

끈질기게 졸라 대는 통에 결국 그는 책을 내리고 그녀의 얼굴을 보고야 말았다.

"말해, 왜 그래?"

"나 있잖아, 저기 가 보고 싶어."

"저기가 어딘데?"

"나도 몰라. 하지만 엄청나게 멋있잖아. 산도 죽이고, 나무도 죽이고, 저 통나무집도 죽이고…… 정말 가고 싶어라. 어흐흑."

책상 대용으로 앞에 놓고 앉은 탁자에 엎드리면서 혜나는 통곡 소리를 냈다.

"산도 죽이고, 나무도 죽이고, 이 오빠도 죽이고, 그러면 혜나는 과부되어서 아주 신나겠다. 어?"

"오빠야."

"저기가 어디라고 간다고 난리야? 지금 당장 비행기 표 끊어 줄까? 잘됐다. 이번 기회에 가서 아예 오지 마라. 응?"

"오빠야."

그녀는 팔꿈치를 세워 두 손을 마주 대고 비는 시늉을 해 보였다.

"너 정말 공부 안 할래?"

"싫어! 안 해! 차라리 대학 떨어지고 배낭여행이나 갈 거야. 거지가 돼서 쪽박 차고 살아도 나 하고 싶은 건 다해 볼 거야. 나 공부 안 해!"

대놓고 투정을 부리면서 혜나는 소리를 질렀다.

"유혜나. 너 내가 오냐, 오냐 다 받아 주니까 바라는 것이 한도 끝도 없다. 한 번 혼나 볼래, 아니면 얌전히 공부할래."

"오빠 미워. 오빠는 뭐 고3 시절 안 보냈나? 개구리 올챙이 적 생각 못한다고. 오빠도 고3 때 생각해 봐, 나만 마구 구박할 수 있나.

히잉!"

두 손을 눈에 붙이고 우는 척을 하는 그녀를 보면서 그는 눈물은 한 방울도 나오지 않았다고 장담할 수 있었다.

"난 고3 때 너보다 공부 더 많이 했어!"

"거짓말!"

"거짓말인지 아닌지 어머니께 물어봐라. 내가 공부를 열심히 했다는 산 증인이니까."

"차— 몰라."

토라진 표정을 하고서 그녀는 등을 돌리고 앉았다. 정말 울기라도 하는 것인지 그녀의 어깨가 들썩거리고 있었다. 성하는 어쩔 수 없다는 생각에 허락의 말을 입 밖으로 꺼내 놓았다.

"알았다. 그래, 가자."

그녀는 자신이 잘못 들은 게 아닌가 하는 표정을 하고 살며시 고개를 돌려 그를 바라보았다.

"저기는 너무 멀어서 안 되니까 청평 별장에 가자. 아버지 들어오시면 허락받아서 한 2, 3일이라도 있다가 오자. 대신 지금은 제대로 공부하고…… 어어?"

말을 끝맺지도 못하고 그는 꺄악 하는 환호성을 지르면서 달려든 혜나에게 밀려 침대 위로 넘어져 버렸다.

"고마워, 오빠. 오빠가 최고야."

그의 뺨에 자신의 뺨을 비벼 대면서 그녀는 크게 기뻐했다.

그녀가 중학교 다닐 때 가족들과 함께 한 번 다녀왔던 청평 별장은 강가에 위치한 전망 좋은 통나무집이었다. 너무나도 맘에 들어 했던 그곳을 다시 갈 수 있다는 생각만으로도 그녀는 기뻤다.

"대신, 아버지 허락은 네가 받아 내야 해. 네 부탁이라면 아버지도 들어주실 거야."

"응, 알았어. 오빠가 뒤에서 지원사격을 해 준다면야."

어느새 배짱만 늘어난 혜나가 자신 있게 소리쳤다.

성하는 슬그머니 욕망이라는 놈이 고개를 들자 흠칫 놀랐다. 그녀와 맞닿아 있는 그의 몸이 어느새 부풀어 오르고 있었다. 상큼한 과일 향을 풍겨 내는 그녀의 머리카락이 뺨에 와 닿자 마주 닿은 몸에서 열기가 피어올랐다.

그녀와 몸이 닿고 호흡을 가까이 느낄 때마다 어김없이 나타나는 욕망에 성하는 큰 곤란을 겪어야 했다. 감정이 솟구치는 대로 그녀를 안고 싶다는 마음을 억누른 그는 얼굴을 굳혔다.

"공부하자, 유혜나."

"네, 알았어요."

청평에 갈 수 있다는 생각에 잔뜩 들뜬 그녀는 그의 변화를 눈치채지 못했다. 미소가 떠나지 않는 얼굴로 탁자 앞으로 다가간 그녀는 책을 펼쳐 들었다.

오후 시간 내내 성하와 머리를 맞대고 공부를 하고 난 혜나는 저녁을 먹기 전, 민 장군을 상대로 애교 공세를 펼쳤다.

"아버님, 저요. 요새는 서울이 너무 싫어요. 매연 때문에 눈도 아프고 코도 아프고요. 머리도 많이 아파요. 그래서요, 오빠하고 청평 별장에 가서 신선한 바람 좀 쐬었으면 해서요. 그렇다고 놀러 가는 건 아니고요. 가서 공부도 할 거예요. 그리고 오래 있을 것도 아니에요. 딱 3일만 있다 올 거거든요. 허락해 주실 거죠? 네?"

허락하고 말고 할 것도 없었다. 그녀의 애교 한 방에 녹다운이 되어 버린 민 장군은 청평이 아니라 우주선을 타고 달나라를 다녀온다고 해도 허락할 분위기였으므로.

결혼식이 코앞으로 다가오자 민 장군은 혹시라도 혜나와 성하의 사이가 나빠지는 건 아닐까 하는 걱정을 했었다. 아무리 동의를 했다고는 하지만 혜나는 아직 고등학교도 졸업하지 않은 상태였다. 그렇기에 서둘러 결혼을 하고자 하는 성하를 미워할 수도 있지 않을까 하는 생각도 들었다. 하지만 다행스럽게도 여행을 같이 가자고 약속할 정도로 두 사람의 사이가 좋은 것에 민 장군은 내심 안심하고 있었다.

"감사합니다, 아버님."

기쁨이 가득한 얼굴로 인사를 한 그녀는 거의 뛰는 듯한 걸음으로 주방으로 들어섰다.

"어머니, 어머니. 저 여행 가요."

주방 안으로 들어서자마자 혜나는 잔뜩 들뜬 얼굴로 소리쳤다. 안성댁과 함께 저녁을 준비하고 있던 정 여사는 인자한 얼굴로 미소를 지었다.

"그러니? 좋겠구나. 어디로 가는데?"

"성하 오빠가 청평 별장에 같이 가 준대요. 딱 3일만 있다 올 거라고 하는데요. 사실은요, 어머니. 저 거기 가면 안 오고 싶어질지도 몰라요."

짝을 맞춘 수저를 식탁 위에 놓으며 그녀는 걱정스럽다는 어조로 말을 했다.

"저런, 그러면 안 되지? 혜나, 엄마 보고 싶어서 어떻게 청평에 계속 있으려고?"

"그건 그래요. 아, 참! '엄마한테 말을 안 했네?"

청평에 간다는 사실만으로 들떠 있던 그녀는 그제야 집에 말도 안 했다는 사실을 떠올리고 울상을 지었다.

"너무 좋아서 깜빡했어요. 엄마가 허락 안 해 주실지도 모르는데……."

"성하한테 말하라고 하렴, 아마 허락해 주실 거다."

만면에 미소를 짓고 바라보는 정 여사에게 그녀는 기대가 가득 담긴 표정을 보였다.

"그럴까요?"

"그럼, 그래도 허락 안 해 주시면 내가 얘기해 보마."

"와— 감사합니다, 어머니. 지금 성하 오빠한테 말해야겠어요."

바람처럼 횡하니 혜나가 주방을 뛰어나가고 난 뒤에도 정 여사의 얼굴에는 웃음이 끊이지 않았다. 정 여사는 통통거리며 뛰어다니는 혜나가 진짜 딸처럼 여겨져 귀엽고 예쁘기만 했다. 사실 성하는 너무 무뚝뚝하고 어렸을 때부터 어른스러워서 자식 키우는 재미를 별로 느낄 수가 없었다. 그랬기에 정 여사는 지금까지 혜나를 자신의 딸이다 생각하고 애지중지 공들여 키우면서 흐뭇해했다. 그런 생각은 혜나가 며느리가 된 뒤에도 변함이 없을 것이다.

정 여사의 말대로 성하가 전화를 하자 김 여사는 청평 여행을 흔쾌히 허락해 주었다. 전화를 끊자마자 또다시 기쁨의 함성을 지른 혜나는 저녁 식탁에서도 여전히 흥분을 감추지 못한 모습이었다. 어서 빨리 식사를 끝내고 나가고 싶다는 표시를 해 대는 혜나 덕에 성하마저도 제대로 밥을 먹지 못할 정도였다.

간신히 저녁 식사를 끝내고 성하의 방으로 뛰어 들어온 그녀는 옷장을 열고 뒤적거리기 시작했다.

"오빠, 내 옷. 내 옷 어딨어?"

옷장 문을 전부 열어 보면서 수선을 떠는 그녀를 성하는 물끄러미 지켜보기만 했다.

"오빠, 내 옷 어디다 두었냐니까?"

방학이나 주말마다 민 장군의 권유로 놀러와 자고 가기도 했던 혜나는 갈아입을 옷 몇 가지를 그의 방 옷장에다 두고 다녔다. 갑자기 정해진 여행이어도 옷 걱정할 필요가 없고, 다시 집에 들르지 않고 곧장 청평으로 갈 수 있다는 생각에 흐뭇해했던 혜나는 옷이 보이지 않자 조바심에 공연히 짜증을 부렸다.

"내가 안 둬서 모른다."

"오빠, 내 옷!"

"없으면 그냥 가면 되지. 2, 3일 가는 여행에 왜 이리 수선이야?" 그는 못마땅한 기색으로 얼굴을 찌푸렸다.

"2, 3일이어도 갈아입을 옷이 있어야지. 그럼, 그냥 이 옷 입고 먹고 자고 그러란 말이야?"

"청평에도 입을 만한 옷 있어."

"그건 다 오빠 옷이잖아. 오빠 걸 내가 어떻게 입어? 크기도 엄청 클 텐데!"

여전히 뻐딱한 태도로 툴툴대면서 그녀는 계속 옷장 안을 뒤적거렸다.

"정 필요하면 청평에서 사 입어도 되지."

"난 싫어, 내가 입던 옷이 더 좋아. 공연히 그런 데 가서 옷 산다고 마네킹 신세되는 거 싫단 말이야!"

저게 그냥 우리 집에만 오면 기가 살아서.

솟구치는 성질을 꾹 눌러 참던 성하를 구원해 준 건 정 여사였다. 노크 소리와 함께 방으로 들어온 정 여사는 옷장 속에 거의 들어갈 것처럼 몸을 숙이고 있는 혜나를 보고 작은 웃음소리를 냈다.

"혜나, 옷 찾고 있니?"

"네, 어머니. 이 옷장 진짜 넓어요. 아무리 찾아도 없어요. 저 좀 건져 주세요. 이러다 빠지겠어요."

너스레를 떠는 그녀의 말에 정 여사는 기어이 큰 소리로 웃음을 터트렸다.

"그럼 안 되지, 이리 나와 보거라. 내가 뒀으니까 내가 찾는 게 더

빠를 거다."

정 여사의 도움으로 옷을 찾아 가방을 싼 혜나는 인사도 하는 둥 마는 둥 서두르면서 현관으로 달려갔다.

"오빠, 빨리 나와."

차 옆에 서서 발을 동동 구르고 있던 그녀가 그를 보고 손을 흔들었다.

자리에 앉아 안전벨트를 맨 그녀는 갑자기 생각났다는 듯이 눈을 빛내면서 특별 주문을 했다.

"오빠, 있잖아. 이번에는 나 아무 말 안 하고 입 꾹 다물고 있을 테니까. 팍팍 밟아, 아주 빠르게."

급한 마음에 한 번 과속을 했다가 그녀가 민 장군한테 말을 하는 바람에 크게 혼난 성하였다. 그 뒤로 그는 누가 뭐라고 하던 제한속도를 지켜 가며 운전하려고 애썼다. 그런데 이번에는 오히려 그녀가 과속을 하라고 부추기고 있는 것이다.

흥! 누구 좋으라고 그런 짓을.

지금은 그렇게 말을 하지만 시간이 지나면 또다시 약점으로 들고 나와 그를 협박하다시피 할 짓을 자청해서 하고 싶지는 않았다. 하지만 몸을 들썩거리면서 안달을 하는 그녀를 은근히 놀려 주고 싶은 마음에 그는 짐짓 엄숙한 표정으로 말했다.

"그러다 사고 나면 어쩌려고?"

"사고가 왜 나? 오빠 운전 실력 좋잖아. 완전 베스트라면서? 난 오빠의 능력을 믿는다니까."

그녀는 얼굴빛 하나 바뀌지 않고 배시시 웃으면서 칭찬 섞인 아부를 했다.

못 말린다, 유혜나. 뭐든지 저 편할 대로군.

차를 출발시킨 성하는 그녀의 주문과 달리 안전 속도를 유지한 채로 도로를 달렸다. 고속도로를 빠져나와 국도에 접어들 때쯤 잔뜩 들떠서 좋아하던 그녀는 어느새 좌석에 푹 파묻혀 잠이 들어 버렸다.

청평 별장은 그림처럼 아름다운 곳이었다. 어스름이 깔리기 시작하는 저녁나절이라 산은 멀리 윤곽만을 내비쳤고, 강물은 밤처럼 검게 보였다. 하지만 도시와는 달리 탁 트인 전경과 맑은 공기를 간직하고 있었다.

"정말 좋다. 너무 멋있어."

자연스럽게 혜나의 입에서 감탄사가 튀어나왔다. 방으로 들어가 짐을 풀 사이도 없이 그녀는 산책을 나가자고 그를 졸랐다.

"피곤해, 좀 쉬자."

그가 거절의 뜻을 내비치자 그녀의 입술이 댓 발은 튀어나왔다.

"난 산책하고 싶어."

"지금 걸어 다닐 힘도 없어."

"남자가 왜 그렇게 엄살이 심해?"

"너 차에서 쿨쿨 자는 동안 난 운전했거든."

그가 버럭 성질을 내자 그녀는 두 손을 맞잡고 애원 섞인 표정을 했다.

"그럼 나중에 내가 면허 따서 차 운전해 줄게. 그때 오빠도 쿨쿨 자면 되잖아."

"그땐 그때고 지금은 지금이지."

"좋아, 그럼 그냥 나 혼자 나간다. 나갔다가 귀신한테 잡혀 갈 수도 있고, 못된 놈들한테 끌려갈 수도 있어. 오빠 그렇게 되면 좋겠어?"

거의 협박 수준으로 말을 하자 어쩔 수 없다는 식으로 성하는 몸을 일으켰다.

학기 준비를 위해 전날 밤을 새우면서 참고서와 씨름을 했던 성하는 오늘 하루 종일 그녀를 상대하느라 피곤한 상태였다. 게다가 운전을 하고 오느라 신경을 잔뜩 곤두세웠기에 온몸의 신체 리듬이 엉망이었다. 그렇다 해도 그녀를 혼자 밖에 내보낼 수는 없는 일이었다.

강가 근처는 찌는 듯한 여름날임에도 불구하고 제법 선선했다. 바람도 살랑거리며 불어와 그녀의 고운 머리카락을 날리게 만들었다.

"이런 데서 살았으면 좋겠어."

그녀의 말에 그는 별 대답 없이 걸음을 옮겼다. 팔짱을 끼고 유유자적한 태도로 걸으면서도 그녀는 성하의 무반응이 섭섭하게 느껴졌다. 성하가 원래 말이 많은 편이 아님을 알고 있었지만 서운하게 느껴지는 것도 사실이었다. 또한 결혼해서도 영 재미없을 거라는 생각이 들기도 했다.

부부가 되어 한 집 안에서 얼굴 마주 보면서도 대화가 없다면 생활 자체가 무미건조해질 수도 있었다. 게다가 대화를 시도하고자 할 때 수다스럽다고 핀잔이라도 준다면 그건 분명 지옥일 게 뻔했다.

"있잖아, 오빠."

"음?"

"나…… 고민 있어."

어울리지도 않게 심각한 표정으로 혜나가 말을 꺼냈다.

"분가하는 건 아버님이 안 된다고 그러셨으니까, 오빠네 집에 들어가서 살게 되면…… 아버님도 바쁘시고, 어머니는 너무 조용하시고. 오빠도 말 없는 사람이고. 아무래도 나 엄청 심심할 거 같아."

그의 생각은 '별게 다 고민이네.' 였다. 그렇다고 정말 심각하다는 얼굴을 하고 있는 그녀에게 그런 식으로 말 할 수는 없었다. 뼈도 못 추리게 들볶일 것 같은 예감이 들어 성하는 자신도 짐짓 심각하다는 표정을 해 보였다.

"글쎄, 워낙 성격이 그래서."

"한 집에 살면 서로 대화도 많이 하고 그래야 한대잖아. 난 집에서는 엄마하고 얘기 많이 하거든. 아빠도 가끔 시간 나실 때마다 이야기하고. 그리고 오빠도 알다시피 혜성 오빠가 왕 수다쟁이잖아. 지금이야 군대 가고 없지만, 전에는 엄청 잘 떠들었거든. 그런데 오빠네 집은 굉장히 조용해. 집에 들어가서 살게 되면 처음에는 엄청 낯설 텐데…… 그럴 때 같이 얘기하고 그럴 사람 없으면 스트레스 왕창 쌓일 거야. 오빠도 알지? 현대인한테는 스트레스가 제일 큰 병인 거."

"그래, 그렇지."

"그래서 내가 생각해 봤는데, 오빠만이라도 수다스러워지면 안 될까?"

그의 생각으로는 전혀 불가능한 일이었다. 하지만 눈을 빛내면서 바라보는 그녀를 보자 성하는 가능성이 전혀 없지는 않을 거라는 생각을 했다. 요란스럽지는 않지만 어느 정도 수다를 떠는 혜나에게 전염이 될 수 있을지도 몰랐다. 지금까지도 그는 그녀와 있을 때면 다른 때보다는 말을 많이 하는 편이었다.

"응? 오빠, 왜 대답을 안 해?"

"글쎄, 잘 모르겠다."

성의 없는 성하의 대답에 그녀는 입술을 내밀고 쳇쳇거리다 금세 애교 모드로 돌입했다.

"그럼, 그냥 내가 말할 때 말만 받아 주면 되잖아? 못 들은 척하지 말고."

"못 들은 척하는 거 아니야. 그리고 여태 너 말할 때 내가 다 대답해 줬잖아."

"안 할 때도 많았다, 뭐."

"그건 네가 자꾸 곤란한 질문만 하니까 그러지."

헛기침을 하면서 그는 빤히 보는 그녀의 시선을 피해 버렸다.

"그거, 일종의 회피야. 회피."

"난 말씨름하기 싫어."

냉정하게 말하고 고개를 돌려 버리는 성하의 옆얼굴을 물끄러미 보던 혜나는 배시시 입가에 미소를 지었다.

"에이, 자신 없으니까 그러지? 말하다 꿀릴까 봐, 그렇지?"

"그래."

"알았어. 뭐, 그러면 그냥 점잖은 대화만 나누면 되지. 대신 오빠 내 말에 다 대답해 줘야 돼? 응? 알았지?"

"알았어."

그녀가 고집을 부리면 나름 고집이 세다고 자부하던 그도 이길 수가 없었다. 여태 그래 왔고 아마 앞으로도 쭉 그럴 거라는 게 그의 생각이었다.

그녀와 팔짱을 낀 채 강변 주위를 한 바퀴 돌고 온 성하는 피곤에 못 이겨 방으로 들어서자마자 침대 위에 엎어져 그대로 잠이 들어 버렸다.

창가 쪽 소파에 앉아 책을 보던 그녀는 너무 조용하자 무섭다는 느낌을 받았다. 이럴 때 성하라도 옆에 있으면 든든할 텐데 방으로 들어간 뒤로 아무 기척도 없었다.

많이 피곤하다고 하더니, 자나?

그녀의 눈길이 벽난로 위 시계로 향했다. 어느새 시간은 12시를 넘어서 있었다. 고3이 돼서 시험 때마다 밤을 새우는 일도 허다했기에 그녀에게 12시는 한밤중도 아니었다. 하지만 거의 하루 종일 운전을 하다시피 한 그는 매우 피곤할 게 뻔했다.

그녀는 성하의 방문 앞에 서서 귀를 기울였다. 아무 소리도 들리지 않자 그녀는 노크도 하지 않은 채 방문을 살며시 열었다. 고개만 살짝 들이민 그녀의 눈길에 침대 위에 아무렇게나 쓰러져 있는 성하의 모습이 보였다.

그녀는 까치발을 하고서 방 안으로 들어왔다. 소리가 나지 않도록 주의하면서 걸음을 옮긴 그녀는 침대 옆으로 다가와 베개를 끌어다 그의 머리 밑에 받쳐 주었다. 그는 잠시 끙— 소리를 내며 돌아누웠지만 그대로 잠에 빠진 채였다. 그녀는 이불까지 덮어 주고 꼼꼼하게 창문이 잠겼는지 확인한 다음 불을 껐다.

"오빠, 잘 자."

작게 속삭인 그녀는 방문을 닫고 나왔다.

혜나 또한 그가 자신을 아껴 주고 위해 준다는 걸 잘 알고 있었다. 하지만 불안한 마음은 여전했다.

"이건 순전히 원수 같은 혜성이 오빠 때문이야."

자신의 방에서 책을 펴 들고 침대 위에 올라앉으며 그녀는 투덜거렸다.

그녀는 혜성이 성하와 같은 학교를 다닌다는 점에 불만이 많았다. 성하는 법과 대학, 그리고 혜성은 공과 대학을 다니기 때문에 마주칠 일은 거의 없었다. 그런데도 혜성은 어떻게 알아냈는지 집으로 돌아오면 성하에 대해 미주알고주알 떠들고는 했다.

그녀가 묻지 않았는데도 불구하고 '오늘은 동아리 후배랑 점심을 같이 먹었다더라', '오늘은 과 후배하고 카페에 같이 갔다더라', '오늘은 어떤 여자랑 도서관에서 나란히 앉아 공부를 하고 있다더라' 등등 온갖 말들을 구구절절해 댔다. 게다가 말하는 내용이 항상 그와 함께 있는 여자들에 초점을 맞춘 것뿐이었다. 어느새 그녀는 혜성에게 세뇌를 당하고 있었다. 성하는 어디를 가던 여자들의 눈길을 잡아끌 정도로 핸섬한 외모를 지녔다. 그래서인지 학교 내에서도 항상 많은 여자들에 둘러싸여 있는 남자였다.

그녀는 그가 절대 바람을 피우지는 않을 거라 믿었다. 하지만 그래도 불안하고 마음이 놓이지 않았다.

만일 다른 여자들에게도 잘 대해 준다면······.

그녀는 생각하기도 싫어 머리를 가로젓고 펼쳐 든 책에 정신을 집중했다.

"공부하자, 공부. 대학을 가야 한다. 필승!"

그녀는 스스로에게 다짐하듯 큰 소리로 외쳤다.

다음 날부터 그녀는 성하와 함께 책과의 씨름에 몰두했다. 그와 같이 공부를 하며 혜나는 많은 도움을 받았다. 알쏭달쏭한 문제도 참고서를 뒤적거리기보다 그에게 물어보는 편이 더 빨랐다. 게다가 그는 과외 지도를 해도 만점을 받을 만큼 머리에 쏙쏙 들어오게 설명도 잘해 주었다.

"있잖아, 오빠."

뭔가 꿍꿍이가 있는 듯한 얼굴로 혜나가 말을 꺼내자 그는 어떤 말을 해도 절대 놀라지 말자고 미리 마음을 다스렸다.

"나 모의고사 볼 때마다 그전에 오빠가 조금만 봐 주면 안 될까? 며칠만이라도. 오빠하고 같이 공부하면 성적도 더 좋게 나올 것 같아."

"나도 공부해야지, 바빠서 힘들 거야."

"그으래?"

길게 말을 끄는 그녀의 목소리에서 심상치 않은 분위기가 느껴져 성하는 보던 책에서 시선을 떼었다.

"오빠는 공부가 더 소중해, 아님 내가 더 소중해."

"그거 질문이니?"

"아니, 오빠한테 사실을 인식시켜 줄 필요가 있을 거 같아서 그래.

오빠한테는 무조건 내가 더 소중해야 하는 거야. 왠지 알아?"

그는 그녀가 또 무슨 억지 논리를 펴려고 하나 하는 생각을 하며 고개를 저었다.

"이유는 엄청나게 많아요. 일단 첫 번째는 내가 대학 떨어지면 오빠가 엄청나게 쪽팔릴 거라는 거지. 누구 마누라 대학 떨어졌다고 소문이라도 나 봐, 아마 오빠는 친구들한테 왕따당할 거야. 그리고 두 번째는 오빠가 사법 고시 합격해서 검사가 됐든 변호사가 됐든 위신이 안 선다는 거야. 생각해 봐, 검사 마누라가 대학도 못 나왔다, 그런 말이 돌면 어떻겠어? 무지 창피할 걸? 그리고 세 번째, 이게 제일 중요한 거야. 뭐냐면, 대학 떨어지면 내가 가만 안 있을 거라는 거야."

"어쩔 건데?"

"아직 심각하게 생각은 안 해 봤지만 만약에, 정말 만약에 내가 대학에 똑 떨어지면 오빠도 시험에 떨어지게 할 거야. 그 비참한 기분을 같이 느껴 보자고. 그리고 달달 볶아서 신경쇠약 걸리게 만들 거야. 바가지 잔뜩 긁고 잔소리 왕창 퍼붓고 밥도 쪼끔만 주고, 아버님 꼬셔서 매일같이 벌 주라 그럴 거고 에…… 또, 뭐 없나?"

고개를 갸우뚱거리면서 생각에 잠긴 그녀를 본 그는 그저 실실 웃었을 뿐이었다. 무섭다거나 겁난다거나 약이 오른다기보다는 그런 말을 하며 고민 아닌 고민을 하는 그녀가 귀여워 보였다.

"아무튼 그러니까 나 대학 안 떨어지게 오빠가 협조를 해 주라고."

"생각해 볼게."

"안 돼, 모자라. 확답을 줘야 해. 응? 오빠야."

성하는 '또 시작이다.'라는 생각에 인상을 잔뜩 찌푸렸다.

하지만 혜나의 고집부리기에 애교 떨기를 왕창당하고 결국 고개를 끄덕이고 말았다.

"알았어, 대신 시험 보기 전에 며칠만이다."

"정말이지? 진짜 약속한 거야."

"그래, 약속했다."

"에헤헤, 잘됐다. 오빠, 고마워."

도저히 당해 낼 수가 없다는 생각을 하며 그는 기쁨에 겨워 까르르 웃음을 터트리는 그녀를 물끄러미 봤다. 덕분에 성하는 자신의 공부도 옆으로 젖혀 두고, 혜나의 과외 선생이 되어야 했다.

찌는 듯이 더운 한낮에는 낮잠을 자고, 서늘해진 저녁 무렵이면 산책을 했다. 아침 햇살을 받으며 운동도 하면서 그녀는 성하와 즐거운 마음으로 3일을 보냈다.

마지막 날 점심을 먹고 떠나기 전, 그녀는 사람에게 하듯 통나무집에 대고 손을 흔들면서 인사를 했다.

"또 올게, 집아. 그동안 굳건히 잘 버티고 서 있어!"

그녀의 목소리에는 숨길 수 없는 아쉬움이 가득했다. 차에 타기 전에도 그녀는 뚫어질 듯이 집과 주변의 경치를 바라보고 있었다. 마치 전부 다 자신의 눈에 담아 가겠다는 듯이.

그는 나중에라도 꼭 이곳을 다시 찾아와야겠다고 결심을 했다. 자신의 아내가 된 그녀와 함께.

6장.

결혼식을 일주일 앞둔 일요일에 그녀는 패스트푸드점에서 친구들을 만났다. 수능 준비로 인해 방학 중에도 학원을 다니는 정아는 약속 시간보다 15분이나 지나서야 숨을 몰아쉬면서 뛰어왔다.

"미안하다, 미안해. 선생님이 오늘따라 왜 이리 말씀이 많으신지……."

헉헉거리면서 변명을 하는 정아를 이해한다는 눈빛으로 바라보던 경희가 입을 열었다.

"내 그 맘을 알지, 꼭 뭔 일 있다고 하면 더 늦장을 부리더라. 선생님이나 엄마나, 어른들은 어째 그리 스타일이 비슷한지 모르겠어."

경희의 투덜거림은 여전했다. 그러다가 입에 붙어 정말 습관으로 굳어져 버리는 건 아닌가 하고 혜나는 쓸데없는 걱정을 했다.

"그나저나 뭔 일이냐? 집에 콕 박혀서 나오지도 않던 네가 만나자는 소리를 다하고?"

호기심이 가득한 눈길로 바라보는 영란에게 혜나는 어깨를 으쓱해 보였다.

"'나오지도 않던'이 아니고, '나오지도 못한'이 정답이다."

"나오지도 못해? 왜?"

"우리 엄마, 조선 시대 대감댁 마님이시잖냐. 사적인 일로는 한 발자국도 밖에 나가지 말라고 그러셔서 여태 갇혀 있다시피 했어. 그래서 오늘도 못 나가게 하실 거 같아서 미리 성하 오빠한테 SOS 쳤잖아. 성하 오빠가 여기까지 데려다 줬어."

그녀의 말이 끝나기도 전에 영란이 벌떡 일어서서 두리번거리기 시작했다.

"정말? 선배는 어디 있는데? 응? 얼굴 좀 보자."

"벌써 갔거든, 오빠도 오늘 바쁘다고 그랬어."

빤히 혜나를 보던 영란은 한숨을 내뱉으며 털썩 주저앉았다.

"에이 씨, 좋다 말았네."

"고만 눈독 들여라. 다음 주면 유부남되니까."

고소하다는 표정으로 쏘아붙이는 혜나를 향해 영란은 혀를 쏙 내밀었고 경희와 정아는 놀라서 눈을 둥그렇게 떴다.

"성하 선배가 유부남이 된다고? 너, 그럼……."

"정말 결혼하는 거야?"

미리 얘기했음에도 불구하고 그녀의 말을 농담으로 들었는지 두 사람은 놀랐다는 표정을 지우지 못했다.

"내가 거짓말하는 줄 알았어? 자! 받아."

혜나는 차례로 청첩장을 나누어 주었다.

"다음 주야. 다들 뭔 일 있어도 꼭 와야 돼. 친구라고는 너네만 부르는 거니까. 안 오면 안 돼."

"당연히 가야지, 선배 얼굴 가까이서 보는 마지막 기회일지도 모르는데…… 흑! 아쉬워서 어쩌나."

오매불망 성하만을 부르짖던 영란은 청첩장을 들춰 보면서 아쉬운 표정을 하고 있었다.

"못된 계집애! 나 시집가는 건 눈곱만치도 신경 안 쓰이나 보네?"

혜나가 서운한 마음에 쏘아붙이자 영란은 어색한 표정으로 헤헤거리면서 웃었다.

"솔직히 너야 뭐, 달라지는 거 있겠냐? 시집간다고 학교를 안 나올 것도 아니고."

"그래, 맞아! 개학하고 나면 매일 얼굴 볼 건데. 차라리 잘됐다. 29회 동창 중에서 네가 일 타로 테이프를 끊는구나."

"내가 제일 먼저 가려고 했더만! 아쉽게도 남자가 없어서 선수를 뺏겼네."

웃으면서 떠들어 대는 친구들의 변함없는 모습에 혜나도 마주 웃음을 터뜨렸다. 결혼하게 되면 전과는 다른 모습으로 변할 것만 같던 불안함이 말끔히 사라지고 있었다.

"꼭 와서 축하해 줘."

"그래, 알았어."

그녀의 부탁에 친구들은 합창을 하듯 한 목소리로 대답했다.

길기만 하던 일주일도 어느새 지나가고, 결혼식 날 아침이 밝아 왔다.

자명종이 울리기도 전에 침대에서 몸을 일으킨 그녀는 화장대 앞 의자에 힘없이 주저앉아 거울을 보았다. 벌겋게 충혈되어 퀭하니 들어간 눈과 턱 밑까지 늘어진 다크서클이 밤사이 제대로 잠을 자지 못했다는 것을 알려 주고 있었다.

어젯밤 영어 책을 책상 위로 던져 버리고 잠자리에 들 준비를 했던 게 새벽 2시가 넘은 시간이었다. 그때부터 침대에 누워 이불을 턱까지 끌어다 덮고 잠을 자야 한다고 스스로에게 최면을 걸 듯이 속삭여 봤지만 아무런 효과가 없었다. 딱 꼬집어 뭐가 어떻다는 감정이 아닌, 그저 가슴속이 싸하니 아프고 허전한 느낌에 도통 잠을 이룰 수가 없었다.

"휴우—"

작은 입술 사이로 자연스럽게 한숨이 터져 나왔다.

그녀는 거울에 비친 방 안의 모습에 시선을 주었다. 꽃무늬 자수가 얼핏 화려해 보이는 아이보리색의 침대보가 제일 먼저 눈에 들어왔다. 그녀가 가장 아끼는 침대보는 17살 생일에 김 여사가 직접 만들어 준 거였다. 그 외에 십자수를 놓아 만든 베개와 쿠션, 엷은 레이스로 창가를 장식하고 있는 커튼, 미니 오디오와 책들이 가득 꽂힌 책장과 한 세트인 책상까지 그녀의 눈길이 세심히 훑고 지나갔다.

19년을 항상 그녀와 같은 공간을 차지해 오고 있던 물건들이 오늘따라 더욱 애틋하게 다가왔다. 감정 없는 사물들이 마치 살아 있는 생물인 것처럼 그녀에게 안타까운 마음을 전해 오고 있었다.

"그래…… 오늘이 지나면 전부 다 안녕이구나."

자조적인 음성으로 중얼거린 그녀는 피곤에 절여진 것만 같은 얼굴을 화장대 위에 얹었다.

새삼스럽게 그가 미웠다. 독선이랄 수도 있을 정도의 고집으로 밀고 나가 뜻대로 일을 처리하고만 그가 밉게 느껴졌다. 하지만 전적으로 그만을 탓할 수도 없었다. 자신 또한 어쩔 수 없었다는 가면을 쓰고 속으로는 은근히 좋아했었으니까.

그러나 막상 결혼식이 코앞으로 닥쳐오자 자꾸만 도망치고 싶은 마음이 들었다.

지금 그만두자고 한다면…….

머리를 들고 물끄러미 거울 속에 비친 자신의 얼굴을 보면서 그녀는 중얼거려 보았다.

"쓸데없는 생각하지 마, 분명 크게 후회할 거야."

커다란 빗을 들어 제멋대로 뻗쳐서 보기 흉한 꼴을 연출하고 있는 긴 머리를 빗었다.

"야, 일어나. 둥근 해가 떴습니다!"

노크도 없이 벌컥 문이 열리고 커다란 목소리가 방 안으로 들어왔다.

머리를 울릴 듯이 들려오는 익숙한 큰 목소리에 혜나는 빗을 든 채로 방문을 노려보았다.

"어? 벌써 일어나 있었네?"

"오빠, 목소리 좀 줄여. 시끄러워 죽겠네. 군대 가서 목소리 키우는 연습만 하다 왔어? 그리고 어디 다 큰 숙녀 방문을 노크도 없이 팍팍 열고 그래!"

한바탕 잔소리를 퍼부으며 그녀는 혜성을 힘껏 노려보았다.

"으, 유혜나. 얼굴이 그게 뭐냐? 어이구— 귀신인 줄 알고 깜짝 놀랐네. 불쌍한 내 심장."

혜성은 평소처럼 호들갑을 떨면서 두 손을 내저었다.

"그렇게 안 좋아 보여?"

"잠을 못잔 거니?"

그래도 오빠답게 혜성이 걱정스러운 어조로 묻자 그녀는 고개를 끄덕였다.

"자려고 그랬는데…… 너무 자야 된다 생각해서 그런가, 오히려 잠이 안 오더라고. 거의 날 밤샌 거 같아. 그렇지만 뭐, 어때? 이따가 밤에 일찍 자면 되지."

아무렇지도 않다는 태도로 중얼거린 혜나는 혀를 쏙 빼물며 걱정스러운 표정의 혜성을 안심시키려 했다.

"정 잠이 안 올 것 같으면 오빠한테 말하지 그랬어? 수면제라도 사다 줬을 텐데."

"괜찮아, 아직 젊은데 하루쯤 밤 샜다고 뭔 일 나기야 하겠어?"

두 손으로 부어오른 느낌이 가득한 얼굴을 문질러 댄 그녀는 밝은 어조로 큰소리를 쳤다. 그럼에도 불구하고 혜성은 여전히 걱정스럽다는 표정을 지우지 못했다. 그는 동생의 얼굴에서 묻어나는 긴장감을 확연히 느낄 수 있었다.

그는 굳이 졸업도 하지 않은 혜나를 결혼까지 시키려하는 부모님의 뜻을 이해할 수가 없었다. 그도 물론 혜나의 남편이 되는 성하가 한 집안 사람이 된다는 것에 반대할 마음은 없었다. 하지만 문제는 시기였다. 그는 아직도 너무 어리게만 보이는 동생을 안쓰럽게 느끼고 있었다.

"내가 봐도 귀신 꼴이네. 어쩌지?"

거울을 들여다보면서 중얼거리던 그녀의 안색이 어두워졌다.

"화장하고 머리 좀 다듬으면 괜찮아 보일 거야. 걱정하지 마, 넌 원래 본바탕이 예쁘니까 아무 문제없을 거라고."

혜성은 그녀의 어깨를 두드려 주면서 위로 담긴 말을 건넸다.

"엄마 보시면 걱정 많이 하실 텐데……."

혜성과 함께 방을 나와 일 층으로 내려가자 그녀의 짐작대로 김 여사는 긴장감 가득한 얼굴에 놀랍다는 표정을 나타냈다.

"저런, 혜나야. 잠을 못 잔 모양이구나."

"그게…… 그렇게 됐어, 엄마."

"왜 안 그렇겠니? 엄마도 잠이 안 오던데. 그나저나 화장 안 받으면 어쩌니?"

걱정을 하던 김 여사의 말과는 달리 아침을 먹고 미용실로 가는 차 안에서 잠깐 눈을 붙여서인지 그녀는 어느 정도 안정적인 모습으로 변해 있었다. 게다가 헤어숍의 솜씨 좋다고 이름난 헤어 디자이너의 손을 거치고 나자 그녀는 어느새 공주님처럼 예쁜 모습으로 변했다.

긴 베일과 레이스로 장식된 화려한 웨딩드레스를 입고 신부 대기실에 앉아 있던 혜나는 문이 열리며 영란의 모습이 보이자 반가운 미소를 지었다.

"어서 와."

"와우! 유혜나, 그러고 있으니까 정말 인형 같다."

영란의 말이 칭찬이라는 걸 알면서도 혜나는 샐쭉한 표정을 했다.

"이영란, 그 인형 같다는 말 내가 제일 싫어하는 거 알지?"

"잉? 맞어, 그랬지. 그럼 바꿔 줄게. 드레스 선전하는 모델 같다. 됐냐?"

헤헤거리면서 웃는 영란에게 그녀는 어쩔 수 없다는 뜻으로 어깨를 으쓱였다.

"너, 이제 시집가면 처음부터 기선 제압을 해야 한다. 꽉 잡고 살아, 안 그러면 성하 선배 어디로 튈지 모르는 사람이니까."

"기선 제압은 무슨…… 전쟁하냐?"

"얘가 무슨 소릴 하는 거야? 생활은 전쟁이다. 몰라? 가서 부딪히면서 살아 보면 연애할 때하고는 전혀 딴판이라더라."

펄쩍 뛰면서 다소 큰 소리를 내는 영란에게 그녀는 일부러 입술을 삐죽였다.

"내가 뭐 연애나 제대로 했나? 친남매처럼 왔다 갔다 하다가 등 떠밀려서 결혼까지 하게 됐구먼."

불만스럽다는 어조로 일장 연설을 퍼부으려던 혜나는 대기실 문이 열리며 경희와 정아가 들어오자 입을 꾹 다물었다.

한동안은 친구들의 축하 인사에 파묻혀 웃을 수 있었지만 식이 시작되자 그녀는 긴장으로 인해 단 한 걸음도 걸을 수 없을 정도였다. 크게 심호흡을 네댓 번이나 한 그녀는 주례 앞에 서 있는 성하의 모습을 보고서야 유 회장의 팔을 붙잡고 간신히 걸음을 옮겼다.

성하의 팔짱을 끼고 주례 앞에 서자 몸은 더 심하게 떨려 왔다. 그녀는 침착해야 한다고 수십 번이나 되뇌면서 다짐을 했다. 하지만 그런다고 해서 긴장이 사라지는 건 아니었다. 그나마 다행인 것은 긴장을 하는 바람에 정신을 똑바로 차릴 수 있어 큰 실수를 하지 않은 거였다.

폐백을 끝내고 어른들에게 인사를 드린 두 사람은 도망치듯이 공항으로 향하는 차에 올랐다. 성하가 미리 짓궂은 친구들의 마수에서 벗어나기 위해 비행기 시간을 빡빡하게 잡은 덕분이었다. 이번 기회에 그녀에게 외국물을 먹여 보겠다는 성하의 주장에 따라 신혼여행지는 파타야로 결정이 되었다.

혜나는 비행기에 오르자마자 그동안 쌓였던 피로를 이기지 못해 성하의 어깨를 베개 삼아 잠에 빠져들었다. 도착지인 돈무앙 국제공항까지 2시간 정도를 그녀는 단 한 번도 깨지 않고 열심히 잠만 잤다. 입국 심사를 할 때도 그녀는 완전히 정신을 차리지 못한 탓인지 내내 흔들흔들거리고 있었다.

"되게 덥네, 우리나라보다 더 더운 것 같아."

손바닥을 부채처럼 펼쳐 부채질하면서 공항 밖으로 나온 그녀는 호텔 측에서 태우러 온 리무진 승용차를 보고 반가움을 표시했다.

"당연히 냉방이 되어 있겠지? 오빠?"

그녀는 소름이 끼칠 정도의 으스스한 목소리로 말을 내뱉었다. 마치 냉방이 안 되어 있다면 그를 죽이기라도 할 기세였다.

한낮의 온도가 40도 이상 올라가는 도시는 가만히 서 있기만 해도 땀이 줄줄 흐르고 산소 부족으로 헉헉거릴 정도로 무더웠다. 게다가

방콕은 엄청난 차량으로 홍수를 이루고 있었다. 차라리 걸어가는 게 더 빠르겠다는 생각이 들 정도로 느릿느릿 움직이는 차 속에서 그녀는 또다시 그의 어깨에 머리를 기대고 잠에 빠져들었다.

성하는 그녀가 좀 더 편하게 잠을 잘 수 있도록 어깨를 받쳐 주고 창밖으로 눈을 돌려 경치를 감상했다.

그가 지루함에 빠져 죽겠다는 생각을 할 때쯤에서야 리무진은 몬티앤 파타야 리조트 앞에 도착했다. 잠이 덜 깨어 휘청거리는 그녀를 부축하듯 끌어안고 호텔 룸으로 들어온 성하는 가방을 가져다 준 종업원에게 팁을 건네주었다.

종업원이 인사를 하고 문을 닫고 나가자마자 혜나의 비명 소리가 울려 왔다.

"무슨 일이야?"

깜짝 놀란 성하는 무슨 일이라도 났는가 하는 생각에 주위를 둘러보았다. 한국의 호텔 룸처럼 옷장에 TV가 놓여 있고 소파에 미니바까지 갖추어진 방 안을 둘러본 그가 이마를 찌푸렸다. 그가 보기에는 이상한 점이 전혀 없었다.

"오빠, 왜 침대가 하나뿐이야?"

그녀는 떨리는 손가락으로 침대를 가리키고 있었다.

"더블 침대니까 하나지."

그는 당연하다는 투로 대답했지만 혜나는 온몸을 부들부들 떨었다.

"그건 나도 알아, 내 말은 왜 더블 룸을 예약했냐고."

"내가 예약을 안 해서 나도 모르겠다. 이 호텔 룸을 예약한 사람은 우리 아버지야. 따질 거면 아버지한테 가서 따져 주겠니?"

그녀는 어깨를 축 늘어뜨리고 울상을 지었지만 그는 어쩔 수 없다는 뜻으로 어깨를 으쓱해 보였을 뿐이었다.

투덜거리는 그녀의 말은 들은 체도 안 하고 성하는 땀에 젖은 옷옷을 벗고 흰색의 민소매를 들어 올렸다. 옷을 갈아입으며 흘끗 바라보자 그녀는 여전히 침대 앞에 선 채 입속으로만 중얼중얼거리고 있었다. 그는 가방 안에서 당장 필요한 물건만을 꺼내 들고 그녀를 불렀다.

"혜나야, 밥 먹어야지. 배고프지 않아?"

"어? 먹어야지. 그런데……."

"왜?"

"이 침대 어떻게 할 수 없을까?"

그녀의 눈동자가 불안에 떠는 것을 보며 성하는 깊이 한숨을 내쉬었다. 결혼한 뒤 부부가 돼서 한 방을 쓰는 것은 당연하다고 여기고 있던 그였다. 설마 그녀가 이런 식으로 반응을 할 거라 예상하지 못한 탓에 그는 조금은 짜증스러웠다.

"왜, 침대가 너보고 뭐라고 하기라도 해?"

짜증나는 기분을 떨쳐 버리려는 듯 그는 농담 섞인 말을 내뱉었다. 이마를 찌푸렸다가 이내 낮은 어조로 말을 하는 성하를 지켜보던 혜나는 숨을 삼키며 입술을 꼭 깨물었다. 그는 화를 참고 있는 게 분명했다.

그녀는 미리부터 겁을 먹고 불안한 기색을 내보인 스스로를 원망했다. 성하는 그녀가 원하지 않는 일은 하지 않을 게 뻔했다. 그가 그러겠다고 분명 약속을 했으므로. 그녀는 불안했던 기분을 모두 털어버리려 애쓰면서 침대를 손가락으로 가리켰다.

"글쎄 쟤가 나보고 그러잖아. '너 여기 누우면 죽어!' 라고."

조그만 주먹을 쥐어 보이는 그녀의 모습에 성하는 웃음을 터트렸다.

"밥이나 먹자, 배고프다. 밥 먹고 침대를 혼내 주든지 말든지

하자.”

“알았어.”

고개를 끄덕인 그녀는 앞서 걸어가는 성하의 뒤를 따라 걸음을 옮겼다.

호텔 레스토랑은 이국적인 분위기가 느껴지면서도 격식 있는 곳이었다. 영양가 풍부한 요리를 이것저것 열심히 먹은 혜나는 포만감에 젖어 나른한 표정으로 몸에 쌓였던 긴장감을 떨어내 버렸다.

배가 너무 빵빵하다고 그녀가 하소연을 하자 그는 산책을 제안했다. 호텔 주변을 따라 산책로가 있었다. 성하의 팔짱을 끼고 천천히 걸음을 옮기며 그녀는 행복감에 젖어 있었다.

늦은 밤, 방으로 돌아온 뒤 성하는 잠옷으로 갈아입지도 않은 채 침대에 누워 몰려오는 피로와 싸웠고 그녀는 테라스에 놓인 의자에 앉아 경치를 감상했다.

“혜나야, 안 자니?”

그의 말에 뒤돌아본 혜나는 미안한 표정으로 미소를 지었다.

“안 졸려, 아까 낮에 너무 많이 잤나 봐.”

비행기와 차를 타고 오는 동안 내내 잠을 잔 그녀는 생생한 얼굴을 하고 있었다.

“그래도 자야지, 내일도 낮에 잘 거야?”

파김치처럼 늘어진 성하는 쿠션 하나를 끌어안고 눈을 감았다.

“오빠, 졸리면 먼저 자.”

“그래.”

피곤함을 이기지 못한 성하는 먼저 잠이 들었다.

그녀도 사실 피곤하기는 했다. 비행기와 차를 타고 오면서 잠을 잤다고는 하지만 슬쩍 건드리기만 해도 깰 정도의 선잠을 잔 것뿐이었다. 더군다나 그녀는 전날 밤을 거의 뜬눈으로 지새웠다. 결혼식을 올리느라 너무 긴장을 했고, 더위에 지쳐 기운이 없었다. 눕고 싶었고 잠들고 싶었다. 하지만 그녀는 성하가 먼저 잠들길 기다렸다. 그래야만 그와 한 침대에 누울 수 있을 것 같았다.

그녀의 눈길은 테라스 너머의 경치에 고정되어 있었지만 머릿속은 침대 때문에 어수선했다.

하필이면 왜 더블침대냐고. 이를 벅벅 갈아 댔지만 지금 상황에서는 어쩔 수 없었다. 이제 와서 방을 바꿀 수도 없고, 침대를 들어내고 싱글로 놔 달라고 할 수도 없는 일이었다.

체념 섞인 한숨을 푹 내쉰 그녀는 욕실로 들어가 샤워를 한 뒤, 잠옷으로 갈아입었다. 다시 방으로 돌아와 침대 옆에 서자 고민이 더욱 깊어졌다.

신혼여행을 가게 되면 그와 한 침대에서 잠을 자야 할지도 모른다고 예상을 하긴 했지만 그저 상상만 하는 것과 직접 현실로 닥친 것은 큰 차이가 있었다. 이불이 반쯤 흘러내려 근육으로 꽉 짜여진 건장한 가슴을 내보이며 잠이 든 성하의 모습에 그녀의 심장이 콩닥콩닥 소리를 내면서 뛰었다.

그녀는 조심스럽게 이불을 들추고 침대에 몸을 눕혔다. 잔뜩 긴장한 탓인지 온몸이 아파 왔고 숨쉬기조차 힘들었다. 그녀는 눈을 감고 일 초라도 빨리 잠이 들길 바랐다. 잠이 들면 스스로가 느끼기에도 지나칠 정도의 긴장감이 사라지리라 여겼기 때문이다.

하지만 그녀는 잠든 후, 꿈속에서조차 긴장감에 사로잡혀 있었다. 느껴지는 긴장감이 실체화되어 너무나도 무서운 괴물의 형상으로 쫓아다니자 그녀는 두 주먹을 움켜쥐고 마구 비명을 질렀다.

"까아악—"

잠결에 혜나의 비명 소리를 들은 그는 벌떡 일어나 침실 등을 켰다. 옆에 누운 혜나가 이불을 두 손으로 꼭 붙잡은 채 마구 비명을 지르는 모습을 본 성하는 놀란 눈으로 어깨를 잡고 흔들었다.

"혜나야, 일어나. 눈떠 봐."

거세게 흔들리는 바람에 악몽에서 깨어난 혜나는 성하의 팔을 움켜잡고 눈물을 흘렸다.

"오빠! 커다란 게 괴물 같은 게 마구 쫓아와. 성하 오빠, 어헝— 나 무서워."

그녀는 눈물을 흘리며 몸을 떨다 그의 품으로 파고들었다.

"괜찮아, 꿈이야."

"그래도 무서워, 오빠. 어엉."

"편하게 자, 내가 다 쫓아 버릴게."

고개를 끄덕인 그녀는 성하의 허리를 꼭 끌어안았다. 그렇게라도 하지 않으면 다시 잠들기 힘들 것 같았다.

"울지 말고 그만 자자."

성하는 그녀의 어깨를 다독여 주며 뺨에 흐른 눈물을 닦아 내 주었다. 얼마나 긴장이 쌓였으면 악몽까지 꿀까 하는 생각을 들자 그는 문득 그녀가 안쓰럽게 느껴졌다.

그녀는 그의 품에 안겨서도 몇 번을 흠칫대며 놀라더니 이내 잠에 빠져들었다. 그는 혜나가 깊이 잠든 것을 확인하고 나서야 잠이 들었다.

"까아악—"

또다시 들려오는 비명 소리에 성하는 잠이 덜 깬 얼굴로 벌떡 윗몸을 일으켰고 어깨 부근에 날카로운 통증을 느꼈다.

"뭐, 뭐야?"

손바닥으로 어깨를 문지르며 중얼거리자 그녀가 눈물이 글썽한 눈으로 노려보고 있었다. 그는 그녀가 후려친 것이 분명한 어깨를 계속 손으로 문질러 댔다.

"아우, 씨. 따가워라. 유혜나! 너 잠을 자자는 거야? 말자는 거야? 도대체 왜 그래?"

"오빠, 왜 이렇게 매너가 없어?"

갑작스런 말에 그는 어리둥절한 얼굴을 할 수밖에 없었다.

"무슨 소리야? 그게?"

"사람이 말이야, 한 침대에서 잠을 자면 얌전히 자야 할 거 아냐?"

"그래, 얌전히 잤잖아."

"뭐가 얌전이야? 꼭 끌어안고 얼굴 비비면서 자 놓고서는."

말을 하면서도 분하다는 생각을 한 건지 그녀는 손바닥으로 힘껏 그의 어깨를 후려쳤다.

"앗, 따가!"

어깨를 움찔하면서 몸을 움츠리는 그에게 혜나는 도끼눈을 뜨고 소리를 쳐 댔다.

"한 번만 더 그래 봐, 오빠 진짜 나한테 죽는 수가 있어!"

"아— 피곤하다, 피곤해."

그는 정말 그렇게 생각했다. 자다 말고 날벼락을 맞아도 이보다는 덜 황당할 듯했다. 상식적으로 생각을 해 봐도 아무리 넓은 침대라지만 둘이 자다 보면 잠결에 부딪히기도 하고 비벼 대기도 할 수 있는 일이다. 더군다나 지금 같은 상황은 그녀가 악몽을 꾼 바람에 일어난 일이었다. 평소 그녀에게 너그럽게 대하던 그도 이런 상황에서는 그저 알았다 하는 식으로 넘어갈 수만은 없었다.

"너 몽유병 있니? 자다 말고 소리 지르면서 안긴 사람은 너야."

믿을 수 없다는 얼굴로 입술을 삐죽여 대는 그녀의 얼굴에는 아직까지도 눈물 자국이 남아 있었다.

"그리고 협박을 하려면 '오빠 한 번만 더 그러면 나 죽어 버릴 거예요.' 라고 해야지. 날 죽인다고? 네가 그럴 힘이나 있어?"

화가 솟구쳐 잔뜩 빈정대는 어조로 성하가 말하자 그녀는 두 주먹을 움켜쥐었다.

"게다가 잠옷도 그런 야시꾸리 요상한 걸 입고서는."

"내가 산 거 아니야. 엄마가 사 와서 가방에 넣은 거라고. 잠옷이 이거밖에 없는데 그럼 벗고 자란 말이야?"

"취향도 참 특이하시네."

툭 내뱉듯이 말한 그의 눈이 온몸을 훑어 오자 그녀는 급하게 이불을 끌어다 몸을 가렸다. 하지만 그는 이미 다 본 상태였다. 혜나가 입은 잠옷은 속치마처럼 가느다란 끈으로 연결되어 가슴 부분이 깊이 파여 있었다. 그나마 길이는 발목을 덮을 만큼 길었지만 얇은 천으로 되어 있어 속이 훤히 비쳐 보였다.

온몸을 훑어보는 성하의 눈빛이 갑자기 진한 빛으로 바뀌고 음흉스럽게 변하자 그녀는 얼굴을 붉게 물들이며 베개를 있는 힘껏 움켜쥐었다.

"이 못된 오빠. 어딜 자꾸 훑어보는 거야?"

어느새 혜나가 저렇게 커 버린 건가?

그런 생각으로 여성스러운 굴곡을 눈으로 훑던 그는 눈앞으로 날아드는 베개를 어렵지 않게 움켜잡았다. 하지만 미처 그가 생각지 못했던 것은 베개와 함께 딸려 온 그녀의 몸무게로 인해 어이없이 뒤로 넘어가 버린 점이었다.

"꺄아악―"

"제길."

그녀의 요란한 비명 소리에 그는 거친 욕설을 내뱉었다. 자신의 몸 위로 엎어지는 그녀를 그는 두 손으로 꼭 움켜잡았다.

"오빠, 괜찮아? 안 다쳤어?"

단단하게 닿아 오는 그의 몸에 혜나는 숨을 들이마셨다. 갑자기 숨이 콱 막혔다. 자신이 베개를 들고 후려쳐 놓고서도 넘어질 것을 예상하지 못한 그녀는 그가 다치지 않았나 하는 걱정을 할 뿐이었다.

"잠 좀 자자. 넌 낮에 자서 아무렇지 않은가 본데, 난 지금 굉장히 피곤해."

"어, 알았어."

작은 소리로 소곤대는 혜나의 입김이 목에 와 닿자 그의 몸은 정상적인 성인 남성의 반응을 보였다. 성하는 뭐에 끌리기라도 한 듯 몸을 움직이려는 그녀를 덥석 끌어안았다.

"오빠?"

그의 커다란 손이 그녀의 머리를 잡고 끌어당겨 작은 입술에 입을 마주 댔다. 그녀의 눈이 스르르 감기는 걸 보며 그는 부드럽게 입술을 움직였다. 그녀의 입에서 작은 신음 소리가 새어 나오자, 그는 터질 듯 폭발하려는 욕망에 맞서 힘겨운 싸움을 벌여야 했다.

그녀는 꽃밭에 있는 나비가 된 느낌이었다. 향기에 가득 쌓여 정신을 차리지 못하고 꽃 사이에 숨어서 날갯짓도 못하는 나비. 그녀는 그의 입술이 주는 감촉에 빠져 허우적대다 문득 마음속 깊은 곳에서 솟구쳐 오르는 경계심을 느꼈다. 이대로 안긴 채로 정신을 차리지 못한다면 고통스러운 경험을 겪게 될지도 모른다는 생각에 그녀는 몸을 굳혔다.

혜나는 거칠게 숨을 들이쉬며 그의 가슴에 손을 대고 밀었다. 그의 가슴에 엎어져 있는 상황이라 몸을 일으키기가 쉽지 않았지만 그에게 거부한다는 의사는 충분히 알렸다고 생각했다.

"혜나야."

그의 음성은 가라앉을 듯 낮았고, 눈은 짙은 욕망으로 검게 변해 있었다.

윗몸을 일으키는 바람에 그의 단단해진 남성을 더욱 확실하게 느끼게 된 그녀의 뺨이 붉게 달아올랐다. 그의 손이 다시 허리를 감싸오자 그녀는 고개를 흔들었다.

"그만해, 오빠."

그녀의 목소리와 표정에서 주저함과 불안감을 읽은 그는 손에 힘을 빼고 눈을 질끈 감았다. 그녀는 그를 밟지 않도록 긴 잠옷자락을 들어 올리며 조심스럽게 몸을 일으켰다. 그 바람에 매끈하고 하얀 허벅지가 그의 눈에 비쳐졌다.

제길!

성하는 터져 나오려는 신음 소리와 욕설을 한꺼번에 목 안쪽으로 삼켜 버렸다. 자신의 자리로 돌아가 이불을 끌어 가슴까지 덮는 그녀의 조심스러운 동작에 그는 벌떡 몸을 일으켜 앉았다.

"어디 가, 오빠?"

침대에서 벗어나 걸음을 옮기는 그의 귀에 혜나의 목소리가 들려왔다.

"잠이 깨 버렸어, 먼저 자."

"오빠, 밖에 나갈 거 아니지?"

"아니야."

그는 찬 물로 샤워라도 해서 욕망으로 부푼 몸을 잠재워야겠다는 생각을 하고 있었다.

"성하 오빠, 나 있잖아……."

그녀의 목소리에 깃든 불안한 기색에 성하는 몸을 돌렸다. 침대 위에 오도카니 앉은 그녀는 동그란 눈을 크게 뜨고 그를 보고 있었다. 흔들리는 눈동자 가득 들어차 있는 불안함에 그는 마음 한구석에 큰 돌덩어리가 들어앉는 듯한 느낌을 받았다. 침대 가까이 다가온 성하는 그녀의 뺨에 손을 대고 입술에 살며시 키스를 했다.

"몸이 더워서 샤워라도 하려고 그래. 곧 올 거니까 걱정하지 말고 먼저 자."

부드러운 음성에 고개를 끄덕였지만 그녀는 여전히 마음이 불안했다. 욕실을 향해서 걸어가는 그의 뒷모습에 그녀는 큰 한숨을 내쉬었다.

찬물을 틀어 놓고 머리 위부터 샤워기를 들이댄 채로 잠시 숨을 멈추고 섰던 성하는 '푸―' 하는 소리를 내면서 고개를 흔들었다. 머리카락에서 버림받은 작은 물방울들이 사방으로 튀어 날아갔지만 그는 두어 번 그 동작을 되풀이했다. 욕실로 들어오자마자 찬물을 틀어 머리 위로 쏟아부은 바람에 입고 있던 옷이 모두 젖어 버렸지만 그는 신경조차 쓰지 않았다. 지금 그의 머릿속에서는 놀란 눈을 크게 뜨고 있던 혜나의 모습만이 떠올랐다.

제길, 그렇게 당황한 표정을 지을 건 없잖아.

성하는 키스를 끝내자마자 고개를 흔들면서 뒤로 물러나던 그녀의 눈동자를 잊을 수가 없었다.

우린 이제 부부야, 부부라고. 법적으로 그 어떤 성행위를 해도, 용서가 되는 부부야. 그런데 겨우 키스를 했다고 그런 얼굴이라니…….

얼굴로 흘러내리는 물방울을 손으로 쓱 닦은 그는 이내 물에 젖어 거추장스럽게 느껴지는 옷을 벗어 냈다. 알몸이 되어 평상시와 다를 바 없이 돌아간 자신의 몸을 내려다보며 그는 쓴웃음을 지었다.

신혼여행의 첫날밤에, 신부한테 매를 맞고 키스 한 번했다고 치한을 보는 듯한 눈빛을 받고. 나보다 더 불행한 신랑은 없을 거다.

자조적인 웃음을 터트린 그는 온몸이 따갑도록 비누칠을 하고 문질러 댔다. 또다시 찬물을 뒤집어쓰고 대충 머리를 털어 낸 그는 문쪽으로 걸음을 옮겼다. 욕실에 비치되어 있던 목욕 가운을 들어 몸에 걸친 그는 방으로 돌아와 침대 옆으로 다가갔다. 어느새 혜나는 커다란 베개를 방패처럼 끌어안고 잠이 들어 있었다. 그 모습이 너무 귀여워 보여 그의 입가에 가볍게 미소가 걸렸다.

"유혜나, 내가 마음만 먹으면 이까짓 베개 정도로는 막을 수 없는 거 알고 있지?"

작은 소리로 속삭인 그는 그녀가 깨지 않도록 조심스럽게 옆자리에 누워 이불을 끌어다 덮고 눈을 감았다.

성하가 곧 돌아온다는 소리에 안심하고 잠들었던 그녀는 귓가에 들려오는 새소리에 잠에서 깼다. 눈꺼풀을 들어 올리며 기지개를 켜려던 그녀는 일순 숨을 멈추고 몸을 굳혔다. 멍해진 머리를 제대로 돌리려고 애를 쓰면서 그녀는 자신의 손바닥에 와 닿는 감각이 무엇인지를 느껴 보려고 했다.

오, 이럴 수가!

입을 뚫고 튀어나오려는 경악 섞인 신음을 그녀는 꿀꺽 목 안으로 삼켜 버리고 말았다. 혜나는 그의 팔을 베고 어깨에 얼굴을 묻은 채로 안겨 있었다. 성하의 목욕 가운 안쪽, 맨살에 닿아 있는 자신의 손을 믿을 수 없다는 눈길로 쳐다본 그녀는 두 눈을 질끈 감고 말았다. 심장이 두근두근거리고 쿵쿵 뛰어 그녀는 잠시 움직이지도 못하고 숨을 죽였다.

이런 일이, 이걸 어째? 오밤중에 벌떡 일어나 끌어안고 잤느니 어쨌느니 하면서 난리를 쳐 놓고, 지금 상황은 분명 혜나가 그를 안고 자는 것과 마찬가지였다. 따뜻하게 닿아 오는 숨결에 그녀의 얼굴이 저절로 붉어졌다. 그나마 다행인 건 늦게 잠들었는지 그가 아직 깨지 않았다는 점이었다.

그녀는 조심스럽게 손을 빼내고, 살며시 고개를 들었다. 온몸을 긴장시킨 채로 그의 품을 벗어나 침대 밑으로 내려선 뒤, 갈아입을 옷을 챙겨서 급하게 욕실로 달아났다.

그녀의 생각과 달리 성하는 이미 잠에서 깨어 있었다. 그녀의 추측대로 그는 거의 새벽이 되어서야 잠이 들었지만 습관처럼 아침 6시면 정확히 잠에서 깨어나곤 했다. 전날 아무리 술을 많이 마시고 잠들어도 그는 항상 그 시간이면 눈을 떴다.

그는 제일 먼저 자신의 어깨에 놓인 그녀의 얼굴을 보았다. 그리고 아이가 엄마 품에 파고들 듯 품에 안겨 가슴에 손을 얹고 잠든 그녀를 조용히 보고 있었다. 잠에서 깨어나면 또다시 예의가 어쩌고저쩌고 해 가면서 떠들어 댈지도 모르는 일이었지만 그는 그녀를 뿌리치지 않았다. 오히려 팔에 힘을 주어 더욱 꼭 끌어안아 주었다.

예상했던 것과 달리 그녀는 아무 말도 없이 욕실로 사라져 버렸지만 그는 여전히 침대에 누운 채 움직이지 않았다. 이마 위에 한 팔을 올린 자세로 눈을 감고 몸에 힘을 뺀 채 그대로 누워 있을 뿐이었다.

문 열리는 소리가 그의 귀에 들려왔다. 카펫이 깔린 침실 안은 발자국 소리조차 삼켜 버렸지만 그는 헤나가 조심스러운 동작으로 방 안을 걸어 다니고 있다는 것을 알 수 있었다. 잔뜩 곤두선 그의 감각이 그 사실을 일깨워 주고 있었다.

살며시 침대가 내려앉는 느낌과 함께 그녀의 목소리가 들려왔다.

"오빠, 아직도 자?"

"응."

"으응? 자는 사람이 대답도 하네?"

장난치는 것만 같은 그녀의 목소리에 그 또한 장난으로 답했다.

"이건 잠꼬대거든."

"룸서비스로 아침 시키려고. 오빠, 뭐 먹을 거야?"

"글쎄, 난 별생각 없는데……."

옆으로 몸을 돌리려던 그는 가슴 위로 얹히는 혜나의 손길을 느꼈다.

"오빠, 아침 먹고 해변에 나가 보자. 여기 경치가 아주 끝내준대."

"그래."

"성하 오빠."

"음…… 왜."

혜나는 계속 눈을 감고 자신의 말에도 짧게 대답만 하는 그의 모습에 어젯밤의 일로 화가 많이 났나 보다 하는 생각을 했다. 미안하다고 말을 해야 하는 건지 아니면 그냥 넘어가 버려야 하는 건지 망설이고 있던 그녀는 그의 눈을 절반쯤 가리고 있는 팔을 잡아 떼어내리려고 했다.

"오빠, 눈떠 봐. 나 좀 봐 봐. 잠 다 깼잖아."

팔을 내리며 그녀를 보는 그의 눈은 그저 평범했다. 화가 난 것 같지도 않았고, 조금 피로한 듯 보일 뿐이었다.

"어젯밤에 나 때문에 잠 잘 못 잤지."

"아니야."

"내가 너무 예민하게 굴어서 미안해."

뜻밖에도 그녀가 사과의 말을 하자 그는 뭐라 대답을 해야 할지 알 수 없었다. 평소 같았으면 '남자가 뭘 그런 걸 갖고 그러느냐, 그럴 수도 있는 일이지.' 하는 식으로 그녀는 오히려 그를 속 좁은 남자로 만들어 놓았을 게 뻔했다.

그렇다 해도 아무렇지도 않은 표정으로 '괜찮아.'라는 대답을 할수는 없었다. 어젯밤 그는 자존심에 크나큰 상처를 받았기에.

그가 아무 말도 없이 바라보고만 있자 그녀는 그의 가슴에 얼굴을 파묻었다. 저리 가라고 내칠 수도 있다는 생각에 그녀는 어깨에 잔뜩 힘을 주었다. 하지만 그의 손은 그녀의 어깨를 감싸 안았을 뿐, 밀어

내거나 하지는 않았다.

"룸서비스 시킨다면서?"

"응, 맞아! 그랬지."

마치 잊고 있었던 것처럼 말한 혜나는 침대 끄트머리로 기어가 옆에 놓여 있는 탁자 위 전화기를 바라보았다.

"그런데 오빠, 이 사람들 우리말 알아들을까?"

그녀가 고민스럽다는 표정으로 고개를 갸우뚱거리자 그는 끝내 웃음을 터트리고 말았다.

"영어로 말해야지."

"난 자신 없어, 오빠가 하면 안 될까?"

"뭐 먹을 건데?"

"그냥, 간단한 거. 커피하고 토스트 정도?"

"그래, 그러자."

그녀는 수화기를 들고 유창한 영어로 식사 주문을 하는 그의 등을 넋 놓고 지켜봤다. 그는 다른 사람들의 기준으로 볼 때 전혀 부족한 것 없는 남자였다. 외모도 영화배우 뺨을 치고도 남을 만큼 잘생겼고 체격 또한 좋았다. 집안도 쨍쨍한데다 학기 중에 사법 고시를 패스하겠다고 큰소리를 칠 만큼 수재였다. 단지 한 가지, 부족한 점이 있다면 그의 성격이랄까.

✻　✻　✻

하루 종일 입시 전쟁에서 탈출해 그녀는 평범한 여행객처럼 파타야의 해변과 맑은 공기, 끝내주는 경치를 만끽했다. 잠시뿐이었지만 그녀에게는 지금 찾아온 휴식이 너무나도 소중했다.

사실 성하가 파타야로 신혼여행을 가자고 했을 때, 그녀는 반대했다. 입시에 대한 부담감으로 인해 한국을 떠나면 안 될 것 같다는 생각이 들었기 때문이었다. 게다가 일정도 5박 6일로 거의 일주일 정도를 지내고 온다는 말에 그녀는 펄쩍 뛰었다.

그 전이라면 성적도 안정권이었기에 그녀도 그 정도는 괜찮다 여겼을 수도 있다. 하지만 결혼식이니 뭐니 해 가면서 정신을 딴 데 판 대가로 그녀의 성적은 아낌없이 하향 곡선을 그리고 있었다.

성적이 푹 떨어져서 그렇다고 솔직히 고백하지도 못하고 그녀는 애매한 표정으로 성하에게 선처를 부탁할 수밖에 없었다. 결국 입시에 대한 그녀의 부담감을 충분히 이해한 그가 한 발 양보해 줬다. 덕분에 2박 3일의 짧은 일정으로 신혼여행을 오게 되었다.

이렇게 좋을 줄 알았으면 눈 딱 감고 그때 오빠 말 들을 걸.

그녀는 속으로만 툴툴거렸다. 그에게 말하면 일정을 변경해 줄 수도 있는 일이었지만 변덕이 죽 끓듯 한다고 한 소리 들을 게 뻔했다. 그녀는 아쉽지만 다음 기회에 다시 오면 된다는 생각으로 아쉬움을 접었다.

저녁을 먹은 뒤, 모든 것이 부드러운 어둠에 잠기는 시간, 그녀는 성하와 테라스에 마주 앉아 비싼 와인을 마셨다. 지금껏 술을 마셔본 적이 없는 그녀는 겨우 와인 반 잔에 벌써 얼굴이 발갛게 달아올랐다.

"여긴 밤에도 정말 아름다워."

그녀의 모습은 마치 그림 속의 한 장면과 같았다. 간간이 불어오는 미풍에 긴 머리카락이 나부끼고 와인 잔을 손에 든 채 미소를 짓는 그녀의 모습은 이 세상 사람이 아닌 것처럼 아름다웠다.

저절로 가슴속에서 뜨거운 무언가가 치밀어 오르는 느낌에 성하는 숨조차 제대로 쉴 수 없었다. 그는 그녀를 보면서 참을 수 없는 유혹을 느꼈다. 욕망이 솟구쳐 올라 지금 당장이라도 그녀를 안고 싶었다. 하지만 그녀를 강제로 취할 마음은 없었다. 아무리 부부가 되었다 하더라도 원치 않는 성행위를 하고 싶지는 않았다. 그런 건 짐승이나 하는 짓이었으므로.

고통스럽게 일어나는 욕망을 가슴 밑바닥까지 밀어 넣으며 그는 될 수 있으면 그녀와 접촉을 하지 않으려고 애썼다. 그렇다고 해서 혜나가 그의 손이 닿을 때 싫어한다거나 두려워하는 건 아니었다. 오히려 그가 어깨에 손을 대고 허리를 안으면 다소곳한 몸짓으로 안겨오고는 했었다. 하지만 그는 그녀보다도 자기 자신의 반응을 더 겁내고 있었다. 그녀의 몸을 안고 흥분해서 성난 늑대처럼 돌변할지도 모른다는 생각에 그는 어느 정도 거리를 유지했다.

지금도 분위기 좋은 테라스에서 그는 여느 신랑들과는 달리 신부인 혜나의 맞은편에 뚝 떨어져 앉아 있었다. 옆으로 붙어 앉아 손을 잡고 키스도 하고 싶었지만 그는 그런 생각을 일찌감치 집어던져 버렸다.

그런 행동으로 인해 경계심을 불러일으키기보다는 차라리 이대로 좀 더 무드 모드를 연출하다가 침대로 가서 은근슬쩍 꼬시는 게 더 확실한 방법일 것 같았기 때문이다.

와인 한 모금을 홀짝이며 마신 그녀는 성하의 태도에 은근히 불만을 느끼고 있었다. 하루 종일 돌아다니며 그녀는 겨우 팔짱을 끼거나 성하에게 어깨를 안기거나 한 게 다였다. 성하는 은근히 거리감을 두면서 마치 신혼여행을 온 것이 아닌 남매가 외국에 놀러 나온 듯한 분위기를 만들고 있었다.

아직도 어젯밤 일로 화가 나 있는 거야? 설마.

그가 무슨 생각을 하고 있는지 알 수 없어 슬그머니 불안해지기도 했다. 그래서였을까. 그녀는 어색한 느낌을 없애고 싶다는 마음에 와인을 두 잔이나 마셔 버렸다.

시간이 지나 가자 그녀는 어지럼증을 느꼈다. 눈앞도 부옇게 보이는 것이 이상했다.

"그만 자야 될 것 같은데…… 어, 어?"

의자에서 일어서던 그녀는 현기증에 휘청거렸다. 황급히 손을 뻗어 탁자를 움켜잡았지만 다리에 힘이 풀려 휘청거렸다. 벌떡 일어나 다가온 그가 그녀의 어깨를 잡아 주었다.

"오빠."

울상을 짓는 그녀의 모습에 그는 어이가 없었다. 아무리 술을 못 마신다지만 겨우 와인 두 잔에 제대로 일어서지도 못할 지경이라니.

"괜찮아?"

"아니, 나 너무 어지러워. 속도 안 좋고."

"술 못 마시면 그렇다고 말을 하지."

그녀가 술기운을 이기지 못해 가쁜 숨을 쉬며 힘들어 하자 그는 화가 나 공연히 타박을 했다.

"나도 내가 술 못 마시는 줄 몰랐어. 지금 처음 마셔 보는 거거든."

"뭐라고?"

이쯤 되면 어이가 없다기보다는 기가 막힌다는 표현이 더 어울린다. 아무리 고등학교를 졸업하지 않았다고 해도 19세나 된 성인이 한 번도 술을 마셔 보지 않았다니. 가만히 생각해 보니 그녀의 집은 생일날에도 샴페인 한 잔 내놓지 않았었다. 한 번 술을 입에 대면 계속 마실 수도 있다는 생각에 그녀의 부모님이 아예 술 근처에는 가까이 가지도 못하게 한 건 아닐까 하는 생각이 들었다.

"나 쓰러질 것 같아."

그는 그녀를 번쩍 들어 안았다. 방 안으로 들어와 침대 위에 내려

놓자 그녀는 그의 목을 끌어안은 채 움직이지 않았다.

"혜나야, 이거 놓고……."

"싫어."

고집스런 음성에 그는 엉거주춤한 동작으로 잠시 있다가 그대로 침대에 누워 버렸다. 그녀는 여전히 그의 목을 끌어안은 채 놓지 않았다.

"혜나야?"

아무 대답도 없이 고른 숨소리만 들려왔다. 그녀는 그 상태로 잠이 든 거였다.

내 팔자야.

자동으로 한숨이 터져 나오고 실망스러운 기분에 휩싸인 그는 벽에 머리를 박고 싶은 심정이었다.

결국 신혼여행의 두 번째 밤은 그렇게 날아가 버렸다.

7장.

분가를 하지 않기로 결정한 탓에 성하의 집 2층에서 신혼 생활을 시작한 그녀는 새로운 생활에 적응할 여유도 없었다. 결혼을 했어도 고3 수험생이라는 사실은 변하지 않았기에 그녀는 남은 방학 기간 동안 쉴 여유도 없이 공부에만 전념했다.

방학이 끝나고 학교를 다니게 된 그녀는 왠지 어색한 기분에 사로잡혔다. 학교생활은 달라진 것이 없었지만 그녀는 스스로 자신에게 변화가 생겼다는 걸 느낄 수 있었다.

제일 먼저 달라진 점이라면 하굣길이었다. 이제는 전처럼 야간 자율 학습을 끝내고 정훈과 나란히 걸음을 옮길 수 없게 되었다. 그녀가 돌아가야 할 집은 정반대 방향이었기 때문이었다.

"나 오늘부터는 너하고 같이 못 가."

"어? 왜?"

정훈은 놀란 표정을 짓다가 이내 안색을 어둡게 가라앉혔다. 아마도 그는 그녀가 전의 일로 가까이 지내길 꺼려 한다고 생각했나 보다. 혜나는 정말 아무것도 아닌 일이라는 듯 어깨를 으쓱였다.

"방향이 달라졌거든. 이제 저쪽으로 가야 돼."

그녀가 이전까지와는 다른 방향을 가리키자 정훈의 안색이 조금은 펴졌다.

"이사 간 거야?"

정훈의 물음에 그녀는 뭐라고 대답을 해야 할지 몰랐다. 아직까지 그녀가 결혼했다는 사실은 담임 선생님과 교장 선생님, 친한 친구 몇 명만이 알고 있을 뿐이었다. 정훈이나 다른 친구들에게 자랑스럽게 결혼했다고 떠벌리고 싶은 마음이 없었던 그녀는 그저 고개만 끄덕였다. 어차피 사는 집을 옮긴 것이니 이사는 이사지.

"그러면 여기서 헤어져야겠네?"

정훈의 말투에는 아쉬운 기색이 가득했다.

"응, 내일 학교에서 보자."

"그래, 그러자. 조심해서 들어가."

밝게 웃으면서 혜나가 손을 흔들자 정훈은 마지못한 안색으로 손을 흔들었다.

"응, 너도 조심해."

몸을 돌려 길을 걸어가며 그녀는 정훈에게 결혼했다는 사실을 말하는 게 더 좋지 않았을까 하는 생각을 했다. 그리고 곧이어 고개를 저었다.

정훈이 지금도 그녀를 좋아하는 게 분명했지만 같은 대학으로 진학하지 않는 한 다시 만날 일은 없었다. 졸업까지 얼마 안 남은 동안 만이라도 친구로 지내고 싶다는 생각에 그녀는 결혼했다는 말을 하지 않기로 했다.

하루 이틀 날짜가 지나가면서 그녀는 마치 자신이 시간과 싸움을 하는 것만 같다는 생각이 들었다. 학교에서 수업을 받고 나서 야간 자율 학습까지 마치고 집으로 돌아오면 시간은 어느새 11시가 다 되어 갔다. 복습에 예습까지 하고 나면 잠잘 시간도 부족했다. 게다가 토요일과 일요일에도 친구들과 스터디를 했다. 놀기는커녕 숨 쉴 틈조차 없었다.

오늘은 조금이라도 일찍 자자.

그런 생각으로 침대에 누운 그녀는 고개를 돌려 옆의 빈 공간에 시선을 주었다. 밤늦은 시간이었지만 오늘도 역시 성하는 그녀의 곁에 없었다.

"이분도 나만큼이나 바쁘신 분이구먼."

성하의 빈자리에 그녀는 투덜거리면서 눈을 감았다. 대학을 다니면서 사법 고시 준비까지 해야 하기에 그는 집보다는 거의 학교 도서관이나 자료실에서 살고 있다고 해야 했다.

정해진 순서대로 다람쥐 쳇바퀴 돌 듯 똑같은 하루하루를 한 달 넘게 생활한 그녀는 어느 정도 생활에 익숙해지고 안정감이 느껴지자 문득 허탈한 느낌에 휩싸였다. 이런 식으로 죽도록 공부만 하다가는 막상 대학에 입학하게 되더라도 큰 기쁨을 느끼지 못할 것 같았다. 더군다나 자신의 인생이 오직 대학에 입학하기 위해 존재하는 것만 같다는 느낌을 지울 수가 없었다.

이른 새벽 갑자기 잠에서 깨어난 그녀는 고개를 돌려 옆을 봤다. 간밤에 그가 들어오기 전에 잠이 들었던 그녀는 옆자리에 잠들어 있는 성하의 얼굴을 물끄러미 봤다.

하루 24시간 중, 그와 얼굴을 마주 대할 수 있는 시간은 고작해야 채 몇 시간도 되지 않았다. 어떤 날은 아침 식탁에서 보고 나서 하루 종일 얼굴조차 보지 못한 적도 많았다. 마주 앉아 차 한 잔 마실 시간도 없었고, 대화를 나눌 시간은 더더군다나 없었다.

그토록 원하고 소망하던 성하의 옆자리를 차지하고 누웠지만 그녀

전방지대 실톱이야기

의 가슴속은 허전하고 쓸쓸하다는 느낌으로 가득 차 있었다. 슬며시 몸을 돌린 그녀는 그의 어깨에 얼굴을 가져다 댔다. 잠결이었지만 살결이 닿는 걸 느낀 그가 몸을 돌리며 어깨를 안아 주었다.

두 눈을 꼭 감고 그의 체온을 느껴 보면서 혜나는 허전한 마음을 채워 보려고 했다. 하지만 가슴속에서는 찬바람이 부는 것만 같아 느껴지는 아릿한 통증에 그녀는 힘겨워했다.

수능이 끝나고 나면…… 그래, 수능만 끝나고 나면 달라질 거야.

스스로를 위로하면서 그녀는 수능이라는 글자가 마치 족쇄처럼 자신을 묶고 있다는 생각을 떨칠 수가 없었다.

다 그만두고 싶어!

한숨을 폭 내쉬면서 그녀는 그의 품으로 파고들었다. 힘 있게 어깨를 감싸주는 손길을 느끼면서 그녀는 다시 잠을 청했다.

그녀가 깨어났을 때 옆자리는 비어 있었다. 자명종 시계가 6시 15분을 가리키는 걸 본 그녀는 성하가 민 장군과 운동을 하러 나갔다는 것을 알 수 있었다. 민 장군은 그녀를 딸처럼 아끼며 사랑을 쏟아부었고 작은 실수 아니, 큰 실수도 웃으며 관대히 용서를 해 주었지만 성하에게만은 아직까지도 엄격했다. 결혼하고 한 집의 가장이 되었다 해도 아침 6시면 칼같이 기상해서 30분 이상 민 장군과 운동하는 일은 변함없었다.

"저, 일어났어요."

혜나는 앞치마를 두르고 주방으로 뛰어들면서 큰 소리로 인사말을 했다.

"그래, 새아기. 잘 잤니?"

정 여사의 다정한 아침 인사에 그녀의 볼이 발갛게 달아올랐다. 이름이 아닌 새아기라는 호칭이 아직은 익숙하지 않아 쑥스러워졌다.

"네, 안녕히 주무셨어요? 어머니, 죄송해요. 일찍 일어나려고 했는데 또 늦잠을 자 버렸어요."

"죄송하긴…… 괜찮다. 공부하느라 힘들 텐데, 어제도 늦게까지 불이 켜져 있더구나."

"네, 그래도 앞으로는 오빠한테 일어날 때 깨워 달라고 그래야겠어요."

정 여사는 관대한 표정으로 미소를 지었지만 그녀는 똑바로 마주 보지 못하고 싱크대 앞으로 다가갔다.

"그럴 거 없대도, 그러다 시험 제대로 못 보면 어쩌려고."

걱정이 담긴 말투에 흐뭇함을 느낀 혜나는 안성댁을 도와 식탁을 차렸다. 수저를 놓고 반찬들을 챙긴 후, 따끈한 국을 가족 수대로 식탁 위에 놓고 나자 때를 맞춘 듯이 민 장군과 성하가 주방으로 들어섰다.

"아버님, 안녕히 주무셨어요?"

"오냐, 허허. 그래."

흐뭇하게 미소 짓는 민 장군을 본 뒤 금세 그녀의 눈길은 성하에게 가 닿았다. 운동을 끝내고 샤워를 한 듯 물기가 매달린 머리카락에 반듯한 얼굴이 더욱 멋있게 보였다. 그녀는 눈으로만 그에게 운동은 잘했냐는 뜻을 전달했다. 성하의 입가에 미소가 생기며 동시에 고개가 끄덕거려졌다.

"혜나야, 중간고사는 잘 봤니?"

자리에 앉아 막 수저를 들던 그녀는 눈을 동그랗게 뜨고 질문을 던진 민 장군을 바라봤다. 민 장군은 아직까지도 그녀를 전처럼 대했다. 며느리가 아닌 딸이라 생각하는 듯했다.

그녀는 조금은 어리둥절한 얼굴이었다. 중간고사를 본 건 벌써 전달의 일이었다. 그 후로 벌써 모의고사를 보았던 터라 그녀는 중간고사에서의 성적은 잊어버린 지 오래였다.

"아, 네. 아버님, 잘 봤어요."

고개를 끄덕이면서 대답하던 그녀는 모의고사 성적이 중간고사만큼만 나왔으면 하고 바라고 있었다. 스스로 생각하기에도 이번 모의고사는 정말 형편없는 성적이 나올 것만 같았기 때문이었다.

"그래, 열심히 해야지. 그래야 원하는 대학에도 갈 것 아니겠냐?"

"네, 아버님."

저절로 고개가 푹 숙여지는 말이었다. 학년 초 같으면 모르겠지만 지금 성적으로는 원하는 대학은 꿈도 못 꿀 게 분명했다.

한숨을 내쉬면서 아침을 먹고 난 혜나는 학교에서도 연신 한숨만 내쉬어야 했다. 모의고사 성적표를 받아 들고 그녀는 얼굴을 있는 대로 일그러뜨렸다. 새로운 환경에 적응한다는 것은 좋은 구실이었을 뿐, 제대로 집중을 하지 못한 탓에 성적은 거의 바닥을 기는 형편이었다.

이제 수능을 보기까지 겨우 한 달 정도밖에 남지 않은 상태에 형편없는 성적이 나오자 혜나는 터지는 한숨을 참을 수가 없었다. 게다가 엎친 데 덮친다는 식으로 교무실에서 담임선생의 호출이 있었다.

"유혜나, 너 성적이 이게 뭐니? 이래서 대학 가겠어? 너 요새 왜 그래?"

잘못했다는 것을 알고 있던 그녀는 고개를 숙이며 아무 말도 할 수가 없었다. 매일같이 열심히 공부에 매달려도 모자라는 판에 인생이 어떻고, 회의가 일어서 어떻고 해 가면서 한숨만 쉬어 댔으니 성적이 좋게 나올 턱이 없었다. 하지만 혜나는 그런 심정을 일일이 선생님한테 말할 수가 없었다.

"학부모 면담 좀 해야겠다. 부모님 오시라고 해."

그녀의 얼굴에서 삽시간에 핏기가 가셨다.

"저기, 쌤. 부모님은 좀 곤란한데요."

"왜? 아! 참! 너 시집갔지? 하긴 이런 일로 부모님 오시라고 하기는 그렇겠다. 그럼 너네 남편이라도 오라고 해라."

"예? 남편이요?"

그녀가 있는 대로 인상을 썼지만 김 선생은 뭐가 어떠냐는 식이었다.

"왜? 너 호적 파 갔으니까 남편이 네 보호자잖아."

"저기, 그게…… 요새 저희 남편께서 엄청 바쁘셔서요."

반항을 해 봤지만.

"바쁘다고? 바빠도 오라고 해. 당장 부인이 대학에 가느냐 마느냐 하는 문제인데 것보다 더 바쁜 일이 뭐가 있다는 거야."

김 선생의 뜻을 꺾기에는 어림도 없는 일이다.

"그리고 덕분에 인기 짱짱한 민성하 얼굴로 안구정화도 좀 시키자."

오, 주여!

그녀의 눈에는 싱글거리며 웃는 김 선생이 마귀로 보였다.

"내가 직접 연락할까?"

그녀가 머뭇거리자 김 선생은 마지막 공격을 했다.

"아니에요, 아니요. 쌤, 제가 말할게요."

김 선생이 직접 연락을 하면 뭔 소리를 어찌할지 알 수 없는 터라 그녀는 울며 겨자 먹기로 대답을 했다.

도대체 뭐라고 말해야 하냐고, 그냥 간단히 본론만 말해? 어이구, 내가 미쳐!

어깨를 축 늘어뜨린 그녀는 현관으로 들어서자마자 안성댁에게 작은 소리로 물었다.

"성하 오빠 집에 있어요?"

"응, 오늘은 일찍 들어왔어."

하필이면 오늘 같은 날 일찍 들어올게 뭐람!

고개를 푹 숙이고 속으로만 투덜거린 그녀는 다른 때와는 달리 서재로 먼저 들어갔다. 가방을 내려놓고 성적표를 꺼내 들여다본 그녀는 눈을 질끈 감았다.

매도 일찍 맞는 게 더 낫다. 마음을 가다듬은 그녀는 성적표를 교복 주머니에 넣고 침실로 갔다. 그는 침대 위에 비스듬히 누워 책을 보고 있었다.

"다녀왔습니다."

그녀는 두 손을 배 위에 포개어 얹고 허리를 숙이며 정중한 태도로 인사를 했다.

"어, 잘 다녀왔어?"

그녀에게는 눈길도 주지 않은 채 그는 책만 보고 있었다.

뭐야? 이러면 예쁘게 인사한 게 효과가 없잖아!

작전을 바꿔야겠다는 생각에 그녀는 침대 앞으로 달려가 리액션도 요란하게 털푸덕 소리를 내며 엎드렸다.

"폐하! 신첩을 죽여 주시옵소서."

목을 놓아 소리치는 그녀의 말에 성하가 이마를 잔뜩 찌푸렸다.

이게 또 뭔 사고를 치고 와서.

못마땅한 기색이 역력한 채로 그는 입을 열었다.

"무슨 일인데 그리 수선을 떠는 것이오."

책을 내려놓고 똑바로 앉은 그가 정색을 하자 그녀는 주머니에서 주섬주섬 성적표를 꺼내 들었다.

"이것을 먼저 보시옵고……."

그녀의 말이 끝나기도 전에 그가 손을 뻗어 성적표를 낚아챘다.

"이, 이게 무엇이오! 아니, 이걸 성적이라고 받아 온 게요. 당장 사약을 대령하라 이르시오."

그가 불을 뿜는 용처럼 펄쩍 뛰자 그녀는 또다시 바닥에 납작 엎드리면서 통곡을 하기 시작했다.

"폐하, 고정하시옵소서. 신첩이야 사약을 받고 죽으면 그뿐이오나…… 그게 다가 아니옵니다. 어흐흑!"

"죽으면 그뿐이지, 뭐가 더 있다는 말이오."

"담임 쌤께서 학부모 면담을 오시라고……."

"무어라? 학부모 면담? 그걸 어찌 짐이 해야 하는고? 짐이 중전 학부모요?"

택도 없다는 표정으로 그가 쏘아붙이자 그녀는 눈웃음을 살살 쳤다.

"쌤 말씀으로는 호적을 파 갔으니, 이제 폐하의 책임이라 면담을 주선한다 하시면서……."

"이, 이런 불경스러운 일이. 내 그대를 폐서인을 만들어 궁에서 내쫓아 버릴 것이야!"

벌떡 일어선 성하가 그녀를 향해 삿대질을 해 대자 그 반동으로 침대가 흔들렸다.

"아니 되옵니다. 폐하! 폐서인이라니요. 신첩 그리는 못하옵니다."

화들짝 놀란 표정으로 침대로 달려간 그녀는 그의 다리를 움켜잡았다.

"신첩을 버리지 마시옵소서, 폐하. 쌍코피 흘려 가면서 열심히 공부할 터이니 신첩을 내치지 마시옵소서."

"당장 도로 호적을 파 가란 말이오. 에잇!"

그가 다리에 힘을 주어 떨치려 하자 그녀는 절대 놓을 수 없다는 듯 바지를 붙잡고 잡아당겼다. 편안한 추리닝을 입고 있던 터라 그녀의 손힘에 그의 바지가 밑으로 내려졌다.

"이, 이게 무슨 무엄한 짓이오. 이것 놓으시오. 중전, 미쳤소?"

"면담 간다고 할 때까지는 놓을 수 없사옵니다."

"어찌 짐이 그런 일까지 해야 한다는 거요!"

바지가 흘러내리지 않도록 움켜잡고 그는 얼굴이 벌게져서 소리쳤다.

"쌤이 꼭 폐하를 뵈어야 한다고 하였습니다. 안구정화를 한다나 어쩐다나 하시던데요."

"안구정화? 중전 담임이 누구요?"

"국어 담당, 김명선 쌤이옵니다."

"그 꽃미남 헌터, 그 선생이…… 젠장."

알 만하다는 표정으로 성하는 한숨을 내쉬었다. 김 선생은 유난히 미남자를 좋아했다. 반 아이들 중에서도 잘생긴 남자애들만 골라서 심부름을 시킬 정도로. 오죽하면 별명이 꽃미남 헌터일까.

"어찌 되었든 중전은 이제부터 내 책임이 아니오. 짐은 중전을 폐서인시켜……"

"아니 되옵니다. 아니 되옵니다. 폐하, 저 이대로 쫓겨나면 맞아죽사옵니다. 폐하, 고정하시고 신첩을 한 번만 봐주시어요."

그녀가 또다시 바지를 움켜잡고 매달리자 그가 인상을 팍 썼다.

"바지는 좀 놓고 말하시오. 다 흘러내리잖소."

"간다 말씀하십시오. 그래야 놓을 것입니다. 히히힛."

팍 손에 힘을 주는 바람에 바지가 끌어당겨지고 그의 속옷이 드러나자 그녀는 그만 참지 못하고 괴상한 웃음소리를 내고 말았다.

"이런 망측한 일이, 당장 사약을…… 어이쿠."

바지를 입혀 주겠다는 기특한 생각으로 그녀가 손을 올리는데 마침 고개를 숙이던 그의 볼을 정통으로 찌르고 말았다.

"어머! 오빠!"

깜짝 놀란 그녀가 벌떡 몸을 일으켰고 침대의 반동으로 두 사람은 뒤로 넘어지고 말았다.

"까아악—"

우당탕 쿵당 요란한 소리와 함께 그녀의 웃음소리가 방 안을 흔들었다.

"잘한다, 장난치다 다치려고."

"그, 그래도 재밌잖아."

그녀는 까르륵거리며 웃다 숨이 넘어갈 뻔했다.

"오빠한테 엄청나게 혼날까 봐서 내가 얼마나 심장을 졸였는데. 김 쌤 만나러 갈 거지?"

"내가 결혼을 한 건지, 애를 키우는 건지 도대체 이해가 가질 않는다. 하다 하다 이제 학부모 면담까지 해야 하고."

"그거야 자업자득이지, 뭐. 나 고등학교 졸업하고 나서 결혼했으면 이런 일 안 생겼다, 뭐."

끝까지 지 잘못은 없다는 듯 그녀는 뻔뻔스러웠다.

"네가 공부를 잘했어도 이런 일은 없지. 학기 초엔 잘하는 것 같더니 어째 갈수록 성적이 떨어지는 거냐고."

"그거야 오빠 탓도 있지."

"내가 뭘?"

"결혼 때문에 심란해져서 그렇다고, 공부에 집중도 못하고."

"그거 순 핑계라는 거 알고 하는 말이지?"

그녀는 그의 어깨에 턱을 대고 엎드린 채로 혀를 쏙 내밀었다.

"그러니까, 폐하. 면담 가 주어요. 네?"

"글쎄…… 내 생각해 보리다."

"그걸로는 모자라옵니다. 간다고 약조를 해 주시어요. 어서요."

그녀는 그가 꼬덕도 하지 않자 손가락 끝으로 겨드랑이를 간질였다.

"뭐하는 거야, 간지러워. 하하, 하지 마."

"빨리 그러마 하고 대답하시어요."

그녀는 계속 간지럼을 태우며 졸라 댔다.

"알았소, 알았으니 그만하시오."

"약조하신 겁니다."

"그래, 약조했다. 그러니까 밤도 늦었는데 그만하고 잠 좀 자자."

그가 팔을 빼면서 침대 밑으로 몸을 피하자 그녀는 놓아줄 맘이 없다는 듯 입술을 깨물고 쫓아갔다.

"이리 오시어요. 신첩이 잘해 드릴 테니."

"잘해 주긴 뭘 잘해 준다는 거요. 말만으로도 겁나니, 저리 가시오."

"사내대장부가 뭘 그리 겁을 내고 도망치시는 겁니까. 이리 오시라니까요?"

그가 방을 두 바퀴나 돌았지만 그녀는 끈덕지게 쫓아갔다. 손을 올리고 간지럼 태우는 시늉을 하면서…….

그가 침실 밖으로 뛰어나가 문을 닫았다. 쾅 하는 소리가 요란하게 울렸지만 그녀는 끄덕도 하지 않고 침실 문을 열었다. 서재를 향해 빠른 걸음으로 걷는 그의 뒷모습에 그녀는 까르르 웃음소리를 내며 쫓아 달려갔다.

문 닫는 소리가 집 안을 울리자 자리에 누웠던 민 장군이 벌떡 몸을 일으켰다.

또다시 쿵쾅거리는 소리가 들려오자 민 장군은 이마를 잔뜩 찌푸리며 정 여사의 어깨를 가만히 흔들었다.

"시끄러운 소리가 들리는데 애들 싸우는 거 아니오?"

민 장군의 말에 정 여사는 별거 아니라는 식으로 손을 저었다.

"싸우긴요, 장난치는 거예요."

정 여사의 말을 뒷받침하기라도 하려는 듯 혜나의 까르륵대며 웃는 소리가 안방까지 들려왔다.

"봐요, 싸우는 데 새아기가 저렇게 웃겠어요. 걱정 마시고 주무세요."

"그놈들 참, 밤도 늦었는데 조용히 놀지 못하고……."

말은 그렇게 하면서도 자리에 눕는 민 장군의 얼굴엔 미소가 가득이었다.

"시끌벅적한 것이, 혜나가 들어오고 나니까 사람 사는 집 같긴 하군그래."

시아버지의 며느리 사랑은 한도 끝도 없을 듯했다.

다음 날 학교를 방문했던 성하는 초인적인 인내심을 발휘해서야 간신히 집 앞까지 차를 운전하고 올 수 있었다. 그는 집 안으로 들어갈 생각은 하지 않은 채 운전대를 붙잡고 앉아 마치 앞에 누군가가 서 있다는 듯 뚫어지게 노려보았다. 시선이 닿는 곳에는 아무도 없었지만 그는 조금 전 만났던 김명선 선생이 그곳에 서 있기라도 한 듯 무시무시한 눈빛을 퍼부었다.

매번 느끼는 일이지만 그는 3년간이나 다녔던 자신의 모교에 조금의 정도 없었다. 워낙 짓궂은 학교생활을 해서 여러 선생들한테 찍힌 탓도 있지만 특히, 꽃미남 헌터라고까지 불리는 김명선 선생 때문에 더욱 정이 떨어진 것도 사실이었다.

올해 들어 40줄에 접어드는 김 선생은 그나마 나이가 들어서인지 그 명성은 줄어들었지만 미남을 밝히는 태도는 여전했다.

"어서 오시게, 제자."

그가 상담실을 들어서는 순간부터 김 선생은 반갑다는 표정으로 얼굴에서 눈을 떼질 않았다. 너무도 노골적인 김 선생의 시선에 그는 도대체 눈을 어디에 둬야 할지 고민을 할 정도였다.

"아무튼 잘생긴 것들은 죄다 짝이 있다니까, 쯧쯧."

비꼼인지 투덜거림인지 알 수 없는 말을 시작으로 김 선생은 혜나의 성적에 관한 말을 하기보다는 그의 사생활에 관한 질문을 더 많이 했다.

"너 대학 가서도, 아직도 말썽 부리고 다니는 건 아니겠지. ⋯⋯아직 신혼인데 기선 제압한다고 싸우거나 그러지는 않니? ⋯⋯사법 고시 준비하고 있다고 들었는데 공부하면서 혜나까지 돌보려면 무지하게 피곤하겠다."

⋯⋯등등.

참다못한 그가 어쩔 수 없이 질문을 했다.

"선생님, 저 왜 부르셨습니까?"

꼬장꼬장한 그의 말에 김 선생은 그제야 정신을 차렸다는 듯 혜나에 관한 문제를 꺼냈다. 하지만 역시 말 속에는 가시가 있는 법.

"혜나 성적 떨어진 거 봤지? 걔가 원래 기본기가 있는 애라서 그렇게 갑자기 성적이 뚝 떨어질 정도는 아니다. 너도 다녀 봐서 알지만, 우리 학교 다니고 재수하는 애 거의 없어. 그 소수에 혜나가 낀다면 너나 나나 체면이 뭐가 되겠니? 더군다나 요번에는 걔 국어 성적이 아주 바닥을 기더구나. 논술은 아주 꽝이야."

거침없이 말을 하는 김 선생은 자신이 맡은 과목인 국어를 특히 못하는 혜나가 아주 얄밉다는 투였다. 성하는 잠자코 얼굴에 잔잔한 미소를 띤 채, 김 선생의 말을 듣고만 있었다.

"너 그동안 혜나 붙들고서 공부 안 가르치고 뭐했니? 만날 붙들고 앉아서 소꿉장난만 했냐?"

"전 소꿉장난하고 있을 시간도 없는 사람입니다."

"그래? 그나저나 세상 오래 살고 볼 일이다."

툭 튀어나오는 김 선생의 말에 그는 의아한 듯 눈썹을 치켜올렸다.

"천하의 민성하가 싫은 소리 들으면서도 웃고 있다니. 너 예전 같으면 죽여라, 죽여! 그러면서 벅벅거리고 기어올랐잖아?"

"그랬습니까?"

문득 학교 다니던 시절의 일이 떠올라 그는 더욱 짙은 미소를 지었다. 김 선생의 말대로 재학시절의 성하는 왕고집에 무뚝뚝의 대명사였다. 작은 잘못을 저질렀어도 그저 '죄송합니다.' 한마디로 넘어갈 일을 끝까지 잘했다고 버티다 더 큰일로 만든 적도 많았다.

"너도 나이를 먹긴 먹는가 보다, 사람이 달라 보일 정도니. 그보다 신혼여행은 어디로 갔다 왔니? 제주도?"

"아니오, 파타야로 갔었습니다."

"파타야? 아, 거…… 방콕인가 하는 데 있는 섬."

"네."

"재미있었냐?"

은근한 어조로 눈을 빛내던 김 선생은 그로부터 자그마치 1시간이 넘도록 이 얘기 저 얘기해 가며 질문을 해 댔다.

그 질문들이 혜나의 성적에 관련된 이야기라면 그도 그러려니 하며 넘어갈 수가 있었으련만 하는 말마다 하나같이 사생활과 밀접한 관련이 있는 말이었다. 성하는 이제나저제나 김 선생의 마수에서 벗어날 수 있을까 하는 생각으로 질문에 일일이 성의 있게 대답해야 했다. 졸업하고 나서의 일부터 대학생활에 군대 가서 있었던 일, 결혼 후의 재미난 에피소드, 게다가 부모님의 안부까지 시시콜콜한 질문에 대답을 하면서 그는 연신 속으로만 욕설과 한숨을 뱉어 냈다.

김 선생은 마치 이런 시간을 기다리고 있었다는 듯 아주 본전을 뽑을 작정인 것 같았다. 그는 어쩔 수 없이 피곤하고 힘들다는 기색을 왕창 내보였고 그제야 방글방글 웃으며 김 선생은 그를 놓아주었다.

"혜나 공부 좀 잘 시켜!"

"네, 알겠습니다. 그럼 가 보겠습니다."

인사를 하고 상담실을 나오며 성하는 김 선생에게서 건진 말은 마지막 말 한마디밖에 없다는 결론을 내렸다. 아까운 시간을 쪼개서 면담을 했건만 도대체 왜 면담 같은 걸 했는지 이해가 안 됐다.

"혜나 공부 잘 시키라는 말 한마디 듣자고 1시간을 넘도록 면담을 하다니, 그런 말은 전화로 해도 되는 거 아닌가. 진짜 사람 미친다."

차에서 내리면서 그는 새삼 굳게 결심했다. 자신의 모든 시간을 다 혜나에게 투자해서라도 꼭 대학에 붙게 만들리라. 그 길만이 김명선 선생에게 복수하는 길이 되리라.

＊　＊　＊

매년 그랬긴 하지만 하늘이 심술이라도 부리는 듯 고3 수험생들이 수능을 보는 날은 무지하게 추웠다. 올해도 예외가 될 수 없는 듯 바람은 살을 엘 것처럼 불어왔다. 한겨울보다도 더 지독스럽게 추운 것만 같았다.

가뜩이나 긴장된 마음이 쌀쌀한 날씨에 더욱 오그라드는 것만 같아 혜나는 문을 열고 나서는 성하의 팔을 꼭 움켜잡았다.

"으아, 바람 부는 것 좀 봐."

나뭇잎들이 마구 날리는 정원을 물끄러미 바라보던 그녀는 고개를 흔들었다.

"에휴. 아버님이랑 어머니, 같이 안 가셔도 된다고 그런 게 천만다 행이야. 감기 들기 딱 좋은 날씨구먼. 어구구, 오빠야. 넘 춥다."

계속해서 말을 하자 입에서 하얀 입김이 쏟아져 나왔다. 이런 날씨라면 눈이 온다고 해도 믿을 수 있을 정도였다.

"차까지 뛰어갈까? 몸도 풀리게."

"싫어, 추워."

그는 좌우로 고개를 흔들면서 잔뜩 움츠리는 혜나의 어깨를 포근하게 감싸 안았다.

"조금 있다가 출발할까? 바람 덜 불지도 모르니까."

"아냐, 그러다 늦으면 어떻게 해? 길 막힐지도 모르는데, 빨리 가자. 오빠, 나 시험장 안에 들어가 있어야 아무래도 안심이 될 거 같아."

발을 동동 굴려 가면서 재촉을 한 혜나는 서둘러 정원을 뛰어갔다.

차를 타고 시험장으로 가는 동안 그녀는 열심히 책을 들여다보았다. 한 자라도 더 봐야 시험을 잘 볼 수 있을 것 같다는 생각에 그녀는 눈조차 들지 않았다.

이른 시각임에도 불구하고 시험장 앞에는 많은 사람들이 몰려 있었다. 수험생은 안으로 들어갔는지 거의 학부모들이었다.

"오빠."

초조한 표정으로 그녀는 성하를 올려다봤다.

"시험 잘 봐, 긴장하지 말고."

"응. 노력은 하겠지만…… 나 심장이 막 뛰어. 숨도 못 쉴 거 같아."

"부담가지지 말고, 모의고사 본다 생각하고 해."

나름대로 위로를 해 주고 싶다는 생각에 성하는 이 얘기, 저 얘기 하면서 그녀의 뺨을 어루만져 주었다. 그 또한 몇 년 전, 수능 시험을 볼 때 혜나처럼 긴장하고 떨었던 경험이 있었다. 그 심정을 충분히 알 수 있었기에 그는 안타까운 심정이었다.

"혜나야—"

성하의 팔을 붙잡고 놓지 못하고 있던 그녀는 자신의 이름을 부르는 큰 목소리에 뒤를 돌아보았다. 숨을 몰아쉬면서 달려오는 혜성을 본 그녀는 활짝 미소를 지었다.

"혜성 오빠."

"다행이다, 안 늦었구나. 사돈댁에서 일찍 출발했다고 그러기에 벌써 수험장에 들어갔으면 어쩌나 했어."

"오빠, 어떻게 여기까지 왔어? 엄마는?"

군대에 있어야 할 혜성을 보게 된 반가움에 팔짝 뛰면서 그녀는 질문을 던졌다.

"휴가 나왔어. 너 시험 때문에 바쁘다고 그래서 연락 안 했다. 어차피 오늘 얼굴 보면 된다고 생각해서. 그런데 엄마하고 같이 차 타고 오다 보니 저쪽 교차로에서부터 차가 막히잖아. 그래서 난 내려서 뛰어왔어. 엄마의 특별 배달 찹쌀떡하고 엿 들고서."

혜성은 작은 가방을 들어 보이면서 싱글거리고 웃었다.

"너 시험 잘 보라고 내가 이거 교문에다 잔뜩 붙여 줄게."

"혜성 오빠, 정말 엄마도 왔어? 어디?"

고개를 쭉 빼면서 두리번거리는 그녀의 어깨를 성하가 붙잡았다.

"혜나야, 시험장 들어가야지."

"하지만 엄마는……."

"끝나고 나와서 만나면 되지. 지금 들어가야 앉아서 마음도 정리하고 그럴 거 아니겠어? 어수선하게 있다가 시험 볼 거야?"

부드럽게 다독이는 음성에 그녀는 불만이 섞인 얼굴을 하고서도 어쩔 수 없이 고개를 끄덕였다.

"그래, 혜나야. 걱정하지 마. 엄마도 너 시험 끝날 때까지 계신다고 그랬으니까."

"알았어, 혜성 오빠. 와 줘서 정말 고마워."

"별말을 다한다! 당연한 거지. 시험 잘 봐."

어깨를 두드리면서 응원해 주는 혜성에게 그녀는 자신감 어린 미소를 보냈다.

"나 시험 잘 볼 거야, 성하 오빠가 도와줘서 자신 있어!"

그녀는 촉촉하게 젖어 드는 눈길로 성하를 응시했다. 격려의 뜻이 담긴 성하의 마주 보는 눈길에 그녀는 흐뭇한 미소를 지었다.

"이제 들어갈게."

손을 흔들어 보이고 그녀는 안쪽으로 발길을 옮겼다.

"잘해! 유혜나, 파이팅!"

큰 목소리의 혜성에게도 손을 흔든 그녀는 뛰듯이 빠른 걸음으로 걸었다.

수험장 안은 조용하면서도 긴장감이 돌고 있었다. 기침 소리 하나 나지 않을 정도의 고요함 속에 책장 넘어가는 소리만 사라락거리면서 들렸다. 안으로 들어서는 수험생들도 분위기에 휩쓸리듯이 조심스런 발걸음이었다. 그녀는 수험 번호를 확인하고 자리를 잡고 앉아 심호흡을 했다. 두 손을 책상 위로 모아 쥐고 그녀는 눈을 감았다.

"부탁이에요. 하느님이든지 부처님이든지 누구라도 제 말 좀 들어줘요. 저 정말 꼭 시험 잘 봐야 하거든요? 대학 못 가서 재수를 해도 상관없고 살림을 해도 상관없지만 시험 못 봐서, 성적 안 나와서 대학 못 간다는 소리 들으면 안 돼요. 그렇게 되면 자기 공부도 못하고 내 공부 도와준 성하 오빠한테 너무 미안하잖아요. 그러니까 꼭 시험 잘 볼 수 있도록 도와주세요. 하느님 아버지, 부처님, 알라신이여. 하다못해 잡신에 귀신이어도 상관없으니까. 제발요, 부탁드려요."

간절한 심정으로 중얼중얼거리던 그녀는 시험 시작을 알리자 정신 집중을 했다.

배운 만큼만 열심히, 성의껏 답을 쓰자.

나름대로의 각오를 다진 그녀는 주먹을 힘껏 움켜쥐어 보았다.

전방지축 신혼일기

기말고사를 끝내고 방학을 맞은 혜나는 날아갈 것처럼 가벼운 기분이었다. 이제 더 이상 시험의 공포에 시달릴 일 없다는 사실이 그녀를 잔뜩 들뜨게 만들었다.

정신없이 크리스마스와 연말을 보내고 새해를 맞은 그녀는 성하와 함께 친지들에게 인사를 드리러 다니느라 바쁘게 지냈다. 하루 24시간이 모자랄 지경이라고 생각하던 혜나는 1월이 되어서야 여유 있는 시간을 보낼 수 있게 되었다.

수능을 보기 전까지 신경 쓰고 보살펴 준 시부모님께 혜나는 고마운 마음을 느꼈다. 친엄마보다도 더 헌신적으로 대해 준 정 여사한테 그녀는 본격적으로 며느리 노릇을 하겠다고 마음먹고 함께 운동도 하고 찜질방도 다니고 쇼핑도 하면서 많은 시간을 같이했다.

성하는 여전히 고시 준비로 바쁜 날을 보내고 있었기에 그녀가 정 여사와 함께 지내는 것을 오히려 반기는 눈치였다.

"이런 거는요, 어머니. 팔뚝 굵은 남자가 해야 하는 건데, 넘 힘들어요."

오랜만에 수제비를 먹겠다고 밀가루 반죽을 하던 혜나는 입술을 내밀면서 투덜거렸다.

"그러게 말이다. 성하 불러다 시킬까?"

"오빠는 지금 공부하느라 정신없던데요."

"그래? 그럼 우리 집에 팔뚝 굵은 남자가 누가 또 있나?"

"조오기요."

혜나는 조그마한 소리로 말하고 밀가루가 묻은 손가락을 들어 안방 문을 가리켰다.

"아버님도 의외로 팔뚝이 굵으시더라구요, 어머니. 하긴 매일 아침마다 운동하시는데 당연히 굵겠지요. 거기다 오빠 말 들어 보니까 몽둥이 들고 한 번 휘두르시면 천하장사가 따로 없다고 그러던 걸요. 한 번 맞으면 거의 뼈가 부러질 정도래요. 이런 거 할 때 좀 도와주시면 좋을 텐데, 좋은 힘 공연히 아들 혼내 주는 데만 쓰시는 것 같아요."

투덜거리던 그녀는 정 여사 앞에서 자신이 너무 건방진 말을 하고 있다는 걸 깨닫고 퍼뜩 놀라 고개를 푹 숙였다.

"저기…… 죄송해요, 어머니. 그런 뜻이 아니고요."

"그래, 안다."

펄쩍 뛰며 화를 내시면 어쩌나 하고 마음 졸이고 있던 그녀는 차분한 정 여사의 말에 송구스러운 마음을 감출 수가 없었다.

"네 아버님이 좀 엄격하시기는 하지. 하지만 그렇다고 아무 때나 몽둥이 들고 그러지는 않으셔. 그리고 원체 성하가 고집이 세서 잘못을 많이 하고 그랬단다. 학교 다니면서 얼마나 말썽을 많이 피우던지."

"오빠가요?"

그녀는 성하를 전형적인 모범생 스타일이라고 생각하고 있었기에 정 여사의 말은 뜻밖이었다. 솟구치는 호기심을 감출 수 없어 그녀는 정 여사에게 그에 대해 말해 달라고 졸랐다.

"사내아이라고 할 짓은 다하고 다녔단다. 성하 학교 다닐 때 내가 학교에도 몇 번씩 불려 가고 그랬어. 친구들하고 괴팍한 짓하다가 선생님한테 들켜서 벌도 많이 서고, 내가 감추려고 애를 써도 성하가 아버지한테 덤벼들다가 얻어맞은 적도 많고. 아무튼 그 애는 내가 낳아 놓았어도 키우기에 좀 버겁기는 했단다."

"정말 몰랐어요, 어머니. 성하 오빠는 만날 제 앞에서는 점잔만 빼고 그랬거든요. 굉장히 고지식하게 굴던데."

"걔가 원래 좀 의뭉스러운 데가 있기는 하지. 그렇지 않니?"

"맞아요, 어머니. 어떤 때는요. 정말 제가 때려 주고 싶을 때가 있어요."

혜나는 주물러 대던 밀가루를 그의 얼굴인 양 손가락으로 움켜쥐고 마구 일그러뜨렸다. 그녀는 정 여사와 나란히 서서 성하의 흉을 하나씩 들추어 내면서 깔깔거리고 웃었다.

"그리고요. 잠잘 때도요. 잠버릇이 얼마나 안 좋은지. 글쎄 제가 그 황소 다리만 한 다리에 깔려 숨도 못 쉬고 죽을 뻔한 거 있죠? 아휴, 다리도 무겁고 팔도 무겁고 한 번 들었다 놨다 하려면 꼭 무슨 역기 들고 달밤에 운동하는 기분이에요. 요새는요, 아주 습관이 되어서 팔다리 날아올 만하면 알아서 제가 비키잖아요? 도사 다 됐어요. 게다가 오빠는요, 또 얼마나……."

종알종알거리면서 흉을 보던 그녀는 주방 안으로 그가 쓱 들어서자 재빨리 입을 꾹 다물었다.

"다 들었거든."

그가 짐짓 얼굴을 굳히고 말하자 그녀는 밀가루가 묻은 손으로 입을 가리고 호호 웃음소리를 냈다.

"뭘 그 정도 갖고 그러니, 성하 어릴 때는 아침에 깨우러 들어가서 책상 밑에서 끄집어 낸 적도 있다."

혜나는 정 여사의 말에 배꼽이 빠져나갈 듯 깔깔거리면서 웃었다.

"어머니, 아들 흉만 보시지 말고 자랑도 좀 해 주세요. 저러다 혜나가 정말 잘난 것 하나 없는 남편인 줄 알겠어요."

"자랑? 자랑거리가 뭐 있어야 하지! 오, 그래. 하나 있긴 하구나. 혜나 말대로 팔뚝이 굵긴 하지. 성하 너 잘 내려왔다. 손 씻고 밀가루 반죽이나 좀 하거라."

"네, 어머니."

고분고분 대답을 하면서도 그는 이마를 팍 찌푸렸다.

"공연히 내려왔네."

옆을 스쳐 지나가면서 투덜거리는 그의 작은 목소리에 혜나는 손뼉을 쳐 가며 까르르 웃어 댔다.

"좋기도 하겠어."

빈정대는 어조면서도 그의 얼굴에는 웃음기가 묻어 있었다.

"그럼 좋지, 이거 주무르느라고 얼마나 팔이 아팠는데. 아, 난 손이나 씻어야지."

수도꼭지를 올려 물을 틀고 손을 들이대고는 좋아라하며 웃는 그녀의 옆으로 성하가 다가왔다. 밀가루가 묻어 하얗게 얼룩진 그녀의 손을 성하의 커다란 손이 감싸 잡았다.

"박박 문질러 닦아야 다 벗겨지지."

시범을 보이듯 그는 혜나의 손을 문지르며 밀가루를 닦아 내 주었다.

"고마워, 손도 씻겨 주시고."

"애기 같아서, 맘이 안 놓여서 그러지."

"오빠!"

작게 소리친 그녀는 뒤쪽으로 눈을 돌렸다. 정 여사가 등을 보이고 서 있는 모습에 그녀의 얼굴로 짓궂은 표정이 떠올랐다.

잘됐다!

속으로 쾌재를 부른 그녀는 살짝 입술을 깨물고 발을 들어 올려 그의 정강이를 슬쩍 걷어찼다.

"어?"

방심하고 있었던 듯 휘청하는 그에게 혜나는 잽싸게 혀를 내밀어 보였다.

"약 오르지?"

순식간에 그의 입술이 다가와 그녀의 입술을 훔쳐 갔다.

"오빠!"

얼굴이 벌겋게 달아올라 그녀는 작은 소리로 투정을 부렸지만 정 여사의 등을 슬쩍 쳐다본 그의 입술이 또다시 그녀의 입술을 빨아들였다.

"정말!"

혜나는 자신의 손이 물에 젖었다는 것도 잊고 주먹을 쥐고 그의 어깨를 두드려 점점이 손자국을 남겨 놓았다.

"그러니까 함부로 공격하지 말라고."

엄지손가락을 내밀어 그녀의 입술을 쓱 훑어 낸 성하는 하하거리고 웃으며 걸어가 버렸다.

그녀는 밀가루 반죽에 막 손을 대는 그를 슬쩍 쳐다보며 살며시 혀를 내밀어 자신의 입술을 핥았다. 그의 입술이 닿는 순간 놀래기는 했지만 그녀의 심장은 살아 있다는 듯 쿵쾅대며 뛰었고 따스하게 느껴지는 입김과 감촉에 묘한 흥분이 일었다. 떨리는 가슴을 가라앉히며 그녀는 눈이 마주친 그에게 슬며시 주먹을 쥐어 들어 보였다.

가만 안 둬! 이따 봐!

도전이 분명한 그녀의 태도에 성하는 아무 문제없다는 듯 싱긋 미소를 보냈을 뿐이었다.

저녁을 먹고 난 뒤의 서너 시간 동안을 그녀는 침대 위에 털썩 드러누워 한가롭게 보냈다. 이제 며칠만 지나면 방학도 끝나고 곧 졸업을 하게 될 터였다. 대학 생활을 시작하게 되면 눈코 뜰 새 없이 바빠질 것을 염려한 그녀는 조금이라도 더 성하와 같이 시간을 보냈으면 좋겠다고 생각했다.

하지만 그는 그녀의 그런 마음은 염두에 두지도 않는 듯 항상 바쁘게 지내기만 했다. 지금도 그는 수저를 놓기가 무섭게 식당에서 곧바로 서재로 들어가 버렸다.

정 여사와 안성댁을 도와 주방을 정리하고 난 후, 그녀는 서재 문을 두드렸다. 살짝 문을 열고 고개만 들이민 채, 그녀는 돌아보지도 않는 그에게 질문을 던졌다.

"오빠, 커피 줄까?"

"아니."

"그럼, 뭐 다른 거 필요한 거 없어?"

"없어, 됐어."

짤막한 답변에 기가 죽은 그녀는 그대로 문을 닫아 버렸다.

집중력이 좋은 그는 서재에 같이 앉아 있어도 책에 시선을 주면 그녀를 쳐다보지도 않았다. 묻는 말에도 그저 간신히 그래, 아니 하는 말로만 대답을 할 뿐이었다. 마치 그녀의 말은 듣지도 않고 건성으로 답하는 듯한 태도에 잔뜩 삐진 적도 많았다.

그렇다고 해서 특별나게 성하가 그녀에게 쌀쌀맞게 구는 것도 아니었다. 그저, 그녀는 스스로 뭔가가 아쉽고 허전하다는 감정에 휩싸여 혼자 고민에 빠져 있었다.

혼자 이런저런 생각을 하던 그녀의 눈이 스르르 감기고 잠에 푹 빠졌을 때, 성하가 조용히 침실로 들어섰다. 침대 위에 반쯤 엎드린 자세로 잠이 든 그녀를 물끄러미 보던 그의 눈빛이 깊게 가라앉았다.

성하 또한 그녀에 대해 힘들고 어려운 느낌이었다. 그녀가 옆에 있으면 그는 뻗어 나가려는 손과 마음을 다스리기 힘들었다. 안고 싶고 키스하고 싶은 마음에 머리가 어지러울 정도였다. 그래서인지 자연스럽게 성하는 그녀와 같이 보내는 시간을 길게 하지 않으려고 애를 썼다. 그러나 아무리 피하려고 애를 써도 밤 시간에는 어쩔 수 없이 한 침대에 누워야 했다.

혜나를 안아 바로 누이고 성하는 잠옷으로 갈아입으면서 잠시 서재에서 잘까 하는 생각도 했다. 하지만 신혼 초에 다른 방을 쓴다는 것도 우스운 일이었다. 더군다나 자신이 서재에서 잤다는 걸 알면 그녀가 서운해할 게 분명했다. 자신의 욕구를 다스리지 못해 쓸데없는 오해를 사고 싶지 않다는 생각에 그는 그녀의 옆에 누워 눈을 감았다. 되도록 그녀와 손과 살이 닿지 않도록 멀찍이 떨어져서 성하는 잠을 청했다.

희뿌연 빛으로 창문이 밝아올 때쯤, 잠에서 깨면 성하는 곤혹스러움과 괴로운 심정이었다. 자신의 어깨를 베고 누운 천진난만한 혜나의 얼굴을 볼 때면 그의 입에서는 자연스럽게 한숨부터 흘러나왔다. 살짝 벌어진 입술 끝에서 풍겨 나오는 향기로운 숨결을 들이마시고 싶다는 생각에서부터 고통이 시작되었다. 어떨 때는 유혹에 져서 그녀의 허리를 안아 보기도 했다. 자신의 품에 꼭 들어맞는 그녀를 끌어안고서 솟구치는 유혹에 온몸을 내맡겨 볼까 하는 생각도 했었다. 하지만 겁에 질린 눈동자를 보거나 자신을 원망하는 그녀를 보고 싶지는 않았다.

입술을 깨물고 죽을힘을 다해 욕구를 참으면서 성하는 수십 번 결혼에 대한 자신의 성급했던 결정을 후회했다. 아니, 결혼보다도 그녀의 몸에 손도 대지 않겠다고 약속한 사실을 후회했다.

살며시 벌어진 입술에 닿을 듯 말 듯 키스를 한 성하는 윗몸을 일으켰다. 유혹에 져서 사고를 치기 전에 침대에서 벗어나야겠다는 생각으로 한 행동이었다.

"응…… 오빠, 몇 시야?"

어느새 깨어났는지 혜나의 가느다란 목소리가 그의 귓가로 들려왔다.

"아직 일러, 좀 더 자."

"오빠는?"

몸을 돌려 바라보자 혜나는 아직 졸린 듯한 눈으로 그를 보고 있었다. 막 잠에서 깨어난 그녀의 모습이 그의 심장에 충격을 주었다. 성하는 자신의 몸이 기대감으로 부풀어 오르는 걸 느꼈다. 그 기대를 저버리면 큰 고통이 몰아닥친다는 걸 알고 있었지만 성하는 과감하게 눈을 돌려 버렸다.

"운동 나갈 거야."

"오빠, 그러지 말고 조금만 더 누우면 안 돼?"

달콤한 목소리에 솟구치는 욕정으로 허리까지 뻐근해져 오자 그는 이를 악물었다. 당장이라도 야수로 돌변해 그녀에게 달려들 듯한 긴장감에 성하는 주먹을 힘껏 움켜쥐었다.

"미안, 넌 더 자. 씻고 나가야겠다."

간신히 몸을 일으킨 그는 그녀의 시선을 피해 욕실로 향했다. 잠옷을 뚫어버릴 듯이 솟구친 몸을 내보이기가 민망하다는 생각에 한 행동이었다.

천방지축
신혼이야기

욕실로 들어가는 그의 등을 바라보던 혜나는 서운한 감정에 한숨을 내쉬었다. 요사이 성하가 자신과 같이 있는 걸 꺼려 한다는 걸 그녀도 느끼고 있었다. 눈에 띄도록 그는 그녀와 한 자리에 있길 피하고는 했다.

오빠가 왜 그러는 거지? 설마······.

그녀는 왠지 모르게 불안한 생각에 빠졌다. 그를 쫓아다니는 많은 여자들이 있다는 사실이 떠올랐고 늦게 집에 들어오는 일이 그것과 관련이 있지 않을까 하는 의심이 들었다.

대놓고 물어볼 정도의 용기가 없었던 그녀는 그저 속으로만 전전긍긍하면서 날짜를 보내고 있었다. 그나마 한 가지 위안이 있다면 졸업을 하고 나면 그와 같은 대학으로 진학한다는 사실이었다. 그렇기에 그녀는 하루 빨리 졸업하기만을 고대했다. 하지만 졸업식은 그녀의 예상과 달리 김빠지는 행사에 불과했다.

별로 참석하고 싶지 않았다는 듯한 태도로 졸업식에 온 성하는 사진 몇 장만 달랑 찍고는 도망치듯이 학교를 빠져나가 버렸다. 물론 그를 잡기 위해 눈을 빛내고 있는 여학생들을 피하기 위한 행동이었다는 건 그녀도 알지만 조금은 서운한 마음이 드는 것도 사실이었다.

돌아오는 차 안에서 그녀는 내내 우울한 표정으로 창밖을 보고 있었다.

"서운하니?"

정 여사가 따뜻하게 손을 잡아 주자 그녀는 애써 방긋 미소를 지었다.

"네, 어머니. 조금은요."

"그럴게다. 아무렴 3년이나 지냈던 학교인데 이제 떠난다 생각하면 서운할 테지. 대학에 입학하면 친구들과도 만나지 못할 테고, 정이 많이 들었을 텐데······."

자신의 생각과는 전혀 다른 말을 하시는 정 여사에게 그녀는 아무런 대꾸도 하지 못했다.

성하만을 의식하느라 학교며, 친구들과의 이별은 크게 중요시하지 않았던 혜나로서는 사실 찔리는 마음이 없는 것도 아니었다. 도끼눈을 뜨고 노려보던 영란의 표정이 새삼 떠올라 그녀는 살며시 미소 지었다.

"친한 친구들과는 계속 연락하면 돼요. 같은 대학으로 진학하는 애들도 있고요."

자신보다도 더 서운해하는 정 여사를 안심시키기 위해 그녀는 활짝 웃으며 변명을 했다.

"그래, 그렇게 생각한다니 다행이구나. 난 네 얼굴에 하도 서운하다는 기색이 잔뜩 깔려 있어서 걱정스러웠단다."

그건 어머니 아들 때문인데요.

혜나는 입술 끝까지 뚫고 나오려던 말을 꿀꺽 삼키고 쑥스럽게 웃었을 뿐이었다.

＊ ＊ ＊

커다란 화면 가득 흘러나오는 남녀의 아름다운 사랑이야기에 흠뻑 빠져 있던 그녀는 영화가 끝나자마자 습관처럼 벽으로 시선을 돌렸다. 벽에 걸린 시계는 이미 12시를 넘기고 있었다.

졸업을 하고 심심할 정도로 여유 있는 시간을 보내는 그녀와 달리 성하는 여전히 바빴다. 그녀가 대학 입학을 위한 준비만 끝내면 되는 반면 성하는 여전히 대학 생활과 사법 고시 준비를 병행하는 생활을 해야만 했다.

아무리 바빠도 그렇지, 이렇게 늦게 다녀도 되는 거야?

개구리 올챙이 적 생각 못한다는 속담처럼 자신이 수능을 보기 위해 바빴을 때는 생각지도 않고 혜나는 투덜거리기만 했다.

"아웅, 심심해."

영화도 끝나고 더 이상 할 일이 없어진 그녀는 기지개를 펴고 나서 베개를 끌어안았다.

"이런 것이 바로 독수공방이로구먼……."

투덜대면서 애꿎은 베개만 작은 주먹으로 내리쳤다.

결혼하고 나서 그녀는 제대로 성하와 마주 앉아 대화를 나눠 본 기억이 없었다. 물론 전에는 그녀가 수능을 본다고 정신없이 바빴기에 그럴 여유를 가질 수가 없었다. 하지만 지금은 시험도 끝냈고 졸업까지 했으니 시간을 낼 수도 있는 일이었다.

문제는 그럴 마음이 없다는 거겠지.

혜나는 성하의 서먹한 태도를 그런 식으로 해석했다. 이제 결혼을 하고 나자 성하가 굳이 자신에게 더 이상 신경을 쓸 필요가 없다고 생각한 것이다.

"누가 잡은 고기한테 미끼를 던지겠어."

그녀의 가슴속엔 어느새 불만이 하나둘씩 차곡차곡 쌓여 가고 있었다.

어떻게 해서든지 그와 자리를 마련해서 대화를 하고 싶었다. 현실적으로 어려운 일도 아니었다. 그가 저녁에 일찍 들어오기만 해도 되는 일이었다.

근사한데서 외식이라도 하자고 조를까? 하긴 결혼하고서 한 번도 그런 적 없잖아? 한 번쯤은 들어줄 거야. 정 싫다고 하면 테라스에서 와인 한 잔 하자고 꼬셔야지!

스스로의 생각에 흐뭇해진 그녀는 자신의 생각을 실행에 옮기기 위해 아침부터 동분서주했다. 일찌감치 주방으로 뛰어 들어가 안성댁과 함께 식탁을 차렸고 밥을 먹으면서 성하의 눈치를 봤다.

오늘은 기분이 좀 괜찮은가?

마주 앉은 시부모님의 기분은 좋아 보였고 성하의 기분도 좋은 것처럼 보이자 그녀는 특별한 일은 없겠구나 하는 안도를 했다. 다른 때와 달리 식탁을 치우는 일까지 안성댁에 부탁한 그녀는 앞치마를 벗어 손에 움켜쥐고 서재로 뛰어들었다.

"성하 오빠."

간발의 차이로 책을 들고 나가려는 그를 잡을 수 있었다.

"왜?"

퉁명스러운 대답에 오그라들려는 심장을 그녀는 큰 심호흡으로 다스렸다.

"오빠, 오늘 많이 바빠?"

"조금."

"그럼, 오빠. 오늘 몇 시에 들어와?"

"글쎄, 잘 모르겠어. 왜?"

"아니, 그냥……."

그가 없는 시간 동안 그녀는 하루 종일 집에서 간단한 일만 하고 멍하니 있을 때가 많았다. 그가 공부하느라 정신이 없다는 건 알고 있었지만 그녀는 자신과 시간을 보내 주지 않아 서운함을 느끼고 있었다.

"요새 오빠가 너무 바쁜 것 같아서……."

차마 그가 없어서 외롭게 느껴진다는 말을 할 수가 없었던 혜나는 작게 한숨만 내쉬고 말았다.

"별일 없으면 오늘은 일찍 들어와. 오빠, 그럴 수 있지?"

"그래."

고개를 끄덕인 그는 문을 닫고 나갔고 혜나는 오늘은 그와 함께 있을 수도 있겠다는 생각에 좋아했다.

너무 들떠서 그녀는 하루가 어떻게 지나갔는지도 몰랐다. 점심을 먹으면서도 그와 무슨 얘기를 할까 하는 생각에 빠져 있었고 저녁 준비를 하면서도 연신 시계만 들여다보았다.

"새아가, 오늘 무슨 일 있니?"

평소와 달리 들뜬 표정에 조바심치는 기색을 내보이는 그녀에게 정 여사는 부드러운 미소와 함께 말을 건넸다.

"네? 아니요."

"그런데 영 달라 보이는구나."

"그, 그래요?"

그녀는 혹여나 자신의 속마음이 들켰나 하는 생각에 볼을 붉히면서 들고 있던 국자를 휘저었다.

"그만 저어라, 국 다 끓었다."

"네?"

화들짝 놀란 표정으로 국자를 들어 올리자 정 여사와 안성댁이 동시에 웃음을 터트렸다.

"아까부터 계속 국만 젓고 있었잖니."

국자를 내려놓은 그녀는 더욱 발갛게 달아오른 볼을 두 손으로 감쌌다. 당황한 얼굴로 눈치만 보자 정 여사는 아무 말도 없이 빙그레 미소를 지었다.

저녁을 먹고 나서도 그녀는 계속 그를 기다렸다. 눈싸움을 하듯이 계속 노려보던 시계의 바늘이 8시를 넘어가고 있었다. 항상 즐겨보던 드라마도 오늘따라 눈에 들어오지 않았다. 멍하니 앉아 화면을 보고는 있었지만 끝나고 나니 무슨 내용이었는지 기억조차 할 수가 없었다.

밤 10시가 지나자 초조감에 휩싸인 그녀는 방 안을 서성거리면서 걸어 다녔다. 뒷짐을 지고 두 바퀴 정도 방 안을 돈 다음 창가로 다가가 밖을 내다보았다. 골목은 사람의 왕래가 없어져 조용해진 지 오래였다. 차가 지나가는 소리가 들릴라치면 그녀는 혹시 오빠 차일까? 하는 생각에 창밖을 더욱 뚫어지게 보고는 했다.

금방 올 거야.

축 처지려는 기분을 스스로 달래며 그녀는 조바심치지 말고 책이나 읽자고 생각했다. 서재로 들어가 읽다가 덮어 두었던 소설책을 펴 들었다. 글자는 눈으로만 읽혀지고 머릿속으로 들어오지 않았으며 그녀의 신경은 열려진 방문을 통해 건너편에 있는 침실 문에 가 닿고 있었다.

얼마 후, 발소리도 없이 침실 문이 열렸다 닫히는 소리가 들리자 혜나는 시계에 시선을 주었다. 새벽 1시가 넘어가고 있었다.

일찍 온다더니.

화가 잔뜩 난 혜나는 거칠게 책을 덮고 일어나 침실로 향했다. 노크도 하지 않은 채, 벌컥 문을 연 혜나는 씩씩거리면서 안으로 들어섰다. 그는 옷을 갈아입으려고 한 듯 웃옷을 벗은 채 옷장 문을 열고 있었다. 그에게로 가까이 다가가던 혜나는 코를 찌를 듯 풍겨오는 향수 냄새를 맡을 수 있었다. 성하가 향수를 뿌리지 않는다는 것을 너무도 잘 알고 있던 그녀는 코를 킁킁거리며 냄새를 들이 맡았다. 맡아지는 향이 여자 향수 냄새라는 걸 알아차린 그녀는 머리끝까지 솟구치려는 화를 간신히 억눌렀다.

"오빠, 어디 갔다 왔어?"

묵묵부답. 대꾸도 하지 않는 그가 더욱 수상해 보였다. 어느 정도 코가 향수 냄새에 익숙해지자 이번에는 술 냄새가 풍겨 왔다.

"술 마셨어?"

"그래."

"어디서?"

"술집."

술이니까 당연히 술집에서 마셨겠지. 누가 그걸 몰라서 물어? 내 말은 어느 술집이었냐고! 크게 소리치고 싶었지만······.

술집 이름을 알아낸다고 해서 찾아갈 볼 것도 아니고, 지금 그녀가 따질 것은 그런 문제가 아니었다.

"나, 오빠 부인 맞아?"

"음······ 맞아."

"그렇다면 최소한 밤늦게 들어오면 뭐하다 왔는지는 말해야 하는 거 아니야?"

"그렇겠지."

옷가지를 들고 그가 욕실 쪽으로 향하자 그녀는 급한 동작으로 팔을 잡았다.

"여태 어디서 뭐했어?"

"나 씻어야 돼."

"말하고 씻어."

그의 얼굴에 짜증스럽다는 기색이 역력히 비치기 시작하자 그녀는 은근히 자존심이 상했다.

"지금 바가지 긁으려고 작정한 거야?"

"뭐라고?"

"본격적으로 마누라 행세하겠다는 거냐고."

"오빠."

"여태 조용히 가만있다가 오늘따라 왜 이래?"

그녀는 어이가 없었다.

예쁘고 얌전한 부인을 얻고 싶었다면 큰 착각을 한 거야. 민성하 씨.

혜나는 입술을 깨물고 팔짱을 끼면서 뻐딱한 자세로 그를 노려보았다.

"오빠가 지금 내 성질 긁었어."

"뭐?"

"나한테 비장의 카드가 있다는 걸 잊은 모양인데…… 그래, 계속 그렇게만 행동해 보셔. 다 늦은 시간에 술 냄새 풀풀 풍기고 것도 모자라서 향수 냄새로 목욕을 하고 와서는, 어디 가서 뭐했는지 말도 안 하겠다 이거지. 가서 열심히 씻어. 찬물로 정신 번쩍 들게 빡빡 닦으라고. 난 아래층에 가서 아! 버! 님! 께 다 말할 테니까."

"혜나야."

혜나는 그가 팔을 잡는 걸 확 뿌리쳐 버리고 다시 팔짱을 꼈다. 왠지 모를 서운함이 솟구쳐 눈물이 찔끔 나올 정도였다.

"말해 봐, 어디 갔다 온 거야?"

"학교 앞, 클럽에."

"또 여자들 잔뜩 몰고 갔었지."

얘가 질투를 하나?

성하가 이마를 찌푸리며 생각에 잠겼다. 그런 그의 태도는 그녀에게 바람피우고 들키지 않으려고 머리 굴리는 한량처럼 보였다.

"여자들 없었어."

"여자들이 없었는데 지금까지도 향수 냄새를 풀풀 풍기고 있단 말이야? 그럼 오빠가 향수 뿌렸어?"

"우리 자리에 여자가 없었다는 거지. 클럽 안에는 모르는 여자들 많았어. 오래 있어서 향수 냄새가 옷에 밴 거니까 과민 반응하지 마."

별로 친절하지는 않지만 그래도 그가 설명을 하자 조금은 그녀의 마음이 풀렸다.

"오빠, 아침에 내가 일찍 들어와 달라고 부탁했잖아."

하루 종일 그를 기다리면서 조바심 쳤던 마음이 지금도 너무 아팠다.

"그런데 전화 한 통도 없다가 이렇게 늦게 들어오고. 내가 하루 종일 얼마나 기다렸는지 알아?"

그녀의 목소리에 담긴 서운한 음색이 그의 마음을 아프게 꼬집어 댔다.

"두고 봐, 민성하 씨. 복수할 거야."

그는 독한 표정으로 입술을 깨무는 그녀를 덥석 끌어안았다.

"미안, 다음엔 약속 잊지 않을게."

"말로만 하지 말고 실천을 좀 해."

그녀는 쌀쌀맞게 소리치며 그의 어깨를 밀어냈다. 하지만 그는 아무런 움직임도 없었고 말도 하지 않았다. 또한 그녀를 안고 있던 그의 몸이 유난히 무겁게 느껴졌다.

"오빠, 왜 그래. 술 취했어?"

"어, 취했어."

혀가 반쯤 꼬인 낮은 음성으로 그는 말했다. 그녀의 어깨를 힘주어 한 번 잡았다 놓은 뒤, 그는 휘청거리며 침대로 다가갔다.

"오빠?"

힘없이 그가 침대로 엎어졌다. 그리고 그대로 잠이 든 듯 아무런 움직임도 보이지 않았다.

가만히 선 채로 그의 모습을 지켜보고 있던 그녀가 침대로 가까이 다가갔다. 손을 뻗어 가만히 그의 어깨를 흔들었다.

"술 취했다고 그냥 고꾸라져 잠들어 버리다니. 정말, 매너 없이 씻지도 않고. 술 냄새 팍팍 풍기고, 그것도 모자라 다른 여자 향수 냄새까지 풍기면서……."

그녀는 속이 너무 상해 침대 밑에 주저앉았다.

"오빠 정말 날 조금이라도 생각해 주는 거야? 날 콩알만큼이라도 사랑하느냐고."

그녀는 천장이 무너지도록 크게 한숨을 내쉬었다.

결국 그녀는 밤새 제대로 잠들지 못했다. 그에게서 등을 돌리고 누워 잠깐 잠이 들었다가 깨어나 분한 마음에 그녀는 그의 등을 찰싹 때리고, 또 잠깐 잠들었다 일어나서 발로 그의 정강이를 걷어차기도 했다.

선잠을 자던 그녀는 새벽 무렵 부스럭거리는 소리에 또 깨어났다. 부스스한 얼굴로 눈을 뜬 그녀는 체육복을 갈아입고 있는 그에게 말을 건넸다.

"오빠, 나 오늘 친정 갈 거야."

"그래? 잘 갔다 와."

"왜 가는지 안 궁금해?"

옷장 문을 닫고 침대 옆으로 다가온 그가 팔짱을 끼고 그녀를 빤히 바라보았다.

"어젯밤 일로 화나서 복수전을 하는 거 아냐?"

그의 답변은 어이없음이었다.

"오빠가 날 보는 관점은 아직까지 7살 어린애지. 내가 그만한 일로 보따리 싸 들고 친정으로 줄행랑칠 위인으로 보여?"

"그럼 왜 가는데?"

"앞으로 오빠 무지하게 곤란해질 일 축하해 주러."

무슨 말인지 알아들을 수 없는 소리였다. 그는 이마를 찌푸리고 시계에 눈길을 줬다.

"나 내려가 봐야 하니까, 빨리 말해. 무슨 소리야?"

"혜성 오빠 제대했어. 엄마가 혜성 오빠 오면 같이 점심 식사하자고 하셨거든."

그의 표정이 티 나게 굳어졌다. 그녀는 그의 약점 중 하나가 혜성이라는 사실을 잘 알고 있었다. 어려서부터 혜성은 유난히 성하를 따랐다. 친형이 없는 혜성에게 성하는 친형 이상이었고 우상이나 마찬가지였다.

성하가 혜성을 싫어하는 건 아니었지만 껄끄러워하는 것만은 사실이었다. 혜성은 그와 혜나가 만날 때마다 감초처럼 끼어들어 훼방을 놓기도 하고, 그를 볼 때마다 이것저것 가르쳐 달라면서 쫓아다니기도 했다. 혜성은 공공연하게 성하와 같은 대학을 가겠다 선언하고 고등학교 3학년 내내 도서관에서만 살았다.

법대 건물과 공대 건물이 멀찌감치 떨어져 있는데도 그는 학교 내에서 쉬지 않고 혜성과 마주쳤다. 혜성이 수업도 들어가지 않고 자신을 따라다니는 건 아닌가 하는 생각마저 들 정도였다. 그나마 스토커 같은 혜성의 행동도 동생이니까 참아 줄 수는 있었다. 하지만 혜나에게 말도 안 되는 소리를 미주알고주알 해 대는 건 정말 참을 수가 없었다. 따끔하게 야단도 치고, 협박 아닌 협박도 해 봤지만 뻔뻔스럽기만 한 혜성은 그 당시에만 잠깐 얌전해질 뿐이었다.

혜성이 군대에 가 있는 동안 그는 편안함을 느꼈다. 그런데 혜성의 제대로 인해 그 편안함도 막을 내린 것이다.

"네 말대로 앞으로 무지하게 곤란해지겠다."

"미리 마음 단단히 먹어, 새 학기부터 혜성 오빠도 복학할 거니까."

그녀도 같은 대학에 다닐 것이므로 성하에게는 지금 상황이 바로 첩첩산중이었다.

"알았어, 잘 다녀와."

방문을 열고 나가는 그의 등이 유난히도 축 처져 있는 듯 보였다.

아유, 쌤통이다.

그녀는 밤새 제대로 잠도 못 잔 분풀이를 제대로 한 것만 같아 내심 흐뭇해했다.

"엄마! 엄마! 나 왔어요."

현관문을 벌컥 열고 달려 들어온 그녀는 곧장 김 여사의 품에 안겼다.

"엄마, 너무 보고 싶었어."

"웬 극성이야? 누가 보면 3년 만에 모녀 상봉하는 줄 알겠다."

"난 3년도 더 된 것 같다고요."

덤덤한 김 여사의 반응에 샐쭉해진 그녀가 투덜거렸다.

"안녕하세요? 사모님, 이거 어디다 놓을까요?"

한참 뒤늦게 현관 안으로 들어선 김 기사가 그녀를 불렀다. 김 기사의 양손에는 보따리가 잔뜩 들려 있었다.

"그냥 그쪽으로 놓으시면 돼요. 하나씩 풀어 보고 정리하면 되니까요. 고맙습니다. 아저씨."

그녀의 인사에 김 기사가 마주 인사했다.

"먼저 가 보겠습니다. 들어오실 때 연락 주세요."

깍듯이 인사를 하고 김 기사가 나가자 그녀는 폴짝 뛰어오르며 김 여사의 목을 끌어안았다.

"우리 엄마 안아 보니까 너무 좋다."

"야! 유혜나. 닭살스러우니까 그만 떨어져라. 얼굴 안 본 지 얼마나 됐다고 그러냐?"

집을 뒤흔들 듯 커다란 목소리가 울려 퍼졌다.

"와— 오빠, 반가워."

그녀는 혜성을 만나 진심으로 기뻤다. 세상천지에 단 둘밖에 없는 남매였다. 혜성에게 골탕도 많이 먹고 놀림도 많이 당했지만 그렇다고 해서 기본적인 애정이 없는 것은 아니었다. 한 걸음에 앞으로 달려간 그녀는 손을 내밀어 혜성과 악수를 했다.

"많이 의젓해졌는데?"

"어쭈? 얘가 시집가더니 오빠를 놀리네."

"옛말에 가정을 꾸려야 어른이 된다는 말이 있잖아. 그렇게 따지면 내가 오빠보다 어른이지. 안 그래?"

"기가 하나도 안 죽은 걸 보니 성하 형이 너한테 엄청 잘해 주나 보다."

잘해 주긴, 개뿔.

그녀의 입술이 대번에 앞으로 툭 튀어나왔다. 하지만 그렇다고 대놓고 성하의 험담을 할 수는 없었다.

"잘해 줄 때도 있고 안 그럴 때도 있고."

"안 그럴 때도 있다고?"

식탁 앞 의자에 앉으며 혜성이 궁금증을 드러냈다.

"여전히 오빠는 날 어린애 취급하더라고."

그녀는 수저를 들며 불만을 표시했다.

"뭘 하고 다니는지 항상 바쁘고, 밤에도 늦게 들어오고, 대화할 시간은커녕 눈 마주칠 시간도 별로 없어."

"성하 형은 원래 바쁜 사람이잖아. 그래도 이 오빠가 왔으니 걱정 마라, 혜나야. 형이 어디서 뭐하는지 오빠가 다 알아다 줄 테니까."

저걸 말이라고.

그런 뜻을 담은 눈길로 김 여사와 혜나가 동시에 혜성을 노려보았다.

"혜성이 넌 복학해서 공부할 생각은 안 하고 민 서방만 쫓아다닐 셈이니?"

"어우, 엄마. 민 서방이라고 하니까 무지 징그러워. 전처럼 그냥 이름 불러."

그녀가 고개를 도리도리 젓자 김 여사가 엄한 얼굴을 했다.

"그래도 사람이 대접을 해 줘야지. 결혼하고 한 집안의 가장이 되었는데 전처럼 이름을 막 부르면 되겠니? 그리고 너도 그 오빠 소리 그만해, 어린애도 아니고. 다음에 집에 와서도 그러면 혼날 줄 알아."

"엄마가 너무 격식 차리면 성하 오빠가 더 어색해할 것 같으니까 그러지."

변명을 해 봤지만 김 여사에게 그녀가 하는 소리는 씨알도 먹히지 않았다.

"너도 너무 전같이 생각하지 말고 민 서방한테 잘해 줘. 쓸데없이 어리광 부리고 잔소리하고 그러지 말고."

"알았어요."

"말로만 하지 말고 정신 똑바로 차리고 살어, 이것아. 엄마가 너 보내 놓고 얼마나 걱정이 많은 줄 알아."

"엄만 나 잘 살고 있는데 무슨 걱정을 해? 마음 놓으세요."

사실 그녀는 김 여사를 만나면 그동안 성하에 대해 속상하고 서운했던 마음을 죄다 고자질하듯 말할 생각이었다. 그런데 그런 그녀의 속셈을 뻔히 안다는 듯 김 여사가 먼저 방어막을 치자 그녀는 말도 꺼낼 수가 없는 상황이 되어 버렸다.

"오빠도 잘해 주지만 시부모님도 엄청 잘해 줘요. 엄마, 글쎄 어머님은 새아가 그러시는데 아버님은 아직도 혜나야 혜나야, 그러셔."

"어이구, 그 양반. 결혼식 날 딸 얻었다고 좋아하시더니, 정말 며느리가 아닌 딸을 얻은 것처럼 하시네."

혜성의 투덜거림에 그녀는 까르르 소리를 내며 웃었다.

"시부모님들이 잘해 주신다니 정말 다행이구나."

"그래도 난 엄마가 훨씬 더 좋아."

식사를 하고나서 마주 앉아 차를 마시며 그녀는 마냥 웃고 떠드느라 시간 가는 줄도 몰랐다.

"와하하. 오빠, 진짜 웃긴다."

"그렇지? 나도 그 말 들었을 때 아주 뒤로 넘어가는 줄 알았다니까."

"혜나, 너 그만 집에 들어가 봐야지."

한참 혜성의 군대 시절 얘기로 웃음꽃을 피우고 있던 그녀는 김 여사의 말에 슬쩍 이마를 찌푸렸다.

"엄만…… 아직 5시도 안 됐어."

그녀가 불만을 표시하자 김 여사의 눈매가 날카로워졌다.

"시부모 모시고 사는 것이 일찍 들어가서 저녁 준비도 하고 그래야지."

"네, 네. 알겠습니다. 지금 갈 테니까 내쫓지만 마세요."

너스레를 떨며 그녀는 김 여사가 챙겨 주는 보따리를 들었다. 혜성이 바래다주겠다고 수선을 떨었지만 그녀는 거절했다.

"지금 집에 성하 오빠 없어, 아침 먹자마자 나갔거든. 그리고 오늘은 일이 많아서 밤 10시나 돼야 들어올 거야."

그녀의 말에 혜성은 단번에 꼬리를 뺐다.

"난 그럼 좀 있다가 친구나 만나야지."

내 저럴 줄 알았어.

혀를 쯧쯧 차며 그녀는 차를 부르지 않고 큰길까지 걸어 나왔다.

큰길가에 위치한 커피 전문점으로 들어간 그녀는 집이 가까운 영란에게 전화를 했다. 영란이 바쁘다고 하면 그냥 커피 한 잔만 마시고 들어가야겠다고 생각하고 있었다. 다행스럽게도 영란은 한걸음에 달려와 주었다.

"오랜만이다. 어쩐 일이니? 집에 콕 박혀 있을 줄 알았는데?"

"혜성 오빠 재대해서 친정에 왔다가 집에 돌아가는 길에 너 얼굴 보려고."

"어우, 유혜나. 친정 소리가 아주 자연스럽게 나오는데. 그나저나 벌써 혜성 오빠가 제대를 했어?"

"그래, 새 학기부터 또 같은 학교 다닐 생각을 하니까 아주 끔직스럽다. 고등학교 때도 죽을 맛이었는데."

"아무렴 고등학교 때처럼 그러겠냐? 그새 나이도 먹었는데."

은근히 혜성을 옹호하는 영란의 말에 그녀는 두 눈에 쌍심지를 켰다.

"오늘 보니까 군대 갈 때나 갔다 온 다음이나 아주 똑같더구먼, 뭘."

"그래? 그래서 그런가, 어쩨 너 기운이 좀 없어 보인다."

그녀는 별일 아니라는 표정으로 어깨를 으쓱였다.

"오랜만에 엄마한테 이런저런 하소연을 하려고 했는데…… 엄마가 먼저 선수 쳐서 펄펄 뛰시는 바람에 제대로 스트레스 해소할 기회를 놓쳤다는 거 아니냐."

"그 스트레스 해소 나한테 해라, 내가 들어 줄게. 야, 시집가서 엄마한테 그런 소리 하면 좋아라하시겠냐? 우리 엄마 같았으면 신랑 흉볼 낌새가 보인다 싶으면 빗자루로 두들겨 패서 내쫓았을 거다. 밥도 안 먹이고."

영란 어머니의 괄괄한 성품을 아는 그녀로서는 '설마' 하는 생각으로 웃고 있을 수만은 없는 일이었다.

"그래서 성하 선배가 뭘 어쨌는데 스트레스니, 하소연이니 하는 소리를 해?"

그녀는 자신이 느꼈던 점을 말했고 얘기를 듣던 영란은 뜻밖이라는 표정이었다.

"성하 선배 외박도 하니?"

"외박이 아니라 밤늦게 들어온다고."

"야, 유혜나. 하루의 구분은 밤 12시로 갈라진다. AM, PM. 몰라? 밤 12시 전이면 어제, 밤 12시 넘으면 오늘. 그러니까 밤 12시 넘어서 들어오면 무조건 외박이다 이거지."

"그런 걸 누가 정했는데?"

"우리 큰언니가."

말도 안 된다는 뜻으로 그녀는 코웃음을 쳤다.

"얘가 우리 큰언니 말을 우습게 아네. 야, 우리 큰언니가 결혼 경력만 10년이야. 형부를 아주 꽉 잡고 살잖아. 큰언니가 그랬거든, 남자는 초반에 기선 제압을 딱해서 잡고 살아야 한다고, 안 그러면 어디로 튈지 모른다고. 너 당근과 채찍 알지? 그걸 적절히 써먹어야 한다고 그러더라. 살랑거리면서 애교도 부렸다가 눈물 짜내면서 투정도 부리고 그러라고."

"나도 다해 봤거든, 그런데 성하 오빠한테는 씨도 안 먹혀."

"그래도 넌 좋겠다. 선배 같은 미남자를 매일 보고 사니. 게다가 선배네 부모님도 너 엄청 예뻐하시잖아. 나도 이참에 남자 하나 물어서 그냥 시집이나 가 버릴까?"

영란의 푸념에 그녀는 배꼽을 잡고 웃었다.

"시집가는 건 뭐 쉬운 일인 줄 알아?"

"어차피 한 번은 가야 되니까, 일찍 가도 그만이지 뭐. 다 늙어 꼬부라지기 전에 일찍 가면 더 사랑받고 좋을 거 아냐. 그런데…… 혜나야."

영란이 의미심장한 미소를 지으며 목소리를 낮췄다.

"선배가 밤에는 잘해 주냐?"

"뭐?"

"자세하게 얘기 좀 해 봐. 우리 사이에 뺄 게 뭐 있어. 선배 어떻디? 몸 끝내주지. 응? 겉으로만 봐도 침이 꿀꺽 넘어갈 정돈데, 근육 빵빵한 거 당연할 테고 정력도……."

"야! 이영란, 너 죽을래?"

그녀가 서슬이 퍼래서 소리쳤지만 영란은 꿈쩍도 하지 않았다.

"밤에 잘해라, 혜나야. 남자들 밤일 만족 못하면 딴 데로 눈 돌릴지도 모른다. 특히 성하 선배 같은 미남자는 주변에 눈독 들이는 여자가 얼마나 많겠냐? 결혼했다고 해도 안심할 거 못 돼. 요새는 유부남이 또 대세라는 거 아니냐."

"너 아주 염장을 지르고 있다."

그녀가 윽박지르자 영란은 어깨를 으쓱거렸다.

"난 아직 성하 오빠랑 밤일 치러 본 적도 없다."

"뭐라고? 켁켁."

마시던 커피 잔을 내려놓고 사레가 들린 듯 영란은 켁켁거렸다.

"무슨 말이야? 너네 결혼한 지 6개월이나 지났는데 아직까지 밤일도 못 치렀다니?"

"왜 소리를 지르고 그래, 조용히 해."

그녀는 주변을 둘러보며 손가락을 들어 입술에 댔다.

"미쳤구나, 미쳤어. 그러니까 성하 선배가 그런 행동을 하지. 안 봐도 비디오네."

"부부 사이에 밤일이 전부는 아니잖아."

"물론 전부는 아니지. 하지만 대부분이잖아. 그거 없이 뭔 재미로 사냐. 남자는 성적인 동물이야. 혼자여도 성적으로 흥분하면 고달파진다는데 선배는 밤마다 너하고 같이 있을 거 아냐? 그럼 얼마나 힘들고 괴롭겠냐?"

영란의 말도 일리가 있다는 생각에 그녀의 표정이 우울하게 가라앉았다.

"남녀가 서로 사랑하면 끌어안고 키스하고 섹스하고, 그러는 거 당연한 거야. 더군다나 너넨 부부잖아. 그래도 상관없다고 공식적으로 인정된 사이. 그런데 밤마다 같은 침대에서 잠들면서 아무것도 못한다니…… 성하 선배가 너무 너무 불쌍하게 느껴진다."

"끌어안고 키스하고 그러는 건 하거든?"

반항하듯이 그녀가 새된 목소리로 말하자 영란이 고개를 갸우뚱거렸다.

"그런데 왜 밤일을 못했어?"

"그럴 기회가 없었던 것 같아, 분위기도 그렇고. 내가 말했잖아. 성하 오빠 밖에 나가면 아주 늦게 들어온다고. 것도 피곤에 찔든지 아니면 술에 찔든지 한단 말이야."

순전히 자신이 아닌 성하의 탓이라는 듯 그녀는 핑계만 잔뜩 댔다.

"그럼 신혼여행 가서는?"

"첫날엔 오빠가 너무 피곤하다고 해서 그냥 잤고 다음 날에는 그게…… 와인을 한 잔 마셨는데 내가 취해 버려서 잠들었어."

"잘하는 짓이다. 술도 못 마시는 게."

영란의 타박에 그녀는 공연히 분한 마음이 들었다.

"어쨌든 지금은 하고 싶어도 못하는 상황이 됐어. 오빠가 내가 먼저 하자고 안 하면 자긴 죽을 때까지 안 한대."

"넌 그 말을 믿냐? 그럼 네가 먼저 하자고 그러면 되잖아."

"야! 부끄럽게 그런 말을 어떻게 해?"

"부끄러워? 부부 사이에 부끄럽긴 뭐가 부끄러워? 그래, 너 계속 그렇게 살아라. 살다가 욕구불만 팍 쌓인 선배가 다른 여자 찾아가서 해결해도 그냥 다 네 탓이려니 해라. 어이구, 속 터져."

답답함에 영란은 주먹으로 자신의 가슴을 쳤다.

"설마, 오빠가 그러겠어?"

"너 설마가 사람 잡는다는 소린 못 들어 봤냐? 어쨌든 너 행동 잘해. 선배를 확실하게 네 남자로 만들고 싶으면 알아서 잘하란 말이야!"

뭘 알아서 잘하라는 소리인지. 그녀는 도통 이해할 수가 없었지만 일단 고개를 끄덕거렸다. 그래야 펄펄 뛰는 영란을 진정시킬 수 있을 것 같았다.

저녁 시간이 되기 전에 집으로 돌아온 그녀는 영란의 말대로 그가 섹스에 불만을 품고 밖으로만 도는 건 아닐까 하는 생각을 했다. 욕구불만이 쌓이면 다른 여자를 찾아가서 해결할 수도 있다는 말이 계속해서 그녀의 머릿속을 떠나지 않았다.

어느새 시간은 밤 10시를 넘겼고 성하는 아직 집에 들어오지 않았다.

"불안해, 영 불안해."

쳇바퀴 돌듯 방 안을 빙빙 돌던 그녀는 끝내 참지 못하고 핸드폰을 들었다.

"우선은 문자를 보낸 뒤에……."

〈오빠, 오늘 꼭 할 얘기가 있어. 늦어도 12시까지는 들어와. 부탁해.〉

전송 버튼을 누른 뒤 그녀는 크게 심호흡을 하고 그의 답변을 기다렸다.

핸드폰에 뜬 문자메시지를 확인한 순간 성하는 한숨부터 내쉬었다. 그도 물론 집에 들어가기 싫어서 밖에서 시간을 보내는 건 아니었다. 도서관에서 책과 씨름을 할 때도 있고, 선배들과 만나서 사법고시에 유용한 정보를 들을 때도 있다. 하지만 어떨 때는 정말 들어

가고 싶지 않다는 생각이 들 때도 있었다.

우선, 가장 힘든 일은 혜나와 마주하는 일이었다. 그는 그녀의 존재를 너무 과소평가하고 있었다. 그녀를 친동생처럼 대할 수는 없겠지만 어느 정도는 자신의 의지로 그녀와 원만한 관계를 유지할 수 있을 거라 자신했다. 그러나 시간이 지날수록 그는 자신감을 잃어버렸다. 그녀를 보고 있으면 안고 싶고, 자신의 여자로 만들고 싶다는 충동에 그는 이를 악물어야 했다.

부부가 되었으니 마음먹은 대로 몸을 움직여도 크게 문제될 일은 없었다. 하지만 그렇게 행동하고 만일 그녀가 원망을 한다면 감당할 자신이 없었기에 그는 새롭게 마음을 다잡고는 했다.

그녀가 원하지 않는 한 그는 아무런 행동도 하지 않겠다고 다짐을 했다. 그러고 나니, 그는 잠을 자는 와중에도 옆자리에 누운 혜나를 강하게 의식하게 되었다. 잠꼬대처럼 그녀가 안겨 오면 불붙은 것만 같은 몸을 하고 그는 괴로운 신음 소리를 내뱉었다. 자연히 성하는 그녀와 마주치는 일을 줄이고자 마음을 먹었다. 그게 최선이라는 생각에 그는 자신이 보름달이 뜨면 늑대인간으로 변하듯 변하지 않기만을 바랄 뿐이었다.

이런저런 생각으로 마음이 언짢았던 그는 그녀가 보낸 문자메시지를 무시했다. 답을 보내지도 않았을 뿐더러 그녀가 정한 12시에는 도서관에서 나와 친구들과 호프집에서 술을 마셨다.

성하가 그런 줄도 모르고 혜나는 시계 바늘과 눈싸움을 벌여 가며 그를 기다렸다. 12시가 넘고도 한참이 지나자 그녀는 침대 위에 올라앉은 자세 그대로 방문을 노려보며 한숨을 내쉬었다. 오랜만에 차를 타고 다녀서 몸은 피곤하고 힘들었는데도 신경이 바늘 끝처럼 곤두서서 잠을 잘 수가 없었다.

1시가 넘어가자 방문이 열리고 그가 들어섰다. 혜나는 코끝을 맴도는 술 냄새를 맡고 이마를 찌푸렸다.

"안 잤니?"

성하의 말에 그녀는 고개를 끄덕였다. 당장 입을 열면 비명 소리 내지는 고함 소리부터 터져 나갈 것만 같아서 한 행동이었다.

"늦었는데 먼저 자지 그랬어?"

그녀는 크게 숨을 들이쉬었다가 내쉰 뒤, 마음을 가라앉히고 입을 열었다.

"문자메시지 못 받았어?"

"봤어."

순간적으로 그녀는 할 말을 잃었다. 차라리 못 봤다면 몰라도 보고서도 답변도 없이 1시가 넘어 들어왔다는 사실에 그녀는 어이가 없었다.

그는 그녀가 엄청난 잔소리를 퍼부으리라 예상했다. 무시를 했느니 어쩌느니 해 가며 떠들어 댈 게 분명했다. 하지만 의외로 그녀는 말이 없었다. 조용히 뭔가를 생각하는 듯 바닥만을 내려다보고 있었다.

"미안하다."

머쓱한 표정으로 그가 먼저 사과의 말을 꺼내었다. 펄펄 뛰며 난리를 쳤다면 울컥하는 마음에서라도 하지 않았을 미안하다는 말을 그는 자발적으로 꺼내 그녀에게 건네었다.

"알았어."

조금은 처진 음성이지만 그녀는 순순히 고개를 끄덕였기에 그는 그저 아무렇지도 않게 넘어가는구나 하고 생각했다.

그리고 채 며칠이 지나기도 전에 그는 자신의 생각이 잘못되었다는 것을 깨달았다.

그녀가 무슨 마음을 먹은 건지 본격적으로 팔을 걷어붙이고 그의 생활을 파헤치기 시작했다.

일요일 오전, 몸이 찌뿌듯하다는 민 장군과 그는 헬스클럽을 다녀왔다. 샤워를 하고 옷을 갈아입기 위해 옷장 문을 연 순간, 그는 입을 딱 벌리고 말았다.

어느새 옷장 안에 있던 그의 속옷들이 모조리 바뀌어 있었다. 검은색 일색인 속옷을 들어 올린 그는 이를 악물고 서재로 향했다. 노크도 하지 않고 문을 열자 창가 쪽 소파에 앉아 책을 보고 있던 그녀가 고개를 들어 그를 바라보았다.

"너, 옷장 안에 있는 것들 어떻게 해 놓은 거야?"

그의 말 속에 깃든 위험스러운 기색에 그녀는 부러 어깨에 힘을 주고 꼿꼿이 고개를 치켜들었다. 여기서 한 발이라도 물러난다면 기선 제압에 실패할지도 모른다는 생각에 그녀는 새침한 표정을 했다.

"바꿔 놨어."

"왜 네 맘대로 내 옷을 다 바꿔 놔?"

"왜긴, 난 오빠 부인이잖아. 원래 남편 옷은 부인이 다 챙기는 거야."

별걸 다 갖고 시비를 건다는 식이었다.

"좋아, 그렇다고 쳐. 그런데 왜 옷 색깔이 다 저 모양이야?"

"검은색이 섹시하잖아. 난 그게 제일 좋아 보이던데."

그녀의 입가에 배시시한 미소가 생겨났다.

"좋아 보이면 너나 입지, 저런 걸 어떻게 입으라는 거야?"

"왜? 부끄러워서? 오빠 속옷 입고 돌아다니는 거 나한테도 잘 안 보여 주면서 뭐가 부끄러워? 어디 다른 여자 앞에서 속옷만 입고 쇼할 일 있어? 뭐가 어때서 그래. 어차피 옷 속에 들어가서 밖으로 보일 것도 아니잖아."

천연덕스러운 얼굴을 하고 그녀는 종알거렸다. 그는 기분 나쁘다는 표정으로 그녀를 노려보고 말 한마디 없이 문을 닫고 나가 버렸다.

1단계 성공. 그녀는 닫힌 문을 뚫어져라 보면서 입술을 질끈 깨물었다.

그녀는 성하의 생활 내에서 자신의 영역만큼은 확보해야겠다고 마음먹었다. 그의 스타일부터 하나씩 바꿔 가면서 자신이 엄연한 부인이라는 걸 강조하고 싶었다. 또한 그가 지닌 습관들도 하나둘씩 뜯어고쳐 혼자만의 생활이 아닌 부부의 생활로 바꾸겠다고 결심을 단단히 굳혔다.

모든 수단과 방법을 다 써서 그를 자신만의 남자로 만들리라. 그녀는 독하게 마음을 굳히고 있었다.

9장.

   2단계는 뭐부터 할까 고민하고 있는 그녀 앞에서 성하는 태연히 가방을 꺼내어 옷을 집어넣고 있었다. 어딘가로 떠나기 위해 짐을 싸는 것이 분명한 행동에 그녀는 영문을 몰라 눈만 휘둥그렇게 떴다.

   뭐야? 이 오빠가 날 피하기 위해 도망이라도 가려는 거야?

   고개를 갸우뚱거리던 그녀는 목을 가다듬고 입을 열었다.

   "오빠, 지금 가방 싸서 뭐할 건데?"

   "집 나갈 거다."

   "집 나가서 어디로 갈 건데?"

   "강원도 스키장."

   스키장? 그녀는 펄쩍 뛰어오를 정도로 놀랐다.

   "이보세요, 민성하 씨. 나한테 말도 안 하고 스키장을 가겠다고? 혼자?"

   "가방 싸 놓고 얘기하려고 했어."

   지퍼를 잠그고 옷장 옆에 가방을 내려놓은 그가 그녀 앞으로 다가

왔다.

"3박 4일 동아리 MT다. 장소는 강원도 성우 리조트. 내일 새벽에 출발할 거야."

"3박 4일이나!"

그녀는 놀란 표정으로 입을 딱 벌렸다. 기선 제압이고 뭐고 지금 당장은 그게 문제가 아니었다.

"그럼 난?"

"동아리 MT라니까!"

"난 그냥 딴 데 방 얻어서 놀면 되잖아."

"뭐하고 놀 건데. 너 스키 탈 줄 알아?"

"아니, 그치만 배우면 되지. 배워서 탈 수 있어. 나도 잘할 수 있다고."

그녀가 두 주먹을 움켜쥐고 말하자 그는 피식 헛웃음을 터트렸다.

"큰 소리 치려거든 상대를 좀 봐 가면서 쳐라. 내가 너보다도 더 너를 잘 안다. 운동신경도 빵점에 스키는커녕 스케이트도 무섭다고 못 배워 놓고서."

"그래도 갈 거야. 그냥 여행 간다고 생각하고 가면 되잖아, 바람도 쐬고 구경도 하고."

"바람 쐬고 구경하고 다 좋은데, 내가 너하고 같이 있을 수가 없어. 동아리 MT 가서 와이프만 챙기고 있을 수가 없다고. 무슨 말인지 알아?"

그가 딱 잘라 거절하자 그녀는 서운했다. 심통이 난 표정으로 팔짱을 끼고 침대에 주저앉는 그녀의 옆으로 성하가 붙어 앉았다.

"오빠, 미워."

그녀의 눈에는 눈물이 글썽했다.

그는 그녀의 어깨를 꼭 끌어안았다. 자신을 따라가고 싶어 하는 그녀의 마음은 알지만 그도 어쩔 수가 없는 일이었다. 모처럼 선배가 콘도 이용권을 내놓으면서 주선한 동아리 MT였다. 그런 자리에 그녀와 같이 갈 수는 없는 노릇이었다.

"갔다 와서 꼭 같이 여행 가 줄게. 그러니까 서운하다 생각하지 말고. 알았지?"

혜나는 끝내 토라진 표정을 하고 침대에 누워 버렸다. 등을 돌리고 훌쩍거리는 그녀를 본 성하의 마음이 편안하지만은 않았다. 묵묵히 잠옷으로 갈아입은 그는 평소 때와는 달리 그녀의 곁으로 바짝 붙어 누웠다. 어깨를 살짝 잡고 자신 쪽으로 돌린 그는 물기 어린 눈을 들여다보았다.

"울보."

"오빠, 진짜 미워!"

서운함을 이기지 못해 투덜거리면서 투정을 부리는 그녀의 뺨을 성하는 부드러운 손길로 쓸어 주었다.

"부부여도 같이할 수 없는 게 있는 법이야."

"나도 알아. 내가 뭐 바본가?"

삐죽거리는 입술에 손가락을 댄 그는 유혹을 이기지 못하고 입술을 겹쳤다. 부드럽게 빨아들인 입술의 달콤함에 그는 팔에 힘을 주어 그녀를 끌어안았다. 격정적일 정도로 깊게 키스를 한 그는 입술을 옮겨 가냘픈 목덜미에 댔다. 누르듯이 입술을 비비고 혀를 내밀어 핥자 작은 몸의 떨림이 고스란히 느껴졌다.

"오…… 오빠."

불안한 듯이 떨려 나오는 목소리를 못 들은 척 그는 좀 더 입술을 밑으로 내렸다. 더듬어가면서 목덜미의 오목한 부분까지 입을 맞추자 그녀의 손이 어깨를 밀어냈다.

"오빠, 간지러워."

잔뜩 움츠린 혜나의 몸을 의식한 성하는 자신의 욕구를 참아야만 한다고 생각했다. 하지만 몸은 그의 생각에 반항이라도 하듯이 더욱 뜨거워지기만 했다. 잔뜩 솟구친 남성이 터질 것처럼 아팠다. 고통스러움에 눈을 질끈 감은 그는 그녀를 품에 끌어안고 나직이 한숨을 내쉬었다.

그녀의 머리카락을 어루만지면서 성하는 자신의 감정을 눌렀다.

혜나가 원하지 않는데도 성행위를 하는 것은 동물적인 욕구를 해결하려는 것일 뿐이라고 수차례 자신에게 주지시켰다. 하지만 성하는 너무나도 힘들고 괴로웠다. 그녀를 곁에 두고, 안고서도 사랑을 나눌 수 없다는 사실은 참을 수 없을 정도로 고통스러웠다.

맞닿은 몸에서 내뿜어지는 열기를 그녀도 고스란히 느낄 수 있었다. 심장이 쿵쾅거리고 뛰면서 미묘하게 감정의 물결이 일어났다. 그와 살이 닿는 느낌은 황홀할 정도로 좋았다. 하지만 묵직하게 닿아오는 몸의 반응에 왠지 겁이 났다. 혜나는 의식하지도 못한 채 몸을 움츠리고만 있었다.

"성하 오빠."

그는 지금 많이 힘들 거야.

걱정되는 마음에 그녀는 가만히 그를 올려다봤다. 눈을 감은 채로 그녀의 머리카락만을 어루만지면서 성하는 깊게 숨을 내쉬었다가 들이쉬고는 했다.

"그만 자자, 혜나야."

그녀는 그에게 '해도 괜찮아.'라는 말을 하려 했다. 하지만 마음먹은 것과 달리 쉽게 말이 입 밖으로 튀어나와 주질 않았다. 그녀가 머뭇거리는 사이 그는 이미 진정이 되었는지 고른 숨을 내쉬고 있었다. 그녀는 눈을 감고 그의 턱 밑에 머리를 들이밀었다. 그의 목덜미에 얼굴을 묻은 채로 그녀는 이대로 빨리 잠이 들었으면 좋겠다고 생각했다.

아침이 되기도 전에 스키 장비를 차 위에 싣고 떠나는 그의 모습을 보면서 혜나는 눈물을 글썽였다. 그녀는 아쉬운 마음에 차가 사라질 때까지 자리를 뜨지 못하고 있었다.

나도 따라갈 걸! 트렁크에 숨어서라도 갈 걸!

풀 죽은 모습으로 현관을 들어서던 그녀는 순간 떠오르는 생각에 눈을 빛냈다.

아니지! 못 갈 게 뭐가 있어? 어차피 스키장은 공개된 장소인데?

쾌재를 부른 그녀는 이 층 방으로 잽싸게 뛰어 올라가 거울을 봤다. 살짝 곱슬거리는 긴 머리를 단정히 정돈하고 얌전해 보이는 옷으로 골라 입었다. 연한 빛깔의 립스틱까지 골라서 바르고 그녀는 거울 앞에서 한 바퀴 빙그르르 돌아 보았다.

우아하고 예쁘게 보이는지 세심하게 점검을 한 그녀는 조신한 태도로 일 층으로 내려왔다. 안방 앞에서 걸음을 멈춘 그녀는 용기를 내어 노크를 했다.

"어머니, 저예요."

"그래, 들어오거라."

크게 심호흡을 한 그녀는 살며시 문을 열고 안으로 들어섰다.

"어머니, 아버님께 드릴 말씀이 있어서요."

차분한 태도로 말은 하고 있었지만 그녀의 심장은 요란스럽게 뛰고 있었다. 혹여나 쓸데없는 소리를 한다고 혼나는 건 아닐까 하는 생각에 그녀는 잔뜩 겁을 먹었다.

"그래, 무슨 말이냐?"

"저, 아버님. 여행 안 가실래요?"

"여행? 무슨 여행 말이냐?"

홍미를 보이는 민 장군의 태도에 용기를 얻은 그녀는 귀엽게 보이는 미소를 입가에 띠었다.

"우리도 여행 가요, 아버님. 오빠 혼자만 신났다고 스키 타러 가는 거 보니까 저 사실 속상해요. 스키장에 가요. 네?"

초롱초롱한 눈을 빛내면서 두 손을 모아 쥐고 애원하는 혜나를 본 민 장군의 얼굴에 미소가 생겼다.

"스키장 가고 싶은 게냐?"

"네, 아버님. 정말, 정말 가고 싶어요. 저요, 스키 못 탄다고 여태 한 번도 스키장 못 가 봤거든요. 스키장이란 데가 어떻게 생긴 건지도 몰라요. 그런데 오빠가 저 안 데려가고 혼자서만 가 버린 거 있죠."

"저런! 새아기가 정말 스키장에 가 보고 싶은가 보구나?"

부드럽게 들려오는 정 여사의 말에 그녀는 더욱 애처로운 표정을 하고 민 장군을 응시했다.

"네, 꼭 가고 싶어요. 그런데…… 저 혼자서는 못 가잖아요."

서로 마주 보는 민 장군과 정 여사의 표정을 살피면서 혜나는 속으로 열심히 돼라 돼라 하는 주문을 외웠다.

"그렇다면 오랜만에 스키장에나 한 번 가 볼까?"

"그럴까요? 여행 가 본 지도 오래됐는데 그것도 괜찮은 생각이겠네요."

"와— 정말 고맙습니다."

환호성을 지르면서 혜나는 벌떡 일어났다.

"저 지금 올라가서 준비할게요."

"혜나야, 이것저것 챙길 것도 많을 테니 점심 먹고 출발하자꾸나."

챙길 것도 별로 없는데…….

"네, 아버님."

급한 마음에 서두르려던 그녀는 민 장군의 말씀에 다소곳이 고개를 숙였다.

"참, 어머니. 저기요……."

막 문을 열고 나서려던 그녀는 휙 뒤돌아서면서 눈을 반짝였다.

"스키장요. 강원도에 있는 성우 리조트로 가요."

"그래, 그러자꾸나."

정 여사가 순순히 대답하자 혜나는 얼굴 가득 환한 미소를 짓고 방문을 열고 나갔다. 곧이어 이 층으로 뛰어오르는 발걸음 소리가 우당탕탕하며 요란스럽게 들려왔다.

"스키장 간다니까 저렇게도 좋아하다니……."

민 장군의 말에 정 여사가 쿡쿡거리며 웃었다.

"새아기가 스키장에 가고 싶어서 그러겠어요? 성하 쫓아가려고 그러는 거죠."

"성하를 쫓아간다고?"

"강원도 성우 리조트 말이에요. 성하가 MT 간다고 간 곳이에요."

"허허, 그랬구먼. 그놈, 참…… 속마음은 딴 데 있었군그래."

민 장군은 너털웃음을 터트렸다. 여전히 민 장군은 둘의 사이가 좋은 것에 안심을 하고 있었다.

2월이었지만 스키장은 마지막 겨울을 즐기려는 사람들로 인해 북적대고 있었다. 혜나는 원한 대로 성우 리조트로 왔고 많은 인파에 기가 질리고 있는 참이었다.

"정말 사람 많다. 여기서 성하 오빠를 어떻게 찾지?"

작은 소리로 중얼거리던 그녀는 손짓을 하는 정 여사를 보고 다급히 다가갔다.

"방으로 올라가자꾸나, 새아가. 짐 풀고 좀 쉬고 나서 주변을 둘러

보도록 하려므나."

"네, 어머니. 그런데 두 분은 스키 잘 타세요?"

마냥 즐거운 기분으로 엘리베이터에 올라타면서 그녀는 넌지시 질문을 던져 보았다.

"아버님은 잘 타신다, 아주 수준급이셔. 그리고 나도 그럭저럭 중급자 수준은 된단다."

"와— 부러워라. 어머니도 스키 잘 타신다…… 전 언제쯤 스키를 잘 타게 될지 모르겠어요."

"겁내지 말고 배워 보도록 해야지."

"네, 어머니."

고개를 끄덕여 가면서 열성적으로 대답은 했지만 그녀는 이곳에서 스키를 배울 마음은 전혀 없었다. 스키를 배우는 일은 나중에라도 얼마든지 할 수 있는 일이었다. 지금 당장은 성하를 찾는 일이 더 급하다고 그녀는 생각했다.

민 장군이 예약한 콘도는 주방과 거실이 딸렸고 방이 두 개나 있는 아늑한 구조로 여느 가정집 같은 따뜻한 분위기에 혜나는 다소 안심을 했다.

방으로 들어와 창문을 열자 눈 덮인 산들이 보였다. 넓고 탁 트인 설원의 풍경에 그녀는 크게 심호흡을 하고 지그시 눈을 감아 보았다.

이런 눈밭에서 오빠하고 뒹굴고 놀면 좋겠다!

상상의 나래 속에서 러브스토리의 주제곡이 울려 퍼지며 성하와 눈밭을 뛰어다니는 자신의 모습이 떠올랐다. 자못 흐뭇한 생각에 혜나의 입가로 미소가 피어올랐다.

옷 갈아입고 빨리 찾으러 가야지!

점심을 먹고 출발한 탓에 저녁 시간까지는 얼마 남지도 않았다. 겨울은 해가 짧아 일찍 어두워진다는 생각을 한 그녀는 두툼한 코트에 목도리와 장갑으로 중무장을 하고 방을 나왔다.

"어머니, 저 먼저 나가서 한 바퀴 둘러보고 올게요."

주방에서 냉장고를 정리하고 있는 정 여사의 등에 대고 그녀는 신이 나서 외쳤다.

"그래, 그러거라. 내 좀 있다가 라운지로 가 보마."

"네, 다녀올게요."

반짝거리고 눈을 빛내면서 리조트 밖으로 나온 그녀는 순식간에 차가워지는 뺨을 두 손으로 감싸고 눈 위를 걸었다. 넘어지지 않도록 조심스럽게 발걸음을 떼면서도 그녀의 눈은 사방을 훑고 있었다. 경치를 감상하기 위해서가 아닌 누군가를 찾기 위한 눈길이었다.

스키복을 입고 고글을 쓴 사람들을 제대로 알아볼 수가 없었지만 그녀는 단번에 성하를 찾을 수가 있으리라 생각했다. 그녀는 성하가 복면을 하고, 온몸을 붕대로 칭칭 감고 있다하더라도 알아볼 자신이 있었다. 하지만 사람들은 너무 많았다. 더군다나 성하가 코스에 올라가 있다면 만나지 못할 건 뻔한 사실이었다.

"에구, 힘들다. 너무 춥고."

싸늘한 바람이 온몸을 때리고 넘어지지 않기 위해 다리에 힘을 너무 준 탓에 근육이 땅기고 있었다.

"차라리 그냥 핸드폰을 할까?"

그녀는 성하를 찾아서 앞에 짠하고 나타나 놀라게 해 줄 생각을 하고 있었다. 그런 낭만적인 생각을 하기에는 날씨가 너무 추웠지만 그렇다고 해서 스키장에 온 지 몇 시간 되지도 않아 생각을 바꿀 마음은 전혀 없었다.

"에이, 모르겠다. 저녁 먹고서 찾아봐야지. 자기가 설마 오밤중에도 스키를 타겠어? 분명 친구들하고 놀러 나올 거야."

머리가 흔들릴 정도로 고개를 저은 그녀는 몸을 돌려 리조트로 향했다. 라운지로 가겠다던 정 여사의 말을 떠올린 그녀는 곧장 그쪽으로 향했다.

따뜻한 공간으로 들어서자 온몸의 맥이 다 빠지는 기분이었다. 잔뜩 움츠렸던 어깨를 펴고 그녀는 정 여사가 앉아 있는 테이블로 다가갔다.

"어머니."

"왔구나. 구경은 잘했니?"

"네, 그냥 휙 둘러봤는데요. 너무 추워서 그냥 왔어요."

"그래, 날이 춥긴 춥더라. 막바지 추위인가 보구나."

혜나가 장갑을 벗자 정 여사는 손을 내밀어 감싸 주었다. 따뜻한 온기에 그녀는 부드러운 미소를 지었다.

"아버님은요?"

"저녁 드시기 전에 몸 푼다고 스키 타러 가셨단다."

"그럼, 어머니는요? 혹시 저 때문에……."

"아니다, 난 내일부터 타도 충분하단다. 오늘은 차 타고 멀리 와서 그런지 좀 피곤하구나."

다정한 시어머니의 말에도 불구하고 그녀는 불편한 마음이 들었다. 오랜만에 두 분의 좋은 시간을 방해한 건지도 모른다는 생각을 해서였다.

"어머나, 혜나야."

누군가의 목소리가 생각에 잠긴 그녀의 귀에 들려왔다.

"미연아."

상대를 확인한 그녀는 반가운 얼굴로 벌떡 일어섰다.

"너도 여기로 놀러 왔구나. 와! 반갑다"

손을 맞잡고 펄쩍거리며 뛰는 미연은 그녀와 2학년 때 같은 반 친구였다.

"안녕하세요? 저는 혜나하고 같은 학교 졸업한 김미연입니다."

정 여사를 그녀의 어머니라고 알아본 듯 미연은 깍듯한 태도로 허리를 굽히며 인사를 했다.

"그래요, 반가워요."

팔팔한 기운이 넘쳐 나는 젊은 아가씨를 대하자 기분이 좋아진 정 여사는 미소를 지으며 인사를 받아 주었다.

"혜나야, 친구들하고 같이 왔는데. 한 번 오지 않을래?"

"그럴까?"

그녀는 공연히 정 여사의 눈치를 봤다.

"그래, 놀러 가렴. 난, 방에서 좀 쉬려고 생각하고 있었는데 잘됐구나."

미소를 지으면서 승낙하는 정 여사에게 그녀는 고개를 꾸벅 숙였다.

"감사합니다. 그럼 늦지 않도록 올게요."

"그러거라."

라운지 밖으로 나온 미연은 그녀의 팔을 잡고 엘리베이터 앞으로 이끌었다.

"너 어머니한테 굉장히 깍듯하다. 꼬박꼬박 존댓말도 쓰고."

미연의 말에 그녀는 멋쩍은 미소를 지었다.

그게, 어머니가 아니라 시어머니라서 그런 거란다.

"저녁 먹기 전에 쉰다고 다들 방에 있어."

엘리베이터를 타면서 미연이 설명을 하자 그녀는 호기심에 잠긴 얼굴을 했다.

"누구누구 왔는데?"

"어. 소영이하고 정아하고."

"달랑 너네 셋이서?"

"건 아니지."

음흉한 미소를 짓는 미연을 보며 혜나는 의아한 마음을 감출 수가 없었다.

"그럼 누구?"

"남자애들."

"남자애들 누구?"

"보면 알아."

기어이 미연은 낄낄 웃어 대면서 그녀의 궁금증을 증폭시키는 역할을 했다.

"여기야."

방문 앞에 서서 요란스럽게 노크를 한 미연은 벌컥 문을 열며 소리를 쳤다.

"애들아, 누가 왔나 봐라."

"꺄— 유혜나."

"어머나, 쟤가 여기 웬일이래?"

펄쩍 뛰며 좋아하는 친구들의 뒤로 세 명의 남자들이 보였다.

"어?"

남자들 중의 한 명인 정훈이 앉았던 침대에서 일어서며 놀라운 표정을 지었다. 혜나 또한 정훈을 보고 놀란 표정을 감추지 못했다.

"이야— 여기서 만나게 되네?"

한 발 앞으로 나서는 정훈의 얼굴을 뚫어지게 보던 그녀는 그제야 정신을 차리고 작게 미소를 지었다. 정훈은 그녀에게 손을 내밀고 있었다.

"반갑다. 졸업하고 영영 못 볼 줄 알았는데."

혜나는 그 손을 잡으며 조금은 미안하다는 얼굴을 했다. 졸업을 하고 난 다음부터 그녀는 같은 반 친구들에게 연락도 하지 않았다. 더욱이 정훈은 스터디를 하면서 많은 도움을 주었었는데도 불구하고 연락 한 번 하지 않아 더 미안하다는 생각이 들었다.

"나도 반가워."

"그래."

정훈이 잡은 손을 놓으려 하지 않자 혜나는 어색한 표정으로 손을 잡아 뺐다.

"그런데 너네 어떻게 여기 모여 있는 거야?"

그녀의 호기심은 소영의 말로 인해 채워졌다.

"정아가 먼저 여행이라도 갔으면 좋겠다고 노래를 부르잖아. 대학 입학하기 전에 기념으로라도 스키장엘 가 보고 싶다고 그래서, 부모님한테 통 사정을 했지. 뭐, 수능 끝내고 무사히 대학 합격도 했으니 축하하는 뜻으로 좀 놀게 해 달라고 부탁을 드렸어. 허락을 해 주셔서 알아봤더니 준호네 부모님이 여기 회원이시래, 그래서 덕 좀 봤어. 혜나 너도 알지? 5반이었던 박준호."

소영의 말에 준호라고 불린 남자가 손을 들며 아는 척을 했다. 그렇게 생각하고 보니 준호도 학교 안에서 몇 번 마주쳤던 기억이 있었다.

"요번에 스키장 오면서 친구들 좀 데려오라니까 준호 쟤가 순 얼굴 아는 동창들만 데려온 거 있지? 웬만하면 뉴 페이스로 끌고 올 것이지."

실망했다는 얼굴로 툴툴대는 소영이를 정아가 슬며시 노려보았다.

"웬 뉴 페이스?"

"그러게, 그런 말하면 내가 무척이나 미안한데."

뒷머리를 긁적이면서도 준호는 유쾌한 웃음을 터트렸다.

"혜나, 넌?"

정훈의 질문에 그녀는 조금 난감한 기분에 휩싸였다. 그녀는 친구들에게 결혼했다는 걸 밝히고 싶지 않았다. 20세의 파릇한 청춘이 벌써 아줌마 소리를 듣는다는 건 별로 유쾌하지 못한 일이었다.

"혜나는 가족 여행 온 거야. 아까 라운지에서 어머니 뵙고 인사드렸거든. 오늘 온 거니? 우린 어제 왔는데."

미연이 그녀가 해야 할 대답을 대신해 주었다.

"응, 오후에 도착했어."

"그래? 그럼, 아직 스키 못 탔겠다."

"스키 탈 일이 없을 것 같아. 사실 나 스키 아예 못 타거든. 한 번도 타 본 적이 없어서."

"정말? 야— 정아, 너 동지 생겼다."

까르르 웃어 대는 친구들을 보면서 혜나 또한 쑥스러운 표정을 했다.

"잘됐네. 애들 스키 타러 가면 난 혜나하고 둘이 놀면 되겠다."

오히려 다행이라는 표정으로 정아는 그녀의 팔을 잡으면서 활짝 웃었다.

"어…… 그래."

성하를 찾아야 한다는 생각을 잠시 뒤로 미루고 그녀는 친구들과 마음껏 즐기기로 했다. 어차피 스키 코스가 개장되어 있을 때는 성하와 만날 가능성도 희박했다. 그를 찾아 상급자 코스까지 올라가지 않는 한은. 더군다나 자신이 이곳에 와 있다는 사실을 성하가 모른다는 생각에 그녀는 은근히 스릴 있다고 느끼고 있었다. 일단은 친구들과 마음껏 놀고 즐긴 다음 갑자기 나타나서 그를 놀래 줘야겠다고 그녀는 마음먹었다.

착지를 하자마자 옆으로 달라붙듯이 서는 경애를 성하는 못마땅하다는 눈으로 봤다.

"성하 선배, 나 넘어질 것 같아."

그의 눈길을 태연히 받아넘기면서 경애는 애교스러운 음성으로 소리쳤다. 그것으로도 부족해서 기우뚱거리며 그의 팔을 잡고 매달렸다.

난감한 표정을 한 성하와 눈이 마주친 준영은 어깨를 으쓱이고 가까이 다가왔다.

"경애야, 아까 혜란이가 너 찾더라. 무지막지하게 급한 표정으로 찾던데."

"왜? 선배? 무슨 일인데?"

기회를 봐 가면서 틈날 때마다 성하의 옆으로 붙으면 귀신같이 알고 달려오는 준영을 경애는 잔뜩 날이 선 눈빛으로 노려보았다. 드러내 놓고 성하와 같이 있을 기회를 뺏겠다는 듯이 행동하는 준영이 경애는 사뭇 못마땅했다. 하지만 준영은 성하와 절친한 사이였고 자신에게는 선배였기에 함부로 대할 수가 없었다. 그 사실이 더욱 맘에 들지 않았지만 경애는 성하 앞에서만은 착한 여자, 예쁜 여자 역을 하기로 마음먹고 있었다.

"나한테 말하지 않아서 그건 모르겠고, 어쨌든 급한 일인 것 같더라. 너 리프트 타고 올라갔다고 하니까 펄쩍 뛰면서 큰일 났다고 난리를 치던데. 내려오면 바로 방으로 오라고 전해 달라고 했다. 그러니까 얼른 가 봐."

경애는 꼼꼼히 준영의 얼굴을 훑어보았다. 심각한 안색으로 말하는 것이 거짓말을 하는 것처럼 보이지는 않았다. 방으로 찾아가 혜란을 만나면 사실 확인이 될 일이었지만 원래 장난기가 심한 준영인지라 경애는 마음을 놓지 못하고 있었다. 경애는 또다시 성하와 있을 기회를 뺏기 위해 준영이 거짓말을 하는 건 아닐까 하는 의심을 계속하고 있었다.

날이 너무 추워 모두 리조트로 들어가고 성하와 단 둘이 있을 수 있는 기회를 잡았다 여겼는데 뒤따라온 준영이 너무도 얄미웠다. 게다가 안 좋은 소식까지 전하는 태도가 보통 미운 것이 아니었다. 하지만 경애는 동그랗게 눈을 뜨고 궁금하다는 표정을 얼굴 전체에 깔았다. 귀여운 척 어깨를 으쓱이면서 그녀는 성하에게 애교 있게 미소를 보냈다.

"정말 무슨 일이 생긴 건지도 모르겠네. 성하 선배, 우리 같이 들어가요."

"난 스키 더 타려고 하는데?"

피하려는 기색이 역력한 성하의 팔을 붙잡고 경애는 모르는 척 매달려 보았다.

"아이, 선배. 날이 너무 춥잖아요. 봐요, 바람도 너무 불고 코가 빨갛게 변해 버렸는데. 그만 방에 들어가요. 네?"

"이 정도가 뭐가 춥다고 그래? 군대 있을 때 전방에서는 이것보다 열 배는 더 추웠구먼!"

눈을 내리깔고서 비꼬아 대는 준영을 힘껏 째려본 경애는 또다시 성하를 보며 배시시 미소를 지었다.

"들어가서 뜨거운 커피라도 한 잔 마셔요. 성하 선배."

"넌 들어가서 커피 마셔. 난 스키 더 탈 테니까. 준영아, 어때? 한 번 더 올라가야지."

"그럼, 그래야지."

성하의 제안에 넉살 좋게 대꾸하는 준영을 경애는 잡아먹을 듯한 눈으로 노려보았다. 준영이 그만 들어가자고 한마디만 해 주면 성하도 못 이기는 척 들어갈 것이 뻔한데 자신의 의도와는 전혀 다른 행동을 하는 그가 경애는 무척이나 얄미웠다. 보란 듯이 앞에서 실실 웃는 태도는 더욱 얄미웠다.

"조심해서 들어가라, 난 간다."

미련 없이 몸을 돌린 성하는 리프트 쪽으로 방향을 잡았다.

"성하야, 너 정말 저 위에 또 올라갈 생각은 아니겠지?"

뒤따라온 준영이 곤란하다는 음성으로 질문을 던지자 그는 싱긋 미소를 지었다.

"나도 사람이라 추운 건 딱 질색이다. 하지만 어쩌겠냐? 그런 소리라도 안 하면 경애가 끝까지 고집 부리면서 끌고 다니려고 할 테니."

"저 찰거머리 같은 건 왜 널 좋아하는 건지 정말 모르겠다. 내가 볼 때는 하나 잘난 것도 없는 인간이구먼."

"뭐야?"

성하가 짐짓 눈을 부릅뜨고 준영을 노려보았다.

"뭘 잘했다고 눈을 치켜 뜨냐? 넌 유부남이잖냐, 유부남. 아무리 공식적으로 발표를 안 했다고는 하지만 계집애들이 눈도 없냐? 분위기 확 틀려진 것도 모르냐?"

"지금 질투하냐?"

넌지시 떠보는 말에 준영은 고개를 끄덕였다.

"어, 그래. 나 질투한다. 너 결혼하고 나서 명실공히 학교의 제왕은 내가 되리라 생각했다. 그런데 아직도 여전하잖냐. 그놈의 인기가!"

이를 박박 갈아 대면서 투덜거리는 준영을 향해 성하는 어이없다는 표정으로 혀를 찼다

"제왕? 뭔 제왕? 바람둥이 제왕? 야, 그런 거 난 줘도 안 갖는다. 너나 해라."

"고맙다. 네가 그렇게 말한다니 물려받아 아주 잘 쓰마! 그러나 너만 그런 소리하면 뭐하냐? 남들이 인정을 안 해 주는데."

"잘났다, 김준영. 그만해라. 아주 짜증난다, 짜증나. 넌 여자애들 들러붙는 게 그렇게도 좋냐? 난 아주 피곤하고 귀찮아 죽겠다."

"너야 헤나가 있으니까 아무런 상관이 없겠지. 하지만 난 공식적인 애인 자리가 비어 있잖아. 그 자리 채우려면 많은 여자들을 만나 보고 그중에 한 명을 골라야지. 아무나 덥석 앉힐 수는 없는 자리다."

자못 심각한 얼굴을 하는 준영의 곁에 멈춰 서면서 성하는 고개를 갸우뚱거렸다.

"너 그 말은 어째 진담처럼 들린다."

"나도 나이가 있잖냐. 이제 한 여자에게 정착을 해야지."

"장하다, 김준영."

"경애, 갔다. 이제 그만 멈추자."

뒤를 돌아본 준영이 하는 말에 성하는 그제야 안도의 한숨을 내쉬었다.

"경애 올 줄 알았으면 난 여기 안 왔다."

"그건 피차 마찬가지야. 나도 쟤 올 줄 알았으면 안 왔어. 계집애가 아주 작정을 하고 쫓아왔더만. 네 옆에 붙어서 이양 떠는 꼴 눈뜨고 못 봐 주겠더라. 아까 봤냐? 아주 잡아먹을 듯이 날 노려보더라."

"네가 고생이 많다."

쿡쿡거리면서 웃은 성하는 준영의 어깨를 툭툭 두드렸다.

"그나저나 너 주변 정리 좀 해라. 헤나가 이런 꼴 보면 거품 물고 뒤로 넘어가겠다."

준영의 날 선 충고에 성하는 씁쓸한 미소만 지었다.

"내가 싫다 해도 덤벼드는 걸 어쩌겠냐? 특히 경애 쟤는 내가 결혼했다고 분명히 말했는데 믿는 척도 하지 않더라."

"그게 다 잘난 네 얼굴 보고 어찌어찌해 보겠다고 덤벼드는 여자들의 헛된 망상 아니겠냐. 결혼 아니라 더한 걸 했다 해도 다들 꿈쩍도 안 할 거다. 징그러운 것들. 나도 확 성형수술이나 해 버릴까 보다."

"그래, 제발 수술해서 여자애들 다 데려가라. 이제 그만 가자."

빙긋이 웃고 몸을 돌린 성하는 살갗을 때리는 찬바람만큼이나 가슴속에서도 차가운 바람이 분다고 생각했다. 혜나를 떠올리면 그는 마음이 아려 왔다. 바람둥이라는 오명을 씻고 진실된 모습을 보여 주겠노라고 결혼을 감행했지만 그의 뜻대로 모든 일이 이루어지지는 않았다. 혜나와의 사이도 원만하지 않았고 좋다고 죽자 사자 쫓아다니는 여자도 아직 있다. 준영의 말대로 혜나가 자신의 그런 모습을 보는 건 환영할 만한 일은 못 된다고 성하는 생각하고 있었다. 자신은 이미 결혼했다고 말해도 믿지 않고 무조건 좋아한다면서 따라다니는 여자들의 행동은 그가 이해할 수도, 특별히 어쩔 수 있는 일도 아니었다.

혜나가 같은 대학에 입학하는 3월이 은근히 두려워지는 성하였다.

10장.

정 여사의 허락을 받고 친구들과 같이 저녁을 먹은 혜나는 호프집으로 자리를 옮겼다. 호프집은 젊은 사람들만이 모이는 곳답게 스피커에서 경쾌한 음악 소리가 울려 나오는 전체적으로 시끌벅적한 분위기였다. 친구들과 모여 앉아 맥주 한 잔을 앞에 놓고 그녀는 즐거운 기분에 휩싸여 있었다. 정 여사도 걱정 말고 친구들과 즐거운 시간을 보내라고 허락을 했기에 그녀는 모처럼 학창 시절로 돌아간 듯한 기분을 만끽했다.

하지만 그녀의 한쪽 머릿속에서는 너무 늦지 않아야 한다는 생각도 있었다. 그녀는 엄연히 한 집안의 며느리였다. 시부모님을 졸라서 모시고 여행을 왔기 때문에 다른 친구들과는 입장이 다르다는 생각을 하고 있었다.

한참 동안이나 대화를 나누면서 분위기에 젖어 있던 그녀는 정아의 팔을 붙잡으며 들려오는 음악 소리에 지지 않겠다는 듯 큰 소리로 외쳤다.

"지금 몇 시니?"

"10시 좀 지났어, 왜?"

"시간이 벌써 그렇게 됐어? 나, 가야 돼."

생각보다 더 시간이 많이 흘렀다고 느낀 그녀는 조금은 불안한 기색을 내보였다.

"아까 어머니한테 허락받았다면서? 좀 더 놀고 가."

벌떡 일어서는 그녀의 팔을 정아가 붙잡았다.

"안 돼, 너무 늦으면 혼나."

그녀가 거세게 머리를 흔들자 어쩔 수 없다는 듯 정아는 잡은 팔을 놓아주었다.

"내가 바래다줄게."

기사도 정신을 발휘한 정훈이 그녀를 따라나섰다.

"멀지도 않은데, 괜찮아."

"그래도 같이 가자, 엘리베이터 타는 것만 볼게."

정훈의 고집에 그녀는 승낙을 하고 나란히 걸음을 옮겨 호프집을 나섰다. 일 층 로비까지 온 그녀는 엘리베이터 앞으로 걸어가면서 뭔가 이상하고 등줄기가 찌릿해지는 느낌을 받았다.

혹시 하는 생각으로 몸을 돌린 혜나의 눈에 로비로 들어서는 성하의 모습이 비쳤다. 회색 스웨터에 카키색 면바지를 입은 그가 위험스러운 기색을 내뿜으며 그녀 앞으로 걸어오고 있었다.

"성하 오빠."

혜나는 활짝 웃는 표정으로 반갑게 그의 이름을 불렀다. 하지만 성하의 눈은 불이라도 붙을 듯 타올라 그녀와 정훈을 노려보고 있었다.

"선배님, 안녕하세요?"

같은 학교를 졸업한 선배인 성하를 알아본 정훈이 깍듯이 고개를 숙이며 인사를 건넸다.

"그래."

무뚝뚝한 표정으로 고개를 끄덕이는 그의 앞에서 혜나는 연신 기쁜 듯 방글거리며 웃었다.

"최정훈입니다. 오늘 여기서 반가운 사람은 모두 만나네요."

그들이 결혼했다는 걸 모르고 있는 정훈은 진심으로 반갑다는 마음에 손을 내밀었다. 마땅치 않은 기색을 감추고 성하는 정훈과 악수를 나누었다.

"학교 친구들 몇 명이 놀러 왔는데 선배님 시간 괜찮으시면 같이 가 주실 수 있으세요?"

평소 알고 싶었던 선배인 성하를 만났다는 흥분으로 정훈은 신이 나서 떠들었다. 정훈은 혜나를 바라보는 성하의 시선이 이상하다는 것을 느꼈지만 모른 척해 버리고 말았다. 정훈은 학교 안에서도 특별히 성하가 후배들에게 개인적인 관심을 가진다는 소문을 들은 적이 없었다. 그랬기에 정훈은 성하가 혜나와 관계가 있으리라고는 꿈에도 생각지 않고 있었다.

"유혜나, 잠깐 나 좀 볼까?"

정훈의 말에는 대답도 하지 않은 채 혜나를 뚫어지게 보면서 성하는 나지막하게 말했다.

뭔가 분위기가 이상하다는 느낌을 받은 건 그녀도 마찬가지였다. 보통 때보다도 더욱 굳어진 얼굴과 낮은 목소리의 성하가 무섭게 느껴지고 있었다. 하지만 그녀는 단순하게 자신이 말도 없이 스키장까지 쫓아와서 그가 화가 난 걸 거라고 생각했다.

"그래요, 오빠."

조금은 미지근한 태도로 그녀는 고개를 끄덕였다.

"정훈이라고 했나? 난 혜나와 잠시 할 얘기가 있으니 먼저 가도록 하지."

딱딱한 목소리로 말을 건네는 성하의 차가운 눈빛에 정훈은 잠시 움찔했다.

그의 눈길에 잠시 당황한 표정으로 정훈은 고개를 숙이면서 인사를 했다.

"네, 안녕히 가세요. 다음에 또 뵙죠."

몸을 돌려 걸어가는 정훈을 성하는 뚫어지게 노려보았다. 단 일 분도 떨어지지 않고 옆에 붙어 있으려고 하는 경애를 피해 밖으로 나온 성하였다. 같이 있는 선배나 친구들의 눈치는 아랑곳하지 않고 저돌적으로 달려드는 경애의 행동에 준영마저도 두 손 두 발 다 들었다는 표정을 하자 성하는 무척 난감한 입장에 사로잡혔다.

낮에는 그나마 스키를 탄다는 핑계로 경애가 쫓아올 수 없는 상급자 코스로 가 버리면 그만이었지만 밤이 되자 사정이 달라졌다. 한창 놀기 좋아하는 20대의 남녀가 모였으니 시끌벅적한 건 물론이요, 주변의 눈치 같은 건 신경 쓰지도 않았다. 모여 놀던 단란주점의 시끄러운 소란을 피해 밖으로 나왔던 성하는 혼자 방으로 돌아가던 길이었다.

엘리베이터를 향해 걷던 그는 앞에 보이는 혜나의 모습에 한순간 자신의 눈을 의심할 정도였다. 서울도 아닌 강원도의 스키장에서 그녀의 모습을 보리라고 그는 상상조차 하지 않았었다. 게다가 그녀의 옆에는 떡하니 남자가 서 있었다.

성하는 그녀가 이곳에 있다는 사실보다 남자와 같이 있다는 것에 더 큰 충격을 받았다.

그는 자신이 집에 없는 틈을 타 그녀도 친구들과 놀러 온 걸로 여기고 분노에 휩싸였다.

"너 여긴 어떻게 왔어?"

"차 타고 왔지."

멀뚱한 눈으로 쳐다보면서 혜나가 대답하자 성하는 끓어오르는 화를 참아야 했다. 성질 같으면 지금 당장이라도 그녀의 목을 조르면서 왜 저놈과 같이 있는 거냐고 소리를 치고 싶었다. 지그시 입술을 깨물면서 성하는 주먹을 꾹 쥐었다.

"언제 왔는데?"

"아까 오후에."

"그럼, 나 가고 나서 바로 왔다는 소리야?"

"응! 점심 먹고 바로."

아무렇지도 않다는 표정으로 대답한 그녀는 오히려 성하의 태도를 이해할 수가 없었다. 아무리 자신이 쫓아온 게 싫을지라도 지금 같은 반응을 내보이지는 않을 거라고 예상하고 있었기에.

조금이라도 좋은 척을 해 주면 어디가 덧나나? 아님 정말 내가 여기 온 게 싫어서 저러는 거야?

그녀는 서운한 감정에 입술을 삐죽거렸다.

그는 그녀의 팔을 거칠게 움켜잡고 구석진 곳으로 끌고 가다시피 걸어갔다.

"이거 놔, 오빠. 팔 아파."

새된 외침에 팔을 놓으면서도 성하는 잔뜩 굳은 표정을 풀지 않았다.

"왜 그래? 말로 해도 되잖아."

"누가 너보고 여기 오라고 했어?"

"나 허락받고 온 거야. 두 분 다 찬성하셨단 말이야."

"찬성? 니가 애교 부리니까 넘어가신 거겠지. 말리고 싶어도 억지 피우니까 어쩔 수 없이."

차가운 말투에 혜나는 심통 맞은 얼굴을 하고 그를 보았다.

"애교 부린 건 사실이지만 억지 피우지는 않았어!"

천방지축
상은아빠

"그래서 허락해 주신다고 좋다고 달려왔단 말이지?"

싸늘해지는 눈매를 바라보던 그녀는 어깨를 움츠리면서 몸을 떨었다. 그에게서 풍겨 나오는 분위기가 너무도 위험스럽고 무섭게 느껴졌다.

"그것도 다른 놈하고 같이 말이지!"

날선 외침에 화들짝 놀란 그녀는 그제야 뭔가 이상하다는 생각을 했다.

"그게 무슨 말이야?"

"무슨 말이냐고? 몰라서 물어? 아까 그놈! 너하고 같이 나타난 놈 말고 또 누구하고 왔어?"

성하의 질문을 곰곰이 생각해 보던 그녀는 드디어 딱딱하고 무섭게 구는 성하의 태도를 이해할 수 있었다.

"잠깐만, 오빠. 그러니까 그게 뭐야? 지금 오빠는 내가 다른 남자애들하고 여길 놀러 왔다고 생각하고 있다 이거지?"

"그래, 좀 전에 정훈인가 뭔가 하는 놈도 그렇게 말했지. 친구들하고 몇 명이서 같이 왔다고. 그놈들, 누구누구야?"

왠지 아니꼽다는 감정에 사로잡힌 혜나는 뻔뻔한 얼굴로 팔짱을 탁 꼈다. 인상을 쓰는 그의 얼굴을 빤히 쳐다보면서 혜나는 턱을 꼿꼿이 치켜들었다.

"정아, 소영이, 미연이, 정훈이, 준호, 태수."

"그게 다야?"

"아마 그럴 거야."

"뭐?"

"내가 여기 와서 만난 애들은 그게 다야. 하지만 또 모르지, 다른 애들도 와서 놀고 있을지. 또 만나게 되면 그때 신상 명세 파악해서 얘기해 줄게. 그런데 말이지 그렇게 따지고 드는 오빠도 선후배 우르르 몰려왔으면 여자들도 같이 왔겠네? 그렇지? 그러니까 지금 나한테 요렇게 예민하게 구는 거 아니겠어? 안 그래?"

혜나는 이제 사뭇 건방진 태도로 다리를 까닥거리면서 앙칼진 목소리로 따지고 들었다.

"그게 지금 이 일하고 무슨 상관이야?"

"난 사실 여기 온 거 오빠 찾으려고 온 거 거든."

"뭐?"

"일부러 이곳으로 온 거라고. 여기 와서 사나흘 동안 다른 여자들하고 신나게 놀고 있을 오빠 찾아서 감시하려고 왔다고!"

그와 한시라도 떨어지기 싫어서 온 거였지만 혜나는 잔뜩 화가 난 마음에 그렇게 말을 해 버렸다.

성하의 얼굴은 더욱 뻣뻣하게 굳어졌다.

"그러니까 혹시라도 나한테 그만 집으로 가라는 말 할 생각이었으면 아예 하지도 말아라 이거야. 오빠 집에 가는 날, 나도 집에 갈 거니까."

야멸치게 소리치고 입을 꾹 다무는 그녀의 어깨를 성하가 잡은 순간 핸드폰의 벨 소리가 울려 퍼졌다.

"제장!"

낮은 목소리로 욕설을 뱉어 낸 그는 핸드폰을 들었다.

—민성하! 자리 옮길 거니까 빨리 와라. 선배님이 전원 참석하라고 하신다. 중요한 말씀이 있으신가 보던데.

귀를 뚫을 듯이 들려 나오는 준영의 목소리에 성하는 눈살을 찌푸렸다.

"그래, 알았어. 곧 갈게."

핸드폰을 주머니에 집어넣으면서 그는 그녀를 뚫어지게 쳐다봤다.

"왔으면서 왜 전화도 안 했어?"

"오빠 놀라게 해 주려고."

"그래. 아주 확실하게 충분히 놀랐다."

빈정거리는 말투에 기분이 상한 그녀는 입술을 삐죽였다.

"호출 왔잖아. 그만 가 보세요. 어지간히 바쁘신 것 같은데."

똑같이 맞받아 빈정거린 그녀는 쏘아보는 그의 눈길을 피해 고개를 돌렸다.

"방 몇 호실이야?"

"그건 알아서 뭐하려고? 오시려고? 어이구, 참으세요. 거기 올 시간이나 있으시겠어?"

"유혜나!"

"나 갈 거야, 내일 봐."

계속해서 빈정거리던 그녀는 갑자기 몸을 휙 돌렸다. 성하는 잽싸게 손을 내밀어 그녀의 팔을 붙잡았다.

"아파, 놔. 내일 보면 되잖아."

"혜나야, 너……."

그의 말을 막으면서 또다시 요란스럽게 핸드폰의 벨 소리가 울렸다. 기회다 싶은 마음에 그녀는 그의 팔을 뿌리쳤다.

"나 도망치고 그럴 맘 없어, 그럴 일도 없고. 그러니까 내일 만나."

말을 마친 혜나는 핸드폰을 드는 성하를 뚫어지게 쳐다보고 뛰어가 버렸다.

"여보세요."

성하는 아쉬운 눈길로 혜나의 뒷모습을 보면서 전화를 받았다.

—성하 선배. 있잖아…….

"지금 간다. 끊어!"

경애의 코맹맹이 소리가 들리자마자 성하는 자신이 할 말만 하고 폴더를 닫아 버렸다. 혜나를 놓치게 만든 전화를 건 사람이 경애라는 사실이 미칠 지경으로 짜증스럽게 느껴졌다. 지금 당장이라도 그녀의 뒤를 쫓아 달려가고 싶었지만 선배의 호출에 빠질 수도 없는 노릇이었다.

"그래, 내일 보자."

나지막하게 중얼거린 그는 이내 발길을 돌렸다.

숨이 턱에 닿도록 방까지 뛰어 달려온 그녀는 이내 한숨을 내쉬었다. 잔뜩 흥분한 마음에 엘리베이터를 놔두고 층계를 달려오느라 다리에 힘이 다 빠져 버렸다. 침대 위에 털썩 주저앉으면서 그녀는 성하를 떠올렸다.

못된 오빠. 상상을 해도 꼭 자기처럼 하고 있어!

투덜거린 그녀는 내일 만나면 반드시 머리카락을 다 쥐어뜯어 놓고 말겠다고 결심을 했다.

다음 날 혜나는 몇 번이나 성하에게 전화를 하려다 포기하고 말았다. 그의 앞에 갑자기 나타나서 놀라게 하려던 계획은 이미 어긋나 버렸다. 성하가 조금이라도 반가운 표시를 했다면 거리낌 없이 전화를 했을 텐데, 말도 안 되는 상상을 하는 그에게 더욱 화가 났다.

나를 그렇게 못 믿는다는 말이지? 민성하! 가만두지 않겠어.

입술을 꼭 깨물고 씨근덕거리던 그녀는 바람이나 쏘이자는 심정으로 밖으로 나섰다. 이른 아침부터 민 장군은 정 여사와 함께 스키를 타러 나갔다. 완전히 혼자가 된 그녀는 이상하게도 자유스럽다는 기분보다는 외롭다고 느끼고 있었다.

이럴 때 같이 있어 주면 얼마나 좋아? 못된 오빠.

그녀는 자신의 가라앉는 기분을 모두 성하의 몫으로 떠넘겨 버렸다.

조용히 음악을 들으면서 음료수를 마실 생각으로 그녀는 라운지를 찾았다. 창밖으로 보이는 경치를 감상하면서 성하를 떠올리고 있을 때, 그녀는 손을 흔들며 다가오는 정아를 봤다.

"혜나야."

"어서 와."

"뭐해? 스키 안 타?"

"나 스키에 별로 취미 없어. 그러는 넌?"

정아는 심플해 보이는 흰색 폴 티에 면바지 차림이었다. 아무리 훑어봐도 스키를 타다 온 복장은 절대 아니었다.

"나도 스키 못 타잖아. 그냥 답답한 서울 벗어나서 바람이나 쏘이려고 온 거라 아예 스키 장비 빌리지도 않았어."

"그래? 다른 애들은?"

"스키 타러 갔지."

정아는 여유 있는 표정으로 창밖을 응시했다. 그녀는 그런 정아의 여유가 부러웠다.

"너 가족 여행 온 거라면서? 그럼 성하 선배는? 어디 갔어?"

정아는 이곳에 있는 친구들 중 유일하게 그녀의 결혼 사실을 알고 있었다.

"응, 스키 타고 있을 거야."

"아까 미연이가 성하 선배 스키 타는 거 봤다고 하던데. 난 아닐 거라고 그랬어."

"왜?"

궁금증을 표시하는 그녀에게 정아는 난처한 표정을 했다.

"미연이가 하는 말이 성하 선배 옆에 어떤 여자가 찰싹 달라붙어 있더래. 엄청 친한 것처럼. 보기에 보통 사이가 아닌 듯이 보여서 아는 척도 못했다고 하면서 투덜거리더라. 미연이는 너랑 선배 사이 모르잖아. 친해질 수 있는 절호의 기회를 놓쳤다면서 엄청 서운해하더라고. 그래서 내가 성하 선배 아닐 거라고 그랬더니 분명 맞다고 벅벅 우기던데."

"그, 그랬어?"

가슴이 철렁 내려앉는 느낌에 혜나는 그저 더듬거릴 뿐이었다. 미연이 본 여자는 동아리 후배 중 한 명일 게 분명했다. 하지만 찰싹 달라붙어 보는 사람이 오해할 정도로 행동했다는 것이 그녀의 마음에 걸렸다. 자신이 없는 틈을 타서 다른 여자와 친하게 지낸다는 생각을 하는 것만으로도 그녀는 화가 났다. 더군다나 지금 시간까지도 연락이 없는 것을 떠올린 혜나는 성하가 자신을 찾으려는 노력도 하지 않는다고 여겼다.

못된 남편.

그녀는 서운함과 아쉬움이 섞인 감정에 휩쓸려 급격히 허물어졌다.

꼴도 보기 싫어, 정말 미워.

곁에 앉아 이야기를 나누는 사람이 정아가 아닌 성하였으면 하는 생각에 혜나는 눈물이 핑 돌 정도로 서러움을 느꼈다.

"아는 사람 만났나 보지, 뭐. 내가 여기서 너네들 만난 것처럼."

"그럴 수도 있겠지만 그렇다고 그렇게 민망스럽게 붙어 있고 그런대? 성하 선배 이제 유부남이잖아."

"글쎄…… 그건 나도 잘 모르겠어."

고개를 젓는 그녀의 우울한 표정이 정아의 마음을 안타깝게 만들었다.

"너네 무슨 일 있는 건 아니지?"

"아니야, 일은 무슨……."

다급하게 손을 흔들면서 혜나는 정아를 안심시켰다.

"그럼 다행이고. 참, 정훈이 만났니?"

"아니, 왜?"

"아까부터 너 찾던데. 핸드폰은 아무리 해도 안 받고 방 호수도 모른다면서 나한테 너 봤냐고 물어보더라."

"핸드폰 안 가져왔어, 그리고 오전 내내 방에 있었거든. 그런데 정훈이가 왜 날 찾아?"

"글쎄 나도 잘 모르지, 말을 안 했거든. 그냥 꼭 할 말이 있다고만 하던데?"

"무슨 말일까? 궁금하네?"

그녀가 궁금해하자 정아는 주머니에서 핸드폰을 꺼냈다.

"전화 한 번 해 볼까? 어디 있는지, 위에 올라가 있지 않으면 여기로 오라고 그럴까?"

"그래."

지루함에 빠져 죽을 것만 같았던 그녀는 정아의 제안을 쉽게 받아들였다. 창밖으로 고개를 돌린 그녀는 멍하니 눈 덮인 산을 바라보았다.

"코스에 안 올라갔나 봐, 금방 온대."

"어? 그래, 알았어."

정아와 이런저런 이야기를 주고받고 있는 동안에 하늘색 파커를 입은 정훈이 좌석으로 다가왔다.

"여기 있었구나, 찾아도 없던데."

"나 왜 찾았는데?"

정훈은 쑥스러운 미소를 얼굴 가득 담고 정아를 흘끔 바라보았다.

"정아야, 괜찮다면 혜나하고 얘길 했으면 하는데……."

"안 괜찮으면 어쩔 건데?"

정아는 심술궂은 얼굴로 정훈을 빤히 바라보았다. 정훈이 대답도 못하고 머뭇거리자 정아는 깔깔대면서 웃음을 터트렸다.

"장난친 거야. 알았어, 내가 자리 비켜 줄게."

곧장 몸을 일으킨 그녀는 혜나에게 살며시 손을 흔들어 보이고 밖으로 향했다.

"나한테 할 말 있다면서? 무슨 말인데?"

"너 성하 선배하고 같은 대학이라면서?"

"응."

정훈의 입에서 성하의 이름이 나오자 그녀는 바짝 긴장을 했다.

"어젯밤에 성하 선배하고 너, 친한 것처럼 보여서."

"그건 우리 오빠가 성하 오빠하고 친하잖아. 같은 대학이고, 집안끼리도 좀 알고."

그녀는 결혼했다는 말은 쏙 빼고 변명처럼 대답을 했다. 좋아한다고 고백을 했던 정훈에게는 성하와 결혼했다는 말을 하기가 껄끄럽게 느껴졌다.

"그렇구나. 너 그 대학 갈 줄 알았으면 나도 거기다 원서 넣는 건데."

"넌 어디다 넣었는데?"

"Y대."

정훈의 입에서 대학 이름이 나오자마자 혜나는 놀랍다는 표정을 해 보였다.

"우와— 정말? 생각보다 시험 잘 본 모양이다. 스터디한 보람이 있네?"

혜나의 칭찬에 정훈은 싱긋 미소를 지었다.

"넌 내가 놀기만 한 줄 아냐? 스터디하면서도 열심히 했었잖아."

"미안! 너 열심히 한 거 나도 알아."

정훈이 이마를 찌푸리면서 투덜거리자 그녀는 화사한 미소를 보냈다.

"사실 나도 S대는 좀 힘들 거라고 생각했다가 그냥 큰 맘 먹고 원서 넣은 거거든. 그런데 운 좋게도 합격해서 정말 다행이라고 생각하고 있었어."

"다행이다. 나도 S대로 지원하려고 하다가 아무래도 미역국 먹을 거 같아서 그냥 Y대로 넣은 거야."

"그래도 잘됐다. 축하해!"

그녀의 반응에 정훈은 신이 났다.

"내가 원서 넣을 때……."

정훈은 이런저런 이야기를 했고, 그녀는 맞장구를 치며 이야기를 받아 주느라 꽤 시간이 지난 것도 몰랐다. 또한 라운지의 입구로 성하가 들어온 것도 모르고 있었다.

그는 코스에서 내려오자마자 그녀에게 전화를 했다. 하지만 통화가 되지 않자 그는 그녀가 일부러 전화를 받지 않는 거라 여겼다. 아마도 어젯밤의 일로 화가 많이 난 것 같았다. 리조트 프런트에 들러 문의해 봤지만 그녀의 이름으로 예약된 방은 없었다. 친구 이름, 또는 친구 부모님 이름으로 예약을 한 것 같았다.

그녀가 먼저 연락을 하기 전에는 만날 수 없다는 사실이 그를 답답하게 했다. 혹시나 하는 생각에 들러 본 라운지에서 그녀의 모습을 발견하자 성하는 반가웠다. 그런데 그녀는 혼자가 아니었다.

그녀와 마주앉아 있는 남자는 어젯밤 인사를 나눴던 정훈이었다. 혜나를 향해 감정이 가득 담긴 눈길을 보내던 정훈을 그는 잊을 수 없었다. 또한 결혼 전에 그녀에게 기습 키스를 했던 남자가 정훈이라는 걸 그는 알고 있었다.

저런 놈을 왜 만나고 있는 거야!

그녀가 정훈을 보며 환한 미소를 짓자 그의 심장에 통증이 느껴졌다.

아주 좋아 죽을 것만 같은 모습이군.

그는 격한 감정에 휩싸였다. 지금 당장이라도 달려가서 그녀를 붙잡아 '내 여자다.' 라고 소리치고 싶었다. 하지만 그런 행동은 자신이 생각해도 너무 유치한 짓이었다. 씁쓸한 기분으로 그는 라운지를 나왔다.

방으로 돌아가야 할지 다시 스키를 타러 코스로 가야 할지 결정하지 못하고 머뭇거리고 있을 때 누군가의 손이 그의 어깨를 짚었다. 고개를 돌린 성하는 민 장군의 모습에 입을 딱 벌리며 놀랐다.

"아버지!"

"혜나는 만나 보았느냐?"

"네, 잠시 만났습니다."

"우리하고 같이 왔다고 말하지 않던?"

성하가 고개를 젓자 민 장군은 너털웃음을 터트렸다.

"허허, 그 녀석이 또 너를 놀리려 한 모양이구나."

그는 약이 오른 표정을 숨기려 이를 악물고 주먹을 움켜쥐었다.

"혜나한테 잘해 주거라, 너 한 사람 믿고 온 아이다."

"알고 있습니다."

"요새 내가 보기에도 네가 혜나에게 무심한 것처럼 보이더구나."

죄송스러운 마음에 성하는 깊이 고개를 숙였다.

"혜나가 너 놀러 가는 거 부러워서 여기 오자고 할 아이가 아니다. 그랬다면 스키도 못 타는 아이가 왜 여길 오자고 했겠느냐? 잠시라도 너하고 떨어져 있기 싫었던 게지. 그 마음을 잘 생각해 줘야 한다."

"예, 아버지."

"지금은 친구도 중요하겠지만, 그래도 안사람보다는 못한 것이다. 나중에 나이 들면 네 옆에서 널 걱정해 줄 사람은 그저 안사람밖에 안 남는 게다."

"네, 아버지. 걱정 끼쳐 드려서 죄송합니다."

"그래, 네 어머니가 기다리니 난 그만 가 보마."

뜻밖에도 민 장군은 인자한 표정으로 고개를 끄덕인 뒤, 그의 곁을 스쳐 지나갔다. 민 장군의 뒷모습이 유난히 기운 없어 보였다.

아버지도 이제 연세가 드셨나?

그는 마음이 편치 않았다. 나이 운운하면서 기운 없는 모습을 보이는 건 민 장군답지 않은 일이었다. 그가 알고 있는 민 장군은 언제나 대나무처럼 꼿꼿하고 바위처럼 듬직했다. 세월이라는 것이 아무리 멈추지 않는다지만 어느새 기세등등한 민 장군을 한낱 기운 없는 노인으로 만들어 버렸다는 사실이 그는 못내 못마땅할 뿐이었다.

이 꼬맹이를!

몸을 홱 돌린 그는 조금 전 자신이 나온 라운지 쪽으로 향했다. 성질 같아서는 지금 당장 뛰쳐 들어가 그녀의 목을 졸라 버리고 싶었다. 그녀가 친구들과 놀러온 거라고 여기고 마음 졸였던 일이 바보처럼 느껴졌다. 그녀의 장단에 놀아난 것만 같아 기가 막히고 화가 났다. 단지 부모님과 함께 왔다는 말 한마디만 했어도 그가 그런 말도 안 되는 오해를 하지는 않았을 것이다. 그녀는 일부러 입을 꾹 다문 채, 그가 어떤 반응을 보이는지 궁금해서 약을 올린 게 분명했다.

씩씩거리면서 걷던 그는 이내 걸음을 멈췄다. 라운지에는 그녀만 있는 게 아니었다. 조금 전 자신의 눈으로 본 장면이 떠오르자 그는 질끈 눈을 감아 버렸다. 다시는 보고 싶지 않은 장면. 또다시 그놈 앞에서 화사한 미소를 날리는 그녀의 모습을 본다면 아마도 자신의 심장은 산산조각이 나고 말리라.

이를 악물고 잠시 자신을 진정시킨 그는 라운지와 반대편인 눈밭으로 향했다.

11장.

친구들의 손에 떠밀려 나이트클럽을 들어서는 성하의 기분은 여전히 좋지 않았다. 계속해서 주마등처럼 맞은편의 남자를 보고 환히 웃던 혜나의 얼굴이 떠올랐다. 그녀가 친구들과 놀러온 것이 아니라는 사실을 알았다 해도 별 도움이 되지 않았다. 정작 당사자인 그녀의 행동이 그의 마음을 무겁게 만들고 있었다.

하루 종일 자신에게는 연락도 하지 않고 남자 친구를 만나서 웃고 즐긴다는 사실을 그는 이해할 수가 없었다. 떠들며 놀 기분은 아니었지만 단체로 온 여행에서 자신만 쏙 빠질 수가 없다는 생각에 성하는 어쩔 수 없이 나이트클럽까지 왔다.

스테이지 위는 발 디딜 틈조차 없을 정도로 빽빽하게 사람들이 몰려 신나게 몸을 흔들고 있었다. 귀를 찢을 듯이 들려오는 경쾌한 음악 소리와 사람들의 현란한 몸동작에 취해 성하는 가라앉았던 기분이 다소 풀리는 걸 느꼈다.

느긋하게 앉아 맥주잔을 들어 올리는 그의 옆으로 경애가 다가와 앉았다.

"선배, 우리도 춤추자."

팔짱을 끼면서 속닥거리는 말에 성하는 고개를 저었다.

"미안, 그럴 기분이 아니다. 다른 애들하고 춤 춰!"

"아잉! 난 선배하고 추고 싶단 말이야. 응?"

몸을 비벼 대면서 애교를 떠는 경애를 성하는 그대로 무시해 버렸다.

"야! 민성하."

맞은편에 앉은 준영이 큰 소리를 치면서 손을 까닥이자 성하는 몸을 앞으로 숙였다. 요란한 음악 소리에 얼굴을 마주 대지 않으면 상대의 목소리가 들리지 않을 지경이었다.

"한 번만 춰 줘라. 그것도 진하게 블루스로. 안 그러면 너 오늘 밤 무사히 빠져나가지 못할 거다."

"싫다."

준영의 권유에도 성하는 딱 잘라 거절을 했다.

어느새 음악 소리는 분위기 있는 발라드 곡으로 바뀌었다. 스테이지를 가득 채우고 있던 사람들이 한꺼번에 빠져나가고 단지 몇몇 쌍만이 블루스를 추는 자리에 조명이 비추었다. 경애는 계속해서 노골적인 표정으로 그를 보며 몸을 비벼 대고 있었다.

맥주를 마시던 그는 별 관심 없다는 표정으로 스테이지를 바라보았다. 그러다 갑자기 그의 안색이 굳어졌다.

옆모습인 데다가 어두운 조명 탓에 선명하게 보이지 않지만 블루스를 추고 있는 사람은 혜나였다. 눈에 익숙한 옷과 부드럽게 흘러내린 곱슬머리가 그의 시선을 붙잡고 놓아 주질 않았다. 거의 몸이 밀착되다시피 붙어서 춤을 추는 그녀의 모습에 성하는 벼락을 맞은 듯한 충격에 휩싸였다.

맥주 한 잔을 한꺼번에 입안으로 쏟아붓고 그는 소파에서 몸을 일으켰다.

"성하 선배."

그가 벌떡 일어서는 바람에 당황한 표정을 하던 경애는 잽싸게 몸을 일으켰다. 긴 다리를 뻗어 스테이지를 향해 가는 그의 옆으로 붙어서면서 경애는 생긋 미소를 지었다. 그녀는 성하가 자신과 블루스를 추기 위해 일어났다고 착각을 하고 있었다.

"같이 가요, 선배."

성하의 팔짱을 끼면서 경애는 유혹적인 미소를 지었다. 한껏 기분좋은 미소를 띠면서 가르랑거리던 그녀는 성하가 팔을 홱 뿌리치자 멈춰 섰다.

거리가 가까워지자 혜나의 모습이 더욱 확실하게 눈에 띄었다. 스텝을 밟는 것도 아닌 그저 부둥켜안고 서 있는 것처럼 보이는 그들의 모습에 그는 분노를 느꼈다. 눈이 파랗게 타오를 것만 같고 머릿속이 폭발할 듯 아파 왔다. 성하는 가만히 선 채, 그녀를 노려보았다.

정훈과 손을 맞잡고 춤을 추던 그녀는 자신의 몸을 자꾸만 끌어당기는 그의 몸짓에 조금은 곤란한 표정을 지었다. 이미 둘 사이는 충분히 가까웠다. 하지만 정훈은 만족하지 못하고 더욱 힘을 주어 그녀의 허리를 끌어당기고 있었다.

"손에 힘 좀 빼, 그러다 넘어지겠어."

가볍게 항의하는 그녀의 말을 정훈은 무시해 버렸다.

"넘어지면 내가 잡아 주면 되지."

정훈은 아무렇지도 않다는 투였다.

"한 곡만 추자고 사정을 해서 춰 줬더니, 순 지 맘대로 굴려고 그러네."

아무리 애원을 했어도 정훈과 춤을 추는 건 아니었다는 생각이 자꾸 들었다.

그녀는 정훈에게 미안한 마음을 가지고 있었다. 그래서 춤 한 곡 같이 추는 것 정도는 괜찮을 거라 생각했다. 하지만 춤추는 것 이상의 행동을 하는 그가 무척이나 부담스러웠다.

뾰로통한 표정을 하고 있는 그녀를 향해 정훈은 사정조의 웃음을 보였다.

"너무 그러지 마라, 너까지 나하고 블루스 안 춘다고 그러면 난 누구하고 추냐?"

"한 번뿐이야, 그러니까 춤추자는 말 앞으론 하지 마."

조금은 화가 나서 고개를 팩 돌리던 그녀는 그만 그 자리에서 움직임을 멈췄다.

"어, 어? 왜 그래? 진짜 넘어질 뻔했잖아."

투덜거리는 정훈의 목소리도 그녀의 귀에 들어오지 않았다. 못 박힌 듯 멈춰 선 그녀는 자신을 빤히 바라보는 성하를 보고 있었다.

"오, 오빠!"

그녀의 눈길이 성하를 지나 옆으로 향하다 더욱 크게 뜨여졌다.

성하 옆에 바싹 붙어 서 있던 경애는 그녀의 도전적인 눈길을 느끼자 턱을 치켜들었다.

그녀는 정훈의 팔을 뿌리치고 한 걸음 앞으로 나섰다.

"춤추다 말고 어디 가?"

급한 동작으로 정훈이 그녀의 팔을 움켜잡았다.

"이거 놔!"

쌀쌀맞은 어투와 차갑게 얼어붙은 혜나의 표정에 정훈은 슬그머니 잡았던 팔을 놓았다. 그녀의 시선은 계속 성하 옆에 붙어 서 있던 경애에게로 향해 있었다. 경애 또한 절대 피할 마음이 없다는 눈초리로 그녀를 뚫어지게 노려보았다. 오히려 경애는 보란 듯이 성하의 팔을 꼭 잡으면서 몸을 붙였다.

"성하 오빠!"

그의 눈빛은 얼음처럼 차가웠다. 아무런 말도 없이 그저 그가 바라보기만 하자 그녀의 눈가에 눈물이 고였다. 왜 이리도 서운한 마음이 드는지 그녀 자신도 알 수 없었다.

"성하 씨, 얘는 누구예요? 자기 아는 애예요?"

경애는 성하를 올려다보며 눈웃음을 쳤다. 애교가 듬뿍 담긴 간드러진 목소리였다.

뭐? 성하 씨? 자기?

그녀는 경애를 힘껏 노려보고 이어 시선을 성하에게로 돌렸다.

이 여자가 자기라고 부르는데도 가만히 있단 말이지.

그녀는 잔뜩 화가 나 주먹으로 그의 어깨를 쳤다.

"나쁜 놈."

톡 쏘아붙인 그녀는 그대로 몸을 돌렸다.

그가 손을 뻗어 붙잡았지만 혜나는 그 손을 뿌리치고 달려가 버렸다.

"유혜나."

성하의 외침에 귀를 막고 혜나는 숨이 차는 것도 아랑곳없이 마구 달렸다. 하지만 간신히 엘리베이터 버튼을 누르자마자 성하에게 팔이 잡혀 버렸다.

"이거 놔."

고함을 치는 그녀의 어깨를 끌어안고 성하는 열리는 엘리베이터 문 안으로 들어섰다. 닫히는 문 사이로 달려오는 경애의 모습이 보이자 그녀는 두 눈을 질끈 감아 버렸다. 어깨를 끌어안는 성하의 굳센 팔을 느끼면서 그녀는 잠시 진정하려 애썼다.

"바람둥이."

"유혜나."

"바람둥이!"

악을 쓰듯이 소리를 친 그녀는 그의 어깨에 얼굴을 묻고 울음을 터트렸다. 거칠게 어깨를 잡아 안는 그의 얼굴은 잔뜩 굳어 있었다. 밀어내려고 들어 올린 손을 잡은 성하는 그녀의 입술에 난폭하게 키스를 했다. 입술이 부딪히는 그 거친 느낌에 숨을 멈춘 그녀는 주먹을 쥐고 정신없이 그의 어깨를 후려쳤다.

"싫어, 하지 마."

그의 품에서 빠져 나와 그녀는 뒷걸음질을 쳤다. 사납게 번뜩이는 눈과 거친 입맞춤에 그녀는 작은 공포를 느끼고 있었다. 그가 화가 나면 얼마나 무서운지 잘 알고 있던 그녀는 미리부터 피해야겠다는 생각만을 했다.

벨 소리가 울리고 엘리베이터가 멈춰 서자 그녀는 열리는 문 사이로 다시 몸을 내던졌다. 하지만 채 두 발자국도 가기 전에 성하에게 붙잡혀 끌어당겨졌다. 허리를 잡힌 채로 벗어나려고 그녀는 발버둥을 쳤다.

"놔! 싫어. 놓으란 말이야!"

그는 그녀를 놔줄 생각이 전혀 없었다. 그녀의 오해를 풀어 줘야겠다는 생각도 했다. 하지만 정훈과 포옹하듯이 끌어안고 있던 그녀의 모습이 머릿속으로 떠올라 심장을 짓이기는 듯한 분노가 솟구쳐 올랐다. 지독한 이기심에 휩싸여 그는 거칠게 혜나를 돌려세우고 끌어안았다.

혜나에게 남자는 나 하나로 충분해!

스스로에게 세뇌를 시키듯 다짐을 하며 그는 조금은 거친 동작으로 그녀의 어깨를 안고 부드러운 목덜미에 입술을 밀어 붙였다.

"하지 마, 하지 말란 말이야."

그의 어깨를 작은 주먹으로 때리며 그녀는 울먹였다.

작게 울리는 속삭임에 정신이 번쩍 든 그는 고개를 들었다. 눈물이 맺혀 있는 눈을 본 성하는 잠시 숨을 고르고 마음을 진정시키려고 애썼다. 부드러운 손길로 머리카락을 쓰다듬으면서 성하는 그녀를 품에 안았다.

"방 어디야?"

"저쪽."

혜나는 손가락을 들어 왼쪽을 가리켰다.

"키는?"

"여기."

주머니에 손을 넣어 카드 키를 꺼낸 그녀는 성하에게 건네었다. 카드에 쓰인 숫자를 확인한 성하는 그녀의 어깨를 끌어안고 걸음을 옮겼다.

소리 나지 않도록 조심스럽게 방 안으로 들어온 혜나는 침대 위에 주저앉으면서 참았던 울음을 터트렸다.

큰 소리가 새 나가지 않게 두 손으로 입을 막고 우는 그녀를 본 성하는 벽에 등을 기대며 한숨을 내쉬었다.

"그놈. 집 앞에서 키스한 놈 맞지!"

눈물을 흘리던 그녀는 너무 놀라 숨을 멈췄다. 그가 정훈을 기억하고 있으리라 생각도 못했다. 밤이었고 주변도 어두웠기에 알아보지 못할 거라 여겼다. 하지만 예상과 달리 성하는 정훈을 알아보았고, 기억하고 있었다. 절대 아니라고 발뺌하고 싶은 생각은 없었기에 그녀는 고개를 끄덕였다.

"그래, 정훈이 맞아. 그리고 키스가 아니라 입맞춤이라고 했잖아. 몇 번을 말해야 알아들어?"

그녀는 두 눈을 부릅뜨고 바락 소리를 치며 대들었다.

한참을 말없이 서 있던 그가 이마를 찌푸렸다.

"그놈, 만나지 마."

"정훈인 친구야, 그냥 학교 친구일 뿐이라고."

"남자 친구는 없어도 돼."

"좋아, 없어도 된다고 쳐. 그럼 좀 전에 오빠 옆에 붙어 있던 여자는 누구야?"

"동아리 후배야."

그녀는 웃기지도 않는다는 표정으로 코웃음을 쳤다.

"동아리 후배? 흥! 동아리 후배가 '성하 씨' 그러고 부르는 것도 모자라서 '자기'라고 해?"

"장난친 거야."

그는 정말 할 말 없게 만드는데 선수였다.

"그럼 오빠도 그 여자 만나지 마, 여자 후배는 없어도 돼."

그녀는 그의 말투를 그대로 흉내 내 사납게 소리쳤다.

"유혜나."

"스키장 간다고 할 때부터 알아봤어. 동아리 MT? 말이 좋아 동아리 MT지. 서로 좋아하는 것들끼리 짝 맞춰서 놀러 온 건지 아닌지 어떻게 아냐고!"

잔뜩 흥분한 그녀는 앞뒤 가리지 않고 야멸치게 쏘아붙였다.

그의 눈꼬리가 점점 치켜 올라가고 이를 악문 채 한 걸음씩 그녀 앞으로 다가왔다. 방 안의 공기가 긴장으로 인해 무겁게 가라앉았다. 가까이 다가온 그가 옆으로 다가앉자 그녀는 재빨리 베개를 들어 방패로 삼듯 가슴에 안았다.

"지금 뭐하려고 그래?"

성하는 팔을 뻗어 그녀가 안고 있던 베개를 빼내어 던져 버렸다. 어깨를 잡고 품 안으로 끌어당겨 안자 그녀는 고개를 저으며 밀어내려고 애를 썼다.

"싫어! 이거 놔."

뺨으로 닿아 오는 그의 입김에 가슴이 설레었다. 하지만 아직까지도 서운한 마음이 풀리지 않아 그녀는 그의 품에서 벗어나려고 발버둥 쳤다.

"왜 싫어?"

쌀쌀맞은 질문에 그녀는 아무 말도 할 수 없었다.

"넌 내 와이프야, 남편인 내가 안는데 왜 싫다는 거야?"

"남편이 안는 거라고 다 좋은 줄 알아? 오빠 지금 잔뜩 화내고 있잖아. 화내면서 끌어안는데 좋아할 사람이 누가 있냐고."

"내가 왜 화를 내는데? 네 행동 때문이잖아. 아무리 놀러 왔다고는 하지만 시부모 모시고 와서 밤늦은 시간까지 다른 놈하고 노닥거리고 있어?"

"그럼, 친구하고 나이트클럽 놀러 갔는데 춤도 추지 말라는 거야?"

"그냥 친구가 아니잖아!"

그는 그녀를 잡아먹을 듯 으르렁거렸다.

"그냥 친구가 아니면, 정훈이가 무슨 친군데?"

"그만두자."

"난 오빠 말 이해할 수가 없어. 오빤 지금 내가 정훈이하고 무슨 못된 짓이라도 했다는 식으로 말하고 있잖아. 정말 내가 그랬다고 생각해?"

그의 눈빛이 검은 빛으로 가라앉으며 안색이 어둡게 변했다.

그만두자고 할 때 그냥 그만둘 걸.

그녀는 자신이 먼저 공연한 말을 꺼냈다고 후회했다.

"그랬니?"

그녀는 펄쩍 뛰면서 소리를 쳤다.

"말도 안 되는 소리를 하고 있어! 난 오빠한테 부끄러운 짓 조금도 하지 않았어."

그는 아무 말도 없이 고개를 돌려 버렸다.

"날 못 믿는 거야?"

그는 여전히 아무 대답도 하지 않았다.

"오빠!"

화가 잔뜩 난 그녀가 큰 소리를 질렀다.

그는 스스로도 자신의 감정이 어떤지 잘 알 수가 없었다. 그녀가 정훈과 같이 있는 모습을 봤을 때 분노했고, 질투를 느꼈다. 끝을 알 수 없을 정도로 솟구치는 소유욕에 그녀를 자신만의 여자로 만들겠다고 결심도 했다.

하지만 매번 그렇듯이 이런 식은 아니었다. 그녀의 입에서 '싫다.'라는 소리가 나오는 순간, 그는 결심이고 뭐고 다 버렸다. 그녀를 힘들게 하고, 아프게 하면서까지 자신의 자존심을 지켜야 하는지, 그리고 소유욕을 채워야 하는 건지.

"정말 못됐어!"

말도 없고 시선도 마주치지 않는 그가 점점 더 밉게 느껴졌다.

그녀는 침대에서 벌떡 일어나 그의 앞으로 섰다.

"앞으로 오빠하고 한마디도 하지 않을 거야. 오빠, 나가!"

그녀가 그의 팔을 움켜잡고 끌어당겼다.

"나가. 빨리 나가란 말이야."

"지금 뭐하는 거야!"

"여긴 내 방이잖아. 오빠, 오빠 방으로 가 버려."

어린애처럼 투정을 부리며 그녀는 그의 팔을 힘껏 잡아당겼다. 그가 앉은 채 꼼짝도 하지 않자 그녀는 씩씩거리면서 그를 일으키려고 애썼다.

"빨리 일어나란 말이야. 어, 어?"

그가 팔에 힘을 주어 끌어당기자 그녀의 몸이 앞으로 푹 고꾸라졌다. 그녀가 품 안으로 쓰러지자 그는 두 팔로 힘껏 부둥켜안았다. 부끄러운 짓은 절대 하지 않았다던 그녀의 말은 믿었다.

하지만 그는 그녀가 진심으로 자신을 사랑하고 있는지 확신할 수 없었다. 아주 어렸을 때부터 좋아한다는 소리를 입에 달고 살던 그녀였다. 그러나 그녀는 부모님도 좋아했고 혜성이도 좋아했으며, 친구들도 좋아하고, 하다못해 집에서 기르는 강아지도 좋아한다고 했다. 과연 그녀가 자신을 좋아한다고 한 게 이성으로의 감정인지 아닌지 그는 알 수 없었다. 그랬기에 그는 그녀에게 과한 애정 표현이나 관심을 내보이지 않았다.

그나마 남자의 자존심에 그는 그녀에게 어떤 감정으로 좋아하느냐고 물어볼 수 없었다. 물어봤다가 '부모처럼, 혹은 친구처럼' 하는 식의 대답을 듣게 된다면 그의 심장은 한순간에 뻥 소리를 내며 터져버릴 수도 있으니까. 어떻게 생각하면 용기가 없는 걸지도 몰랐다.

성하는 그녀를 품에 안고서 긴 한숨을 내쉬었다. 벗어나려고 바르작거리던 그녀도 그의 한숨 소리에 가만히 움직임을 멈췄다.

"천장 무너지겠다."

작게 들려오는 투덜거림에 그의 입가로 작은 미소가 생겨났다.

"널 믿지 못하는 게 아냐."

그가 낮은 목소리로 말했다.

머리 위에서 들려오는 소리에 잠시 숨을 죽였던 그녀가 고개를 들었다. 그의 눈을 빤히 바라보면서 그녀는 진심을 말하고 있는 건지 확인하려고 했다.

"널 못 믿는 게 아니라 남자들을 믿을 수가 없는 거야."

"내가 아는 남자애들은 나쁜 짓 안 해!"

"어떻게 장담할 수 있어? 정훈이만 해도 너한테 키스한 거, 강제로 한 거라면서."

마땅히 대꾸할 말이 없어진 그녀는 공연히 화난 척 잔뜩 토라진 소리를 냈다.

"키스 아니라니까, 오빠 자꾸 그럴래? 내가 지금 몇 번째 하는 말인 줄 알아?"

"그래, 키스 아니라 입맞춤."

웬일이래? 순순히 인정을 다하고?

뜻밖이라는 생각에 그녀는 눈을 동그랗게 떴다. 혹시라도 무슨 복선이 깔린 거 아닐까 하는 생각을 하고 있는 그녀의 입술에 그의 입술이 부드럽게 겹쳐졌다. 혀끝으로 살며시 쓰다듬고 어루만지며 키스를 한 그가 그녀의 뺨에 손을 대며 속삭였다.

"이런 게 키스지."

내 이럴 줄 알았어.

그녀는 부풀어 오르기 시작하는 입술을 삐죽였다. 그녀는 두 팔로 그의 등을 끌어안았다. 그의 어깨에 뺨을 대고 그녀는 머뭇거리는 어조로 입을 열었다.

"아까 그 여자, 동아리 후배라던……."

너무나도 자신만만한 태도로 성하의 팔짱을 끼던 경애의 모습이 자꾸만 신경 쓰였다. 그가 자신을 놔두고 딴짓을 하지 않을 거라는 건 알고 있었다. 그는 자존심이 강해 다른 사람들의 입에 오르내리거나 손가락질을 받는 행동은 하지 않았다. 또한 긍지 높은 민 장군의 체벌이 두려워서라도 그녀의 눈에 눈물 나게 하지 않을 거라는 건 알았다.

하지만 그녀는 불안했다.

"걘 신경 쓸 거 없어, 혼자 좋다고 미쳐서 그러는 거니까."

숨을 죽인 채로 그녀는 귓가에 들리는 그의 목소리에 귀를 기울였다.

"나한테 여자는 혜나, 너 하나뿐이야."

"나도 그래, 오빠. 나한테도 남자는 오빠 한 사람이야."

귀를 기울이지 않으면 들리지 않을 정도로 그녀의 목소리는 작았다.

"그러니까 오빠, 그렇게 화내지 마."

어깨를 움츠리며 그녀가 속삭이자 성하는 힘 있게 고개를 끄덕였다. 그리고 그녀의 작은 어깨를 꼭 끌어안았다.

"성하 오빠……."

그녀가 고개를 들었다. 그의 눈을 빤히 들여다보던 그녀가 팔을 뻗어 그의 목을 감싸 안았다. 그리고 가만히 눈을 감았다.

그녀의 행동이 무엇을 뜻하는지 눈치챈 그는 작은 입술에 키스를 했다. 허리를 힘껏 끌어안고 부드럽고 달콤한 입술을 맛봤다. 가쁜 숨소리가 그녀의 도톰한 입술 사이로 새어 나왔다.

"오빠, 나 할 수 있을 것 같아."

그녀의 뺨이 잘 익은 사과보다도 더 붉게 타올랐다.

"오빠, 여자되는 거…… 겁내지 않고……."

가슴속에서 무언가가 솟구치는 느낌에 그는 그녀를 있는 힘껏 두 팔로 부둥켜안았다. 그리고 격정적인 몸짓으로 그녀의 입술을 자신의 입술로 덮었다.

드디어 그녀가 그가 기다리고 있던 말을 했다. 그만의 여자가 되겠다는 말. 그건 몸만이 아닌 마음까지 그에게 주겠다는 뜻이었다.

"후회 안 할 자신 있어?"

"난 오빠 부인이잖아. 우리 심한 짓해도, 누구도 뭐라 하지 못할 사이라면서."

"진심인 거니?"

왜 자꾸 확인을 하는 건지 그녀는 이해할 수 없었다. 물론 처녀성을 버리는 일이므로 마음을 단단히 먹어야 하겠지만 그녀는 그만한 각오는 하고 있었다. 그만큼 그를 사랑하니까.

그녀는 입술을 꼭 깨물고 고개를 끄덕였다. 굳은 결심을 했다는 걸 보여 주기 위해 그녀는 작은 주먹을 꼭 쥐어 보였다.

그의 손에 의해 그녀는 침대에 눕혀졌다. 그녀의 뺨을 쓰다듬으면서 그는 키스를 했다. 그의 입술에서 달콤함이 느껴졌다. 그의 손길이 등과 허리를 쓰다듬고 엉덩이로 향하자 그녀의 심장이 쿵쾅거리면서 요란하게 뛰기 시작했다. 맥박이 상승 곡선을 그리며 호흡이 가빠졌다.

"혜나야."

"으응, 오빠."

발갛게 달아오른 얼굴로 그녀는 작게 대답했다.

그는 그녀의 눈을 빤히 들여다보면서 블라우스의 단추를 풀었다. 드러나는 목덜미를 손가락 끝으로 쓸어 보고 입술을 댔다. 움푹 파인 부분에 혀를 대고 훑으며 그는 향기롭고 부드러운 그녀의 살결을 맛보았다. 간지러우면서도 짜릿한 느낌이 등을 타고 올라가 머리끝까지 닿자 그녀는 자신도 모르게 허리를 뒤틀었다.

그가 다리를 뻗어 그녀의 다리 위로 올려놓으며 움직이지 못하게 막았다. 그 바람에 그녀는 자신의 몸에 와 닿는 그의 욕망을 고스란히 느껴야만 했다. 심장이 더욱 큰 소리를 내면서 뛰고 숨이 가빠졌다. 그의 손이 봉긋이 솟아오른 가슴에 닿았다.

그녀의 볼이 발갛게 달아올랐다. 지그시 가슴을 움켜잡는 그의 손 힘에 문득 부끄러워져 그녀는 그의 목덜미에 얼굴을 파묻었다. 저절로 다리에 힘이 들어갔다. 몸속 깊은 곳에서 무언가가 깨어나려 기지개를 펴고 있는 것만 같았다.

어쩌면 좋아…… 어떻게 해.

그녀는 자신의 몸속에서 일어나는 반응을 어떻게 해야 할지 알 수 없어 당황스러웠다. 숨을 깊이 들이마셨다가 내쉬면서 점차 빠르게 뛰는 맥박을 조절하려고 해 봤다. 하지만 그의 손이 움직이면서 닿는 부분마다 짜릿해지는 느낌에 맥박은 오히려 더 빨리 뛰어 대고 있었다.

맞닿은 다리 사이에서 불같이 뜨거운 느낌이 전해졌다. 학교 다닐 적에 친구들과 호기심에 성적인 대화를 나누기도 했지만 정작 그런 일이 생겼을 때 어떻게 해야 한다고 가르쳐 준 일은 없기에 그녀는 당황스럽기만 했다.

가늘게 떨리는 그녀의 목에 입술을 들이대면서 성하는 솟구치는 욕망으로 고통스러웠다. 하지만 서둘러서는 안 된다. 그녀를 배려해 줘야 한다고 생각하면서도 그는 자꾸만 마음이 급해졌다. 당장이라도 그녀의 옷을 한 번에 벗겨 낸 뒤, 뜨겁고 촉촉한 몸속으로 들어가고 싶었다. 아우성치는 욕구를 억제하고 급해지려는 마음을 억누르느라 그는 거친 숨을 내뱉으며 그녀의 입술을 찾았다.

그녀의 입술을 살짝 깨물며 입안으로 혀를 집어넣어 다소 거칠 정도로 탐했다. 그녀의 목 안쪽에서 작게 흘러나오는 관능적인 신음 소리에 그는 머리가 돌아 버릴 정도였다.

"혜나야."

그녀의 눈동자는 흑요석처럼 까맣고 깊어 보였다.

그의 입술이 안타까움을 느낄 정도로 느리게 그녀의 입술을 떠나 목을 지나 오목하게 파인 가슴의 골짜기까지 내려갔다. 블라우스의 벌어진 부분으로 파고 들어간 그의 입술이 살며시 드러나는 브래지어의 윤곽을 따라 움직였다. 어느 사이엔가 다가온 그의 손길이 맨살에 닿자 그녀는 그 뜨거움에 마치 살갗이 다 타 버리는 듯한 느낌을 받았다.

"아, 하아."

자신도 모르게 뜨거운 숨결을 뱉어 낸 혜나는 입술을 꼭 깨물었다. 그의 손이 브래지어를 들추고 들어와 이미 욕망으로 부풀어 있던 가슴을 움켜잡자 그녀는 허리를 들어 올리며 거친 신음 소리를 내뱉었다. 지긋이 손에 힘을 주어 그녀의 가슴을 자극하던 손길이 등으로 돌아가 브래지어의 후크를 벗겨 내었다.

그녀가 그의 앞에서 맨몸을 드러내는 것은 처음이었다. 부끄러웠지만 그의 눈에 떠오른 감탄 섞인 빛은 그녀의 마음을 뿌듯하게 만들어 주기에 충분했다.

"너무 아름다워."

"오빠……."

그는 가슴을 움켜잡으며 동시에 입술을 댔다. 따뜻하면서도 부드러운 손길에 반응하여 뾰족하게 솟아오른 젖꼭지에 그의 뜨거운 혀가 닿았다. 그녀는 터져 나오려는 신음 소리를 삼키고 그의 어깨를 두 손으로 움켜쥐었다.

그의 혀가 젖꼭지를 빨아 올리며 살짝 깨물어 대기 시작하자 그녀의 감각이 일시에 깨어나며 마구 뒤섞여 소리를 쳐 대고 있었다.

여전히 가슴에 입을 댄 채로 그의 손은 탐험을 계속했다. 잘록하게 들어간 허리를 어루만지면서 엉덩이를 쓰다듬던 그는 더 이상 참지 못하고 몸을 일으켜 그녀의 바지를 벗겨 냈다.

"어맛!"

그녀의 입에서 다소 놀란 듯 소리가 튀어나오자 그는 장난기가 밴 미소를 입가에 머금었다.

"흠, 혜나는 검은색이 아니구나."

갑자기 그가 무슨 소리를 하나 싶은 생각에 그녀는 고운 이마를 찡그렸다.

"검은색이 섹시하다고 큰 소리를 치더니."

그가 두 팔을 올려 입고 있던 티를 벗어 내자 드러나는 근육의 움직임에 그녀의 입안에 침이 고였다. 꿀꺽 침을 삼켰지만 목이 타는 듯한 갈증은 여전했다. 느끼지도 못하는 사이에 그녀는 자신의 입술을 혀로 핥았다.

그의 입가의 미소가 더욱 짙어지고 허리를 숙이며 그녀의 입술을 살며시 빨아들였다.

그의 어깨가, 안으려던 손길을 빠져나가자 온몸을 엄습해 오는 실망감에 그녀는 곱게 눈살을 찌푸렸다. 허전한 느낌에 그녀는 두 팔을 교차시켜 가슴을 가리며 스스로의 어깨를 끌어안았다.

"기다려."

그가 바지를 벗었다. 불룩하게 튀어나온 부분을 감싼 팬티는 검은색이었다.

"내 옷만 몽땅 검은색으로 바꿔 놨었군그래."

그제야 무슨 말을 하는지 감을 잡은 혜나는 장난스럽게 호호하고 웃었다.

정말 섹시해.

그런 생각을 하면서도 그녀는 입 밖으로 내어 말할 용기는 없었다.

"혜나도 내가 바꿔 주지."

검은색 속옷을 입은 자신의 모습을 상상해 보고 그녀는 고개를 도리도리 저었다. 정말 안 어울릴 거라는 생각이 먼저 들어서였다.

"정말 섹시하고 예쁠 거야, 눈이 돌아갈 정도로."

고개를 숙이고 그녀의 귓가에 바짝 입술을 들이댄 채로 그는 거침없이 야한 뜻이 담긴 말을 중얼거렸다. 그의 말이 뜻하는 바를 느끼며 그녀는 입술을 살며시 깨물고 눈을 감았다.

팬티마저 벗어 버린 성하는 거칠 것 없는 욕망을 드러내는 남성을
내세우고 혜나의 어깨를 움켜잡았다. 어깨부터 쓰다듬듯 내려온 손길
은 가슴을 감싸고 있던 그녀의 가는 팔목을 잡았다. 두 팔목을 모아
잡고 그녀의 머리 위로 들어 올린 그의 눈빛이 번쩍거리며 빛을 발했
다. 마치 정글 속에서 사냥감을 발견한 맹수처럼 눈을 빛내며 그는
그녀의 뺨에 입술을 대고 천천히 밑으로 미끄러뜨렸다.

그의 입술이 목을 지나 가슴으로 향하자 그녀의 허리가 틀어졌다.
두 다리를 오므리고 허리를 뒤틀며 그녀는 가쁜 신음을 삼키느라 정
신이 없을 정도였다. 발가락 끝 하나하나마다 힘이 들어가며 간지럽
고 짜릿하면서도 소름이 돋을 정도의 느낌들이 사정없이 그녀의 온몸
을 찔러 대고 있었다.

그의 입술은 멈추지 않고 그녀의 몸에 가벼운 키스 자국을 남겼다.
점점 그의 입술이 밑으로 내려가는 것을 느끼자 그녀의 입술이 저절
로 벌어져 신음 소리를 흘려 냈다. 그의 손이 팬티를 잡고 끌어내리
자 그녀는 부끄러움에 얼굴을 벌겋게 물들였다.

"오빠……."

힘겹게 그를 부르며 혜나는 눈을 꼭 감았다.

다리를 지나 발끝을 벗어난 팬티를 바닥으로 떨어뜨리고 그는 그
녀의 종아리를 쓰다듬듯 어루만지며 손길을 옮겼다.

"흐흑, 오빠."

그녀는 작은 불안감과 더 큰 흥분에 몸을 떨며 한 손을 앞으로 내
밀었다. 그의 어깨를 잡을 수 있길 원한 손에 마주 손을 댄 그가 깍
지를 끼고 머리 위쪽으로 옮겨 버렸다. 포박을 당한 듯 꼼짝 못하고
누워 그녀는 엄청난 용기를 끌어내어 눈을 뜨고 그의 얼굴을 보았다.

잔잔하게 미소를 띠고 있긴 했어도 그의 얼굴에는 숨길 수 없는

욕망이 고스란히 드러나 있었다. 그의 손은 허벅지에서 잠시 멈추었다가 더욱 위로 옮겨져 왔다.

"괜찮아."

흠칫하며 몸을 떠는 그녀의 뺨에 입술을 대며 그는 달콤한 목소리로 안심을 시켰다.

그녀는 손을 뻗어 그의 어깨를 움켜잡았다. 맞닿은 다리 사이에 그의 손길이 느껴졌다. 부드럽게 천천히 쓰다듬는 손길로 인해 뱃속 깊은 곳에서 쾌감이 솟구쳐 그녀의 몸이 꿈틀거렸다.

어느 사이에 촉촉하게 젖은 그녀의 여성을 어루만지며 그는 격렬하게 키스를 퍼부었다. 입안 가득 들어오는 혀를 느끼며 그녀는 아득한 쾌감에 몸을 떨고만 있었다. 감춰 두었던 속살을 비집고 들어오는 이물질을 느낀 그녀는 급하게 비명 소리를 터뜨렸다.

크게 떠졌던 눈을 질끈 감은 그녀는 맞닿은 그의 입술이 전해 주는 달콤한 감각에 이내 부드러운 미소를 지었다. 거친 비명 소리도 어느새 가느다란 신음 소리로 바뀌어 있었다.

"아아…… 앗, 으응……."

몸 안쪽으로 침입한 긴 손가락이 천천히 움직임을 시작했다.

따뜻하고 포근한 느낌, 촉촉이 젖은 그녀는 그의 움직임을 방해하지도 거부하지도 않았다. 느껴지는 만족스러움에 더 큰 욕심을 느낀 그는 자신의 무릎을 이용해 그녀의 허벅지를 벌렸다. 더욱 깊이 손가락을 밀어 넣자 혜나는 허리를 뒤로 휘며 거친 신음 소리를 내었다.

"하악, 하아……."

입술을 깨물면서 소리를 내지 않으려 했지만 그녀의 입에서는 끊어질 듯 가느다란 신음 소리가 계속 흘러나왔다. 참으려고 안간힘을 써 봤지만 온몸으로 전해져 오는 감각들로 인해 도저히 참을 수가 없었다. 그녀는 그의 손이 움직일 때마다 가냘프게 몸을 떨었다.

가슴을 움켜잡고 젖꼭지를 어루만지던 그의 손길이 허리로 향했다. 잘록한 허리를 한 번 쥐어 보고 작은 배꼽을 꾹 누르더니 이어 허벅지로 향했다. 그의 입이 배꼽 밑에 닿더니 여린 살결을 빨아들였다.

"아, 아앗!"

따끔한 감촉에 그녀는 고운 이마를 찡그렸다.

그의 입술이 좀 더 밑으로 향했다. 순간, 그녀는 그가 무얼 하려는지 깨닫고 다리에 힘을 줬다.

"오, 오빠⋯⋯."

당황한 기색이 고스란히 묻어나는 목소리로 그녀가 외쳤다. 하지만 성하는 그녀의 외침을 무시하고 더 밑으로 입술을 옮겼다. 그리고 곧 촉촉하게 젖어 있는 그녀의 여성에 그의 입이 닿았다.

"아, 안 돼. 오빠⋯⋯ 아앗, 오빠."

있는 힘껏 다리에 힘을 주고 버텨 봤지만⋯⋯ 어이없는 반항일 뿐이었다. 그의 혀가 작게 돌출된 음핵에 닿고 입 안쪽으로 빨아들이는 순간, 온몸에 힘이 죽 빠져 버렸다. 100만 볼트는 넘을 것만 같은 짜릿함이 발끝에서부터 온몸을 휘어 감고 돌아 아랫배를 당기게 만들었다.

살짝 깨물다가 핥고, 빨아들였다가 다시 핥아 대기를 반복하자 그녀는 두둥실 구름을 타고 떠오르는 것만 같은 쾌감에 휩싸여 허우적거렸다.

"그만, 오빠. 그만해⋯⋯."

가쁜 숨을 내쉬며 그녀는 애원의 말을 했다. 더 이상은 참을 수가 없었다. 당장이라도 지독한 쾌감에 죽을 것만 같았다.

입가에 부드러운 미소를 띤 그가 그녀의 몸을 끌어안았다.

다리 사이에 와 닿는 묵직한 느낌에 그녀는 입술을 꼭 깨물었다.

"처음이라 아플 거야."

자신을 걱정하는 그의 말투에 그녀는 가만히 고개를 끄덕였다.

"나도 알아. 오빠, 그래도…… 나, 참을 수 있어."

"천천히 할게, 조심해서."

성하는 보기만 해도 숨이 넘어갈 정도로 근사한 미소를 지었다.

"으응."

그녀는 또다시 고개를 끄덕였다.

그의 몸이 움직인다고 느낀 순간, 급격하게 몸이 뜨거워졌다. 무언가가 여성의 안쪽으로 침입하려 하고 있었다.

"아, 아야……."

시작도 하지 않았는데 빡빡한 여성은 벌써부터 고통스러움을 호소했다.

"오빠, 오빠……."

그녀는 이대로 그를 떼밀어 버리고 도망가고 싶다는 생각이 들까 봐 겁이 났다. 그의 어깨를 꼭 움켜잡고 그녀는 눈을 꼭 감았다. 조금이라도 아픔이 덜하길 바라면서.

그의 입술이 입에 닿고 그의 손이 허리를 움켜잡는 순간, 좀 전과는 비교할 수도 없는 고통이 그녀를 후려쳤다. 마치 잘 달궈진 쇠막대로 몸을 찌르는 것만 같은 통증.

"아악!"

그녀는 비명을 지르며 그의 어깨를 잡은 손에 힘을 주었다. 손톱 끝이 그의 살을 파고 들어갔지만 그는 작은 신음 소리조차 내지 않았다.

"괜찮아, 혜나야. 괜찮아질 거야."

등을 어루만지며 그는 아픔에 떨고 있는 그녀를 진정시키려 애썼다.

"몸에 힘을 빼, 긴장 풀고."

고개를 끄덕인 그녀는 그의 말대로 몸에서 힘을 뺐다. 긴장도 풀려고 애를 썼다. 하지만 그가 움직이기 시작하자 그녀는 다시 몸에 힘을 잔뜩 줬다.

"으윽!"

그가 낮은 신음 소리를 흘리자 혜나는 깜짝 놀라 또다시 팔다리에서 힘을 뺐다.

"미, 미안해. 오빠, 아팠어?"

그녀가 몸에 힘을 주는 바람에 그는 뇌를 후려치는 것과 같은 쾌감을 맛봤다. 하마터면 그대로 사정을 했을지도 모르는 일이었다. 처녀의 몸이라 가뜩이나 빡빡한 그녀의 여성이 힘껏 조여 대자 쾌감을 넘어서 아픔까지 느껴졌다. 참지 못하고 입 밖으로 흘린 신음 소리에 그녀가 걱정을 하자 성하는 입가에 미소를 띠웠다.

"음, 조금."

"미안해, 오빠. 이제 안 그럴게."

그의 팔을 잡으며 그녀는 다소곳하게 사과의 말을 했다.

"그럴 거 없어."

"아잇! 앗. 아아―"

말을 마친 그가 허리를 움직이자 서서히 흥분의 불꽃이 그녀의 몸 안을 돌아다녔다. 잠들었던 감각들이 일시에 깨어나 소리를 쳤고 움츠렸던 쾌감이 속도를 내어 몸 안을 떠돌았다.

그녀의 입술 사이로 가쁜 신음 소리가 흘러나왔다. 감겨진 눈까풀이 바르르 떨렸다.

송골송골 이마에 땀이 솟아나고 맞닿은 살결에서 강한 열기가 느껴지자 성하는 입가에 미소를 짓고 그녀의 가슴을 움켜잡았다. 그의 움직임에 따라 요동치는 물결처럼 혜나의 몸이 떨고 있었다.

그는 그녀에게 무리한 자극을 가하지 않기 위해 최선을 다했다. 처음이라 힘들 거라는 생각으로 성하는 그녀의 감각을 최대한 일깨우기 위해 노력했다.

"혜나야."

턱까지 차오르는 호흡을 내뱉으면서 그는 절정을 향해 달려가고 있었다.

"으음……."

낮은 신음성을 흘린 그가 깊이 허리를 내리누르자 그녀는 눈 속에서 폭발하는 불꽃들의 광란의 움직임을 보았다. 머리카락 한 올, 한 올까지도 쭈뼛거리고 일어날 정도로 온몸에 소름이 끼치고, 벼락을 맞은 듯 몸이 떨려 왔다. 짜릿하다는 말 한마디로는 부족함이 들 정도였다. 쾌락의 늪으로 더욱 깊이 빠져들어 가는 기분에 잠긴 그녀는 그의 어깨를 끌어안고 온몸을 열어 그가 주는 달콤함을 받아들였다.

온몸에 힘을 주고 경직시킨 채로 성하는 우주 먼 끝까지 쏜살같이 날아가는 기분에 감싸였다. 그녀를 끌어안고 거칠게 입술을 탐하면서 그는 몸속에 쌓였던 모든 기운을 밖으로 분출시켰다. 몸 전체가 터져 나가는 느낌에 그는 신음을 내뱉으며 혜나의 몸을 내리눌렀다. 으스러질 정도로 꼭 끌어안은 그녀의 몸에서 따스한 열기가 전해져 왔다. 뭔가를 참아 내려는 듯 미간을 찌푸린 그녀의 얼굴에 마구 키스를 퍼부으면서 그는 황홀감을 맛보았다.

그녀는 거의 정신을 잃을 정도였다. 몸을 찌르던 고통이 사라지고 나자 습격하듯 다가온 쾌락과 함께 느껴진 절정에 그녀는 거의 시체처럼 움직이지 못하고 축 늘어져 있을 뿐이었다.

서서히 현실로 돌아오면서 그녀는 제일 처음 자신의 온몸을 부숴 버릴 듯 안고 있는 그의 팔을 느꼈다. 그 평온함과 보호받는 데서 느껴지는 안도감이라니……. 자연히 입가에 엷은 미소가 퍼지고 그녀는 최고의 행복감을 맛볼 수 있었다. 그를 사랑한다는 사실이 너무도 자랑스러웠다. 이제 그의 여자가 되고 그는 자신의 남자가 되었다는 사실이 너무도 뿌듯했다. 감정이 고조되어 있던 그녀의 감긴 눈꺼풀에 성하의 입술이 와 닿았다. 잠깐의 접촉만으로도 그녀의 몸이 떨려 왔다.

"혜나야, 울어?"

화들짝 놀란 그녀는 눈을 뜨고 그의 얼굴을 올려다보았다. 걱정스러운 기색이 가득 담긴 성하의 얼굴은 다소 어두워 보였다. 자신도 모르게 그녀는 눈물을 흘렸던 듯했다.

"아니, 안 울어."

약간은 잠긴 듯한 목소리가 그녀의 입을 뚫고 나오자 성하의 안색이 더욱 어두워졌다. 따뜻한 눈빛을 마주 대한 그녀는 밝게 미소를 지으려 애썼다.

"아니야, 오빠. 걱정 마. 나 안 울어."

"그럼, 이건?"

엄지손가락이 눈 밑을 훑고 지나가는 걸 느낀 혜나는 쑥스럽다는 생각에 그의 품으로 파고들었다. 그의 어깨에 얼굴을 파묻은 그녀는 가볍게 한숨을 내쉬었다.

"슬퍼서 우는 거 아냐, 아파서 우는 것도 아니고. 그냥 안심이 돼서……."

뭐가 안심이 된다는 걸까.

그는 그녀의 말을 이해할 수가 없었다.

"오빠, 방으로 갈 거야?"

"글쎄, 그래야겠지."

기대감이 와르르 무너져 내린다. 그녀의 풀 죽은 모습을 보자 그는 마음이 편치 않았다.

"하지만 오늘은 혜나가 원하는 대로 하자. 어떻게 할까, 그냥 여기서 잘까?"

"응. 오빠, 같이 자."

어리광을 부리듯 그녀는 그의 어깨에 뺨을 비벼 댔다.

따스한 살결, 부드러운 감촉. 살이 맞닿는 그 느낌은 뭐라 설명할 수 없을 정도로 좋았고 편안했다. 그녀는 자신이 알몸이라는 것도 개의치 않았다. 어차피 그 또한 마찬가지로 알몸이었으니까.

그는 이불을 끌어 그녀의 목까지 덮어 주었다.

"감기 걸리지 않게 잘 덮고 자야지."

전 같으면 어린애 취급을 한다면서 기분 나빴겠지만 지금은 오히려 보살핌을 받는 다는 생각에 기분이 좋아졌다.

그에게 꼭 안겨 잠이 들었던 그녀는 이른 아침 홀로 침대에서 깨어났다. 얼핏 본 시계의 작은 바늘은 7이라는 숫자에 닿아 있었다. 성하는 평소처럼 6시 칼 기상을 했나 보다.

자기 방으로 돌아가 버린 걸까?

놀러 왔으니까 조금은 게으름을 피워도 괜찮을 거라는 생각에 일어날 생각은 않고 이불을 몸에 돌돌 말고 다시 눈을 감았다. 달칵 하는 방문 소리가 그녀의 귀에 들려왔다.

누구지? 어머니? 설마, 아버님은 아닐 테고. 지금 일어날 수 없는데 그냥 계속 자는 척을 해야 하나?

짧은 시간 동안 여러 가지 생각이 그녀의 머릿속을 떠돌았다.

"혜나야, 아직도 자?"

다행스럽게도 방 안으로 들어온 사람은 성하였다.

"응. 오빠, 나 깼어."

그가 다가와 침대에 걸터앉자 그녀는 윗몸을 일으켰다. 이불이 흘러내리지 않도록 꼭 움켜잡고 그녀는 그의 목덜미에 얼굴을 파묻었다. 비누 향기가 섞인 그의 체취가 코끝에 닿아 오자 그녀의 온몸으로 행복감이 물결처럼 퍼져 나갔다. 잠시 그에게 기대어 편안함을 느끼던 그녀는 문득 떠오르는 생각에 입을 열었다.

"오빠, 어머니 만났어?"

"그래. 산책하신다고 나가셨어."

"오빠가 이 방에서 나오는 거 어머니가 보셨어?"

"어머니가 먼저 일어나 계셔서 봤지."

"난 몰라, 어떻게 해."

그녀가 걱정하는 게 뭔지 그는 알 것 같았다. 열정적인 밤을 보내고도 아직까지 부끄러워하는 그녀의 모습에 그는 흐뭇한 미소를 지었다.

"뭘 걱정해? 우리가 한 방 쓰는 게 뭐가 이상해서, 집에서도 계속 한 방 썼잖아."

"그건 다른 거잖아."

"다르긴 뭐가 달라, 어머니는 다르게 생각 안 하실 텐데."

그의 말이 틀린 건 아니었지만 그래도 그녀는 부끄러웠다.

"성하 오빠."

"너 자꾸 이러면 나 힘들어져."

"응? 왜?"

무슨 뜻인지 알 수 없는 말에 그녀의 눈이 동그랗게 떠졌다. 성하의 입술이 가만히 그녀의 코끝에 와 닿았다.

"너 갖고 싶어서."

"오, 오빠는 그런 말을 하고 그래?"

전날 밤의 일이 떠올라 그녀의 얼굴이 발갛게 물들었다.

"그게 사실이니까."

"그런 말하지 마, 미워."

토라진 척 고개를 돌리는 그녀의 턱을 잡고 성하는 키스를 했다. 달콤하게 닿는 입술에 작은 신음 소리를 내며 그녀는 눈을 감았다. 그의 어깨에 팔을 두르고 그녀는 열성적인 반응을 보였다.

그의 눈동자가 검게 가라앉으면서 욕망으로 차오르는 모습을 본 그녀는 수줍게 웃었다.

"어머니 산책 가셨다면서? 들어오시기 전에 일어나야지."

흘러내린 이불을 다시 끌어 올린 그녀는 몸을 일으키려다 그만 주저앉아 버렸다.

"아야!"

작은 비명 소리에 성하의 눈이 커졌다.

"왜 그래? 어디 아파?"

"허벅지가…… 아파, 아야."

다리에 힘을 주어 보던 혜나는 울상을 지으면서 중얼거렸다.

"저런……."

그는 손을 이불 속으로 집어넣어 그녀의 허벅지를 잡았다. 그다지 세게 잡지 않았는데도 그녀는 그의 손이 닿자마자 비명을 질렀다.

"아, 아야! 아파!"

"엄살은……."

"엄살 아니야, 정말 아프다고."

눈물까지 글썽거리면서 소리친 그녀는 주먹을 들어 그의 어깨를 때렸다.

"갑자기 너무 무리하게 움직여서 그런가?"

그의 중얼거림에 그녀는 고개를 갸우뚱거렸다.

"무리하게 움직여? 나 그런 적 없는데? 여기 와서 스키 탄 적도 없고."

"어제 밤에 과격하게 움직였잖아."

그녀의 얼굴이 또다시 발갛게 달아올랐다.

"과격하게 움직인 건 오빠잖아, 난 그냥 가만히 누워 있기만 했는데. 오빠가 자꾸……."

그가 짓궂은 미소를 지으며 바라보자 그녀는 손으로 입을 막았다.

달아오른 볼과 동그랗게 변한 눈에 그는 욕망이 솟구쳤다. 자그마한 입술을 가리고 있는 가느다란 손가락까지도 그의 성감을 자극했다.

"손 내려 봐."

"왜 그러는데?"

여전히 손으로 입을 가린 채, 그녀는 그를 빤히 바라보았다.

또 무슨 짓을 하려고 저러는 거야?

그녀는 그가 싱긋 웃자 슬며시 손을 내렸다. 그녀가 손을 내리자마자 성하는 목을 끌어 당겨 어깨를 감싸 안으면서 입술을 겹쳤다.

"음…… 오빠, 그만."

도리질을 치면서 밀어내려는 그녀의 어깨를 힘껏 안고 성하는 고개를 저었다.

"가만있어. 다리 안 아프게 해 줄게, 그래야 눈썰매 타러 가지."

"눈썰매? 여기 눈썰매장도 있어?"

그가 고개를 끄덕이자 그녀는 기대에 가득 차 눈을 빛냈다.

"눈썰매 타러 갈 거야? 나하고 같이? 오빠가 같이 가 줄 거라고?"

마치 어린아이마냥 계속해서 묻고 또 묻는 그녀에게 그는 확실한 대답을 해 주었다.

"그래, 같이 가서 눈썰매 타자. 그러려면 다리부터 낫게 해야지. 절뚝거리면서 갈 수는 없잖아. 길도 미끄러운데."

"와아."

그녀는 손바닥을 마주치며 기쁨의 함성을 질렀다.

그는 그녀의 어깨를 안아 침대에 눕히며 뺨에 입술을 댔다.

"그런데 다리는 어떻게 낫게 할 거야?"

"똑같은 방법으로."

"똑같은 방법? 똑같은 방법이라니. 오빠, 그게 무슨 소리……."

어리둥절한 표정을 하던 그녀는 이불을 젖힌 그의 손이 가슴을 감싸자 화들짝 놀랐다.

"설마 어젯밤처럼, 꺅—"

허리를 끌어안은 그가 입술을 맞대어 비명 소리를 막아 버렸다. 벌어진 입속으로 혀를 집어넣어 깊이 키스를 하면서 성하는 그녀의 머리를 한 손으로 잡았다. 움직이지 못하도록 잡은 그는 긴 시간 동안 그녀에게 키스를 했다. 흥분으로 달아오른 그녀의 몸이 자신의 몸에 와 닿을 때까지 성하는 키스를 계속했다.

"성하 오빠."

달콤한 숨결을 내뱉으면서 그녀는 그의 목을 끌어안았다. 눈을 감고 다소곳한 표정으로 그녀는 그에게 매달렸다. 만족스러운 마음에 성하는 그녀의 몸을 감싸 안고 작은 소리로 웃었다.

장담한 것과 달리 성하는 그녀의 다리를 낫게 하지 못했다. 때문에 혜나는 절뚝거리면서 눈썰매장을 갈 수밖에 없었다. 하지만 그녀는 성하와 같이 시간을 보낼 수 있다는 사실에 기뻐 다리가 아프다는 건 염두에 두지도 않았다.

썰매를 끌고 높은 곳까지 올라갔다가 타고 내려오는 기분은 그야말로 스릴 그 자체였다. 싸늘하게 얼굴을 때리는 바람까지도 시원하게 느껴질 정도였다.

"야호, 신난다. 까아."

있는 힘껏 소리를 질러도 누가 뭐라 할 사람이 없었다. 상쾌한 기분으로 그녀는 목청껏 소리를 지르면서 스트레스를 해소했다.

가쁜 호흡을 추스르며 출발 지점까지 올라온 혜나의 이마에는 땀방울이 맺혔다. 한 손으로는 썰매의 끈을 붙잡고 다른 손으로는 성하의 손을 꼭 잡은 그녀는 햇살보다도 더 환한 미소를 지었다.

"오빠, 우리 내기하자."

"무슨 내기?"

"먼저 내려가는 사람이 맛있는 점심 사 주기."

호탕하게 제안하는 그녀에게 성하는 엄지손가락을 들어 올렸다.

"내가 오빠보다 더 빨리 내려갈 거야. 왜냐구? 몸무게가 더 가벼우니까."

큰 소리로 외치면서 그녀는 출발 준비를 했다. 까르륵 웃음을 터트리면서 썰매를 타고 내려간 그녀는 뒤따라 도착한 성하에게 보란 듯이 어깨를 으쓱거렸다.

"것 봐! 내가 이겼지? 오빠가 점심 사야 돼."

"잠깐만! 혜나야, 기다려 봐."

한쪽으로 물러선 그는 주머니에서 핸드폰을 꺼냈다. 액정을 흘끗 본 그의 안색이 무겁게 가라앉았다.

"점심은 같이 못 먹을 것 같다. 미안하다."

불안한 마음으로 기다리던 그녀는 기운이 빠져 어깨를 축 늘어뜨렸다.

"가 봐야 되는 거야?"

"그래, 모임 끝나고 방으로 갈게."

"응, 알았어."

서운했지만 어쩔 수 없는 일이었다. 그는 그녀와 같이 여행을 온 것이 아니었기에 오전 내내 같이 놀아 준 것만으로도 고마워해야 했다.

"혼자 더 타고 와."

그가 손을 흔들고 간 뒤, 썰매를 끌고 출발 지점을 향해 가던 그녀는 돌연 걸음을 멈췄다. 성하 없이 혼자 썰매를 타 봤자 재미도 없을 것만 같아 그녀는 썰매 타기를 포기했다.

썰매를 반환한 그녀는 리조트를 향해 뛰어갔다. 눈이 잔뜩 쌓여 미끄러웠지만 지금 뛰어가면 그를 만날 수도 있다는 생각에 그녀는 열심히 달렸다.

큰 걸음으로 걷는 그의 뒷모습이 보이는 순간, 그녀는 큰 소리로 그를 부르려 했다. 그런데 갑자기 어디서 나타났는지 분홍색 스키복을 입은 여자가 달려와 그의 팔짱을 꼈다. 그녀는 활짝 웃는 경애의 옆모습을 보고 입술을 깨물었다. 경애는 어젯밤 나이트클럽에서처럼 자신 있는 모습으로 성하에게 매달리고 있었다.

"눈밭에다 확 집어 던져 버려! 성하 오빠."

그녀의 바람과 같은 일은 일어나지 않았다. 하지만 경애의 팔을 뿌리치는 성하의 모습에서 그녀는 작은 위안을 받았다. 최소한 그가 경애의 행동을 달가워하지 않는다는 사실은 알 수 있었다.

잡았다가 뿌리치고, 잡았다가 뿌리치는 행동을 반복하는 두 사람을 뒤에서 보며 그녀는 혀를 찼다.

참, 저 여자도 끈질기다. 나 같으면 저렇게 안 할 텐데.

고개를 도리도리 저은 그녀는 라운지로 향하는 두 사람에게 혀를 내밀어 보이고 룸으로 향했다.

"어이구, 추워라. 눈썰매 탈 때는 추운 줄도 모르겠더니만."

찬바람을 맞아서인지 춥게 느껴져 그녀는 옷을 갈아입자마자 침대에 누워 이불을 뒤집어썼다.

"재밌었는데. 점심 먹고 저녁까지 놀았으면 더 좋았을 텐데."

그와 눈썰매를 타고, 눈밭에 뒹굴면서 장난을 치던 모습이 떠올라 그녀는 저 혼자 킥킥대며 웃었다.

민 장군과 정 여사가 스키 코스에서 돌아오자 그녀는 점심을 같이 했다. 한층 화사하게 밝아진 모습으로 성하가 같이 눈썰매를 타면서 놀아 줬다고 그녀는 민 장군에게 어린애처럼 자랑을 했다.

식사를 끝내고 바람을 쐬고 싶다면서 민 장군이 나가고 나자 그녀는 정 여사와 마주앉아 차를 마셨다. 점심을 먹을 때만 해도 괜찮았는데 몸이 춥다는 느낌에 재채기가 터져 나왔다.

"에, 에, 에췩!"

"감기 걸린 거 아니니?"

"아니에요, 어머니. 아침에 찬바람을 맞아서 좀 추운 것 같아요."

"몸조심해야지, 얼른 들어가서 따듯하게 하고 좀 쉬거라."

오후쯤 라운지에 가든가 친구들을 찾아가 만나려던 그녀는 정 여사의 말대로 쉬기로 했다. 재채기도 더 심해지고 몸에 기운이 하나도 없었다. 자꾸만 으슬으슬 추워지는 것이 조심하지 않으면 정말 감기에 걸릴지도 모르는 일이었다.

방으로 들어와 침대에 누운 그녀는 이불을 목 밑까지 끌어다 덮었다.

"에췩, 에, 에췩."

연달아 기침을 해 댄 그녀는 몸을 동그랗게 말고 가쁜 호흡을 내쉬었다.

"에고, 에고. 재채기가 사람 잡겠네."

투덜거리면서 눈을 감은 그녀는 피곤해서 그만 잠이 들고 말았다.

누군가의 손길이 부드럽게 이마 위에 놓여졌다. 그리고 이내 머리카락을 가만히 쓰다듬는다. 잠이 덜 깬 상황에서도 그녀는 그 손의 주인이 성하라는 걸 알 수 있었다.

"성하 오빠."

눈을 뜨지도 않고 그녀는 가만히 그의 이름을 불렀다.

"어디 아픈 거야? 어머니가 걱정하시던데……."

"재채기를 너무 해서 기운이 하나도 없어."

"감기 걸린 거야? 약은 먹었어?"

그녀는 도리도리 고개를 저었다. 침대에 걸터앉은 그가 그녀의 뺨을 두 손으로 감쌌다.

"열이 있는 것 같은데, 얼굴이 뜨겁다."

"응, 오빠 손은 차가워서 기분 좋아."

"일어나. 저녁도 안 먹었다면서? 밥부터 먹고 약 먹자."

그녀는 또다시 도리도리 고개를 저었다.

"일어나고 싶지 않아. 나 안 일어날 거야."

그녀가 어린애 같은 말투로 말하자 그는 입가에 쓴웃음을 지었다.

"그래도 저녁은 먹어야지, 부모님 걱정하시는데."

슬그머니 눈을 뜬 그녀가 그를 향해 애원 섞인 표정을 내보였다.

한참 동안이나 그녀를 바라보며 이마에 흐트러진 머리카락을 쓸어주던 그가 고개를 끄덕였다.

"그럼, 좀 더 누워 있어. 부모님께 말씀드리고 올게."

그녀는 생긋 미소를 지으면서 고개를 끄덕였다. 어젯밤 이후, 유난히 부드럽고 자상하게 대하는 그가 그녀는 말할 수 없이 좋았다.

그가 방을 나가고 그녀는 다시 눈을 감았다. 몸에 열이 오르고 있다는 걸 그녀 스스로도 알 수 있었다. 내뿜는 호흡이 뜨겁고 거칠었다.

정말 감기에 걸렸나 봐, 오빠한테 옮기면 안 되는데.

그런 걱정을 하고 있던 그녀는 쉽사리 성하가 방으로 들어오지 않자 궁금해졌다.

부모님하고 같이 저녁을 먹나?

그런 생각이 들었다.

설마, 또 동아리 사람들한테 간 거 아냐?

그런 생각도 들었다.

혹시 갔다가 그 찰거머리 같은 여자한테 잡혀서 못 오는 거 아냐?

하나를 보면 열을 안다고. 낮에 하던 행동으로 보면 그가 아무리 뿌리친다고 해도 경애를 쉽사리 떨어내 버리기는 힘들 것 같다는 생각이 들었다. 잠깐 본 것뿐이지만 그녀가 본 것만으로도 경애의 끈질김은 완전 고수급이었다.

그가 경애에게 붙잡혔더라도 어쩔 수 없는 일이다. 그녀는 너무 기운이 없어서 어디에 있는지 알더라도 구하러 달려갈 수 없는 상태였으므로. 그녀는 단지 그가 그런 상황에 처해진다면 현명하게 대처할 거라 믿을 뿐이었다.

에궁, 몸 아프다고 이불 뒤집어쓰고 누워서 혼자 소설을 쓰고 있네.

어느새 성하에 대한 믿음이 새록새록 생겨난 그녀는 입속으로만 투덜거렸다. 문 여는 소리와 함께 성하가 방 안으로 들어왔다.

"혜나, 잠깐 일어나 봐."

얌전히 그가 시키는 대로 그녀는 몸을 일으켜 앉았다.

그는 들고 온 쟁반을 탁자 위에 올려놓았다. 고개를 쭉 빼고 쟁반 위 내용물을 본 그녀의 입가에 미소가 번졌다.

"밥이네?"

"약 먹어야 되니까 입맛 없어도 조금이라도 먹어야지. 침대에서 먹을래? 그쪽으로 가져갈까?"

"응. 아냐, 그 정도는 할 수 있어."

그녀는 침대에서 내려와 탁자 앞으로 다가갔다. 그가 자신의 식사를 챙겨 왔다는 사실만으로도 감격스러운 일이었다. 그런데…… 쟁반 위에 놓인 음식은 2인분이었다. 밥공기 두 개, 국그릇 두 개, 수저도 두 벌에 반찬 몇 가지.

"오빠도 여기서 먹으려고?"

"너 밥 혼자 먹는 거 싫어하잖아, 부모님께 말씀드렸으니까 걱정하지 말고. 자, 먹자."

가슴이 뭉클해진다. 그의 따듯한 마음이 그녀의 심장에 와 닿는 것만 같았다.

12장.

스키장에서 돌아온 이후로 성하는 더욱 바빠졌다. 개강을 앞두고 여러 가지 준비할 일이 많았기에 그는 집에 있을 때도 밥 먹을 때와 잠잘 때를 제외하고는 거의 서재에서 지냈다. 게다가 한 번 밖으로 나가면 늦은 시간까지 들어오지 못할 때도 많았다.

그녀는 또다시 독수공방, 혼자만의 시간을 보내게 됐다. 불만이 차곡차곡 쌓여 갔지만 전처럼 쨍알거리면서 잔소리를 해 댈 기운도 없었다. 그런다고 그의 행동이 싹 바뀌는 것도 아니었고, 공연히 시끄럽고 마음만 더 심란해졌으므로.

"집안의 평안이 어쩌고 하시던 엄마 말이 이제는 이해가 가네, 정말 이해가 가."

투덜거리던 그녀는 리모컨에 대고 화풀이를 하듯 버튼을 눌렀다. 때마침 방문을 열고 들어온 그가 옷장으로 다가갔다. 그녀는 그러거나 말거나 신경도 쓰지 않은 채 TV 화면만 보고 있었다.

"나, 나간다."

옷을 갈아입은 그가 그녀를 향해 말했다.

"응, 알았어."

너무나도 아무렇지 않은 표정으로 그녀가 대꾸했다.

성하는 벽에 걸린 시계에 시선을 줬다. 9시 30분. 자신이 생각해도 외출하기에 늦은 시간이었다. 그런데도 그녀는 왜 나가는지, 누구를 만나는지, 하다못해 언제 들어올 거냐는 말 한마디 없다. 전에 같으면 너무 꼬치꼬치 물어보고 파고들어 귀찮았는데 지금은 오히려 은근히 서운한 기분이 들어 짜증이 났다.

"어디 가냐고 안 물어봐?"

"어디 가는데?"

"학교 앞에."

그게 다였다. 그녀는 조개처럼 입을 다문 채였다. 잠시 서서 기다려 봤지만 그녀는 아무 말도 없다. 갑자기 성질이 솟구쳐 그는 씩씩거리면서 방문 앞으로 걸어갔다. 문을 열고 서서 그는 그녀를 빤히 바라보았다.

"누구 만나느냐고는 안 물어봐?"

"응? 누구 만나는데?"

순 건성이다. 그녀는 TV 화면에 시선을 둔 채, 그를 쳐다보지도 않는다.

"여자 만날 거다."

기분이 잔뜩 상한 그가 툭 말을 내뱉었다. 그제야 그녀가 고개를 돌려 그를 봤다.

"정말?"

"그래."

여자를 만나는 건 사실이었다. 여자이긴 하지만 현직 검사인 학교 선배와 약속이 되어 있었다.

"12시까지 들어와."

순 명령조의 말투.

"술 너무 많이 마시지 말고."

변함없는 잔소리에.

"딴짓하면 죽을 줄 알어."

박력 넘치는 협박까지.

그제야 예전의 그녀로 돌아온 듯한 느낌에 안심한 그의 입가에 미소가 생겨났다.

"갔다 올게."

한마디를 던지고 그가 나가고 나자 그녀는 한숨을 푹 내쉬었다. TV를 끄고 리모컨을 침대 한쪽으로 던져 버렸다. 아직 잘 시간이 아님에도 그녀는 침대에 누워 버렸다.

사실 그녀는 그가 밖으로 나갈 준비를 하는 동안 다다다 질문을 퍼붓고 싶은 걸 애써 참고 있었다. 아니, 아예 나가지 못하고 붙잡고도 싶었다. 하지만 너무 심하게 간섭하는 건 좋지 않다는 영란의 충고를 떠올리면서 참고, 또 참았다.

'남자들은 의외로 단순한 데가 있어. 밖에서 뭘 하는지 누굴 만나는지에 대해서 물어보면 짜증을 내거든. 궁금한 것도 있지만 사실은 신경 써 주려고 그러는 건데 지들은 믿지 못해서 그런다는 둥, 사사건건 참견하려고 그런다는 둥, 웃기지도 않은 소리를 하는 거야. 그러니까 적당히 신경을 끊어. 무관심하게 대하면 오히려 서운하다. 애정이 식었다, 어쩌고저쩌고 하면서 지가 먼저 다 말하게 되어 있거든. 못 믿겠으면 한 번 해 봐. 밑져야 본전이니까. 하지만 효과 100%라는 걸 내가 장담한다.'

영란의 장담대로 성하는 그녀가 신경 안 쓰는 척하자 기분이 나쁜 듯 툴툴거렸다. 자기 입으로 묻고, 답하고 아주 쇼를 하고 있었다. 은근히 재미있다는 생각도 들었지만 하고 싶은 말 참는 동안에는 속이 터져 죽을 것만 같은 기분이었다.

그날 밤, 성하는 12시가 넘어 들어왔다. 먼저 잠이 들었던 탓에 정확히 몇 시에 들어왔는지는 알 수 없었지만 꽤 늦은 시간이었다. 게다가 술을 얼마나 마셨는지 온 방 안에 술 냄새가 진동을 할 정도였다. 그런데도 6시 칼 기상을 해서 운동복을 챙겨 입는 그를 그녀는 멍한 표정으로 바라봤다.

그는 한 번도 늦게 일어난 적이 없었다. 거의 밤을 새다시피 하고 새벽에 잠이 들어도 6시면 일어나 운동을 나갔다. 정신력이 좋은 건지, 체력이 좋은 건지. 하긴 아침 운동을 빠지면 민 장군이 몽둥이를 들고 쫓아올 테니 늦잠을 자고 싶어도 잘 수가 없는 상황이긴 했다.

"운동 갔다 올게."

누가 물어봤나? 아니, 아침마다 운동가는 걸 누가 몰라서 보고를 하고 그래?

혜나는 고개를 끄덕이고 그를 향해 손을 흔들었다.

"잘 다녀와, 오빠."

굳이 그러지 않아도 되는데 침대 옆으로 온 성하는 그녀의 입술에 쪽 소리를 내며 키스를 했다.

단번에 잠이 확 깼다.

으…… 한 30분 정도 더 자려고 했는데. 에이, 씨.

그녀는 몸을 일으키며 기지개를 죽 폈다.

아침을 먹은 뒤, 그녀는 집 청소를 시작했다. 분위기를 바꿔 보려고 침실의 커튼도 다른 색으로 바꿔 달고 침대며 소파의 커버도 화사한 색상으로 바꿨다. 깨끗하니 청소를 해 놓은 그녀는 이번엔 서재로 향했다.

서재 문을 여는 순간, 콧속으로 스며드는 냄새에 그녀는 이마를 찌푸렸다. 곧이어 방 안을 뿌옇게 채워 놓은 연기를 한심하다는 눈빛으로 봤다.

"어? 헤나야, 왜?"

막 흡연을 마친 듯 재떨이에 담배를 비벼 끄며 그가 묻는다. 재떨이엔 이미 담배꽁초가 산을 이루고 있었다.

그녀는 성큼 창문 앞으로 다가갔다. 입을 꾹 다문 채, 창문을 활짝 열었다. 단번에 차가운 바람이 서재를 덮쳤다.

"추우니까 문 닫아."

그녀는 들은 척도 하지 않고 탁자 위에 펼쳐 놓은 책을 정리하기 시작했다.

"유혜나."

책을 한아름 들고 그녀가 돌아보았다.

"서방님 감기 걸리시겠다고."

책장에 하나씩 책을 꽂아 정리한 그녀가 창문 앞으로 걸어갔다.

"담배 안 피우면 창문 안 열게."

"뭐? 차라리 나보고 그냥 죽으라고 하지."

쾅 소리 나게 창문을 닫은 그녀가 돌아서며 팔짱을 꼈다.

"죽든지 말든지 그건 오빠가 알아서 하고, 계속 담배 피워서 서재를 너구리 굴로 만들어 놓으면 이 연기, 봉지에 그대로 담아 아버님 코앞에다 뿌려 버릴 테니까 알아서 해."

그는 뜨악한 얼굴로 입만 딱 벌렸다.

그를 흘깃 쳐다보고 코웃음을 친 그녀는 재떨이를 들고 서재를 나가 버렸다.

오, 유혜나. 그녀가 이리도 강적이었던가.

그는 두 손으로 머리를 싸 쥐고 신음을 흘렸다.

그리고 또 뭐라고? 죽든지 말든지 알아서 하라고? 젠장, 무슨 말이 그래?

그녀를 쫓아가서 요즘 왜 그러는 건지 묻고 싶은 마음뿐이었다. 전과는 너무나도 달라진 그녀의 행동이 그는 전혀 익숙해질 것 같지 않았다.

한숨만 계속해서 내쉬고 있는데 핸드폰의 벨이 울렸다.

"여보세요."

"야! 민성하, 인마. 너 지금 어디야?"

"집인데."

"집? 집이라고? 야! 너 오늘 지도 교수님 찾아뵙기로 한 거 잊었냐? 어? 후딱 뵙고 저녁에는 성준 선배 집들이에 가기로 했잖아, 너 그새 까먹었냐?"

다그치는 준영의 말에 그는 까마득히 잊고 있던 약속을 떠올렸다.

"어…… 그랬지."

"민성하, 너 군기 많이 빠졌다. 작년 성준 선배 결혼식 때 군대 있다고 참석 못해서 이번 집들이에는 꼭 간다고 말했잖아."

"그래, 기억난다."

"지금 바로 나와라, 도서관에서 기다리마."

전화를 끊은 그는 잠시 책상에 엎드렸다. 머리가 어질어질했다. 요새는 정신 집중도 안 되고 걸핏하면 약속도 잊어버렸다. 초기 치매 증세가 아닐까 하는 생각이 들 정도로 건망증도 심해졌다. 이래 가지고는 고시 패스는커녕 일반 시험도 못 볼 것 같았다.

스트레스 때문이야, 스트레스.

중얼중얼거리면서 침실로 들어선 그는 확 달라진 분위기에 멈칫했다. 제법 높은 곳에 위치한 커튼이 바뀐 모습에 그의 안색이 어두워졌다.

옷을 갈아입고 일 층으로 내려온 그는 주방으로 향했다. 그의 짐작대로 그녀는 식탁 앞 의자에 앉아 잡지를 보고 있었다. 그녀의 앞에 놓인 커피 잔에서 김이 모락모락 피어올랐다.

커피 마시겠냐고 물어보지도 않고 혼자 마시고 있어?

그는 요새 매사에 불만이었다. 새로운 환경에 완전히 적응해서 자신의 페이스를 착실히 찾아가고 있는 혜나와 달리 그는 익숙한 환경이었는데도 불안정하게 떠돌고 있었다.

그는 자신이 설 자리가 없어진 것만 같았다. 하다못해 부모님들도 일이 생기면 그가 아닌 혜나와 얘기하고 의논했다. 그녀는 부모님의 말을 그에게 전달만 하고.

이게 바로 굴러 온 돌이 박힌 돌을 빼낸다는 거겠지.

그가 식탁 앞으로 다가가자 그녀가 고개를 들었다.

"나갔다 올게, 약속이 있어."

"응, 다녀오세요."

또 무슨 약속이냐고 묻지도 않는다.

"좀 늦을 거야."

"알았어요."

늦거나 말거나 자기와는 아무 상관없다는 투다.

젠장, 관심을 좀 보이란 말이다. 관심을……

그는 버럭 소리치고 싶은 걸 애써 참았다. 그의 표정은 분명 '나 화났다.' 였다. 그녀는 답답한 마음을 꾹 참았다.

그가 나가고 난 뒤에도 그녀는 한동안 같은 자세로 잡지를 보며 커피를 마셨다. 얼마의 시간이 흘렀는지 들려오는 벨 소리에 그녀는 몸을 일으켰다. 거실로 나간 그녀는 요란하게 울어 대는 수화기를 들었다.

"여보세요."

"민성하 씨 댁이죠?"

낯선 여자의 음성이 들려오자 그녀는 잔뜩 긴장했다.

"네, 맞아요."

"지금 통화할 수 있나요?"

조심스러운 음성이었지만 어디선가 들어본 적이 있는 목소리였다.

"지금 집에 안 계세요. 들어오시면 누구라고 전해 드릴까요?"

속에선 울화통이 치밀었지만 그녀는 최대한 예의를 갖추고 말했다.

"민성하 씨 후배예요. 권경애라고 전해 주세요."

"네, 그러죠."

왕 진드기 같은 여자. 성하가 핸드폰을 받지 않았기에 집으로 전화를 한 게 분명했다.

"핸드폰을 안 받으면 받을 때까지 하든가, 정 안 되면 문자를 남기든가 할 것이지 왜 집으로 전화를 하는 거야? 기분 나쁘게."

그녀는 잔뜩 화가 나 쿵쾅거리면서 이 층으로 올라갔다.

* * *

선배의 집들이는 예상외로 일찍 끝났다. 선배의 부인이 임신을 한 덕에 아주 간소하게 자리가 만들어졌고 모두들 늦은 시간까지 노는 것은 매너가 아니라는 데 동의했다.

우르르 몰려갔다가 저녁만 간단히 먹고 우르르 몰려나온 그들은 '다음에 보자.' 라는 말을 하며 뿔뿔이 흩어졌다.

그는 운전을 하며 옆자리에 앉은 준영에게 넌지시 말을 건넸다.

"뭔가 확실히 달라지긴 했는데 그게 정확히 뭔지 모르겠다는 거야."

"어디가 그렇게 달라졌는데?"

"우선은 잔소리가 없어."

"그거야 반가운 일이지."

준영은 별걸 다 걱정한다는 투였다.

"잔소리만 없어진 게 아니라 아예 말이 없어졌다니까."

"말을 안 한다고?"

"그래, 전에 같으면 뭔 일 생기면 10마디, 20마디 하던 애가 이젠 뭘 물어봐도 잘 대답도 안 해. 게다가 완전 나한테 관심이 없어졌다니까."

"밤엔 어떤데?"

뒷좌석에 앉아 있던 명식이 불쑥 끼어들며 물었다.

"관계를 피하거나 그러지는 않냐?"

"그건 아니야. 하지만 진짜 이상하다고. 사람 성격이 어떻게 그렇게 단시간에 변할 수가 있냐?"

그는 자신의 상황을 잘 알고 있는 친구들 앞이라 마음 놓고 투덜거렸다.

"내가 혜나를 안 지 10년도 넘었다. 그동안 한결같던 애야. 그런데 요새는 진짜 딴사람인 것처럼 느껴진다고."

"왜 그런지 뻔하네."

그도 준영도 궁금하다는 표정으로 명식의 말을 기다렸다.

"누군가가 코치를 하는 거야."

"코치를 해?"

"그래, 결혼 생활 경험 많은 누군가가 혜나한테 이럴 땐 이렇게 해라, 저럴 땐 저렇게 해라 하면서 가르치고 있는 거라고. 순진한 혜나는 그 말 그대로 행동하고 있는 거고."

"뭐하러 그런 걸 가르치는 건데? 게다가 혜나는 왜 그런 말을 듣는 거고."

"멍청한 놈. 결혼 생활 초반에 기 싸움에서 이기려는 거 아니냐. 한마디로 기선 제압하려고."

명식의 말에도 일리는 있었다. 하지만 그녀 주변에 누가 있어 그런 코치를 한단 말인가.

두 분 어머니는 분명 아닐 거고, 친구나 선배일 텐데……

곰곰이 생각에 잠긴 성하의 레이다가 영란을 표적으로 내세웠다.

그래, 맞다. 이영란.

성하는 혜나의 졸업식 때 영란의 언니와 형부를 봤다. 영란이 형부에게 결혼한 지 10년이 넘었는데 아직까지도 아무도 못 말릴 공처가라면서 놀리던 걸 기억해 냈다.

명식의 말대로 기선 제압을 하기 위해 혜나가 누군가에게서 코치를 받고 있다면 언니의 말을 전해들은 이영란이 가장 유력했다.

"알아보고 정말 그런 거면 연락 못하게 해, 잘못하다가는 혜나 성격만 이상해진다."

명식의 말에 그의 안색이 어둡게 가라앉았다.

준영과 명식을 차례대로 내려 주고 그는 집을 향해 차를 몰았다. 집 가까이 왔을 즈음, 그는 누군가가 길 한 복판에 서 있는 걸 보고 차를 멈췄다.

혹시 혜나가?

그런 생각을 하던 그는 헤드라이트 불빛 앞에서 활짝 웃으며 손을 흔드는 경애의 모습에 이마를 잔뜩 찌푸렸다.

"성하 선배, 선배 맞구나."

경애가 하이 소프라노의 음성으로 외치자 그는 가속페달을 팍 밟아 버리고 싶은 충동에 휩싸였다.

그는 차에서 내려 경애를 노려보았다.

"네가 여기 웬일이야?"

경애는 그를 올려다보며 배시시 미소 지었다.

"아는 언니 집이 이 근처거든. 놀러왔다가 돌아가는 길인데 차, 번호가 낯익어서…… 아유, 추워라. 선배는 이제 집에 가는 거야?"

경애는 방긋방긋 웃으며 애교스럽게 종알거렸다.

"그래. 그럼, 조심해서 잘 가라."

그대로 몸을 돌리려는 그의 팔을 경애가 움켜잡았다.

"선배 시간 괜찮으면 나 집까지 좀 바래다줘."

"미안하다, 지금도 늦었어."

"나 너무 추워서 그래. 선배, 집까지 바래다주기 힘들면 택시 잡을 수 있게 조기 밑에 큰길까지만이라도, 응?"

그는 누구와 대화를 할 마음도, 같이 있고 싶은 마음도 없었다. 당장이라도 집으로 달려가 과연 혜나가 누군가의 코치를 받고 그런 이상한 행동을 하는 것인지 확인해 보고 싶은 마음뿐이었다. 그런데 경애는 눈치가 없는 건지, 아니면 모르는 척하는 건지 그가 거절을 했는데도 달라붙어 떨어질 생각을 하지 않았다.

"큰길까지 여기서 걸어서 5분도 안 걸려. 정 추우면 뛰어가도 그만이야. 그러니까 그냥 가."

냉정한 어조로 소리쳤지만 경애는 끄덕도 하지 않았다.

"선배는…… 추운 것도 추운 거지만 선배하고 조금이라도 더 같이 있으려고 그러는 거잖아. 여자 마음을 왜 그렇게 몰라 줘?"

한 여자 마음도 몰라서 지금 이 고생인데 자기 마음도 알아 달라고 졸라 대는 경애가 정말 짜증스러웠다.

"너 내가 분명 쫓아다니지 말라고 경고……."

"성하 오빠!"

갑자기 혜나의 목소리가 들려오자 그의 몸이 굳었다. 휙 뒤를 돌아본 경애는 그녀의 모습을 보자마자 재빠르게 그의 팔짱을 꼈다.

"이거 안 놔?"

그는 잇새로 으르렁거리며 경애의 팔을 뿌리쳤다. 하지만 경애는 죽어도 매달리겠다는 포즈로 다시 그의 팔을 움켜잡았다.

아주, 둘이 쇼를 하고 있어요.

차 옆에 서서 두 사람이 옥신각신하는 모습을 본 그녀는 피식 헛웃음을 지었다.

"오빠, 지금 와?"

경애의 모습을 분명히 보고도 그녀는 너무나 침착했다. 질투 비슷한 기색도 내보이지 않았다. 그녀의 그런 점이 그의 자존심을 건드렸다.

"그래, 지금 들어오는 길이야."

"성하 선배, 이 여자는 누구야? 여동생?"

여동생 같은 소리 하고 있네, 그랬으면 얼마나 편하겠냐.

"혜나는 여동생이 아니라……."

"성하 오빠."

쌀쌀맞게 울려 나오는 음성이 그의 말을 막았다.

"이 언니하고 잠깐 얘기할 게 있는데 오빠 먼저 들어가요."

무슨 얘길 할 건지 궁금하긴 했지만 두 사람을 상대하기에 그는 너무나 피곤한 상태였다.

"짧게 끝내고 빨리 들어와."

그가 탄 차가 떠나는 걸 보고 있던 그녀는 경애를 향해 돌아섰다.

"나한테 할 얘기가 뭔데?"

그녀가 한참이나 어려 보였기에 경애는 대뜸 반말을 했다.

"성하 오빠 결혼한 거 알고 있어요?"

"알아."

그녀는 뒤로 넘어갈 정도로 놀랐다. 사실 그녀는 경애가 그들의 결혼 사실을 모르고 있을 거라 생각했다. 그렇지 않고서야 제정신이 아니지 않은 한 성하를 쫓아다니는 못할 거라 생각했기에. 그런데 그녀의 예상은 보기 좋게 빗나가고 말았다.

"알고 있는데도 오빠를 쫓아다녀요?"

"그거야 내 맘이지. 내가 좋아서 쫓아다니는 건데 누가 뭐라고 해?"

"내가 뭐라고 해요. 나 오빠 와이프거든요."

"왜?"

경애의 말에 그녀는 순간 어리둥절한 표정을 했다.

"왜 뭐라고 하냐고. 내가 뭐 너한테 피해 준 거 있어? 학교에서 만나서 밥 먹고 커피 마시고 술 마시고. 그것밖에 안 했는데 뭐가 어떻다고 신경질이야?"

경애는 정말 짜증난다는 어조로 소리쳤다.

"난 선배하고 이상한 짓 한 번도 한 적 없어. 그런데 내가 왜 너한테 싫은 소리를 들어야 돼? 그래. 내가 전화하고 선배 쫓아다녔다. 그게 뭐 어때서? 좋아하는 사람 쫓아다니면 안 된다는 법이라도 있어?"

참, 너 잘났다. 무슨 말 못해 죽은 귀신이 씌었나. 말은 일사천리로 참 잘도 하네. 이거 완전히 사이코 아냐?

혜나는 기가 막혀 당장이라도 기절할 것만 같았다. 겨 묻은 개가 뭐 묻은 개 나무란다더니, 바로 이런 경우를 두고 쓰는 말일 게 분명했다.

"지금 언니 하는 행동이 법에 저촉되지 않는다고 생각하시나 봐요. 그런데 그런 행동은 흔히 '스토커'라고 하거든요. 그리고 언니는 오빠하고 아무 짓도 안 했다고 큰소리를 치는데, 그럼 앞으로도 오빠하고 만나서 아무 짓도 안 할 자신 있어요?"

경애의 눈이 500원짜리 동전만큼이나 동그랗게 떠졌다.

"뭐라고?"

"오빠하고 손잡고 끌어안는 것까지는 봐줄 수 있어요. 하지만 키스하고 섹스하는 건 불법이란 거 알죠? 어쨌든 오빠는 유부남이니까 그런 행동하면 그건 간통이 되는 거죠."

"얘가 말 진짜 심하게 하네, 간통이라니?"

경애가 주먹을 움켜쥐고 부들부들 떨었다.

"만약에 두 분이 이상한 짓하다가 딱 걸리면 그 즉시 112 번호 누를 테니까, 그렇게 아시고요. 절대 합의해 줄 생각 없으니까 이상한 짓하실 거면 감옥 갈 준비해 놓고 하세요."

"얘가 어디서 협박이야. 감옥 갈 준비를 하라고? 흥! 웃기고 있네. 안 걸리면 되는 거지. 걸려서 감옥을 왜 가? 멍청하게……"

생각한 것보다도 경애는 훨씬 증세가 심각한 사이코였다.

"성하 선배가 너 이런 앤 줄 알고나 있니?"

"물론 같이 살 맞대고 사는데 언니보다 더 잘 알죠. 그리고 내가 이러는 건 약과예요. 우리 시아버님이 별이 네 개나 되는 장군인 건 아시죠? 그분한테 걸리면 언니는 뼈도 못 추려요."

"흥! 네가 그런다고 내가 겁먹고 물러날 줄 알아?"

"물러날지 안 물러날지 그건 언니가 결정하는 거니까 제가 뭐라고 할 건 아니죠. 그리고 또 한 가지."

그녀는 돌아서려다 다시 경애를 응시했다.

"우리 오빠는요. 싫다는데 좋다면서 죽자고 따라다니는 거 정말 싫어해요. 여자가 튕기는 맛이 없다나, 어쨌다나, 그런 말을 하더라고요. 그러니까 오빠한테 너무 좋아, 좋아 그러지 말아요. 진짜 매력 없어 보이니까요. 그럼 추운데 안녕히 가세요. 기회되면 다음에 또 뵙죠."

그녀는 있는 대로 엄장을 팍팍 질러 놓고 집을 향해 걸음을 옮겼다.

생각해 보면 자신이 어떻게 그런 식의 말을 할 수 있는지 스스로도 어이가 없을 정도였다. 생각했던 것보다 더 차분하게 정말 어른처럼 얘길 할 수 있었다는 사실이 놀라웠다. 그렇다고 해서 이런 말로 찰거머리에 사이코 기질까지 있는 경애가 순순히 물러나리라고 생각하지는 않았다. 그나마 조금이라도 경고가 된다면 좋겠다는 생각에 한 말일 뿐이었다.

그의 앞에서는 관심 없는 것처럼 행동했지만 그건 그저 밖으로 보이는 행동일 뿐, 혜나의 진심은 달랐다. 약속 때문에 늦을 거라던 그의 말에 저녁부터 목 빼고 기다리지는 않았다. 하지만 갑자기 걸려온 여자의 전화는 그녀의 속을 긁어 놓기에 충분했다. 혹시라도 통화가 돼서 두 사람이 만나고 있는 건 아닐까 하는 생각도 들었다.

밤이 점점 깊어지자 그녀는 조금씩 불안해져서 산책한다는 핑계를 대고 밖으로 나왔다. 그리고 뜻밖의 광경을 보게 되었다. 두 사람을 봤을 때는 그의 행동이 진심인 건지 아니면 그녀가 보고 있기 때문에 하는 행동이었는지 갈피를 잡을 수 없었다. 하지만 경애와 직접 얘기를 나눠 보니 알 수 있었다. 그의 행동이 진심이었다는 것과 경애가 확실히 정상이 아니라는 것을.

집으로 돌아온 그녀는 침실로 들어갔다. 그의 모습은 보이지 않고 욕실에서 물소리가 들렸다. 욕실 쪽을 흘낏 쳐다본 그녀는 잽싼 동작으로 옷장 문을 열고 그가 벗어 놓은 외투와 셔츠를 살며시 집어 들었다. 강아지 마냥 코를 킁킁거리면서 그녀는 성하의 옷에서 풍기는 냄새를 맡았다. 전처럼 여자 향수 냄새라도 난다면 얼굴을 박박 긁어 놓겠다고 벼르고 있던 그녀는 셔츠에서 풍겨 나는 그의 체취를 맡고는 눈을 가늘게 떴다.

항상 그가 바르는 로션의 향에 안도의 한숨을 내쉰 그녀의 볼이 갑자기 발갛게 물들었다. 마치 그를 안고 있는 것만 같은 느낌이 들었다. 온몸이 저릿해져 오면서 감각이 사라지는 느낌에 그녀는 고개를 마구 흔들었다.

"정신 차리자, 정신 차려. 유혹에 넘어가면 안 돼."

작은 소리로 중얼거리면서도 그녀는 그의 옷을 끌어안은 채로 한참을 서 있었다.

"혜나 들어왔니?"

욕실 문이 열리면서 갑자기 들려온 소리에 그녀는 펄쩍 뛸 정도로 놀랐다.

"면도 로션 어디 있어?"

"거, 거기 있잖아!"

나쁜 짓을 하다가 들킨 것처럼 그녀의 가슴이 쿵쾅거리면서 뛰었다. 옷장 구석으로 구겨 넣듯이 옷들을 집어넣은 그녀는 소리 나지 않도록 문을 닫았다. 반쯤 열린 욕실 문을 흘끗 쳐다본 그녀의 볼이 더욱 발갛게 달아올랐다. 문만 열고 소리를 친 것인지 성하의 모습이 보이지 않는 걸 그녀는 다행으로 생각했다.

"이건 다 쓴 것 같은데?"

"아직 남았어."

"와서 새 것 좀 찾아 봐"

"욕실 장 안에 있는데 꺼내 쓰면 되지, 꼭 날 시켜요."

놀란 마음에 투덜거리면서 그녀는 욕실로 들어갔다.

성하는 허리에 수건 한 장 달랑 걸치고 세면대 거울 앞에서 이를 닦고 있었다. 하얀 거품을 입 주변에 가득 묻힌 성하는 열심히 칫솔질을 하느라 뒤도 돌아보지 않았다.

"여기 있어."

전방지역
신혼일기

그녀는 욕실 장에서 면도 크림을 꺼내 내밀었다.

"어, 미안."

그는 전혀 미안하지 않은 투로 중얼거렸다. 그마저도 입안에 가득 든 거품으로 발음마저 명확하지 않았다. 한 대 쥐어박아 줬으면 속이 시원하겠다는 생각을 하던 그녀는 그의 건장한 윗몸을 보고 얼굴을 붉혔다. 그의 벗은 몸을 한두 번 본 게 아닌데도 그녀의 얼굴은 어느새 저절로 붉어지고 있었다.

"이왕 들어온 김에 물이나 좀 받아 주라."

"시간도 늦었는데 그냥 간단하게 샤워만 해, 아침에 또 일찍 일어나야 되잖아."

"반신욕이 건강에도 좋다던데 뜨뜻한 물에 몸 좀 푹 담가 볼까 하고."

"말하는 게 꼭 노인네 같네."

그녀는 수도꼭지를 돌려 물을 틀었다. 다소 뜨겁게 느껴질 정도로 물을 맞춰 놓고 몸을 일으키던 그녀는 빤히 바라보는 그의 시선에 당황한 표정을 했다.

"왜 그렇게 봐?"

"해 주는 김에 등도 밀어 주라, 혜나야."

"뭐? 뭘 해 주라고?"

눈을 동그랗게 뜨면서 놀라워하는 그녀에게 성하는 타월을 내밀었다.

"그런 건 오빠가 해!"

싱긋 웃는 그의 얼굴을 보면서 그녀는 어쩔 줄을 몰랐다.

"등까지 손이 안 닿잖아. 뭐 어때! 부부는 일심동체라는데. 네 등이다 생각하고 밀어 주면 되지."

"나도 내 등엔 손 안 닿아, 그래서 못 밀어 주겠어."

그녀가 연달아 거절의 말을 하자 그는 또다시 씩 웃었다.

"그래? 그럼 네 등은 내가 밀어 줄 테니까, 내 등은 네가 밀어 주라. 서로 바꿔서 밀어 주면 되겠네. 안 그래?"

"성하 오빠!"

"밀 거야? 안 밀 거야? 너부터 밀어 줄까?"

비누를 들고 덤벼들 듯이 말하는 그에게 그녀는 손을 저어 가며 펄쩍 뛰었다.

"아니야, 아냐. 난 됐어, 오빠 해 줄게. 해 주면 되잖아!"

어쩔 수 없다는 태도로 어깨를 으쓱인 그녀는 그가 내미는 타월과 비누를 받아 들었다.

성하는 한 손에는 비누를, 또 한 손에는 타월을 든 채로 자신의 가슴을 빤히 바라다보고 있는 혜나를 내려다보았다. 그녀의 눈길에 온몸이 화끈해지는 것 같아 그는 어깨를 으쓱이고 나지막하게 말했다.

"계속 그렇게 서 있을 거야?"

"응?"

그제야 고개를 든 그녀의 눈은 별처럼 반짝거렸다. 성하는 욕망의 불길이 뱃속 깊은 곳에서 들끓는 걸 느꼈다. 그녀를 안고 싶었다. 이대로 끌어안고 작은 입술에 키스를 하면……. 그는 몸의 한 부분이 조금씩 커지는 걸 느끼고 그녀의 팔을 움켜잡았다.

"아, 아야."

그녀는 작게 비명 소리를 냈다. 그녀의 팔을 양쪽에서 붙잡은 성하는 들어 올리듯이 앞으로 끌어 당겼다.

"아야. 오빠. 왜 그래? 지금 할 거야, 지금 할 거라니까."

놀란 표정을 하는 그녀의 입술에 그는 입을 맞췄다. 넘어지지 않도록 등을 받치고 그는 그녀를 벽 쪽으로 밀어붙였다.

"성하 오빠……."

허리에 한 팔을 감아 끌어당긴 그는 더욱 강하게 입술을 움직였다. 그녀의 입안으로 혀를 밀어 넣으면서 그는 터져 나오려는 신음 소리를 애써 삼켰다. 툭 소리를 내면서 타월과 비누가 그녀의 손에서 떨어졌다. 그녀가 버둥거리자 그는 양 손목을 맞잡아 머리 위로 올려 움직이지 못하게 만들었다.

"오빠, 팔 아파."

그녀가 눈썹을 찡그리는 걸 본 성하는 잡았던 손을 놓아주었다. 어느새 움직임을 멈춘 혜나는 벽에 기대어 선 채로 그를 올려다보았다.

"등 밀어 주라면서 갑자기 왜 그러는데? 응?"

욕망으로 검어진 그의 눈을 들여다보면서 그녀는 몸이 달아오르는 걸 느꼈다. 뚫어질 듯이 바라보는 그의 시선에 그녀는 온몸이 불꽃에 감싸인 것 같은 느낌이었다.

그의 손이 뺨을 쓰다듬으면서 입술이 다가오자 그녀는 눈을 감았다. 살짝 내리 감긴 눈썹에 닿은 입술이 뺨을 거쳐 입술에 닿았다. 부드럽게 감싸 오는 따뜻한 숨결과 감촉에 그녀의 입에서는 작은 한숨 소리가 흘러나왔다.

"이러지마, 오빠. 나 지금 기분 안 좋아."

아이 같은 그녀의 말투에 그의 미소는 더욱 짙어졌다.

"왜 기분이 안 좋은데?"

그의 질문에 그녀는 대답을 하지 못했다. 목덜미를 더듬는 입술에 가쁜 숨을 내쉬면서도 그녀는 그를 밀어내지 않았다. 오히려 그를 안고 싶다는 마음에 팔이 움찔거렸다.

두 눈을 질끈 감고 그녀는 제멋대로 뻗어 나가려는 팔에 힘을 주었다.

"말해 봐."

어느새 그의 입술은 그녀의 가슴 근처에 닿아 있었다.

"오빠 후배라는 사람, 완전 사이코였어. 오빠가 그런 여자 만나는 거 난 정말 싫어. 다음부터는 만나지 않았으면 해."

"내가 만나고 싶어서 만나는 거 아니야."

"나도 알아. 그렇지만…… 그, 그만해. 오빠, 간지러워."

그가 혀를 내밀어 핥아 대자 그녀는 몸을 살며시 뒤틀며 반항을 시도했다.

"말했잖아, 혜나야. 나한테 여자는 너 하나뿐이라고."

그녀와 눈을 맞춘 성하는 진지한 표정이었다.

"날 믿지 않는 거야?"

"그런 건 아니야, 하지만……."

그녀가 다급하게 변명을 하자 성하는 어깨를 으쓱였다.

"그렇다면, 네가 날 믿는다면 한 번 안아 줘 봐."

"응?"

고개를 반짝 든 그녀를 향해 성하는 기대감 가득한 얼굴을 했다. 슬며시 팔을 벌리는 그를 보던 그녀의 뺨이 서서히 붉어졌다.

"아이, 참. 오빠는……."

겸연쩍은 표정으로 얼굴을 붉힌 그녀는 두 팔을 뻗어 그의 허리를 안았다. 넓은 어깨에 얼굴을 댄 그녀는 따뜻한 살갗의 감촉에 만족스러움을 느꼈다.

그녀는 성하의 품에 안길 때 기쁨을 느꼈다. 등을 어루만지면서 온몸을 감싼 손길에 힘이 들어간 순간 그녀는 그의 팔에 의해 번쩍 들려졌다.

"앗!"

짤막한 비명을 토해 낸 그녀는 그의 어깨를 힘껏 잡았다.

욕실 문을 발로 차서 열고 나온 성하는 곧장 침대로 향했다. 침대에 혜나를 눕힌 그는 키스를 하면서 옷을 하나씩 벗기기 시작했다.

"으응, 싫어!"

그녀의 가벼운 항변을 그는 들은 척도 하지 않았다. 그녀가 일어나려 하자 성하는 온몸을 이용해 움직임을 막았다.

"어딜 가려고?"

입가에 웃음을 흘리면서 성하는 꼿꼿해진 몸의 중심부를 그녀의 허벅지에 밀어붙였다. 뜨거우면서도 낯선 접촉에 그녀는 펄쩍 뛸 정도로 놀라했다.

"꺅! 오빠."

그러는 사이에 웃옷을 모두 벗겨 버린 그는 탐스럽게 솟은 가슴을 손에 쥐었다.

의기양양한 표정을 하고 있는 그를 향해 그녀는 입술을 삐죽였다. 하지만 키스가 시작되자 그녀는 두 팔을 뻗어 그의 목을 끌어안았다.

그녀는 곧 다가올 쾌감과 함께 그의 품에 안겨 잠들 수 있는 밤을 반갑게 맞이할 생각이었다.

13장.

도서관에서 하루 종일 책을 보던 그는 저녁을 먹기 위해 밖으로 나오다 그만 혜성과 마주쳐 버렸다. 만나고 싶지 않았던 인물이었지만 모른 척할 수도 없는 입장이었던 성하는 곤란한 표정을 했다.

"와우! 성하 형. 아니지 이젠 매제라고 불러야겠군."

조금은 당황한 얼굴을 하고 성하는 눈을 찌푸렸다.

"뭐라고? 인마!"

장난스러운 동작으로 어깨를 쥐어박자 혜성은 놀란 표정을 하고 호들갑을 떨어 댔다.

"어허! 이 사람이! 내 여동생과 결혼했으니 매제가 맞지 뭘 그래?"

"학교에서는 혈연은 잊고 선후배 사이 고수하자고 한 게 누구냐?"

"어! 그 소리는 내가 했지."

"그런데?"

인상을 쓰면서 대꾸를 하자 혜성은 싱긋 미소를 지었다.

"흐흐흐, 내가 반가워서 장난 좀 친 걸 가지고 그렇게 과민 반응을 보이고 그러우, 형은? 그나저나 우리 혜나는 잘 있지? 요새 두 사람이 서로 기선 제압하겠다고 불꽃이 팍팍 튄다면서?"

"입 싼 건 남매가 똑같군그래."

퉁명스럽게 대꾸하는 그의 어깨에 혜성은 손을 턱 얹었다.

"형도 알잖아! 혜나가 워낙에 귀하게 공주 대접 받고 자라서 그래, 지 무시하는 꼴은 절대로 못 보거든. 난 걔가 그럴 줄 알고 있었지. 대나무처럼 무뚝뚝한 형을 팍팍 휘어지게 만들어 보겠다고 아주 장담을 하던데. 걔 성격이 원래 또 그렇잖아. 성공은 못해도 시도는 잘한다니까."

"그래, 나도 안다."

"그런 의미에서 내 오늘 거하게 한 잔 살 테니까 갑시다!"

"어딜?"

"저녁도 먹고 술도 한 잔 하자니까."

그는 거절하려고 했지만 혜성의 고집 또한 만만치 않았다. 싫다는 그를 혜성은 거의 우격다짐으로 끌고 갔다. 제대하고 나서 제대로 술 한 잔도 못했다고 징징 짜 대는 혜성을 나 몰라라 할 수 없었던 성하는 결국 술집에 마주 앉고 말았다. 저녁을 먹으면서 혜성과 간단히 한 잔 마시고 헤어져야겠다고 생각한 성하였다. 하지만 대학 앞 동아리 회원들이 자주 다니는 술집에 그들만의 공간은 없었다. 저녁을 먹고 술잔을 마주치던 두 사람 주위에 어느새 아는 얼굴이 하나 둘 모여들었다.

"유혜성! 제대했다더니 복학 신청하려고 나왔냐? 짜식! 반갑다. 성하도 있었네?"

커다란 목소리와 함께 경수가 합석하는 걸 시작으로 성하의 옆에는 어느새 대여섯 명이 술잔을 들어 올리며 원샷을 외치고 있었다.

서너 시간 동안 웃고 떠들면서 술을 마시던 성하는 취기가 잔뜩 오르는 걸 느꼈다. 전날에도 늦은 시간까지 술을 마셨고 제대로 깊은 잠을 자지 못했기에 몸은 피곤함을 호소하고 있었다. 이제 그만 집으로 돌아가 쉬었으면 하는 마음이 간절했지만 혜성은 그를 붙잡고 놔줄 생각을 하지 않았다.

"에이, 형! 한 잔만 더하자니까."

"목까지 술이 차서 한 잔도 안 들어간다."

"빼지 말고, 이왕 시작한 거 갈 데까지 가 보자니까?"

술 취한 눈빛으로 음흉스런 웃음을 흘리면서 혜성은 그의 팔을 움켜잡았다.

"혜나 걱정하는 거면, 형 내가 알아서 잘 말할게. 나하고 있었다는데 걔가 뭐라고 하겠어? 안 그래?"

"혜나도 혜나지만 내 몸이 못 버틴다. 어제도 늦게까지 술 많이 마셨다. 제대로 해독도 안 된 상태야. 여기다 또 들이부으면 이번엔 아예 쓰러져 버릴 거다."

"이거 왜 이러셔? 천하의 민성하 씨께서 나약한 모습을 보이다니. 그러지 말고 마시자구! 마시다 못 버티겠다는 사람 있으면 그냥 쓰러져 버려. 내가 근사한 호텔에 방 잡아 줄게. 모두들 원샷! 내가 오늘은 맘먹고 화끈하게 쏜다!"

의기양양하게 혜성이 소리치자 앉아 있던 사람들이 탁자를 두들겨 대면서 환호성을 질렀다.

"이야호! 유혜성! 짱이다."

"잘됐다, 신나게 마셔 보자."

"야! 유혜성! 자중해라."

인상을 써 대면서 성하가 만류했지만 혜성은 들은 척도 하지 않았다.

"기왕 마시는 거 화끈하게 마시자 이거야. 어차피 난 개강하고 나면 도서관에서 처박혀 지낼 몸이야. 그러기 전에 목에 때 좀 벗기고 술로 꽉 채워야겠어. 형, 오늘은 끝까지 같이 가는 거야. 알았지?"

움켜쥔 팔을 놓을 생각도 않고 소리치는 혜성에게 그는 어쩔 수 없이 고개를 끄덕였다.

일찍 들어가려고 생각하고 있던 차에 혜성에게 붙잡힌 점이 언짢게 느껴졌다. 하지만 지금 빠져나갔다가는 일 년 내내 혜성의 마수 같은 손길에서 벗어날 수 없을 게 뻔했다. 힘들더라도 오늘 하루 혜성과 보내 주는 것이 더 나을 듯했다.

부어라 마셔라 하면서 머리꼭지가 돌 정도로 술을 마신 성하는 찬바람이라도 쐬고 정신을 차려야겠다는 생각에 밖으로 나왔다.

어두운 밤하늘과 대조적으로 유흥가인 골목길은 휘황찬란한 네온사인으로 번쩍거리고 있었다. 밖으로 나와 찬 공기를 깊이 들이마신 성하는 휘청이는 몸을 벽에 기대고 담배 한 개비를 꺼내 들었다. 불어오는 바람을 피해 몸을 돌리고 불을 붙여 한 모금 빨아들인 순간 누군가의 손길이 그의 팔을 두드렸다.

"성하 선배?"

고개를 돌려 바라보자 방긋 웃는 경애의 얼굴이 보였다.

징그러워라! 얘는 또 어떻게 알고 여길 나타난 거야?

정말 귀신같이 잘도 쫓아다닌다는 생각으로 이마를 찌푸리면서 그는 담배만 피워 댔다.

"아직 여기 있었네, 다행이다."

뛰어온 듯 숨을 몰아쉬면서 말하는 경애를 물끄러미 보던 성하는 낮게 한숨을 내쉬었다.

"너 나 여기 있다는 소리 듣고 온 거야?"

"혜성이가 와서 술 파티 벌어졌다는 소리를 들었거든, 선배 있다는 소리도 들었고. 그래서 나도 한 잔 할까 하는 생각에 왔어."

어쩔 수 없다는 생각으로 고개를 저은 성하는 담배꽁초를 집어던지고 경애를 향해 몸을 돌렸다. 모진 소리를 해서라도 더 이상 쫓아다니지 못하도록 해야겠다고 마음을 먹고 입을 열려던 그의 귀에 핸드폰 소리가 울려 퍼졌다. 성하는 뚫어질 정도로 경애를 보면서 핸드폰을 귀에 댔다.

　"여보세요?"

　—성하 오빠, 나야.

　"어, 그래."

　대답을 하면서 그는 경애에게서 몸을 돌렸다.

　—오빠 오늘도 늦게 들어와?

　걱정스러운 음색에 그는 이마를 손으로 문질렀다.

　미리 전화라도 할 걸.

　옆에서 지켜보던 경애가 그의 팔을 움켜잡았다.

　"성하 선배, 오늘 밤은 나하고 같이 지내요. 시간 괜찮다고 그랬죠?"

　발돋움을 해 가면서 성하의 얼굴 쪽으로 가까이 대고 경애는 큰 소리를 냈다. 분명히 고의적으로 하는 행동에 놀란 성하가 경애를 밀어낼 사이도 없이 혜나의 목소리가 울렸다.

　—성하 오빠, 이게 무슨 소리야? 오빠 여자하고 있어?

　"아니야, 친구들하고 있어."

　다급하게 말하는 그의 팔을 힘껏 움켜잡은 경애가 또다시 입을 열었다.

　"선배, 너무 춥다. 얼른 들어가자. 응?"

　"너!"

　이를 악문 성하는 무서운 눈길로 경애를 쏘아보고 잡힌 팔을 뿌리쳤다. 쓰러질 듯이 휘청거리는 경애에게 눈길조차 주지 않고 성하는 통화에 정신을 집중했다.

"혜나야……."

—지금 여자하고 단 둘이 있어? 둘이 어딜 들어가려고 하는데?

갑작스런 상황이라 술에 취한 머리가 제대로 돌아가질 않았다.

"어, 술집. 친구들이 다 모여 있거든. 같이 술 마시고 있어."

—정말?

혜나의 목소리에 의심스런 기색이 가득하자 그는 혈압이 솟구쳤다.

"그래, 지금 당장 술집 들어가서 5초 안에 인증샷 찍어서 보내 줄까?"

—오빠, 술 많이 취했구나.

"그래, 많이 취했다."

경애가 또다시 달려들려고 하자 밀어내면서 성하는 조금은 급하게 말을 이었다.

"나중에 얘기하자, 우선 얘부터 해결하고."

—얘? 누구? 혹시 경애라는 학교 후배?

"그래."

—알았어, 살살해.

살살하긴. 그는 크게 숨을 들이마셨다가 내뱉었다.

"너 지금 애 걱정하는 거야?"

그는 잔뜩 화가 나 큰 소리를 쳤다.

—그 여자 평소에도 제정신 아닌 것 같으니까 그러지. 그러다 오빠가 사고 칠까 봐서.

핸드폰 붙잡고서 따져 봐야 아무 소용도 없었다. 그는 열이 뻗칠 대로 뻗쳐서 쌀쌀맞게 말을 내뱉었다.

"나중에 얘기하자. 끊는다."

폴더를 닫아 주머니에 집어넣은 그는 무서운 눈길로 경애를 노려보았다.

"너 지금 뭐하는 짓이야?"

성하의 차가운 말투에도 경애는 뻔뻔스러운 표정이었다.

"내가 뭘?"

그는 경애의 어깨를 힘주어 움켜잡았다.

"너 일부러 그런 거지, 전에 만났으니까 혜나가 내 와이프인 거 알면서."

"그래, 맞아. 오빠 와이프 열 받으라고 일부러 그랬어."

"그래서 네가 얻는 게 뭔데."

"두 사람 사이가 안 좋아지는 거, 이혼하면 더 좋고."

"뭐라고?"

경애는 혜나의 말대로 제정신이 아닌 게 틀림없었다. 술에 취한 것도 아니고 약을 먹은 것도 아닌데 어떻게 맨 정신에 저런 소리를 할 수가 있는 걸까.

"우리나라 부부들 중에 영원토록 오래 사는 부부가 과연 몇 퍼센트나 될 것 같아? 선배는 그 여자랑 죽을 때까지 행복하게 살 자신 있어?"

경애의 말이 모두 틀린 건 아니었다. 그렇지만 그는 인정할 수 없었다.

"내가 원하는 건 선배야, 당신을 얻을 수 있다면 난 무슨 짓이라도 할 수 있어."

위험하다, 위험해. 경애에 대한 그의 솔직한 느낌이었다.

"그래, 그렇다면 널 떼어 내기 위해 나 또한 무슨 짓이라도 할 수 있다는 생각은 안 해 봤나 보군."

성하의 얼굴에 비꼬는 듯한 미소가 생겨났다.

전방지옥
실론아침

"설마, 선배. 아무리 결혼했다고는 하지만 자기 좋다는 여자 싫어하는 남자 못 봤어."

교활하게 눈을 빛내면서 웃는 경애를 성하는 한 대 후려치고 싶었다.

"나도 물론 나 좋다는 여자 다 싫어하는 건 아냐."

경애의 얼굴을 똑바로 바라보면서 성하는 코웃음을 쳤다.

"하지만 넌 아니지."

"왜 난 아닌 건데, 오빠 와이프라는 그 여자는 되고 난 안 되는 이유가 뭐야?"

"이유가 뭐냐고? 좋아, 그렇게 알고 싶다면 말해 주지. 네가 혜나보다 나은 게 뭐가 있는데? 배경, 나이, 성격, 뭐 하나 혜나보다 나은게 없잖아. 얼굴도 혜나가 더 예쁘고, 몸매도……."

그는 말끝을 흐리며 경애의 위아래를 천천히 훑어봤다.

"너야 옷을 벗겨 본 적이 없어서 자세히는 모르겠지만 겉으로 보기에도 너보다 혜나가 훨씬 나을 것 같군. 그래서 난 혜나 대신 널 선택하는 어리석은 짓은 하지 않아. 절대로."

경애의 두 눈이 찢어질 정도로 크게 부릅떠졌다.

"이제 어느 정도 내 대답에 만족했나?"

"선배, 원래 이렇게 잔인한 사람이었어?"

"잔인? 이게 잔인한 거라고? 그렇게 생각한다면 넌 내 본모습을 안 보는 게 더 좋겠군. 그나마 좋은 기억으로 간직할 수 있게 말이야."

한쪽 입 끝을 올리면서 비꼬아 댄 성하는 경애의 어깨를 툭툭 두드렸다.

"그냥 좋게 말로 하는 걸 다행으로 알고, 이 아가씨야. 나도 우리 아버지 아들이라 성격이 뭣 같거든. 팔다리 하나씩 붙잡아 마디마디 부러뜨려 놓기 전에 내 눈앞에서 꺼져."

그가 낮은 목소리로 윽박지르듯이 말을 끝내자 경애는 부들부들 떨면서 고개를 저었다.

"말도 안 돼, 믿을 수 없어. 성하 선배, 괜히 그러는 거지? 지금 화가 많이 나서 그러는 것뿐이지."

"저 술집 안에 있는 유혜성, 누군지 알지? 믿을 수 없으면 가서 물어봐. 내가 어떤 사람인지, 아주 친절하게 자세히 설명해 줄 거야."

성하는 가소롭다는 눈빛으로 경애를 쓱 훑어봤다.

"부탁 하나 하자. 안으로 들어갈 거면 혜성이한테 나 먼저 갔다고 말해 주라, 지금까지의 인연을 생각한다면 그 정도는 해 주겠지? 안 그래? 그럼, 수고해라."

쌀쌀맞은 어투로 말을 내뱉고 성하는 그대로 몸을 돌렸다.

큰길까지 걸어 나와 택시에 올라타고 나서야 성하는 크게 한숨을 내쉬었다.

전화를 끊자마자 혜나는 소리를 지르고 싶은 걸 애써 참으면서 대신 베개를 들어 침대를 마구 후려쳤다. 그러고도 성이 풀리지 않아 멀쩡한 인형을 벽에다 힘껏 집어던졌다. 생각 같아서는 접시나 손거울 등, 소리 나는 물건을 집어던져 와장창 깨트리고 싶었지만 일 층에 계신 시부모를 생각하면 그럴 수도 없었다. 심장이 둥둥 울리고 맥박이 요란스럽게 뛰었다.

그녀는 경애가 일부러 그랬다는 걸 100% 확신할 수 있었다. 성하에게는 살살 하라고 말했지만 그녀는 그가 경애를 반쯤 죽여 놓았으면 좋겠다는 생각을 했다.

대놓고 약을 올리다니, 다음에 만나면 되면 코뼈를 주저앉혀 버리겠어.

혜나는 가만히 있지 못하고 방 안을 빙빙 돌면서 애꿎은 손톱만 잘근잘근 물어뜯었다.

한참 동안이나 넋이 빠진 것처럼 서성거리던 그녀는 침대 위에 털썩 주저앉아 핸드폰을 들었다. 늦은 시간인 건 알지만 도저히 참을 수가 없었다.

벨이 여러 번 울렸지만 영란은 전화를 받지 않았다. 벌써 잠이 들었나 보다.

우울한 기색으로 어깨를 축 늘어뜨리는데 문자가 왔다는 신호음이 들려왔다.

〈엄마 — 거실 통화 불가 무슨 일?〉

암호 같은 문자가 오자 그녀의 입가로 미소가 생겨났다.

〈붙여우 때문에 열 받았음.〉

붙여우란 그녀와 영란이 정한 경애를 가리키는 암호였다.

〈……??〉

〈오늘도 오빠 옆에 붙어 있어 머리카락 다 뜯어 버리고 싶어.〉

〈그렇게 하면 오히려 부작용 생겨, 저절로 떨어지게 만들어야지.〉

땡롱, 땡롱. 투다닥 투다닥. 문자를 보내면서 생겨나는 소음들로 인해 그녀는 성하가 방에 들어온 것도 모르고 있었다.

〈어떻게 하면 좋아, 나 오빠한테 진짜 무슨 생각을 하는지 물어볼까?〉

〈안 돼.〉

"늦은 밤중에 웬 문자질이야."

"꺅—"

깜짝 놀란 그녀는 그만 핸드폰을 떨어뜨리고 말았다.

그가 앞으로 다가오자 그녀는 황급히 침대에서 일어나 핸드폰을 집었다.

"오빠, 왔어?"

핸드폰을 등 뒤로 감추고 그녀는 어색한 표정으로 웃었다.

"누구야?"

그가 턱짓으로 핸드폰을 가리켰다.

"응? 아, 영란이야. 오빠도 알잖아. 이영란."

"그래, 아주 잘 알지."

그의 입가에 씁쓸한 미소가 떠올랐다.

왠지 불안한 기분에 그녀는 방을 빠져나가려고 슬그머니 걸음을 옮겼다. 그런데 하필 그때 문자가 왔다는 신호음이 울렸다.

"핸드폰 줘 봐."

우뚝 멈춰 선 혜나는 눈을 크게 떴다.

"영란이라니까……."

"내가 궁금한 건 누구냐가 아니야!"

그는 대뜸 소리를 쳤다. 그리고 그녀의 앞으로 손을 내밀었다.

"문자 내용이 어떤 건지 궁금한 거지. 핸드폰 내놔."

"싫어."

그녀는 강한 어조로 말하고 고개를 저었다.

"싫어? 어째서!"

"이건 내 사생활이잖아. 부부간에도 사생활은 존중해 줘야 하는 거 아냐?"

"물론 존중해 줘야지. 하지만 지금 그 문자에 내 얘기가 없다면 보겠다는 말 안 하겠어. 말해 봐, 유혜나. 있어, 없어?"

"있어. 하지만 그건…… 영란이한테 오빠 흉 본 거야. 그래서 더 보여 줄 수 없어. 오빠 화낼 거잖아."

성하는 그녀의 앞으로 한 발 다가갔다. 여전히 손을 내민 채.

"그게 다야?"

"그, 그래. 다야."

그녀의 얼굴이 붉게 달아올랐다. 그녀는 어렸을 때나, 지금이나 거짓말엔 능숙하지 못했다. 금세 거짓말이라는 걸 그녀 스스로 드러내고는 했으니까.

"유혜나, 이제 네가 거짓말도 하는구나."

"오빠."

"그렇게도 기선 제압이 중요한 거니? 날 속이면서까지."

"그게 무슨 말이야?"

혜나의 얼굴이 이제는 퍼렇게 질려 갔다.

"너 문자로 영란이한테 지시받고 있지. 그래서 요새 이상한 행동한 거고."

그가 정곡을 찔러 말하자 그녀는 너무 놀라 휘청거릴 정도였다.

어떻게 알았을까, 어떻게 안 거야. 혜성 오빠한테도 말하지 않았는데.

그녀는 이해할 수가 없었다. 그리고 한순간, 그가 알 수 있는 방법은 한 가지밖에 없다는 결론을 내렸다.

"오빠, 내 핸드폰 훔쳐봤어?"

"안 봤어."

"그런데 그런 걸 오빠가 어떻게 알아?"

"그랬다는 건 인정하는 거야?"

그는 역시 머리가 좋았다. 넘겨짚어 말하는데 그만 그녀가 속아 버린 거다.

분한 기분에 그녀는 입술을 꼭 깨물었다.

"영란이하고 다시 연락하지 마."

"뭐?"

그녀는 기가 막혔다. 아무리 남편이라지만 무슨 권리로 친구를 만나지 말라고 하는 건지 그녀는 이해할 수도, 아니 이해하고 싶지도 않았다.

"말도 안 되는 소리 하지 마."

"너한테 나쁜 영향을 끼치고 있으니까 만나지 말라고 하는 건데, 그게 말도 안 되는 소리야?"

"영란이가 나한테 무슨 나쁜 영향을 끼쳤다고 그래?"

정말 억울하다는 태도로 그녀는 따지고 들었다.

"핸드폰 문자로 너 조종해서 이해할 수도 없는 이상한 행동하게 만들었잖아."

"하! 진짜 웃겨."

그녀가 코웃음을 치자 그의 눈썹이 잔뜩 찌푸려졌다.

"그래서 그동안 오빠는 편했잖아. 내가 잔소리도 안 하고 캐묻지도 않고, 하고 싶은 대로 다하라고 놔뒀잖아."

"그게 나 편하라고 그런 거라고? 나보고 지금 그 말을 믿으라고?"

"믿든지 말든지, 그건 오빠가 알아서 해."

"너 지금 그 말투."

그의 눈이 번쩍 빛을 발했다.

"영란이가 그렇게 말하라고 시켰니?"

"아니야."

"그런데 네 말투가 왜 그 모양이 된 거냐고. 믿든지 말든지라고? 넌 나한테 그만큼 관심 없다는 거 아냐."

요사이 그녀가 말을 심하게 한 건 사실이었다. 스트레스가 쌓이는데도 풀지 못하고 참아야 했기 때문에 생긴 부작용인 게 분명했다. 하지만 그렇다고 해서 그의 말이 옳다고 고개를 끄떡이고 싶지 않았기에 그녀는 눈을 치켜뜨면서 소리쳤다.

"내가 관심 가지면 귀찮다고 싫어한 건 오빠잖아."

"내가 언제 귀찮다고 싫어했어."

"아니었다고? 잔소리 한다고 뭐라 했잖아. 바가지 긁으려고 작정한 거냐면서 싫어했잖아."

독이 올라 소리를 치자 성하의 얼굴은 더욱 험악하게 일그러졌다.

"그건 네가 심하게 하니까 그런 거지. 누가 아예 신경을 끄래."

"그러는 오빠는 왜 나한테 신경을 끄고 사는 건데."

〈이길 자신 없으면 절대 따지고 덤벼들지 말 것.〉

영란의 주의 사항에도 있는 일이건만 그녀는 참지 못하고 그에게 덤벼들었다.

"하루 종일 서재에서 책만 보고, 밖에 나가면 늦게 들어오고, 매일 같이 술만 마시면서."

"서재에서 책 볼 때 너도 같이 보면 되잖아."

"계속해서 담배 뻑뻑 피워 대면서 같이 있으라고? 매연에 찌들어 죽을 일 있어? 나 폐암 걸려서 빨리 죽길 바라는 거야?"

"네가 같이 있는데도 내가 계속 담배 피우고 그러겠어, 조금이라도 줄이겠지."

"잘도 그러시겠어. 그래서 내가 술 많이 마시지 마라고 하니까 오히려 더 먹고 다녀!"

꽥꽥거리며 떠들어 대는 그녀를 그는 무서운 눈으로 노려보았다.

"그래서 내가 술 먹고 너한테 크게 실수한 일이라도 있어?"

성질이 난 성하가 크게 소리를 치자 혜나는 입을 딱 벌리며 몸을 굳혔다. 결혼한 이후로 한 번도, 단 한 번도 그녀에게 큰 소리를 내지 않았던 성하였다. 싫은 소리를 하고, 밉다고 소리칠 때도 찬 기운을 내비치기는 했지만 고함을 치지 않았던 그였기에 그녀의 놀라움은 컸다. 잘못했다는 생각을 하기보다 오히려 화를 내는 그에게 상처를 받은 혜나는 순간적으로 솟구치는 감정에 빽 소리를 쳤다.

"오빠가 지금 나한테 큰소리칠 입장이야?"

성하와 그녀는 마주 앉아 서로를 잡아먹을 듯이 노려보았다.

"이게 무슨 소리야?"

일 층 안방에서 읽던 신문을 내려놓고 잠자리에 들 준비를 하던 민 장군이 의문에 가득 찬 눈길을 부인에게 던졌다.

"무슨 소리를 말씀하시는 거예요?"

뻔히 들었음에도 정 여사는 뭔 소리가 났냐는 식으로 반응을 했다.

"지금 이상한 소리가 울렸는데?"

의심쩍은 시선으로 정 여사를 보며 민 장군은 엉거주춤 엉덩이를 들어 올렸다.

"애들 또 장난치고 있나 보죠. 별일 아닐 거예요, 늦었는데 어서 주무시기나 하세요."

민 장군이 나서면 작은 일도 항상 커진다는 것을 잘 알고 있던 정 여사는 팔을 잡아당기며 누우라고 재촉을 했다.

"그런가?"

고개를 갸우뚱하며 주저앉으려던 민 장군의 귀에 갑작스럽게 쿵— 하는 소리가 울렸다. 그리고 작으나마 성하의 목소리가 울렸다.

말없이 얼굴을 굳힌 민 장군은 벌떡 자리에서 일어났다.

"여보."

정 여사는 만류하는 음성으로 잡았지만 뿌리치고 걸음을 옮기는 민 장군을 막기에는 역부족이었다. 방문을 열고 나가는 민 장군의 뒤를 따라 나온 정 여사는 안절부절못하는 얼굴로 발만 동동 굴렀다. 다혈질에 과격한 민 장군이 이 층으로 올라가는 것을 보면서 무슨 일인가가 생길 것만 같아 정 여사는 불안했다.

전방지축 신혼일기

그녀는 독기 서린 눈으로 침대 머리맡을 주먹으로 후려친 성하를 노려보았다.

"지금 뭐라고 했어?"

그의 폭력적인 일면에 놀란 그녀는 말없이 눈을 부릅뜨고만 있었다.

"말해 봐, 유혜나. 너 뭐라고 했어?"

고함을 친 성하는 씨근덕거리며 성질을 억누르느라 애를 썼다.

"이혼해, 깨끗하게 없던 일로 하자고."

"그게 말이 되는 소리야?"

"오빠야말로 그래. 이게 무슨 부부야, 무슨 결혼 생활이 이래? 오빠는 매일같이 밖에 나가서 친구 만나면서 나보고는 친구하고 전화도 하지 말라고? 어떻게 그럴 수 있어? 오빠는 술 마시고 놀면서 스트레스라도 풀지만 난 뭐야. 집 안에서 꼼짝도 못하게 만들어 놓고 오빠는 나한테 콩알만큼이라도 신경 써 줬어?"

말을 하면서 그동안의 쌓인 슬픔과 서러움이 북받쳐 올라 혜나의 눈에 눈물이 고였다. 절대, 다시는 그의 앞에서 울지 않겠다고 맹세했던 일들도 아무 소용이 없었다.

"오빠 언제 나하고 마주 앉아서 제대로 얘기해 본 적 있어? 아니, 그럴 생각이라도 있어? 이럴 거면 뭐하러 결혼했어? 연애 한 번 못하고 결혼한 것도 억울해 죽겠는데, 결혼해서도 이 모양이면 난 뭐야? 차라리 이럴 거면 헤어져. 없던 걸로 해. 결혼 같은 거 없던 걸로 하자고."

악을 쓰며 소리치는 그녀의 눈에서는 눈물이 줄줄 흘러내렸다. 울음을 삼키느라 꺽꺽거리는 그녀를 보며 성하는 가슴이 찢어지는 듯한 아픔을 맛보았다. 결혼하면 잘해 주겠노라고 누구보다 행복하게 해 주겠다고 스스로 다짐을 하고서도 그는 그녀를 외면하다시피 했던 것을 떠올렸다.

혜나의 말이 모두 맞았다. 결혼해서 남남인 것처럼 산다면 아예 결혼을 하지 않는 게 더 나을 것이다. 하지만 성하는 이혼하자는 그녀의 말은 용서할 수가 없었다.

"그래, 유혜나. 내가 열 번을 잘못했다고 치자. 그렇다고 이혼하자는 소리를 함부로 해? 너 결혼을 애들 장난처럼 생각한 거야?"

"애들 장난처럼 생각하는 건 아냐. 하지만 내가 얼마나 힘들었으면 이런 말까지 하는 건지 오빠 생각이나 해 봤어? 아니면 내가 힘들던 말든 아무 관심도 없다는 거야?"

"관심 없는 게 아냐! 너 힘든 만큼 나도 힘들어. 경쟁에서 살아남으려면 지금보다 열 배, 아니 백 배 더 노력해야 돼. 그런 상황에 너까지 기선 제압이네 뭐네 해 가면서 신경을 긁어 대면 나보고 도대체 어쩌라는 거야!"

"오빠 편하라고 그런 거라 했잖아. 앞으로 잔소리도 안 하고 바가지도 안 긁는다고."

끝까지 잘했다는 식으로 그녀가 소리치자 그의 입에서 작게 욕설이 튀어나왔다.

"젠장! 그게 나 편하라고 그런 거라고! 좀 더 솔직해지시지, 유혜나. 너, 나 가만히 놔뒀다가 실수할 때를 노리고 있던 거잖아. 한 번에 기선 제압해서 큰소리치고 살겠다는 생각에. 내 말 틀렸어?"

불이 붙을 것만 같은 눈을 하고 그가 큰 소리로 외쳤다.

"그래, 오빠 말 다 맞아. 그랬어, 그랬는데 내가 왜 그렇게까지 해야 했는지는 생각 안 해 봤어?"

맹랑하게도 그녀는 팔짱을 끼고 앉아 그를 노려보았다.

"경애라는 그 여자의 못된 행동 때문이야. 그 여자 때문에 오빠가 학교에서 어떤 생활을 하는지 엄청 궁금해졌거든. 내가 물어봐도 대답도 안 해 주고, 귀찮게 생각하니까, 영란이한테 의논하고 그 애 말들은 거야. 오빠 말대로 기선 제압을 하네, 마네 하는 건 처음부터 생각한 거 아니라고."

"그래서 넌 그 여자와 내가 무슨 관계라도 있다고 의심하는 거야?"

"오빠 같으면 의심 안 하겠어?"

"네 생각을 묻고 있잖아."

그녀는 조개처럼 입을 꾹 다물고 눈에 힘을 준 채 그를 노려보기만 했다.

"내가 밖에 나가서 딴짓을 하고 다닌다고 생각하고 있었던 거냐고!"

"꼭 내 입으로 말해야 되는 거야?"

약을 올리듯 깐족거리는 그녀의 말투에 그는 잔뜩 화가 났다.

"그렇게 생각한다는 말이지. 그래, 맞아. 나 밖에서 딴짓만 하고 다닌다. 네 말대로 여자들 만나서 술 마시면서 놀아. 그러느라고 밤늦게까지 집에 안 들어오는 거야. 그래서 어쩔 건데? 어쩔 거냐고!"

그는 자신의 이성이 점점 마비되어 가는 걸 스스로 느낄 수 있었다. 평소라면 절대 입 밖으로 꺼내지 않았을 말을 그는 취기를 빌어 거침없이 퍼부어 대고 있었다.

"왜 말이 없어? 대답을 어떻게 할 건지 영란이한테 물어봐야 되니? 넌 네 의지가 아닌 영란이가 살라고 하는 대로 하면서 살 거냐고!"

또다시 그가 큰 소리를 내는 순간, 방문이 벌컥 열렸다.

성하와 그녀의 고개가 동시에 방문 쪽으로 향했다. 그리고…… 노한 표정으로 서 있는 민 장군을 보는 순간 둘 다 파랗게 안색이 질려 버렸다.

"너, 너 이놈!"

들어 올린 민 장군의 손가락은 정확하게 성하를 가리키고 있었다.

"지금 이게 뭐하는 짓이냐!"

잔뜩 겁을 먹은 혜나는 아무 말도 하지 못하고 침대 옆에 선 채 두 손을 움켜잡았다.

"성하 이놈, 네놈이 밖에서 딴짓을 하고 다닌다는 게 도대체 무슨 소리인 게야!"

다 들으셨구나. 우리가 싸우면서 하는 소릴 다 들으신 거야. 도대체 어디서부터 들으신 거지? 설마, 내가 이혼 어쩌고 하는 소리도 들으신 건 아니겠지?

그런 생각을 하자마자 그녀의 심장이 쿵쾅쿵쾅 소리를 내며 요란하게 뛰었다. 공포가 스멀스멀 피어올라 온몸을 감싸고돌았다. 어두운 골목길에서 괴물과 단체로 맞대면을 해도 이것보다는 덜 무서울 것만 같았다. 그녀의 맞잡은 두 손이 덜덜 떨리기 시작했다.

"혜나, 네가 대답해 보거라."

"네? 저기, 그게…… 그러니까……."

화살이 그녀를 향해 날아오자 그녀는 제대로 방어할 엄두도 낼 수 없었다. 허옇게 질린 얼굴로 더듬거리는 그녀의 앞으로 성하가 나섰다.

"제가 말씀드리겠습니다. 아버지."

그는 등 뒤에 그녀를 두고 어깨를 쭉 편 채 꼿꼿이 버티고 섰다.

"오빠……."

칼날 같은 민 장군의 시선에서 벗어난 그녀는 성하의 옷을 움켜잡고 더욱 몸을 움츠렸다.

"둘 다 아래층으로 내려와!"

노한 음성으로 소리친 민 장군은 방문을 박차고 밖으로 나갔다. 쿵쾅대는 민 장군의 발소리가 사라질 무렵 그녀는 숨도 못 쉬고 긴장했던 몸을 그의 등에 기대며 한숨을 토해 내었다.

"오빠, 어떻게 해."

눈물을 글썽거리며 그녀는 그의 팔을 잡았다.

결혼해서 한 번도 민 장군의 폭주를 본 적이 없던 그녀에게는 앞으로 벌어질 일이 꽤 충격적일 게 분명했다. 그는 그녀가 안쓰럽게 느껴졌다.

"어떻게 하긴, 몸으로 때워야지."

별것 아니라는 투로 중얼댄 그가 그녀의 어깨를 끌어안았다.

"오빠……."

"내려가자."

냉정한 태도로 성하는 발길을 옮겼다. 잽싸게 쫓아간 그녀는 그의 팔을 꽉 움켜잡았다. 불안감이 그녀의 다리를 휘청이게 했다. 계단을 내려오면서 그녀가 발을 헛디디자 그가 힘을 주어 잡아 주었다.

"조심해."

낮은 목소리였지만 걱정이 실린 어투였다. 혜나는 고개만 끄덕이고 더욱 그의 팔을 세게 움켜잡았다.

거실로 내려온 성하의 눈에 제일 먼저 들어온 것은 야구방망이였다. 나무로 만들어진 그 물건은 성하가 고등학교 2학년 때까지 체벌용으로 썼던 방망이였다.

저게 어느 구석에 있다 이제 또 나온 거야.

성하는 야구방망이의 위력을 잘 아는 관계로 이마를 잔뜩 찌푸렸다. 다소곳한 자세로 소파에 앉아 있던 정 여사의 눈길이 성하에게 가 닿았다. 걱정이 가득한 표정이었다.

"혜나는 이리와 앉거라."

민 장군의 명령에 그녀는 쭈뼛거리며 소파로 다가갔다. 그리고 여전히 뻣뻣한 태도로 서 있는 성하를 흘끔 봤다. 그는 그녀에게 눈길도 주지 않은 채 앞만 똑바로 바라보고 있었다.

어쩔 수 없이 소파 끄트머리에 그녀가 엉덩이를 댄 순간 민 장군이 크게 고함을 쳤다.

"성하, 네 이놈! 네 녀석이 감히 이 애비가 두 눈 시퍼렇게 뜨고 있는데 제 안사람에게 소리를 질러 대? 이놈! 이 애비가 그렇게 가르쳤던?"

민 장군의 호통에 혜나는 어깨를 잔뜩 움츠렸다. 소리를 지른 걸로 따지자면 성하보다도 그녀가 더했으면 더했지 덜하지는 않았기 때문이다.

"잘못했습니다."

성하는 고개를 숙이며 용서를 빌었다.

"어디 힘 하나 없는 아녀자에게 큰 소리를 치고 폭력을 휘두르려고 들어? 아껴 주고 위해 주지는 못할망정 그게 할 짓이냐?"

30년이 넘도록 부부간의 큰 불화 없이 살아온 민 장군은 성하의 행동을 이해할 마음도 용서할 마음도 없었다.

"그것도 모자라서, 이놈! 네놈이 밖에 나가 딴짓을 하고 다녔다고?"

그건 아닌데, 그건 정말 아닌데.

혜나는 변명을 하고 싶은 마음에 입술을 달싹였다. 그녀가 소파에서 몸을 일으키려는 순간 성하와 눈이 마주쳤다. 그의 눈은 그녀에게 가만히 있으라는 경고를 보내고 있었다.

자칫 잘못하다가는 혜나가 나서서 민 장군의 화를 더 돋울 수도 있다는 생각에 그는 딱딱한 표정으로 입을 열었다.

"전부 제 잘못입니다. 아버지, 그러니 혜나는 방으로 돌려보내 주십시오."

"그래도 제 안사람은 챙기겠다 이거냐?"

"저 혼자 혼나고 말겠습니다."

사실 그는 그녀가 옆에서 보고 있으면 혼이 나도 마음이 편치 않고 매를 맞아도 더 아플 것 같았다. 그는 꼿꼿이 민 장군을 응시하며 뜻을 굽히지 않았다.

"음, 좋다. 사내다운 점은 마음에 든다. 혜나는 방으로 올라가거라."

"아니에요, 아버님. 저도 같이 혼나겠어요."

결심을 한 듯 입술을 깨물고 그녀는 성하와 같이 있기를 원했다. 그녀는 자신으로 인해서 일어난 일을 그에게 떠넘기고 혼자 속을 태우느니 어떤 벌이든 같이 받는 게 더 낫겠다는 생각을 하고 있었다.

저 바보가. 이게 그저 잔소리 듣고 벌서고 마는 일인 줄 아나. 눈 앞에 놓인 몽둥이가 보이지도 않나, 아님 단지 위협용인 걸로 알고 있는 거 아냐.

그 와중에도 성하는 그녀의 단순한 사고방식에 쓴웃음을 지었다. 성하는 미련하게 버티고 앉아 있는 그녀를 안쓰러운 눈으로 봤다.

물끄러미 혜나를 지켜보던 민 장군은 이내 고개를 끄덕이고 시선을 성하에게로 돌렸다.

"네놈 잘못은 네가 더 잘 알 것이다. 긴 말 필요 없다. 엎드려뻗쳐!"

민 장군의 호통에 그녀는 깜짝 놀랐다. 그녀는 그의 짐작대로 야구방망이를 위협용이라 생각했다. 아무리 큰 잘못을 저질렀다 하더라도 민 장군이 자신의 아들에게 매질을 할 거라고는 전혀 생각지 않았다. 민 장군이 야구방망이를 들고 일어서며 그에게 엎드려뻗치라고 소리쳤을 때 그녀는 거의 심장이 멈추는 듯한 느낌에 휩싸였다.

소파 옆 거실의 빈 공간으로 걸어가 성하는 엎드려뻗쳐를 했고 민

장군은 바람 가르는 소리를 일으키며 야구방망이를 휘둘렀다. 방망이
는 정확하게 그의 허벅지를 가격했다.

"으윽!"

둔탁한 소리와 함께 비명 소리가 울리며 그의 무릎이 꺾였다.

"앗!"

혜나는 저도 모르게 소리를 지르고 두 손으로 입을 막았다.

"똑바로 하지 못해!"

매정하게도 민 장군은 호통을 쳤고 자세를 바로 한 그의 허벅지로
연이어 방망이가 날아들었다.

"우윽!"

성하의 무릎이 바닥에 닿을 정도로 굽혀지자 그녀는 울음을 터트
렸다. 두 손으로 입을 꽉 막았지만 숨죽인 듯한 흐느낌은 그의 귀에
똑똑히 들려왔다.

저 바보. 그러기에 방으로 가라니까 고집을 부리더니.

힘껏 이를 악문 성하의 귀에는 오로지 그녀의 울음소리만이 들려
올 뿐이었다. 거친 숨소리를 내뱉으면서 그는 다시 자세를 유지했고
민 장군의 매질은 계속되었다.

그는 한참을 엎어졌다 다시 일어나기를 반복했다. 이마에 송골송
골 맺히는 땀과 허벅지에 느껴지는 고통, 그리고 가슴을 헤집어 놓으
며 들려오는 혜나의 울음소리. 민 장군의 체벌에 익숙해 있던 몸은
고통을 참아 내고 있지만 그녀의 울음소리는 그의 마음을 천 갈래 만
갈래로 찢어 놓고 있었다.

울지 마. 혜나야. 제발!

이마를 잔뜩 찌푸리고 다시 자세를 유지한 그의 허벅지에 방망이
가 내리꽂히자 신음 소리와 함께 팔이 꺾였다. 다시 엎드리려던 성하
는 힘없이 옆으로 뒹굴었다.

"안 돼, 오빠— 그만해요, 아버님. 오빠 죽어요, 안 돼요."

비명 소리와 함께 달려든 그녀가 그의 몸을 감싸 안았다.

"안 돼요. 아버님, 오빠 죽으면 어떻게 해요. 아버님, 때리지 마세요. 엉엉."

"혜나, 너 이놈의 자슥, 저리 비키지 못해!"

"안 돼요. 아버님, 제발!"

그녀는 눈물을 펑펑 쏟으며 민 장군의 앞에 무릎을 꿇었다. 두 손을 싹싹 비비며 그녀는 애원했다.

"아버님, 잘못했어요. 오빠는 아무 잘못 없어요. 오빠 밖에서 딴 짓한 거 아니에요. 흑흑…… 아버님, 제가 잘못 한 거예요. 그러니까 아버님, 성하 오빠는… 흑흑. 아버님, 차라리 절 때리세요. 엉엉."

끝내 그녀는 바닥에 엎어지며 대성통곡을 했다. 그가 맞는 모습을 보며 그녀는 마치 칼날로 살을 도려내는 듯한 아픔을 느꼈다. 차라리 자신이 맞는 게 더 낫겠다는 생각이 들 정도로 고통스러웠다.

"제가 맞을게요. 아버님, 저 때리시고요. 흑흑…… 성하 오빠는 용서해 주세요. 엉엉."

"난 괜찮으니까 저쪽으로 비켜."

고집스럽게 자신의 몸을 밀어내는 성하의 손을 잡고 그녀는 큰 소리로 울음을 터뜨렸다.

"안 돼, 안 돼. 오빠 죽는단 말이야. 엉엉."

"허— 참, 나 원!"

야구방망이를 지팡이처럼 짚고 선 민 장군은 난처한 심정에 헛기침만 했다. 모진 체벌에도 불구하고 눈 하나 깜짝 안하고 고스란히 받아들이던 성하와 달리 울며불며 매달리는 혜나를 어찌해야 할지 고민스러웠다. 그렇다고 사내 녀석처럼 두들겨 팰 수도 없고……

가만히 다가온 정 여사가 민 장군의 팔을 잡았다.

"이제 그만하세요."

정 여사는 민 장군의 손에서 방망이를 뺏어 한쪽으로 내려놓았다. 그리고 민 장군의 등을 슬쩍 떠밀었다. 성하를 흘끗 바라본 민 장군은 입을 꾹 다문 채 안방으로 걸음을 옮겼다. 쾅― 하고 방문 닫는 소리가 요란하게 집 안을 울렸다.

"성하야, 혜나 데리고 방으로 올라가거라."

조용한 어조로 말한 정 여사 또한 방 안으로 들어가고 나자 그녀는 훌쩍대며 그의 어깨를 끌어안았다.

"오빠…… 어헝."

그녀는 긴장이 풀린 듯 울음소리를 크게 내며 그의 목을 끌어안았다.

"방으로 가자."

간신히 몸을 일으킨 그가 절뚝거리며 걸음을 옮기자 혜나는 잽싸게 부축하듯 팔을 움켜잡았다.

"당신이 너무 심하셨어요."

정 여사는 한숨만 내쉬고 있는 민 장군에게 나지막이 나무라는 투로 말을 건네었다.

"성하도 이제 한 집의 가장이에요. 그리고 혜나도 있는데 예전처럼 그렇게 하지 마세요."

깊게 한숨을 내쉰 민 장군은 담배 한 개비를 피워 물고 말없이 한숨만 내쉬었다. 아무리 심성 못된 부모라도 자식에게 매를 가하고 기분 좋을 리는 없었다. 더군다나 성하는 민 장군에게는 하나밖에 없는 외아들이었다. 바른 길을 가라고 모질게 키우기는 했어도 그렇다고 해서 민 장군이 성하를 미워하거나 하는 것은 아니었다.

성하를 때리며 민 장군의 가슴속에서도 피눈물이 흘렀다. 잘못을 바로 알고 인정하라는 뜻에서 매를 치긴 했어도 민 장군은 항상 체벌을 가한 후에는 깊은 후회를 했다.

"못된 놈."

낮은 소리로 툭 내뱉듯이 말하는 민 장군의 말투에는 깊은 고통이 담겨 있었다.

이 층으로 올라온 성하는 침대 위에 엎어진 채, 허벅지에서 느껴지는 고통을 고스란히 감수하고 있었다. 그녀는 옆에 앉아 안절부절못하며 죄 없는 손톱만 물어뜯었다.

"저기, 오빠. 약 발라야 하는 거 아니야?"

조심스럽게 묻는 그녀의 말에 성하는 고개를 저었다.

"됐어, 몇 대 안 맞았으니까. 금세 나을 거야."

달밤에 체조라도 하듯 새벽녘에 술도 덜 깬 상태에서 얻어터진 성하는 긴장이 풀리면서 잠에 빠져들었다.

"자자, 졸린다."

중얼중얼대던 그는 이내 잠이 들었지만 그녀는 애가 타는 마음에 자리에 누울 수도 없었다.

"오빠······."

쏟아지는 눈물을 참으며 그녀는 그의 어깨를 끌어안았다.

"음? 왜?"

선잠이 들었던 듯 성하는 눈도 뜨지 않고 그녀의 부름에 대답했다.

"응······ 아니야. 오빠, 잘 자라고."

잘 자라는 뜻으로 그의 어깨를 토닥거려 준 그녀는 손으로 입을 막아 울음소리를 감췄다. 가슴이 에일 것처럼 아파 왔다.

그는 며칠 동안이나 절뚝거리고 다니면서도 아픈 티를 내지 않으려 했다. 그런 그를 보면서 그녀는 마음이 아팠다. 그 이후로 성하도, 그녀도 다툼에 대해서 얘길 꺼내지 않았다.

하지만 그녀의 가슴속엔 그 일이 앙금이 되어 남아 있었다. 어떤 식으로든 해결을 봐야 속이 시원할 것 같았다.

같은 공간 안에서 마치 타인처럼 서로를 의식하지 않으려고 애쓰다 헤나는 제풀에 먼저 지쳐 버렸다. 지금의 현실에서 도망치고 싶다는 생각뿐이었다. 스스로가 비겁하다는 건 알고 있었지만 그녀는 어쩔 수가 없었다.

"오빠한테 부탁이 있어."

늦은 저녁 그녀는 정색을 하고 그의 앞에 섰다.

차분한 표정과 달리 그녀가 불안해하고 있다는 걸 성하는 느낄 수 있었다. 지난 며칠 동안 분위기는 시베리아 벌판보다도 더욱 싸늘했다. 누가 원인이 되었고, 이유야 어찌 되었든 성하가 체벌을 받았다는 사실 하나만으로도 분위기가 좋을 수는 없었다. 또한 그때의 일을 다시 끄집어내서 말하고 싶지 않았던 성하는 그저 아무 일도 없었던 듯이 하루하루를 보낼 수밖에 없었다.

"부탁이라니, 뭔데?"

말도 없이 구석에서만 맴돌던 그녀가 하는 말이라 성하는 기대를 하고 있었다. 그녀가 하는 부탁은 뭐라도 다 들어주겠다는 듯 그는 적극적인 반응을 보였다.

"나 친정에 갈래."

그의 얼굴이 대번에 흑색으로 바뀌었다. 심장이 천 길 아래 낭떠러지로 떨어져내려 다시 주워다 붙일 수도 없을 것 같았다. 갑작스럽게 숨이 막히고 자연스럽게 열이 솟구쳤다.

"너, 지금 그 말…… 별거하자는 소리야?"

그녀는 매서운 눈길로 그를 똑바로 쏘아보았다.

"민성하 씨."

"왜?"

"정말 한 번 맞아 볼래?"

그녀는 조그만 주먹을 움켜쥐었다.

"그게 아니면 왜 갑자기 친정에 간다고 해?"

"오빠는 여자들이 친정 간다고 그러면 전부 다 보따리 싸 들고 도망가는 거라고 생각하지? 어? 시집오면 시댁에 뼈를 파묻어야 한다고 그렇게 생각하는 거지?"

사납게 따지고 드는 그녀에게 그는 입이 열 개라도 할 말이 없었다.

"친정 가서 며칠만이라도 쉬고 싶어."

"왜 하필 지금 그래야 되는데?"

"지금이 뭐 어때서?"

그가 할 말 없다는 표정으로 어깨를 으쓱였다.

"사실, 나 오빠 보기 싫어. 그래, 오빠 말대로 별거하는 거라 생각해도 좋아. 며칠만이라도 오빠하고 떨어져 있고 싶으니까."

"혜나야."

"아버님도 너무 무섭고. 전처럼 대하기 쉬운 것도 아냐, 그래서 생각 좀 해 보고 싶어."

"뭘 생각하겠다는 건데?"

고개를 돌리고 벽에 시선을 준 채로 혜나는 한동안 말이 없었다. 마치 무슨 말을 해야 할지 알 수 없어 열심히 말을 고르고 또 고르는 것처럼 그녀는 그렇게 움직이지도 않고 벽을 바라만 보고 있었다.

"그냥, 이것저것 다."

"혜나야."

"성하 오빠, 부탁이야."

왠지 그녀의 눈빛이 공허하게 느껴진다고 생각되어 그는 마음이 아팠다.

"그냥 그러라고 해 줘, 잠시 친정에 가서 엄마 얼굴도 보고 쉬고 싶어서 그러는 거야. 부탁해!"

성하는 그러라고 하고 싶지 않았다. 어쩌면 더 깊은 골이 생길지도 모르는 일을 선뜻 허락하고 싶지 않았기 때문이다. 하지만 너무도 지친 듯이 보이는 그녀의 모습에 그의 고개가 천천히 끄덕여졌다.

"아버님께는……."

"알았어, 내가 잘 말씀드릴게."

신경질적인 어조로 그녀의 말을 뚝 자른 성하는 거친 동작으로 몸을 일으켰다.

"단 사흘뿐이야. 그 이상은 안 돼."

그녀는 긍정도 부정도 하지 않았다. 그저 인형처럼 가만히 앉아 있었을 뿐이었다.

답답하고 터질 것만 같은 마음을 움켜쥐고 성하는 혜나의 모습을 바라보았다. 무슨 생각을 하는지 알 수 없는 표정으로 그녀는 그의 시선을 외면하고 있었다.

성하는 계속 그녀를 보고 있다가는 뭔 일이라도 저지를 것만 같은 심정에 사나운 동작으로 문을 열고 밖으로 뛰어나왔다.

"성하야, 어디 가니?"

주방에서 나오던 정 여사가 불렀지만 그는 대답도 안 하고 그대로 문 쪽으로 내달렸다.

"쟤가…… 무슨 일이라도 있나?"

고개를 갸우뚱거리던 정 여사는 이내 어깨를 으쓱이고는 그대로 방 쪽으로 향했다.

추운 날씨에 외투도 걸치지 않고 무작정 밖으로 나온 그는 답답한 마음에 숨을 크게 들이마시며 골목길을 걸었다. 추위도 느낄 수 없었다. 싸늘하게 뺨을 스치는 바람도 아랑곳하지 않고 그는 계속해서 걸음을 옮기고 또 옮겼을 뿐이었다.

14장.

　"오빠……."

　작은 목소리로 불렀지만 그는 대답조차 없었다. 무릎을 세우고 앉아 그는 TV 화면에 시선을 주고 있었다.

　"성하 오빠."

　자신감 없는 목소리가 헤나의 입에서 나오는 것과 맞추어 TV의 음량이 커졌다. 잔뜩 화가 났다는 것을 알리려는 듯 그는 그녀를 돌아보지도 않았고, 대답도 하지 않았다.

　눈물이 나올 것만 같은 심정을 애써 참고서 그녀는 발치에 놓아둔 가방을 들어 올렸다.

　"나, 갈게……."

　여전히 대답이 없는 그의 등을 물끄러미 보던 그녀는 눈가를 비집고 나오는 눈물을 삼켰다. 조용한 동작으로 몸을 돌린 그녀는 방문을 열고 밖으로 나왔다. 계단을 한 칸, 한 칸 내려가면서 그녀는 눈물을 닦고 애써 밝고 명랑한 얼굴을 하려 했다.

거실에는 정 여사가 두툼한 카디건을 들고 서 있었다.

"지금 가는 거니?"

"네. 다녀올게요, 어머니."

흥분한 척, 그녀는 들뜬 음성을 내면서 정 여사의 눈길을 슬쩍 피했다.

"그래, 아직 날씨가 쌀쌀하니까 이거 입고 가거라."

정 여사는 손에 들었던 카디건을 헤나의 어깨에 걸쳐 주면서 이 층으로 시선을 주었다.

"고맙습니다. 어머니."

"그런데 성하는? 바래다주지 않는다던?"

"저기, 오빠는 다리가 아직 좀 아픈가 봐요. 그래서 제가 혼자 간다고 했어요. 어차피 기사 아저씨가 태워다 주실 거잖아요."

"그렇다고 해도 나와 보기는 해야지. 오랜만에 친정 나들이하는 건데……."

이 층을 향해 몸을 돌리는 정 여사의 팔을 헤나는 다급한 동작으로 붙잡았다.

"아니에요, 어머니. 방에서 인사 다했어요."

"그러니? 그럼 조심하거라."

"네, 어머니. 저 다녀올게요. 나오지 않으셔도 돼요."

현관에 서서 허리를 숙이고 인사를 한 그녀는 잽싸게 밖으로 튀어나왔다. 마치 누군가가 뒷덜미를 움켜쥘 것만 같은 느낌에 그녀는 빠르게 발을 옮겼다. 정원을 반쯤 가로질러 걸어가던 그녀는 문득 걸음을 멈추었다. 그대로 서서 크게 숨을 들이마셨다가 내뱉은 그녀는 용기를 내어 뒤를 돌아보았다. 이 층 자신의 방으로 시선을 주자 창가에 서 있는 성하의 모습이 보였다.

"성하 오빠."

눈물이 날 것 같은 감정에 휩싸인 그녀가 눈을 깜박인 동안 그의 모습이 사라져 버렸다. 혹시나 성하가 일 층으로 내려와 현관으로 나오지 않을까 하는 생각에 그녀는 한동안 움직이지 않고 서 있었다. 하지만 아무런 반응이 없자 그녀는 고개를 젓고 다시 몸을 돌렸다.

"미안해, 오빠."

훌쩍거리면서 뺨으로 흐르는 눈물을 닦아 낸 그녀는 뛰듯이 정문을 향해 걸어갔다.

창에서 두어 걸음 떨어진 곳에 서 있던 그는 정문을 향해 빠른 걸음으로 걸어가는 그녀의 뒷모습을 보았다. 심장 어느 한 부분이 떨어져 나가는 것만 같았다. 그녀가 다시는 이 집으로 오지 않을 것만 같은 두려움도 있었다. 붙잡고 놓아주지 않아야 할 것을, 괜히 가게 놔두었다고 자신을 책망했다. 하지만 이미 늦은 일이었다.

정문을 벗어난 혜나의 모습이 눈에 보이지 않게 되자 가슴의 통증이 더욱 커져 갔다.

"젠장!"

거칠게 소리친 그는 침대를 향해 발을 옮겼다. 불편한 심사가 고스란히 드러나듯이 발걸음 하나하나에 힘이 들어가 쿵쿵 소리가 울릴 정도였다. 침대에 털썩 소리가 날 정도로 몸을 눕힌 그는 뚫어지게 천장을 바라보았다.

"사흘이야. 유혜나, 단 사흘뿐이야. 사흘만 지나면 네가 안 온다고 버텨도 붙잡아 끌고 올 거야, 알겠어?"

성하는 그녀가 눈앞에 있기라도 한 것처럼 큰 소리로 말했다.

어젯밤, 외투도 입지 않고 뛰어나가 늦게까지 찬바람을 맞은 탓인지 그는 피곤했다. 깜박 잠이 들었다 깬 그는 멍해진 눈빛으로 주변을 봤다. 그리고……

"혜나야, 지금 몇 시야?"

아무 대답도 없다.

"혜나야······."

그녀는 친정에 가고 없다. 그 사실을 깨닫자 그는 지그시 이를 악물었다.

"제기랄!"

신경질적으로 머리를 쥐어뜯은 그는 몸을 일으켜 욕실로 향했다. 세면대 위 선반에 얌전히 놓여 있는 면도 크림을 들어 올린 그는 힘껏 손에 힘을 주었다. 잔뜩 찌그러진 면도 크림의 모양이 지금 자신의 기분과 같았다.

찬 물을 얼굴 가득 퍼붓고 개운한 기분을 찾으려던 그는 방으로 다시 돌아와 전혀 기분이 나아지지 않았다는 걸 깨달았다. 혜나가 곁에 없는 하루가 지독하게 길고 지루하게 느껴졌다.

저녁 식사를 하면서도 그는 여전히 저기압이었다. 특별히 다른 생각을 하는 것도 아니면서 멍한 기분에 번번이 정 여사의 질문을 놓쳐버리고는 했다.

"죄송합니다. 뭐라고 하셨어요? 어머니."

"요새 많이 바쁘냐고 물었다."

"네, 이것저것 준비하느라 좀 바빠요. 자료 준비하는데 생각보다 시간이 많이 걸려서요."

"계속 저녁때마다 나가는 것 같던데 오늘도 나갈 거니?"

묵묵히 젓가락을 움직이면서 성하는 대답이 없었다.

"얘, 성하야"

"예?"

고개를 번쩍 들고 자신을 보는 성하의 멍한 표정에 정 여사는 혀를 찼다.

"뭔 생각을 그리하기에 대답도 안 하는 거냐?"

"죄송해요, 어머니. 저 그만 먹어야겠어요."

그는 식사에는 거의 손도 대지 않고 일어섰다. 불도 켜지 않은 채, 조용한 방 안에서 성하는 인상만 잔뜩 썼다. 옆에 있을 때는 몰랐던 혜나의 빈자리가 너무도 크게 다가왔다.

잠이나 자야겠다는 생각으로 그는 침대에 누웠다. 그는 더듬거리면서 손을 뻗쳐 혜나의 베개를 잡아 가슴에 끌어안았다. 그렇게라도 하지 않으면 허전한 마음을 참을 수 없을 것 같았다.

"젠장, 제기랄."

작은 소리로 궁시렁거리면서 욕설을 퍼붓던 그는 눈을 감았다. 째깍거리는 시계 소리와 가끔씩 불어 대는 바람 소리가 고요한 방 안에 울려 퍼졌다.

휙 몸을 일으킨 그는 리모컨을 눌러 TV를 켰다. 한껏 음량을 높였다가 다시 줄이고, 이리저리 채널을 돌리던 그는 신경질적인 동작으로 리모컨을 던져 버렸다. 무슨 짓을 해도 답답한 마음이 풀리질 않았다. 어떤 행동을 하더라도 그녀와 함께했던 시간이 겹쳐져 떠올랐다.

다시 침대에 누워 이리 뒹굴, 저리 뒹굴 하던 그의 입에서 깊은 한숨이 터져 나왔다.

"제길, 혜나가 옆에 있을 땐 잠만 잘 오더니……."

투덜거리던 그는 혜나의 베개를 꼭 끌어안고 움직임을 멈추었다. 그녀의 향기가 베개에서 배어 나와 그의 후각을 자극했다.

"내일이라도 당장 데려와야지, 안 되겠어. 젠장, 사흘은 무슨……."

연신 짜증이 섞인 음성을 뱉어 낸 그는 잠을 자려고 안간힘을 썼다. 하지만 결국 잠 한 숨 자지 못하고 밤을 꼬박 새운 성하는 새벽부터 책을 싸 들고 도서관으로 직행했다. 혜나의 체취가 가득 담긴 방 안에 혼자 있을 자신이 없었다.

밤새 당장이라도 처가로 달려가 그녀를 끌고 올까 하는 생각만을 한 성하는 지끈거리는 머리를 싸매고 공부에 집중하려고 애썼다. 노력을 해 보았지만 그의 눈에 글자는 하나도 들어오지 않았다.

"민성하, 술 한 잔 하자."

자리로 다가와 작은 목소리로 속닥거리는 준영을 그는 멀뚱한 표정으로 봤다.

"너 아까부터 멍한 표정으로 허공만 바라보더구먼, 뭔 일 있냐? 궁금해 죽겠다."

"아무 일도 없다."

"뻥치지 마라. 내 이래 뵈도 눈치 하나는 끝내주는 인간이다. 건, 너도 알잖냐? 어쨌든 잔소리하지 말고 밖으로 나와라. 내 분위기 좋은 데서 한 잔 쏘마."

고개를 젓던 성하는 혜나가 없는 빈방으로 돌아가야 한다는 걸 떠올리자 끔찍한 느낌에 사로잡혔다. 차라리 주변 상황을 인식 못할 정도로 잔뜩 취하는 게 더 낫겠다는 생각으로 그는 자리에서 일어섰다.

준영과 함께 고급스러운 칵테일 바에 자리를 잡고 앉은 그는 독한 위스키를 시켰다.

"어쭈? 내가 쏜다니까 아주 취하려고 작정을 했구먼그려, 잘 마시지도 않는 위스키를 시키냐?"

빈정대는 준영에게 그는 심각한 표정을 했다.

"너한테 하고픈 말이 있다."

"그래, 해 봐라. 내 입 꾹 다물고 들어 주마."

성하는 크게 한숨을 내쉬고 위스키부터 마셨다. 그리고 천천히 입을 열었다.

"혜나 말이다…….."

답답한 마음에 성하는 자칭 타칭 플레이보이라고 알려진 준영에게 의논 삼아 혜나와의 일을 털어놓았다. 말을 마치고 나자 성하는 조금은 시원한 기분이었지만 준영은 전혀 그렇지 못한 듯했다.

"미친 놈!"

대뜸 준영이 내뱉는 말에 성하는 눈꼬리를 치켜세웠다. 심각한 표정을 하고 이야기를 듣던 준영의 얼굴이 잔뜩 일그러졌다.

"네가 그러고도 남자냐? 이 원수야! 남자 망신은 저 혼자 다 시키고 다니는구먼!"

어이가 없다는 듯 비꼬아대는 준영을 보며 그는 떫은 감을 씹은 인상을 할 수밖에 없었다.

"나 참, 이런 놈을 뭐가 좋다고 여자 애들은 꺅꺅거리며 쫓아다니는지 알 수가 없어. 정말로 잘난 거라고는 번듯한 체격에 반지르르한 얼굴밖에 더 있냐고. 성질은 꼭 뭣 같지, 분위기를 맞출 줄을 아나, 그렇다고 가려운 데를 긁어 줄 줄을 아나. 어이구, 좌우지간 여자들 눈이 죄다 삐었다니까."

"그만해라."

투덜거리는 준영에게 그는 낮은 목소리로 위협을 가했다.

"하긴 여자들이야 잘난 얼굴 바라만 보고 있어도 배가 불러 온다는 족속들이니 뭘 바라겠냐? 야, 민성하. 내가 너 정도 얼굴 가졌으면 지금쯤 삼천 궁녀가 아니라 삼만 궁녀를 거느리고 황제 대접을 받으며 살 것이다. 자식아."

이게 친구가 맞긴 맞는 거야?

슬슬 열이 올라 인상을 쓰며 노려보는 그의 등을 준영이 손바닥으로 철썩 후려쳤다.

"반성 좀 해라, 이 친구야. 내 전부터 그랬지? 김경애, 그 불여시

조심해야 한다고. 귀가 닳도록 말을 했건만 딴청을 부리더니 결국은 일이 난 거 아니냐. 야, 인마! 그런다고 그냥 친정으로 보내 버리냐? 너 그러다 마누라 뺏겨 버리면 어쩌려고 그러냐?"

"뺏기긴 누구한테 뺏겨?"

그는 성난 김에 버럭 소리를 질렀다.

"성질부리긴. 누구한테 뺏기긴 인마, 장모님한테 뺏기는 거지. 너 싫다고 친정 가서 이제부터 엄마하고 살래요. 그러면 너 어쩔 거야?"

"그게 말이 되는 소리냐?"

"말 안 되는 건 또 뭔데?"

"못된 놈. 내가 너하고 말장난하자고 그런 소리 한 줄 알아?"

신경질을 부려 대는 그를 보며 준영은 연신 헤벌쭉 웃음을 짓고 있었다.

"어지간히 몸이 달았구면. 여— 민성하! 사랑에 빠진 청춘이라. 보기 좋구나."

"너 죽을래?"

주먹을 움켜쥐고 이를 갈아 대는 그의 어깨를 준영이 툭툭 두드렸다.

"그래도 사랑이 아니라고 큰 소리 치지는 않는구나?"

"내가 언제 혜나 사랑 안 한다 그런 적 있어?"

"그거 혜나도 알고 있냐?"

"뭘?"

준영은 갑자기 고개를 숙이며 그의 얼굴 가까이 입을 들이댔다.

"네가 사랑한다는 거, 혜나도 알고 있냐고? 혜나한테 말했냐고 물어보는 거다."

속닥거리며 묻는 말에 성하는 어울리지도 않게 얼굴이 벌겋게 변해 준영의 얼굴을 밀어냈다.

"저리 비켜라, 징그럽다."

툴툴대며 그는 앞에 놓인 술잔을 들어 한입에 들이켰다. 얼굴이 화끈거리며 달아오르고 심장이 벌렁거리며 뛰는 것이 꼭 짝사랑하는 상대를 바라보고 있는 사춘기 소년과 같은 심정이었다.

"고백했냐고?"

끈질기게도 준영은 그에게 물음표를 던져 댔다.

"안 했다."

"왜?"

"그걸 꼭 말로 해야 아냐?"

"덜 떨어진 놈!"

또다시 튀어나오는 준영의 욕설에 성하는 연신 인상만 쓰며 술잔을 들었다.

"여자들은 다 아는 사실이어도 계속해서 확인하고 싶어 한단다. 난 널 사랑해하는 소리를 하루에도 골백번씩 해 줘야 만족한다고. 그런데 아직 한 번도 말 안 했다고? 알 만하다. 민성하, 네 잘난 자존심에 먼저 죽어도 말 못하겠지?"

"그건 아니야."

풀 죽은 듯 낮게 흘러나오는 말소리에 준영은 진지한 안색을 했다. 여태 그를 놀리며 떠들어 대던 사람이 아닌 듯 준영은 다듬어진 말투로 입을 열었다.

"그러면 왜 말을 못한 건데?"

"글쎄…… 겁이 났던 것 같다. 아마도……."

술잔을 들고 안에 담긴 내용물을 지그시 응시하는 성하를 보며 준영은 깊은 한숨을 내쉬었다.

"그래서 앞으로 어쩔 생각인데?"

"말해야겠지. 죽이 되던 밥이 되던 부딪혀 봐야지. 그래도 혜나가 싫다고 하면……."

"싫다고 하면?"

"그녀가 원하는 대로 해 줘야지. 그래서 혜나가 편하다고 하면, 그렇게 해야겠지."

한입에 술잔을 털어 넣는 성하의 얼굴에는 아픔과 슬픔이 묻어 있었다.

"너무 심각하게 생각하지 마라. 혜나도 잠깐 화가 나서 그러는 것뿐일 거야."

준영의 위로에도 그의 안색은 풀려지지 않았다.

밤이 깊도록 그는 준영과 술잔을 나누며 울리지 않는 핸드폰을 여러 번 들여다보았다.

예전 같으면 이때쯤 전화가 왔을 텐데…….

당시엔 귀찮던 일들도 지금은 아쉬운 일이 되어 그의 심장을 갉아먹고 있었다. 다시 한 번 그녀가 전화를 해 빨리 오라고 한다면 그는 맨발로도 뛰어갈 수 있을 것만 같았다. 하지만 시간이 지나도 핸드폰은 울리지 않았고 그는 속상한 마음에 연달아 술잔만 들이켰다.

잔뜩 술에 취한 채로 집으로 돌아와 방 안으로 들어온 그의 입에서는 깊은 한숨이 나왔다. 혹시라도 혜나가 돌아와 있지는 않을까 하던 기대감이, 텅 빈 방 안을 보자 와르르 무너져 내렸다. 기대감과 함께 그의 마음도 무너져 내리는 것만 같았다.

"보고 싶다…… 혜나야."

그는 침대로 다가가 혜나가 베고 자던 베개를 그녀를 끌어안듯이 품에 안고 얼굴을 비벼 대었다.

술 냄새 나, 저리 가.

톡 쏘아붙이던 그녀의 목소리가 들리는 듯해 그의 입가에 미소가 생겨났다.

좀 더 잘해 줄 걸, 내 옆에 있을 때 더 생각해 주고 아껴줄 걸…….

깊은 후회가 마음속에서부터 차고 올라오자 성하는 몸부림을 치며 발악을 할 것만 같은 심정에 휩싸였다. 술에 취한 몸은 천근만근처럼 늘어지는데 오히려 정신은 더욱 또렷해져 갔다.

"혜나야, 유혜나. 대답 좀 해라."

방 안에 그녀가 있는 듯한 착각에 성하는 이름을 불러 봤지만 대답이 들려올 리 없다.

서서히 자신이 미쳐 가는 것만 같다는 생각에 그는 입술을 악물고 지친 몸을 일으켰다. 휘청이며 성하는 방문을 열었다. 주머니 안에 들었던 차 열쇠를 만지작거리던 그는 이내 열쇠를 화장대 위에 던져 놓고는 방 밖으로 나섰다.

집을 나와 큰길까지 걸어 나온 그는 택시를 탔다. 행선지를 말하고 조금 열어 놓은 창으로 들어오는 찬바람을 맞으며 머리를 식힌 그는 어두운 밤거리를 깊어진 눈매로 봤다. 지금 가서 무슨 말을 할지, 아니 그녀를 볼 수 있을지도 알 수 없으면서 그는 그렇게 혜나를 찾아가고 있었다.

벌써 두 시간이 넘도록 혜나는 침대 위에 올라앉아 손 안에 든 핸드폰을 만지작거리고 있었다. 몇 번이나 성하의 핸드폰 번호를 눌러 놓았다가 다시 폴더를 닫아 버리며, 그녀는 계속 같은 동작을 반복하고 있었다. 그에게 연락을 하고 싶었지만 막상 통화가 되어 그의 목소리를 들으면 무슨 말을 해야 할지 알 수가 없어 그녀는 망설이고 있었다.

보고 싶고 그리웠다. 그의 품에 안겨 따뜻함을 느껴보고 싶었다. 친정으로 돌아와 하룻밤을 보내고 그녀는 벌써 후회를 하기 시작했다. 오랜만에 친정 나들이를 했다고 기뻐하는 김 여사의 앞에서 그녀는 애써 밝은 표정을 유지하며 예전처럼 웃고 떠들었다. 하지만 방에 올라와 혼자가 되자 못 견디게 외롭고 허전한 느낌에 휩싸였다.

중요한 시험 준비를 하느라고 성하가 같이 오지 못했다고 둘러대면서 혜나는 그와의 냉전을 말하지 않았다. 혹시라도 이상한 기미라도 보였다가는 크게 걱정할 게 뻔한 일이었기 때문이다.

창밖을 보며 그녀는 씁쓸한 마음에 사로잡혀 있었다.

지금이라도 그가 연락을 해 줬으면, 아무 일도 없었던 듯 웃으며 그에게 안길 수 있을 텐데……

가슴이 터질 듯 아파 오고 속상한 마음에 혜나는 애꿎은 베게만 주먹으로 두드려 댔다.

차라리 이놈의 핸드폰을……

성질을 부리며 핸드폰을 집어던지려고 들어 올리던 혜나는 울리는 벨 소리에 화들짝 놀라 잽싸게 폴더의 창을 확인했다.

내 남편. 전화번호와 함께 찍힌 호칭에 그녀의 심장이 쿵덕쿵덕 요란스럽게 뛰어 댔다.

"여보세요? 성하 오빠?"

떨리는 가슴에 한 손을 얹고 혜나는 똑같이 떨리는 목소리로 말했다.

―음…… 혜나야, 나야.

듣고 싶었던 목소리가 귓가에 닿아 오자 눈물이 핑 돌았다.

"뭐하고 있었어? 목소리가 왜 그래? 오빠, 술 마셨어?"

―조금…….

"조금이 아닌 것 같은데? 완전히 혀가 꼬였는데."

그녀는 반갑고 기쁜 마음을 고스란히 내보일 수가 없어 공연히 트집을 잡으며 투정을 부렸다.

"오빠는 좋겠다. 마누라 친정에 보내 놓고 열심히 술 먹고, 잔소리할 사람 없으니까 편하지, 그렇지?"

그녀의 목소리에 울음기가 섞여 나오자 성하는 가슴이 미어지는 듯한 심정이 되어 버렸다.

—아니, 잔소리 안 들으니까 뭔가가 빠진 것 같이 허전하다.

"거짓말!"

—혜나야.

"오빠 내가 전화 받아 주고 그러니까 화가 다 풀린 줄 알아? 하나도 안 풀렸어."

잔뜩 떨리는 목소리로 새침하게 중얼대는 목소리를 들으며 그의 입가에 미소가 생겨났다.

—그래, 알아.

"바보 오빠!"

—와서 화 풀릴 때까지 잔소리하는 게 어때?

"뭐라고?"

—멀리 안 와도 돼, 집 앞까지만 나와도 되는데…….

혜나는 순간적으로 숨이 멎을 만큼 놀래어 잽싸게 창문 앞으로 달려갔다. 정원 가득 심어 놓은 나무들 때문에 대문 너머 골목은 보이지 않았지만 그녀는 혹여 그의 모습이 보일까 싶어 목을 길게 빼어 밖을 살폈다.

—네가 싫다고 하면…….

"아니야, 오빠. 나갈게."

그의 말을 끊고 다급하게 소리친 그녀는 핸드폰을 움켜쥐고 방문을 열었다. 쿵쾅거리며 급한 걸음으로 층계를 내려가며 그녀는 큰 소리에 부모님이 잠에서 깰지도 모른다는 걱정 같은 것은 하지도 않았다. 그럴 새가 없었다. 그가 자신을 보러 여기까지 왔다는 사실만으로도 잔뜩 흥분한 그녀는 현관문을 열자마자 달음박질을 쳐 대문으로 향했다.

대문을 열고 밖으로 나온 그녀는 두리번거리며 성하를 찾았다. 비스듬히 담에 기대어 서 있는 그의 모습을 본 순간 혜나는 숨이 멎는 것만 같았다.

"오빠."

다가오는 혜나를 보며 미소를 지은 그는 팔을 뻗었다. 그녀가 품안으로 와 안기자 그는 그녀의 허리를 끌어안았다. 꽉 끌어안고 다시는 놓지 않겠다는 듯 그는 팔에 힘을 주었다.

"오빠, 저녁 먹었어? 밥 먹고 술 마신 거야?"

대답을 못하고 그저 웃기만 하는 그를 보던 그녀는 곱게 이맛살을 찌푸렸다.

"또 그냥 술만 진탕 마셨구나. 내가 그랬잖아, 밥 먹고 술 마셔야 속도 덜 쓰리고 몸도 축나지 않는다고. 만날 보약만 퍼 마시면 뭐해? 제대로 끼니 챙겨 먹고 그래야지. 그사이에…… 볼이 쑥 들어가서……."

그의 뺨에 손을 대고 잔소리를 퍼붓던 혜나의 말투에 울음기가 섞였다.

"오빠야……."

눈물이 방울져 달리는 그녀의 모습에 그의 표정이 굳어졌다.

"미안해, 오빠야. 내가 괜히 신경질 부려서…… 미안해."

"아니, 너 잘못한 거 없어"

그녀를 꼭 안으며 성하는 아픈 마음을 다스렸다. 그녀에게 다시는 눈물을 흘리지 않게 하겠다고 해 놓고도 제대로 지키지 못한 자신이 미웠다.

"다 나 때문이잖아, 오빠 혼난 것도. 지금은 안 아파?"

"하나도 안 아파, 괜찮아."

"미안해, 오빠. 나 혼자 도망쳐 버려서…… 하지만 나 너무 무서웠어. 오빠, 난……."

"그만해, 자꾸 미안하다고 할 거 없어. 그러면 오히려 내가 더 미안해지잖아, 그만해."

"그럼…… 우리 화해하는 거지?"

조심스럽게 묻는 그녀의 이마에 성하는 입술을 댔다. 사실 진하게 키스를 해 주고 싶었지만 술을 많이 마셨기 때문에 함부로 그녀에게 키스를 할 수는 없었다.

"그래."

방긋 웃는 그녀의 눈꼬리에는 아직도 눈물방울이 매달려 있었다.

성하는 그녀의 눈가에 엄지손가락을 대어 매달린 눈물을 닦아 주었다.

"들어가서 자, 울지 말고."

"오빠는? 오빠는 안 들어갈 거야?"

그가 고개를 젓자 그녀의 심장이 또다시 쿵 소리를 내며 바닥으로 떨어졌다.

"엄마가 서운해하실 거야."

정작 서운한 사람은 자신이었지만 그녀는 김 여사를 핑계로 대며 그를 잡으려고 애썼다.

"어머니께 말씀드리지 마, 너무 늦었어. 술도 많이 마셨고, 이런 꼴로 뵙는 거 안 좋을 거 같다."

달래듯이 말을 하는 그에게 혜나는 고개를 끄덕일 수밖에 없었다.

"내일 올게."

"정말?"

"음, 그래. 혜나 데리러 와야지."

"피— 사흘 있으라더니 정말 딱 사흘 만에 데려간다고 그러네?"

입술을 내밀고 종알대는 그녀의 뺨에 입을 맞추며 그는 싱긋 웃었다.

"잘 자."

"오빠도."

"그래, 간다."

그녀의 어깨를 한 번 꼭 잡아 준 성하는 몸을 돌려 걸음을 옮겼다.

한참을 서서 멀어져 가는 그를 보던 혜나는 다시 온다는 그의 말에 희망을 걸었다. 방그레 웃은 그녀는 신이 나서 대문을 박차고 집 안으로 들어갔다.

십자수로 놓아진 쿠션을 꼭 끌어안고 그녀는 김 여사에게 간절한 눈빛을 보내었다.

"엄마, 이거 나 줘."

"니가 직접 수 놔서 써라. 너도 십자수 놓을 줄 알잖아. 왜 엄마가 애써 만들어 놓은 걸 가져간다고 그러니?"

그녀는 김 여사의 팔에 매달려 가며 떼를 썼다.

"엄마."

"어이구, 정말. 딸내미들은 시집보내 놓으면 죄다 도둑들이라더니. 그래, 가져가라, 가져. 아예 집에 있는 거 다 들고 가라."

"에헤— 좋아라. 성하 오빠 차에다 놔 줘야지. 예쁘겠다."

김 여사는 쯧쯧 대며 혀를 찼다.

"저게 언제부터 지 남편밖에 모르게 된 거야?"

"죄송해요, 엄마. 그래도 내가 엄마를 얼마나 사랑하는데요. 알잖아요?"

김 여사는 애교를 부리는 그녀의 머리를 어루만졌다.

"그래, 엄마가 너 늙어 죽을 때까지 끼고 살 것도 아닌데 어쩌겠니. 그나저나 민 서방은 언제 온다고 그랬니?"

"좀 있으면 올 거예요. 그리고 성하 오빠 오늘은 점심 먹고 간다고 했어요."

아침 일찍 전화를 한 성하는 그녀의 바람대로 점심을 먹고 가겠다는 말을 해 주었다. 어릴 때부터 유난히 알뜰살뜰하게 챙겨 주는 김 여사에게 성하는 은근히 부담감을 느끼는 듯했다. 그래서인지 그는 그녀의 집에 와서도 오랜 시간 머물러 있지 않으려고 했다. 그런 성하의 태도에 은근히 김 여사가 서운함을 느끼고 있다는 걸 그녀는 느끼고 있었다. 그랬기에 그녀는 성하에게 김 여사와 점심을 같이할 것을 권했다.

초인종 소리가 집 안에 울려 퍼지자 혜나는 함박웃음을 지으며 펄쩍 뛰었다.

"오빠다—"

소리까지 지르면서 현관문을 향해 달려가는 그녀의 행동에 김 여사는 멍한 모습이었다.

"어이구, 한 사흘 떨어져 있었다고 저리도 좋을까?"

혀를 차면서도 김 여사는 은연중에 사이가 좋은 두 사람에게 고마워했다. 어린 나이에 약혼을 시켜 놓고 김 여사는 나름대로 걱정이 많았다. 학교도 졸업 안 한 혜나를 반강제적으로 결혼을 시키면서 김 여사는 혹시라도 딸이 불행해지면 어쩌나 하는 생각에 노심초사하기도 했다. 다행스럽게도 행복해 보이는 그녀의 모습에 김 여사는 안도의 한숨을 내쉴 수 있었다.

직접 현관을 나서 정원을 내다본 김 여사는 부둥켜안고 속닥거리는 두 사람을 보고 입가에 미소를 지었다. 김 여사의 눈에 비친 두 사람은 너무나 잘 어울리고 귀엽게 보였다.

"저 왔습니다, 어머니."

성하가 고개를 숙이면서 인사를 하자 김 여사는 환하게 웃었다.

"어서 오게, 민 서방."

달라져 버린 김 여사의 호칭에 성하는 쑥스러운 얼굴을 했다.

"엄마가 오빠 준다고 씨암탉 잡았다."

"정말이세요?"

자랑 섞인 혜나의 말에 그는 눈을 동그랗게 뜨고 놀라워했다.

"그래. 닭을 잡긴 잡았는데, 그게 아무래도 씨암탉은 아닌 것 같네. 그래도 수탉이면 어떻고 암탉이면 어떻겠나. 맛있게 먹으면 되지."

"그럼요. 고맙습니다, 어머니."

호탕하게 웃는 그와 김 여사를 번갈아 보면서 혜나는 즐거웠다.

성하는 그녀가 원하는 대로 점심을 먹고 거실로 자리를 옮겨 앉아 담소를 나누었다. 부담 없는 태도로 김 여사와 이런저런 이야기를 나눈 성하는 오후가 되자 혜나의 손을 잡고 집을 나섰다.

"오빠, 이거 봐. 예쁘지. 오빠 차에다 놔주려고 엄마한테 내가 뺏어 왔어."

쿠션을 들어 보이며 방긋 웃는 그녀의 어깨를 성하는 꼭 끌어안아 주었다. 개인적인 생각으로 그는 쿠션보다도 혜나가 더 예뻐 보였다.

평일 오후의 뻥 뚫린 도로를 시원스럽게 달려가는 차 안에서 그녀는 문득 이상하다는 생각에 연신 창밖을 바라보았다. 차는 집 쪽이 아닌 다른 길을 달리고 있었다.

"오빠, 어디 가는 거야?"

"음, 갈 데가 있어."

"어딘데?"

"가 보면 알아."

대답은 안 해 주고 궁금증만 유발시켜 놓은 그에게 입술을 삐죽 내밀어 보인 혜나는 좌석에 기대앉아 창밖으로 스쳐 지나가는 경치만 구경했다.

한 시간이 넘게 달린 차가 시골스러운 풍경을 옆으로 하고 국도를 달려가자 그녀의 얼굴에 생긋 미소가 생겨났다.

"오빠, 청평에 가는구나?"

표지판을 보고 눈치를 챈 그녀의 말에 성하가 고개를 끄덕였다.

"혜나 청평 좋아하지? 하루 지내고 가자."

열성적으로 고개를 끄덕이며 그녀는 금세라도 차에서 뛰어내릴 듯한 태도로 반가워했다.

청평의 통나무집은 여전히 꿋꿋하게 그 자리를 지키고 서 있었다. 하얀 눈을 모자처럼 지붕에 이고 의연하게 버티고 선 통나무집을 바라보며 혜나는 기쁜 마음에 폴짝거리며 뛰었다.

한 여름에 왔을 때와는 다른 정취를 풍기는 청평의 경치를 감상하며 그는 다시 오겠다던 자신과의 약속을 지킨 것에 대해 흐뭇한 마음에 빠지기도 했다.

미리 연락을 받은 관리인 부부가 따뜻하게 느껴지도록 집 안의 온도를 조절해 놓은 덕분에 그와 혜나는 별 수고 없이 편히 쉴 수가 있었다. 저녁 또한 관리인 내외의 손맛이 담긴 정성스러운 반찬과 찌개로 맛있게 먹었다.

겨울의 마지막을 알리듯 갑작스럽게 추워진 바깥을 피해 성하는 거실 벽난로에 불을 피웠다. 잘 마른 장작이 투다닥거리면서 타올랐다.

그는 벽난로 앞에 앉아 있는 그녀를 한참 동안이나 바라보았다. 불길에 뺨이 발갛게 달아오른 그녀는 인형처럼 섬세해 보였다.

"혜나야, 네게 할 말이 있어."

전방지국 실혼이야기

그가 심각한 표정으로 입을 열자 그녀는 은근히 불안해졌다.

큰 싸움을 벌이고 그것도 모자라 매까지 맞게 해 놓고서 도망치듯이 친정으로 달아난 자신의 행동을 생각하자 그녀는 그가 무슨 말을 할지 짐작할 수 있었다.

이대로 헤어지자는 소리를 하려고 그러는 걸까?

그녀는 고개를 도리도리 저었다.

아니야, 그럴 거면 뭐하러 어젯밤에 왔겠어?

그녀는 두근대는 가슴을 진정시키며 침착함을 유지하려고 애썼다.

"뭔데, 오빠. 말해 봐."

"사실 어제 너한테 이 말 하려고 갔었다. 그런데 술도 많이 마시고 그래서……."

성하가 선뜻 말을 하려 하지 않자 혜나는 두려움이 더욱 그 부피를 키워 간다고 느꼈다.

타닥거리고 불꽃이 타는 소리에도 움찔거리면서 놀랄 정도로 혜나는 잔뜩 긴장을 하고 있었다. 그녀는 성하의 얼굴만 뚫어지게 보며 숨을 죽였다. 입을 연다 해도 단 한 마디도 나오지 않을 것만 같았다.

"말주변이 없어서 뭐라고 해야 될지 모르겠지만 너한테 내 생각이나 마음에 있는 말을 해야 할 것 같아서. 혜나야……."

"으응, 오빠."

정말 헤어지고 하려나 봐, 나하고 같이 살기 싫어졌다고 하면 어쩌지? 더 이상 날 보고 싶지 않다고 하면 어떻게 하지?

그녀는 심각한 얼굴로 고민하는 성하를 보면서 목이 타는 듯한 갈증을 느꼈다. 쉽게 말을 꺼내지 못하고 머뭇거리는 그가 그녀의 불안에 더욱 부채질을 해 대고 있었다. 차라리 선수를 치는 편이 낫겠다는 생각을 한 혜나는 풀 죽은 음성으로 입을 열었다.

"얘기해, 오빠. 나 무슨 말이든지 다 들을 수 있어."

"옆으로 와 봐."

다가앉는 그녀의 손을 잡은 성하는 잔잔한 미소를 띠고 있었다.

"스키장에서 내가 큰 소리 낸 거…… 질투한 거 맞아, 혜나야. 그 놈하고 있는 널 본 순간에 눈이 뒤집혔어, 넌 다른 사람이 아닌 내 옆에만 있어야 한다고 생각했는데…… 그래서 너무 화가 났어."

"나 정훈이하고 아무 일도 없었어, 오빠. 둘만 있었던 것도 아니고."

"알아, 아는데도 그랬어. 나중에 미안하다는 말 해야겠다고 생각하고서 그러지도 못했다."

성하의 목소리에는 스스로를 꾸짖는 듯한 음색이 깔려 있었다.

"그래서 집에 돌아와서도 계속 화가 났어. 너 혼자 집에 있는 거 뻔히 알면서도 밖에서 계속 일 생겨서 같이 있어 주지 못하고. 너한테 많이 미안하다고 생각하고 있었어. 하지만 혜나야, 내가 밖에서 많은 시간 보낸다고 정말 딴짓하고 다닌 건 아니야."

"그건 나도 알아."

"너 친정 간다고 그랬을 때도 솔직히 불안했어. 아버지 무서워서 피한다고 했지만 네가 날 싫어한다고 생각했고……."

그의 눈에 어리는 고뇌의 빛이 혜나의 심장을 아프게 했다. 그녀는 그가 괴로워하는 모습을 보고 싶지 않다는 생각에 고개를 숙였다.

"내가 왜 그랬는지 다시 한 번 생각해 봤어. 단지 네가 다른 남자하고 있는 걸 보는 것만으로도 화가 나고 열이 솟구치는지. 그건, 혜나야. 널 너무 사랑해서 그런 거야. 그래서 질투가 불같이 솟아오른 거라고."

"오, 오빠."

뜻밖의 그의 고백에 혜나는 제대로 말을 할 수도 없었다. 그녀는 자신이 지금 들은 말이 정말 그의 입에서 나온 말인가 하는 생각까지

해 보았다. 그가 자신을 사랑한다는 말이.

눈을 크게 뜨고 입만 벙긋거리는 그녀를 보며 성하는 잠시 말을 멈추고 긴장감을 느꼈다. 그녀의 태도를 어이가 없다는 것으로 해석을 한 그는 심장이 갈기갈기 찢겨 나가는 고통을 느껴야 했다.

"네가 어떤 생각을 하는지 알아. 강압적으로 약혼을 하고 거의 반강제로 결혼을 시키고 이제 다시 나 하나만 보고 살아야 한다고 말하는 거, 그거 무리라는 것도 알고. 하지만 혜나야, 내가 널 사랑하는 건 네가 단지 나와 결혼을 해서는 아니야. 전부터, 네가 아주 어릴 때부터 난 널 사랑했어. 단지 그게 진정한 사랑인지 몰랐을 뿐이지."

혜나는 너무 감격에 겨워 눈물을 글썽였다. 어떤 말도 할 수가 없고 그저 눈물만 마구 쏟아져 나왔다.

"내가 널 사랑하니까 '너도 날 사랑해야 된다.' 그런 말은 하지 않을게. 애써서 그러지 않아도 돼. 그건 내가 큰 욕심 부리는 거라는 걸 아니까. 그냥 내 옆에, 지금처럼 내 옆에 있어 주면 돼. 혜나야."

"어, 어엉. 오빠, 바보야."

혜나는 끝내 울음을 참지 못하고 엉엉거리며 그의 어깨에 얼굴을 묻었다.

"혜나야?"

놀란 듯한 그의 음성에도 상관없이 그녀는 작은 소리로 바보야, 바보야만을 말하며 그의 팔을 꼭 잡았다.

사춘기에 접어들면서 성하는 그녀의 왕자님이었다. 꿈속의 왕자님이 아닌 현실 속에 존재하는, 또한 그녀만을 위해 웃는 왕자님이었다. 얼마나 사랑했는지 또한 그에게 사랑받고 싶은 마음이 얼마나 컸던지. 이제 와서야 사랑을 얘기하는 그가 야속하면서도 미웠다.

그에 대한 사랑으로 혼자 끙끙 앓던 지난날들이 모두 쓸데없는 일들이었다는 것을 알자 그녀는 깊은 안도감과 함께 그가 얄밉게 느껴졌다.

혼자 속을 끓이게 만들어 놓다니 미리 말을 해 줬으면 얼마나 좋아?

그의 어깨에 파묻었던 머리를 번쩍 쳐든 혜나는 무시무시한 눈길로 성하를 쏘아보았다.

"이 나쁜 놈, 말미잘 해삼."

버럭 소리를 지르는 혜나에게 놀라 성하는 멍하니 입만 벌렸다.

"전부터 그랬으면 얘기해 줬으면 좋잖아? 왜 나 혼자만 속상하게 만들어?"

"혜나야?"

"내가 오빠 얼마나 좋아했는데 아니, 얼마나 사랑하는데. 인제서야 그런 말을 하냐고!"

그녀는 앙증맞은 작은 주먹으로 그의 어깨를 두드려 대며 앙탈을 부렸다.

"혜나야."

"어릴 때부터 오빠만 보고 살았단 말이야. 내가 크면 오빠 신부가 될 거라고 엄마가 말한 뒤부터 난 계속 기다렸어. 가슴 콩닥거리면서 오빠만 바라보고 있었단 말이야. 내가 강제로 결혼한 거 아니라는 건 오빠도 알잖아. 난 매일같이 오빠가 나한테 청혼하길 기다리고 있었단 말이야."

"그랬었니?"

성하는 단지 그 말밖에 할 수가 없었다. 그녀 또한 자신을 사랑한다는 말에 하늘 끝까지 뛰어오를 정도로 기쁜 마음에 그는 간신히 그 말만을 했을 뿐이었다.

"그랬었니? 라고?"

입술을 삐죽 내밀며 앙칼지게 소리친 그녀가 그의 팔을 세게 꼬집었다.

"아야. 앗! 따거."

"이 나쁜 오빠야. 기다리고 또 기다려서 결혼했더니 만날 밖에 나가서 놀기나 하고 나하고 얘기 한마디 제대로 해 주지도 않았으면서, 뭐? 그랬었냐고? 당장 결혼 물러!"

그가 자신을 사랑한다는 걸 안 순간부터 혜나는 대범해졌다. 평소 같으면 펄쩍 뛰며 화를 냈을 성하도 그녀가 귀여운 투정을 부리고 있다는 걸 눈치챘다.

"결혼 물러, 당장 무르자고. 나도 다른 애들처럼 알콩달콩 근사하게 연애하고 그러고 나서 다시 결혼할 거야."

"그래도 지금 결혼 무르는 건 좀 그렇지."

"뭐가 좀 그래? 왜 안 되는데?"

얄미운 투로 그녀가 종알거렸다. 그녀의 뺨에 손을 대고 입술에 소리가 나도록 입을 맞춘 그의 입가에 근사한 미소가 생겨났다.

"너 하고 싶다는 거 다해 줄게. 여행 가고 싶으면 여행도 가고, 갖고 싶은 거 있으면 말해. 그것도 다 사 줄게. 그러니까 결혼 무르자는 소리만 하지 마라. 정말 그랬다가는 나 아버지한테 이번에는 진짜 맞아 죽는다."

그가 민 장군을 들먹거리자 그녀의 안색이 창백해졌다.

"지금부터 말해 봐. 뭐하고 싶어? 여행 가고 싶니?"

"음…… 여행은 여기 온 걸로도 충분하고, 그리고……."

"그리고?"

"우선 갖고 싶은 건 장미꽃."

"장미꽃?"

"응, 엄청 많이."

양팔을 벌려 많다는 걸 표시한 그녀의 눈빛이 반짝반짝 빛났다.

"그리고?"

그의 은근한 재촉에 그녀는 잠시 생각에 잠긴 듯 고개를 갸우뚱거렸다.

"그리고 오빠, 이게 제일 중요한 거야."

"뭔데?"

"영원한 사랑!"

대뜸 내뱉은 그녀는 쑥스럽다는 표정으로 혀를 쏙 내밀었다.

"그래, 그게 제일 중요하지."

그의 손이 그녀의 가느다란 목을 감쌌다.

"매일 아침마다, 사랑한다고 말해 줄게."

"오빠."

그의 입술이 그녀의 입술을 덮었다. 부드러운 키스가 이어지고 그녀는 가쁜 호흡을 내쉬며 그의 목을 끌어안았다.

"나도 오빠한테 말할게, 사랑해요."

달콤한 음성이 그의 귀를 간지럽혔다.

그는 일어서며 그녀를 향해 손을 내밀었다. 주저 없이 그녀는 그 손을 잡았다. 그가 이끄는 대로 그녀는 아무 말 없이 따라갔다. 침실로 들어간 그는 그녀의 허리를 안아 자신의 품 안에 가뒀다.

"여기서 벗어나지 마. 평생토록, 네가 있을 곳은 이곳뿐이야."

그녀는 입가에 고운 미소를 띠고 고개를 끄덕였다.

그의 입술이 조용히 그녀의 입술 위에 얹혔다.

창문 밖으로는 샛별이 반짝이고 청평의 밤은 조용히 깊어만 갔다.

에필로그

　처음엔 어렵고 힘들 것만 같던 대학생활에 혜나는 잘 적응하고 있었다. 수업도 잘 들었고 동아리 활동도 했다. 학교를 끝내고 집으로 돌아오면 민 장군에겐 딸처럼, 정 여사에게는 착실한 며느리로, 그리고 성하에게는 완벽한 부인이 되었다.

　그녀가 여러 가지 일을 잘할 수 있었던 것은 무엇보다 성하의 협조가 컸다. 같은 학교를 다녔기에 성하는 그녀에게 필요한 것을 일일이 챙겨 주었고, 어려운 일은 도맡아 해결해 주었다.

　"학교에서 우리 아는 척하지 말까?"

　뜬금없는 그의 말에 혜나는 도끼눈을 했다.

　"왜? 오빠 좋다고 따라다니는 여자들한테 눈치 보여서?"

　"아니, 너 입학하자마자 왕따당할까 봐서."

　그녀는 쑥스러운 표정으로 그의 어깨를 주물렀다.

　"치, 왕따는 무슨…… 별 걱정을 다 해요. 그리고 우리가 아무리 아는 사이 아닌 척해 봤자 소용없어. 혜성 오빠가 다 불고 다닐 텐데 뭘."

"네가 원하면 혜성이 입도 막아 줄게."

그는 정말 그녀의 생활이 걱정되는 듯 보였다.

"아냐, 오빠. 차라리 내가 부인이라고 광고해 줘. 골치 아픈 일 좀 다 피해가게."

다음 날부터 성하는 그녀의 말대로 그들의 사이를 궁금해하는 동급생들에 공공연히 자신의 부인이라는 점을 강조했다. 덕분에 그를 좋다고 따라다니는 여자들이 거의 사라졌다. 가끔 경애처럼 정신줄 놓은 여자가 등장해 혼란을 조장하긴 했지만 그는 대부분 냉정한 태도로 칼같이 잘라 정리를 하곤 했다. 그녀는 성하의 여자관계에 대해서 일절 의심을 하지 않았고, 스트레스를 받을 일도 없었다.

자신의 생활에 만족한 그녀는 한창 피어나기 시작하는 꽃처럼 더욱 아름다워졌고 성숙해졌다. 그리고 서서히 다른 쪽으로 관심을 가지기 시작했다.

원래 그녀는 어린아이들을 좋아했다. 귀엽고 예쁘다면서 아이들을 보면 활짝 미소를 짓고는 했었는데 요새 그녀의 아이들에 대한 사랑은 점점 도를 넘어가고 있었다.

예전에는 3, 4세 된 애들을 보고 예쁘다고 좋아하던 그녀가 이제는 갓난아기들을 보고 정신을 못 차릴 정도로 좋아하는 것이다. 성하와 공원을 산책하다가도 유모차에 탄 아기를 보면 쫓아가서라도 조그만 고사리 손을 만지고 볼을 쓰다듬으며 시간 가는 줄을 몰랐다. 그리고 한 술 더 떠, 아기 엄마와 대화를 시도했다.

"아기가 너무 예뻐요, 몇 살이에요?"

"이제 14개월 됐어요."

"그럼 지금은 뭘 먹어요?"

그런 말로 시작해서 옹알이를 하느냐, 걸어 다니기는 하느냐, 이는 몇 개나 났냐는 등, 온갖 질문을 다하는 거였다.

정 여사와 함께 쇼핑을 나갔을 때도 아기용품점을 그대로 지나치지 못하고 혜나는 손바닥보다 더 작은 신발을 들고 까르륵거리며 웃었다.

"오빠, 이거 봐봐. 이 신발 너무 귀엽지. 세상에, 어떻게 이렇게 작을 수가 있어?"

그는 차츰 불안감을 느꼈다. 그리고 그 불안감에 쐐기를 박는 정 여사의 말.

"전에 새아기가 아기가 너무 예쁘다는 말을 하더구나. 다른 여자들이 아이 낳고 키우는 걸 부러워하면 곧 아일 가지게 된다 하던데……."

정 여사는 은근히 기대감을 갖고 있는 듯했다. 왜 아니 그렇겠는가, 성하가 혜나와 결혼한 지 벌써 1년이 다 되어 가고 있으니 그런 기대를 하는 것도 당연한 일이었다.

하지만 성하의 생각은 달랐다.

토요일, 저녁을 먹은 후 그는 달력을 뚫어져라 쳐다봤다. 뭔가 계산이라도 하듯 손가락을 꼽아 가면서 보던 그는 그녀에게 아무 말도 없이 집을 나왔다.

그와 커피라도 한 잔 하려는 생각에 서재로 들어갔던 그녀는 그의 모습이 보이지 않자 이상하다는 생각을 했다.

나간다는 말 못 들었는데…….

그녀는 주방과 1층을 둘러봤지만 그의 모습이 보이지 않자 왠지 불안한 기분을 느꼈다.

뭐야, 전처럼 또 혼자 놀기로 한 거야?

그런 생각에 그녀는 현관문을 살며시 열고 정원으로 나왔다. 그가 어디로 갔을까 하는 생각에 핸드폰을 만지작거리던 그녀는 곧 대문

여닫는 소리가 들리고 성하의 모습이 보이자 입가에 미소를 띠었다.

"오빠."

"혜나야."

"어디 갔다 오는 거야?"

"그냥 밖에."

뭔가 미심쩍은 부분이 있기는 했지만 확실치 않아 그녀는 그냥 그런가 보다 하고 넘어갔다.

그런데 다음 날, 늦게까지 잠을 자려던 그녀의 어깨를 그가 흔들었다.

"으응, 오빠. 나 더 잘 건데."

"일어나면 바로 이거 해 봐."

"그게 뭔데?"

그의 손에 들린 물건을 보는 순간 그녀는 잠이 확 달아나 버렸다.

임신진단시약. 절대 남자의 손에 들려 있을 만한 물건이 아니었다.

"이건 뭐야, 오빠?"

"확인해 봐. 운동 갔다 올 테니까 다녀와서 얘기하자."

얼떨결에 시약을 받아 들고 그녀는 혼란스러워졌다.

그가 방을 나가고 나서 그녀는 어깨를 축 늘어뜨리고 욕실로 갔다. 과연 이 시약을 사용해야 하는 건지, 안 하고 배 째라고 버텨야 하는 건지 알 수가 없었다. 그리고 제일 궁금한 건 이 시약을 건네준 그의 의도였다.

도대체 왜 그런 걸까? 하루라도 빨리 내가 임신하길 바라서? 아님 반대로 임신할까 봐 겁나서?

그녀는 한숨을 푹 내쉬고 밑져야 본전이라는 생각으로 테스트를 했다.

결론은 보라색 한 줄…… 임신이 아니었다.

궁금한 마음을 참고 기다리고 기다리던 그녀는 아침을 먹고 나서 가족들과 둘러앉아 차 한 잔을 마시고 나서야 그와 대화할 기회를 잡을 수 있었다.

　"오빠, 아침에 나한테 준……."

　"혜나야."

　그녀의 말을 뚝 자르고 그가 몸을 일으켰다.

　"나가서 얘기하자."

　너무나도 진지한 그의 모습에 그녀는 반대도 하지 못하고 그를 따라 일어섰다. 한참을 걸어 공원에 도착한 그는 주변을 휙 둘러보고 벤치에 앉았다.

　"앉아."

　그녀도 그의 옆에 다소곳이 자리를 잡고 앉았다.

　"너 생리일 넘긴 거 알아."

　툭 튀어나오는 말에 그녀의 볼이 발갛게 달아올랐다.

　아, 이 남자. 쑥스럽게 그런 말을.

　그녀는 밉지 않게 그를 흘겨보았다.

　그런데, 뭐야. 그런 것까지 일일이 체크하고 있었다는 말이야? 아니, 왜?

　그녀는 궁금한 점을 즉시 입 밖으로 뱉어 냈다.

　"오빠가 왜 그런 걸 체크하고 그래? 부끄럽게……."

　"체크한 게 아니라 같이 살다 보니까 자연스럽게 알게 된 거야."

　"그래서 나 임신했나 안 했나 알아보려고 그거 사다 준 거야?"

　"어떻게 됐니?"

　잘도 참고 기다리셨네.

　혜나는 슬며시 고개를 저었다.

　"아니야, 한 줄밖에 안 나왔어."

"다행이다."

성하의 말은 그녀의 예상 밖이었다. 그녀는 분명 성하가 임신을 기대하고 시약을 건네준 거라 생각하고 있었다.

"다행이라고?"

"난 너 임신하는 거 별로 반갑지 않아."

"어째서?"

"너 이제 겨우 20살이야. 대학에 막 들어갔고, 이런 상황에 아일 낳는다면 네 생활이 제대로 될 리가 없지."

그녀는 그의 말도 옳다고 생각했다. 하지만 일반적으로 드라마나 영화에서 보면 그런 말은 아이를 갖지 않겠다면서 여자가 하는 게 대부분인데.

"정관수술을 할까 생각 중이다."

"오빠, 미쳤어? 그게 무슨 소리야?"

그녀는 너무 놀라 펄쩍 뛸 정도였다.

"아무리 아이가 싫다고 해도 지금 오빠 나이가 몇 살인데 그런 걸 하겠다는 거야? 게다가 아버님이 아시면 오빠 진짜 죽음이야."

"나도 아이 좋아해."

"그런데 왜 그런 말을……."

그녀는 뭔가 느껴지는 점이 있어 말꼬리를 흐리며 그를 빤히 바라보았다.

"나 때문에 그러는 거구나."

"수술받고 나서 다시 복원 수술 받으면 아이 낳는데 아무 지장 없다고 했어."

"그래도 난 싫어, 난 아이도 예쁘고 낳아서 키우고 싶단 말이야."

"아예 안 낳자는 게 아니잖아. 너 졸업할 때까지 만이야."

"오빠."

전방지독
신혼이야기

그는 그녀의 손을 잡고 손등에 자신의 손을 얹었다.

"사실 난 너한테 많이 미안했다. 너무 일찍 결혼하는 바람에 고등학교 시절도 제대로 못 보내고 대학 와서도 다른 애들하고 똑같은 생활하지도 못하고. 그런 상황에 아기까지 낳으면 어떻게 될까 생각해 봤지. 그런 일은 일어나지 않는 게 더 좋을 것 같다는 게 내 생각이야."

"그렇지만……."

"생각해 봐, 혜나야. 10달 동안 임신하고 낳아서도 한동안 그 아이 돌봐야 돼. 너하고 같이 입학한 동급생들은 학년이 올라가고 졸업도 먼저 할 텐데. 나중에라도 아이 원망할 일 아예 만들지 않는 게 좋은 거야."

그의 말도 옳지만 그녀는 아이에 대한 미련을 버릴 수가 없었다.

"너무 크게 생각할 거 없어. 혜나야, 가진 아이 지우자는 소리도 아니잖아. 잠시 아이 낳기를 미루자는 것뿐이지."

"그래도 오빠가 수술하는 건 좀 그래. 차라리 내가 약을 먹거나, 아님 콘돔을 사용하거나 하는 게 더 낫지 않을까?"

어느샌가 그녀도 그의 의견에 동조하는 쪽으로 말을 하고 있었다.

"약 먹으면 속 다 버려. 그리고 난 그 콘돔이라는 거 별로야. 간단하고 100% 효과 확실한 건 그 방법뿐이야."

"그러다 아버님이 아시면……."

"그러니까 너한테 미리 말하는 거야. 나중에 일 틀어지면 네가 막아 주라고."

"오빠."

그는 농담처럼 말했지만 그녀는 마음이 편치 않았다.

손주를 기다리는 민 장군을 속인다는 게 어쩐지 큰 죄를 짓는 것만 같았다. 그리고 말은 그렇게 해도 성하 또한 아이를 갖고 싶을 게 뻔했다.

그녀는 자신의 행복을 위해 여러 사람을 실망시킨다는 생각을 지울 수가 없었다.

"다음 주에 수술받을 거야. 수요일쯤에."

"오빠……."

"혜나야, 널 위해서 내가 할 수 있는 일이 이런 일밖에 없어서 미안하게 생각한다."

"아니야, 아니야. 오빠."

그녀는 그의 목을 끌어안았다.

"내가 미안해."

자신을 생각하는 그의 마음이 그녀의 가슴에 와 닿았다. 그녀의 생활을 지켜 주려 애쓰는 그의 마음이 그녀는 너무나 고마웠다.

"고마워, 오빠가 날 그렇게 많이 생각해 줘서 너무 고마워."

그녀는 그의 볼에 자신의 뺨을 비볐다.

"나 졸업하면 바로 아기 낳을 거야, 오빠 꼭 닮은 아기."

"그래, 그러자."

"사랑해, 성하 오빠……."

그녀는 그의 목을 더욱 꼭 끌어안고 목덜미에 얼굴을 묻었다.

공원으로 산책 나온 사람들이 흘깃거리며 쳐다보는 것도 아랑곳하지 않고 그녀는 그대로 그를 안고만 있었다.

작가의 말

　얼마 전, 모 케이블 TV에서 하는 〈미워도 다시 한 번〉이라는 프로를 봤습니다. 네 부부가 나와 이혼 위기를 극복하는 내용을 담은 프로였습니다. 프로를 보면서 네 쌍의 출연자 중에 '리틀 맘'이라는 부부가 특히 제 흥미를 끌었습니다.

　'리틀 맘' 부부는 20세도 안 된 나이에 아이를 낳았습니다. 어린 나이에 결혼해 살면서 겪는 위기와 고민들을 보면서 많은 생각을 했습니다.

　아직 어린 나이라지만 그들은 서로를 좋아하고, 사랑해서 아이까지 낳았습니다. 그런데 결혼을 해서 살다가 이혼이라는 위기에까지 직면한 거죠.

　수정을 보면서 제가 쓰는 글도 어쩌면 그 부부와 많이 닮은 것 같다는 생각을 해 봤습니다.

　아주 어린 나이에, 부모의 뜻에 따라 약혼을 한 혜나. 하지만 그녀는 처음 본 순간부터 약혼자인 성하를 좋아했고 커 가면서 사랑을 느끼고 결혼까지 했습니다.

결혼 생활은 생각한 것처럼 좋기만 한 것은 아닙니다. 서로 성격이 확연히 다른 두 사람이 만나 같은 공간에서 생활한다는 건 힘든 일입니다. 좋을 때도 있겠지만 화내고 싸우고 힘들 때도 많을 게 분명합니다.

하지만 시간이 지나 가면서 두 사람은 서로를 이해하고 성격을 맞추면서 행복을 찾아가려 노력합니다.

그 바탕에는 분명 사랑이라는 감정이 깔려 있습니다.

그들의 예쁜 마음을, 서로를 생각하는 사랑을 표현하려 노력했습니다.

미숙한 글발로 인해 제대로 표현하지 못했다는 자책감이 들긴 하지만 읽으시면서 내내 19살 앳된 소녀의 풋풋함을 느껴 주시고, 그 소녀의 아기 같은 사랑을 알아 주셨으면 합니다.

감사합니다.

http://www.bbulmedia.com